Oscar bestsellers

Dello stesso autore

nella collezione Oscar bestsellers
*Cronache del Mondo Emerso I - Nihal della terra del vento*
*Cronache del Mondo Emerso II - La missione di Sennar*
*Cronache del Mondo Emerso III - Il talismano del potere*
*Le guerre del Mondo Emerso I - La setta degli assassini*
*Le guerre del Mondo Emerso II - Le due guerriere*
*Le guerre del Mondo Emerso III - Un nuovo regno*
*Leggende del Mondo Emerso I - Il destino di Adhara*
*La ragazza drago I - L'eredità di Thuban*

nella collezione I Grandi
*Cronache del Mondo Emerso (la trilogia completa)*
*Le guerre del Mondo Emerso I - La setta degli assassini*
*Le guerre del Mondo Emerso II - Le due guerriere*
*Le guerre del Mondo Emerso III - Un nuovo regno*
*Leggende del Mondo Emerso I - Il destino di Adhara*
*Leggende del Mondo Emerso II - Figlia del sangue*

nella collezione Saghe Fantasy
*La ragazza drago I - L'eredità di Thuban*
*La ragazza drago II - L'Albero di Idhunn*

**Licia Troisi**, nata a Roma nel 1980, è laureata in Astrofisica con una tesi sulle galassie nane. Con il sorprendente successo delle "Cronache del Mondo Emerso" e delle "Guerre del Mondo Emerso", è diventata l'autrice fantasy italiana più venduta nel mondo..

LICIA TROISI

*Le guerre del Mondo Emerso - 3*

# UN NUOVO REGNO

OSCAR MONDADORI

Prima edizione I Grandi novembre 2007
Prima edizione Oscar bestsellers gennaio 2009

ISBN 978-88-04-58506-0

Questo volume è stato stampato
presso Mondadori Printing S.p.A.
Stabilimento N.S.M. - Cles (TN)
Stampato in Italia. Printed in Italy

Anno 2010 - Ristampa 3 4 5 6 7

*Ai miei genitori*

Le guerre del Mondo Emerso
Un nuovo regno

*You could be my unintended*
*Choice to live my life extended.*

Muse, *Unintended*

## Dal diario privato della Maga Theana

*Ho paura. Ho finito di preparare le mie cose poco fa. La sacca è sul letto. Dentro, tutti i libri che penso potranno servirmi; e poi ampolle, flaconi e il necessario per gli incantesimi. Il silenzio è così forte che mi fa male alle orecchie.*

*Ho preso una decisione strana. Una cosa che non è da me. Forse ho sbagliato. Io sono l'allieva di Folwar, sempre seconda a Lonerin; io sono Theana, la maga di corte. Che ci faccio assieme a un'assassina, in giro per il Mondo Emerso, in missione per uccidere il re della Terra del Sole?*

*Lei è piccola. Ha i capelli castani tagliati corti e gli occhi scurissimi. Non è particolarmente bella. Si chiama Dubhe. So che ha fatto parte di quella setta che nel nome del mio dio, Thenaar, uccide predicando che questa è la sua volontà. La Gilda l'ha attirata a sé con l'inganno, da quanto ho capito, e le ha imposto una maledizione. Si tratta di un sigillo che fa crescere la parte più malvagia che alberga in lei, che porta in superficie la sua sete di sangue. Le hanno detto che solo loro potevano guarirla, e con questa bugia l'hanno raggirata; in realtà il sigillo può essere spezzato solo dal mago che l'ha imposto. Ma sebbene il suo destino sia terribile, io non provo pietà per lei.*

*Per quanto mi sforzi di capire le sue ragioni e il suo dolore, non riesco a sentire neppure un briciolo di compassione. E non mi sento neppure in colpa per questo. Forse sono una persona meschina. Forse sono una brutta persona.*

*La verità è che quello che ci divide è un uomo: Lone-*

*rin. Lei l'ha conosciuto mentre era ancora nella Gilda. Lui era lì in missione per il Consiglio delle Acque. Avevamo avuto notizie che il re della Terra del Sole, Dohor, aveva stretto un patto segreto con gli eretici del culto. Del resto non era possibile che fosse riuscito a conquistare da solo quasi tutte le terre del Mondo Emerso. Lonerin si era proposto per il ruolo d'infiltrato: con la scusa che proveniva dalla Terra della Notte e che conosceva bene le usanze del luogo, è riuscito a farsi affidare questa missione. È andato lì fingendosi un Postulante, uno dei tanti disperati che vanno al tempio della setta degli Assassini a offrire la propria vita per ottenere una grazia dal dio. Lo conosco così bene, il mio Lonerin, che mi fa male al cuore pensare alla vera ragione per cui l'ha fatto. Siamo solo in due al Consiglio delle Acque a conoscere la verità. L'ha fatto per sua madre. Lei si sacrificò nel tempio, chiedendo al dio che il figlio guarisse dalla febbre rossa. La vendetta da quel giorno non ha mai abbandonato il suo cuore. Mi basta guardarlo negli occhi per capirlo.*

*Lonerin e Dubhe si sono conosciuti lì, alla Casa, la base sotterranea della Gilda. Hanno fatto un patto: lei avrebbe indagato per lui, lui avrebbe cercato un modo per liberarla dal sigillo. Sono fuggiti assieme quando hanno scoperto che gli eretici volevano far tornare in vita Aster, il Tiranno che quarant'anni fa aveva quasi interamente conquistato il Mondo Emerso. La Gilda lo considera un messia, l'unico che può instaurare quel mondo di sangue e morte cui la setta da sempre aspira. L'anima di Aster giace ora sospesa tra il mondo dei morti e quello dei vivi in un luogo segreto nelle viscere della Casa, e la setta vuole infonderla nel corpo più adatto a riceverla: quello di un Mezzelfo come lui. E l'unico Mezzelfo esistente al mondo è il figlio di Nihal e Sennar.*

*Qualcosa si agita dentro di me quando penso al viaggio di Dubhe e Lonerin dal tempio fino a qui, a loro due assieme, a loro due che scampano alla morte appoggiandosi l'uno all'altra. È stato allora che è cominciato tutto. Quando ci siamo rivisti a Laodamea, Lonerin aveva già uno sguardo diverso. Mi aveva baciata, prima di partire. Adesso, invece, non ha occhi che per lei.*

*Se fosse finita lì, forse non mi avrebbe fatto così male. Se Dubhe fosse scomparsa dopo quel viaggio, se fosse tornata alle tenebre che l'avevano sputata fuori, forse sarei riuscita a riprendermi. Purtroppo non è stato così.*

*Quando Lonerin ha messo al corrente il Consiglio di quanto aveva scoperto, hanno deciso di consultare Sennar, il mago che assieme al Mezzelfo Nihal aveva già sconfitto una volta Aster. Il Consiglio era convinto che solo lui potesse trovare un modo per riportare Aster al mondo dei morti.*

*Lonerin si è offerto subito per la missione. Sapere che metteva di nuovo a repentaglio la sua vita mi ha fatto male. Nel vederlo così sicuro, ho capito che un abisso ci stava dividendo per sempre. Per me lui è tutto, ma evidentemente io gli sono sempre apparsa come una compagna di studi, nulla più. La ragazzina che sa muoversi soltanto tra le aule dei palazzi reali.*

*Ancora peggio è stato sapere che Dubhe l'avrebbe accompagnato per andare a chiedere a Sennar se conosceva un modo per liberarla dal sigillo. In quel momento mi sono sentita terribilmente impotente. Stavo perdendo Lonerin per sempre, e tutto questo a causa di Dubhe.*

*Così, mentre Ido partiva per andare a cercare il figlio di Nihal e Sennar, ho visto di nuovo Lonerin varcare quella porta forse per non tornare mai più.*

*Io non capisco. Non capisco cosa lei abbia più di me, perché lui l'abbia seguita e io non sia capace di tenerlo qui. Ma forse sono domande senza senso. Non è per questo, in fondo, che ho deciso di andare?*

*Non so cosa sia accaduto tra loro durante il viaggio. Hanno attraversato le Terre Ignote, hanno visto luoghi oscuri e misteriosi, sono sfuggiti alla caccia degli Assassini che la Gilda aveva messo sulle loro tracce. Forse è questo che li ha uniti, o forse sono io che mi illudo, e in realtà c'è stato ben altro tra loro. Ma il modo in cui si guardano, in cui si toccano, l'intimità che hanno mi sgomenta. Sono un'illusa e lo sono sempre stata. In due mesi lei è riuscita dove io ho fallito per anni.*

*Il Consiglio si è riunito di nuovo. Ido è tornato con San, il nipote di Nihal e Sennar. Era lui il vero obiettivo della Gilda. Un ragazzino strano dai poteri inquietanti. L'ho percepito quando l'ho toccato la prima volta. È stato quando li ho salvati. Lo gnomo era stato avvelenato dalla spada di Learco, il figlio di Dohor, dopo essere riuscito a sottrarre San a un Assassino della Gilda, Sherva. Era stato proprio costui a rapire il nipote di Sennar, uccidendo i suoi genitori e strappandolo al suo mondo. Quando ho soccorso Ido, ho usato per la prima volta i miei poteri di sacerdotessa. È stato strano. Mi sono sentita finalmente utile. Avevo paura, e le mani mi tremavano, ma è stato gratificante. Forse è cominciato tutto allora, chissà…*

*In ogni caso Ido adesso si occuperà di mettere al sicuro San, mentre Lonerin assieme a Sennar ritornerà in missione per cercare il talismano del potere, l'unico manufatto – a detta del vecchio mago – che potrà liberare lo spirito di Aster. Quel talismano è lo stesso che usò Nihal tanto tempo fa per sconfiggere il Tiranno.*

*Stavolta, però, io non resterò ad aspettare. È questa la decisione che mi riempie di paura, che mi fa tremare le mani e il cuore. Io non posso più attendere qui il suo ritorno, devo fare qualcosa.*

*Ho deciso di andare con Dubhe. Sennar le ha spiegato come fare per liberarsi dal sigillo. La maledizione non era indirizzata a lei, ma a Dohor. Era collegata a certi documenti che lei stessa aveva rubato per conto del re. Occorre ritrovare almeno un pezzo di quei documenti e usarlo durante un rito magico piuttosto complesso, ma che io sono in grado di fare. Poi lei ucciderà Dohor. E sarà libera.*

*Poteva farlo qualsiasi altro mago. Poteva farlo Lonerin, forse, ma lo farò io.*

*Non so perché. Adesso che sono sola, non riesco neppure più a ricostruire l'esatta catena di pensieri che mi ha condotto a dirle che l'avrei aiutata.*

*Io non ho interesse che si salvi. Il suo destino mi è indifferente. Nel profondo, forse, la odio.*

*Ma sono anche stanca. Sono sempre vissuta qui, a palazzo, e la mia magia non l'ho mai usata. Ho sempre atteso, e ho sempre guardato Lonerin rischiare la vita. L'ho amato e ammirato. Ma lui non mi ha voluta. È tempo di dire basta. Di cambiare. Di fare qualcosa che non corrisponde alla mia natura, ma che sento di dover provare.*

*Andrò con Dubhe. L'aiuterò a uccidere un uomo. Userò la mia magia per qualcosa di inconcepibile. Qualcosa che non è da me.*

*Vorrei avere la forza di trattenere le lacrime. Vorrei non pensare ancora a Lonerin, al modo in cui mi ha salutata poco fa, alle parole con cui mi ha chiesto di non partire, a quel bacio che ancora mi brucia, qui sulla fronte. Lui deve scomparire, per me non deve più esistere. È colpa sua se non ho fatto nulla in tutti questi anni. È colpa sua se non sono cresciuta, se non ho trovato la mia strada. Lo dimenticherò durante il viaggio. La consapevolezza della missione cancellerà tutto quello che ho provato per lui. E alla fine sarò libera.*

*Domani dovrò svegliarmi presto. Il palazzo reale della Terra del Sole, a Makrat, dista diverse leghe da qui.*

# Prima Parte

*Learco è stato presentato al popolo. Suo padre l'ha sollevato sulla folla, e si è levato un unico grido di esultanza. La regina si è coperta la testa col cuscino, a quelle urla di giubilo.*

*Credevo che, al di là di tutto, questo figlio l'avrebbe aiutata a ritrovare una ragione di vita. Certo, è il frutto di una violenza, ma è pur sempre carne della sua carne. Mi sbagliavo. Sulana rifiuta suo figlio. Non vuole vederlo e neppure allattarlo.*

*Capisco che la ferita della morte del primo Learco sia incurabile. Era un bambino adorabile... Gli dei gli hanno riservato la peggiore delle sorti, la morte per febbre rossa... Non si dovrebbe sopravvivere ai propri figli, mai.*

*Stasera, però, non riesco a non pensare a questo nuovo bambino. Nato da genitori che si odiano, rifiutato da sua madre. Quale può essere il suo futuro?*

*Nuove ombre, sempre più fitte, si addensano su questo regno. Dohor, che tu sia maledetto. Porti con te la morte, qualsiasi cosa tu faccia.*

DAL DIARIO PRIVATO DI SIBILLA,
DAMA DI COMPAGNIA
DELLA REGINA SULANA

# I
# Dubhe e Theana

Il villaggio era deserto. L'odore acre del fumo prendeva alla gola e avvolgeva tutto in una nube spettrale. Carcasse di animali carbonizzati giacevano ai lati della strada.

Theana era immobile, la mano a coprire la bocca e gli occhi colmi di lacrime. Dubhe la guardò con un misto di commiserazione e pietà. Eppure anche lei aveva reagito così anni prima di fronte allo spettacolo ignobile della guerra. Era stato allora che aveva incontrato il Maestro. Ricordava ancora la sua schiena che scompariva nella cortina di fumo, il mantello che si gonfiava quando si spostava attraverso l'aria immobile del campo.

«Non è saggio stare qui» disse con un filo di voce, portando istintivamente la mano al fianco, là dove in genere teneva il pugnale.

*Dannazione.*

La sua arma non era lì; si trovava cucita in una tasca segreta sotto la gonna che indossava, irraggiungibile per le sue dita.

Theana non rispose, stregata dall'orrore di quella scena. La compagna la prese rudemente per un braccio e la trascinò via.

Era stata un'idea malsana fermarsi in quel villaggio di frontiera. Posto al confine tra la Terra del Mare e la Terra del Sole, era troppo vicino al fronte caldo del combattimento tra Dohor e il Consiglio delle Acque, e Dubhe sapeva bene a cosa stavano andando incontro. I segni della guerra erano evidenti anche in luoghi sperduti come quello, e questo lo rendeva pericoloso per due donne vestite come loro.

Le provviste però stavano finendo, e lei non aveva avuto la forza di opporsi. Aveva la mente annacquata e i sensi addormentati.

Camminarono tra i cadaveri, cercando la via più rapida per uscire da quell'inferno. Theana singhiozzava e Dubhe reagì stringendole il braccio ancora più forte. Trovava irritante la sua debolezza, quel modo pavido che aveva di essere donna.

A poche braccia dal muro di cinta, un rumore metallico di passi la colse impreparata. Doveva togliersi dalla strada, trovare un riparo e sguainare il pugnale. Tutte cose che avrebbe fatto rapidamente, se i suoi riflessi non fossero stati così lenti, le gambe fiacche e i muscoli intorpiditi. Si appoggiò dietro il muro di una casa per non inciampare, e fece segno a Theana di rimanere in silenzio.

Le voci si fecero pian piano più vicine, il rumore delle spade che battevano sull'armatura più distinto. Soldati. Dubhe trattenne il fiato, cercando di rendersi invisibile.

«Chi è passato per di qua?» disse una voce.

«Malga e i suoi, credo» rispose qualcun altro.

«Mi stai dicendo che forse non troveremo nulla anche in questo villaggio?»

«Hanno dato tutto alle fiamme. Se c'era un bottino, se lo saranno preso.»

Dubhe li sentì passare dietro il muro che le nascondeva.

Theana tremava sotto le sue mani. Per l'ennesima volta si chiese perché fosse venuta con lei, perché avesse insistito per accompagnarla in una missione tanto disperata e spietata. Infiltrarsi alla corte del più potente regnante del loro tempo e ucciderlo per liberare un'assassina dalla maledizione che la gravava: un lavoro non certo adatto all'allieva di un mago del Consiglio delle Acque.

I soldati cominciarono a buttare giù le porte a calci, frugando all'interno delle poche case rimaste in piedi. Dubhe non sapeva quanti fossero, ma dovevano essere molti, più di quanti avrebbe potuto affrontare con le proprie forze.

*Aspetta che siano passati. Non c'è altra via. Aspetta...*

Quando le sembrò che si fossero allontanati a sufficienza, si mise a strisciare lentamente contro il muro, facendo cenno a Theana di fare altrettanto, piano e con cautela.

«Guarda qui cosa c'è!»

La faccia rubizza di un uomo in armi apparve davanti ai loro occhi.

Estrarre il pugnale e combattere. Colpire il primo alla gola, piegarsi per schivare il colpo del secondo, dietro di lei. Tirare i coltelli da lancio, e poi lasciarsi andare, come aveva fatto molte volte in battaglia, perché fosse la memoria del corpo ad agire per lei, mentre la mente si svuotava completamente. Ecco cosa andava fatto. La mano di Dubhe corse istintivamente al pugnale, ma lenta, troppo lenta. Due braccia possenti la afferrarono da dietro. Vide un secondo soldato sollevare per la vita Theana, che urlava disperata. La vide scalciare, mentre l'uomo ghignava laido.

*No, no!*

Le sue dita corsero alla spada del nemico, ne sfiorarono l'elsa, quasi riuscì a sguainarla.

«Sta' ferma, vipera!» esclamò l'uomo che la stringeva, e il suo fiato che sapeva di birra le riscaldò la faccia.

Dubhe cercò di divincolarsi, ma il corpo non le rispondeva. Il colpo alla nuca arrivò quasi atteso, e spense tutto attorno a lei.

Erano partite tre settimane prima, a cavallo. Dubhe procedeva in testa, Theana la seguiva. Per i primi giorni non avevano proferito parola. Si fermavano quando Dubhe lo stabiliva e mangiavano evitando l'una lo sguardo dell'altra. Al mattino presto, quando Dubhe scompariva nel folto della foresta per allenarsi, Theana si alzava e si chinava sui libri di magia per studiare. Glieli aveva dati Sennar, e dentro c'erano tutte le formule per compiere il rito che avrebbe dovuto salvare la sua compagna di viaggio dal giogo della maledizione. Anche quando bivaccavano, lei era sempre lì, intenta a sottolineare le parti più importanti delle pergamene, con scrupolo e dedizione.

Più Dubhe la guardava tentando di capirla, più si convinceva che per lei Theana era un mistero, come se appartenesse a un'altra razza. Non era il consueto distacco che provava per ogni essere umano, era diverso.

Durante l'ultimo Consiglio delle Acque era sicura di averla inquadrata. Theana non era altro che una giovane maga cresciuta negli ozi, piena di femminilità e perfetta al fianco di Lonerin. Poi però si era messa in testa di seguirla in quel viaggio, e ora se la ritrovava lì, con le vesciche ai piedi per il tanto camminare, ma senza un lamento. Cosa poteva spingere una come lei a seguire un'assassina, verso la quale, peraltro, nutriva un profondo rancore?

A volte, quando la vedeva assorta vicino al fuoco a

recitare le sue strane litanie a occhi socchiusi, Dubhe ripensava a Lonerin. Anche il loro viaggio era iniziato all'insegna del mutismo. Ma loro avevano qualcosa in comune, qualcosa che li aveva spinti ad avvicinarsi, fin troppo. Cosa potevano condividere, invece, lei e quella ragazza?

Da quando aveva lasciato la lettera del Maestro presso il villaggio degli Huyé, nel cuore di Dubhe si era aperta una voragine che la faceva sentire arida e sola. Il ricordo di lui le aveva riempito il cuore per troppo tempo, rappresentando il suo unico legame con l'umanità. Ora in quel vuoto germogliava il ricordo di Lonerin, dei suoi baci e delle sue parole. Un ricordo a tratti imbarazzante, ma infinitamente dolce. Forse con l'andare degli anni il rimpianto sarebbe scomparso, e con esso anche il senso di colpa. Sarebbe rimasto solo un sogno piccolo e lontano, che le avrebbe tenuto compagnia nei momenti di solitudine. Se c'era qualcosa che tutta quella storia le aveva insegnato, infatti, era che la sua sarebbe stata un'esistenza solitaria. Non c'era nessuno al mondo che potesse condividere il peso dei suoi peccati, e Lonerin non faceva eccezione. Forse il Maestro avrebbe potuto, ma aveva scelto una strada diversa.

Dubhe era sicura che se fosse riuscita a sopravvivere alla maledizione, il suo futuro sarebbe stato una lunga sequela di giorni trascorsi a nascondersi dal mondo. Perché la grande domanda che si tirava dietro da quando, a otto anni, aveva ucciso per sbaglio Gornar durante un gioco, ancora non aveva trovato risposta.

Fin dalla prima sera, Dubhe notò che c'era qualcosa di strano. Theana aveva bizzarre abitudini che voleva tenere nascoste. Si coricava sempre prima di lei, avvolgendosi nel mantello come in un bozzolo, e fingeva di dormire. Dubhe sapeva perfettamente che faceva finta, ma all'inizio non volle indagare. Poi, una notte, la curiosità ebbe la meglio, e la spiò nell'oscurità. Non si fidava di quella donna, forse perché anche lei aveva amato Lonerin.

Fu nell'ora più buia che la vide alzarsi, silenziosa e furtiva come una gatta. Aveva un'innata eleganza nei movimenti che Dubhe quasi le invidiava: di certo gli uomini dovevano trovarla molto sensuale.

Theana si strinse intorno al collo un laccio di cuoio da cui pendeva un ciondolo e lo prese tra le mani. Intonò una bassa litania e cominciò a prostrarsi a terra a intervalli regolari. Le parole musicavano al ritmo dei suoi movimenti come una danza ipnotica.

Dubhe si sentì infiammata d'ira. Strinse i pugni sotto il mantello, mentre all'immagine di Theana si sovrapponeva la moltitudine degli Assassini che si muovevano all'unisono durante le cerimonie nel ventre della Casa. Le narici le si riempirono dell'odore dolciastro del sangue che stagnava là dentro, nelle piscine ai piedi della statua di Thenaar, e pensò a Rekla, la Guardia dei Veleni, ai suoi occhi accesi dall'odio.

Theana pregava come Dubhe aveva visto fare molte volte ai sacerdoti, e quel gesto le parve blasfemo. Avrebbe voluto interromperla e sbatterle in faccia la verità che aveva appreso nei suoi anni di solitudine, e che il Maestro le aveva insegnato a prezzo della vita. La fede conduce alla pazzia, e nel migliore dei casi è solo un inutile orpello utilizzato dagli uomini per sfuggire alla morte. Ma chi la morte l'aveva dentro, come lei, poteva guardare dritto negli occhi la realtà dei fatti.

Si trattenne. Non aveva senso inimicarsi in quel modo

l'unica persona che poteva aiutarla a liberarsi dalla maledizione. Erano certamente una coppia male assortita, ma conveniva continuare a ignorarsi, come avevano fatto fino a quel momento.

Le prime parole che si scambiarono furono rapide e brusche.

«Cerca di imparare in fretta. Tra poco dovremo disfarci dei nostri bagagli.»

Era sera, e sedevano entrambe vicino al fuoco. Theana, che aveva già iniziato a prepararsi per la notte, la guardò attonita. «Perché?» chiese con un'intonazione stupita che Dubhe trovò fastidiosa.

«Perché dobbiamo infiltrarci alla corte di Dohor» spiegò con calma. «È l'unico modo per ucciderlo e nello stesso tempo recuperare i documenti che ci servono per spezzare la mia maledizione.»

Theana rabbrividì leggermente. «Non capisco... Perché questo significa che dobbiamo abbandonare i nostri bagagli?»

Dubhe si accovacciò al suo livello e la guardò negli occhi. «Credi che possiamo infiltrarci a corte vestite così? Ci presenteremo al cancello come una maga del Consiglio delle Acque e un'Assassina della Gilda?»

Theana arrossì e abbassò lo sguardo. «C'è ancora molto che devo studiare... Il rito è complesso e...»

«Hai due giorni. Il tempo di arrivare a Shilve. Lì comprerò l'occorrente per camuffarci. Da Shilve in poi abbandoneremo i nostri nomi e le nostre cose. Diventeremo due persone completamente diverse e ci dimenticheremo di chi siamo state.»

Per tutta risposta Theana tirò fuori dalla sacca i libri, accese un piccolo fuoco magico, e si rimise a studiare.

Cosa pensava? Era irritata, o stanca? Si stava pentendo di aver intrapreso quel viaggio?

Dubhe contemplò con fastidio il suo atteggiamento condiscendente, ma non aggiunse altro. Si avvolse nel mantello e si mise a dormire. Quella notte non la sentì pregare.

I vestiti dovevano essere i più umili che si potevano trovare in giro. Poi bisognava cercare un impiastro per il volto che modificasse il colore della carnagione, e infine una specie di veleno per invecchiare le mani.

Dubhe si mosse tra i bassifondi, con quel suo modo di camminare furtivo e sinuoso. Andava sicura verso le botteghe che le interessavano, mentre Theana si limitava a seguirla.

Anche stavolta non le aveva spiegato nulla. Era parca di parole e scostante. La giovane maga si chiedeva sempre più spesso come avesse fatto Lonerin a viaggiare assieme a lei. Anche con lui era stata così fredda? Cosa lo aveva fatto innamorare, allora? Forse ora si comportava così solo perché, dopotutto, lei era una specie di rivale in amore.

La guardò in silenzio mentre chiedeva ciò che le serviva e nel negozio dei veleni nominava con precisione piante e impiastri vari.

C'era qualcosa di terribile e affascinante in quella sua fredda competenza. Quanta gente aveva ucciso sfruttando quelle conoscenze?

Appena fuori dal negozio, Dubhe la prese in disparte. «Bisogna che tu prepari un filtro che mi faccia crescere i capelli.» La sua capigliatura infatti era stata sacrificata durante uno dei riti della Gilda. «Dimmi quello che ti serve.»

Theana deglutì. Non aveva dimestichezza con magie del genere. «Non so, io non l'ho mai fatto...»

Dubhe mantenne uno sguardo duro. «Pensaci in fretta, non abbiamo tempo da perdere.»

Si camuffarono di notte. Ormai erano vicine alla loro meta e dovevano essere prudenti. Fino a quel momento si erano mosse per boschi e sentieri, proprio per evitare di incontrare pattuglie di ricognizione o gruppi di mercenari. Ora però dovevano uscire allo scoperto, e senza essere riconosciute.

Indossarono i nuovi vestiti, e Dubhe bruciò i suoi in un falò. Lo fece senza alcun rimpianto, sicura di sé. Theana invece era titubante. La sua tunica aveva per lei un profondo valore. Nessun mago nel Mondo Emerso indossava vesti simili, perché lei non era una maga qualunque. La sua era la tunica degli antichi sacerdoti di Thenaar, una veste che le aveva donato suo padre.

«Avanti» disse Dubhe guardandola.

Theana strinse il tessuto tra le dita. «Non c'è un altro modo?»

Lo sguardo di Dubhe era gelido. «La nostra copertura dev'essere perfetta. Lasciare i vestiti nel bosco equivale a lasciare una traccia.»

«Questa veste significa molto per me...» obiettò Theana con un filo di voce.

«Mi spiace» si limitò a rispondere Dubhe, impassibile. Il suo volto illuminato dalle fiamme non tradiva alcuna espressione.

Theana si svestì lentamente, come per sfida. Trattenne le lacrime che le salivano agli occhi al pensiero di quella veste consumata dal fuoco.

*Come il fuoco della Gilda ha bruciato il vero culto di*

*Thenaar*, pensò, citando una frase di suo padre. Assaporò l'ultimo fruscio del tessuto sulla pelle.

Non fu lei a gettarla fra le fiamme, ma Dubhe. Theana pensò a quando sarebbe tornata al Consiglio, all'altra veste simile che aveva nella sua stanza, a casa del maestro Folwar, tentando di lenire l'umiliazione per quel gesto.

Indossò i nuovi abiti nascondendosi allo sguardo indagatore di Dubhe. Asciugò l'unica lacrima che le era sfuggita, poi fu pronta.

Raggiunse Dubhe che trafficava a terra con le erbe che aveva comprato. Con gesti sicuri, se ne spalmava alcune sul viso, altre sul palmo delle mani. I capelli, invece, erano avvolti in una specie di impacco che emanava un vago odore di muschio. Quando la vide arrivare, le porse un paio di boccette. «Tieni, devi farlo anche tu.»

Sempre quegli ordini secchi, quasi fosse una sua sottoposta. Theana non si sedette e non prese in mano le boccette. «A che servono?»

«Hai le mani troppo lisce, non sei credibile come contadina. E anche la tua pelle, non è cotta dal sole. Quella ti aiuterà a invecchiarti un po'. L'altra è per i capelli, per cambiare il colore.»

Theana guardò le ampolle. Già altre volte aveva camuffato il proprio aspetto. Esistevano filtri che lo rendevano possibile. Però era stato sempre per breve tempo, e solo per esercitarsi. Del resto non erano pratiche che le aveva insegnato suo padre, ma magie comuni, che le venivano dall'addestramento di Folwar. Ora invece era diverso. Ora si trattava di mantenere a lungo un aspetto che non era il suo. E la cosa la spaventava.

Con la coda dell'occhio vide Dubhe che continuava a spalmarsi le pomate. Si sentì terribilmente sola e allungò le dita verso le boccette.

«Quella per le mani tienila pochi minuti, quella per il volto tutta la notte. Ti farà venire qualche ruga. L'effetto dura un mese, poi dovremo procurarcene dell'altra. Tieni tutta la notte anche quella sui capelli.»

Theana guardò i cataplasmi che presto avrebbe spalmato sulla pelle. Erano erbe che conosceva bene, erbe che solo un botanico sapeva usare e dosare nel modo giusto.

«Nella mia sacca troverai gli ingredienti che mi hai chiesto. Prepara il filtro di cui ho bisogno» aggiunse Dubhe.

Theana guardò di sfuggita la borsa. Prese il tutto e se ne andò in disparte. Sebbene ci fossero soltanto loro due in quel bosco, aveva bisogno di stare sola. Quei gesti avrebbero segnato la definitiva rottura tra la Theana che aveva amato Lonerin, che aveva spasimato per lui studiando la magia tra le mura del Consiglio, e la nuova Theana, una donna d'azione e alla ricerca di se stessa, una donna che avrebbe aiutato la sua nemica a uccidere un uomo.

Sospirò, mentre le stelle brillavano fredde sulla sua testa. Poi, decisa, intinse due dita nella prima boccetta.

L'indomani mattina erano entrambe cambiate. Dubhe aveva fluenti capelli biondi, che aveva raccolto in una treccia morbida. La dolcezza del suo sguardo, che mitigava l'abisso dei suoi occhi neri, le labbra atteggiate a un sorriso pudico, il modo in cui teneva le mani congiunte in grembo la facevano sembrare un'altra persona.

Quanto a Theana, rimase sbalordita nel guardarsi. Aveva le mani callose e la fronte era attraversata da piccole rughe, come ne aveva viste spesso sulla fronte delle contadine fiaccate dal lavoro nei campi e dall'attesa dei propri uomini partiti per la guerra. Per la prima volta si accorse di quanto assomigliasse a suo padre. Glielo avevano sempre detto, ma lei non ci aveva mai creduto. All'inizio le era dispiaciuto, perché lo considerava un vagabondo dedito a un culto dimenticato, disprezzato da tutti, persino da sua figlia. Poi, poco prima che morisse, quando aveva cominciato ad ammirarlo, si era convinta di non essere degna di lui. Ciononostante, ora che l'erba l'aveva invecchiata, rintracciava in ogni angolo del proprio viso l'espressione del padre.

*Sto seguendo il suo cammino*, si disse con una punta di terrore. Ma non ci fu tempo. Dubhe le andò alle spalle, nelle mani il pugnale. Le prese i capelli.

«Che fai?» chiese Theana sottraendosi.

«Bisogna che te li tagli.»

«Non basta che abbia cambiato il colore?»

«No, sono troppo lucenti e curati, non sembrano affatto quelli di una contadina.»

Theana si sentì prendere dall'ira. Non voleva sottoporsi anche a quell'ultima offesa.

«Non ce n'è bisogno» disse voltandosi in modo da avere Dubhe di fronte. Strinse i ricci tra le mani, a proteggerli, e con dolore avvertì la loro morbidezza sotto le dita.

Dubhe non parve arrabbiata. Solo annoiata, che forse era anche peggio. «Non stiamo andando a giocare. Se ci scoprono, ci attende la morte, lo capisci? Il nostro travestimento è tutto, e dev'essere perfetto. Sei una maga del Consiglio, sei riconoscibile.»

«Sono l'allieva di un consigliere, chi vuoi che sappia che faccia ho? La maggior parte della gente non conosce neppure il mio nome.» Theana strinse con più forza i capelli.

Dubhe sospirò. Abbassò il pugnale, e i suoi occhi si fecero dolenti. «Perché sei venuta con me? Non lo sapevi che ci sarebbero stati dei prezzi da pagare? Non ti interessa la mia salvezza, e lo capisco. Forse mi odi, e capisco anche questo. Ma allora perché?»

Theana si morse le labbra. Le dita lentamente si sciolsero dai ricci, la tensione delle spalle si allentò. Sfuggì lo sguardo di Dubhe. Erano un gorgo, quegli occhi, un abisso al quale non ci si poteva sottrarre. Anche Lonerin ne era finito risucchiato.

«È proprio necessario?»

«Sì.»

Theana si voltò lentamente, mostrando la nuca a Dubhe. «Allora fallo.»

Non appena i capelli furono a terra, Dubhe si piazzò davanti a Theana e raggruppò le proprie armi in un piccolo mucchio. Per una strana ragione sentiva di doverle dimostrare qualcosa. C'erano i coltelli da lancio, le frecce, l'arco, e poi ovviamente il mantello, quello che aveva comprato con i primi soldi che il Maestro le aveva dato per i suoi servizi. Insomma, c'era tutta la sua vita in quella roba.

«Non li porterò con me» disse guardando Theana negli occhi. Le parve di cogliervi un lampo di comprensione, rapido e fugace.

Solo una cosa non riuscì a lasciarsi indietro: il pugnale. Si disse che un'arma le serviva, e poi nessuno lo avrebbe notato se lo nascondeva in una tasca sotto la gonna. La verità era che non poteva separarsene. Da quando il Maestro glielo aveva dato, era stato l'unica cosa che l'aveva mantenuta in vita.

«Quello lo tieni?»

Non c'era astio nella domanda. Era una pura e semplice curiosità, ma Dubhe si sentì colta in flagrante.

«Meglio se portiamo con noi qualcosa con cui difenderci» rispose.

Ed era vero: doveva premunirsi contro possibili imprevisti. I suoi sensi erano ancora intorpiditi dopo che qualche sera prima la maga le aveva fatto il rito, e di certo Theana non era in grado di combattere.

Poi ripartirono in silenzio.

La Bestia era uscita di nuovo allo scoperto non molto tempo dopo l'inizio del loro viaggio.

Theana per precauzione si era portata dietro una buona scorta della pozione preparata da Lonerin, sapendo perfettamente che durante la spedizione ci sarebbero state delle ricadute. Ogni sette giorni Dubhe doveva prenderne un po' per calmare la Bestia che le graffiava lo sterno, e pian piano si accorse che c'era qualcosa di strano. Già alla seconda settimana la pozione non ebbe lo stesso effetto sul suo corpo. Stava male, ma per nulla al mondo voleva dirlo a Theana. Se ci fosse stato Lonerin, lui sì che si sarebbe accorto immediatamente del suo stato. Le avrebbe afferrato il braccio, l'avrebbe visitata, e gli occhi gli si sarebbero riempiti di quell'insopportabile pietà che era alla fine il vero motivo per cui aveva deciso di lasciarlo.

Theana, invece, sembrava vivere in un mondo proprio. Erano due estranee che il caso aveva unito. Per questo Dubhe decise di stringere i denti e fingere indifferenza. Non si fidava di lei, ma alla fine dovette capitolare. I sintomi stavano peggiorando. Sentiva la furia della Bestia crescerle in petto, le mani presero a tremarle, e i suoi sogni erano pieni di stragi e di sangue. Allora si decise a parlare.

«C'è un problema.» La sua stessa voce le apparve roca, irriconoscibile. Theana, seduta attorno al fuoco assieme a lei, dovette accorgersene, perché la guardò in modo strano. Per un istante appena, Dubhe rimpianse le eccessive premure di Lonerin.

Le spiegò la situazione in poche e rapide parole. Si vergognava. Era la prima volta che le mostrava la propria debolezza, ed era come raccontare un orribile segreto a uno sconosciuto.

Theana si guardò attorno, sperduta, e Dubhe ebbe la netta impressione che non sapesse cosa fare.

«Se avessi con me la mia roba...» mormorò la maga. Poi si alzò. «Aspettami qui» aggiunse, e scomparve nel folto di un bosco lì vicino.

Tornò con delle erbe e un paio di ramoscelli che liberava dalle foglie con le mani. «Scopriti il braccio» le disse.

Dubhe ubbidì. Si sentiva nuda e indifesa, come sempre quando qualcuno la visitava.

Theana guardò a lungo il simbolo, passandoci sopra le dita mentre ripeteva a bassa voce una cantilena. Poi masticò le erbe che aveva raccolto e gliele spalmò sul braccio. Aveva gli occhi socchiusi, e mentre ripassava il ramoscello sul sigillo, dondolava leggermente la testa.

«Ti stai assuefacendo alla pozione» disse infine, mentre con le dita la ripuliva delicatamente dalla poltiglia verdastra.

Non era una novità per Dubhe. Le era già capitato quando era nella Gilda. Anche la pozione che le dava Rekla col passar del tempo faceva sempre meno effetto, e quando era riuscita a fuggire, era passata a quella che le preparava Lonerin.

«Credevo che la pozione di Lonerin avesse risolto il problema...»

Theana scosse la testa. «Il tuo è un sigillo. Qualsiasi pozione dura solo fino a un certo punto. Il corpo si abitua, e visto che nessun filtro riesce a intaccare davvero la maledizione, sarà sempre così.»

Dubhe guardò a terra. Era dannatamente stanca di quella storia. Pensò a Dohor, a quanto grande era adesso il desiderio di averlo tra le mani e ucciderlo.

«Io però posso aiutarti.»

Dubhe si tirò su di colpo.

«Io pratico arti magiche ormai dimenticate nel Mondo Emerso. Credo di poter bloccare temporaneamente il tuo sigillo con qualcosa che non sia un filtro.»

Dubhe rimase stupita. Da quando erano partite, aveva sempre pensato che Theana le sarebbe tornata utile solo per il rito definitivo che l'avrebbe liberata dalla maledizione. Non le sembrava affatto una donna d'azione, e non aveva neppure l'aspetto di una maga molto potente.

«Io posso confinare i poteri magici, i veleni e persino qualche malattia non troppo grave.»

«Puoi farlo anche col mio sigillo?»

Theana annuì. Aveva preso un piglio deciso, ora che parlava di magia. «Tra l'altro questo ci permetterebbe di nascondere il potere del tuo sigillo ai maghi. Così come sei ora, un mago può sentire la tua presenza grazie all'aura magica che ti porti appresso.»

«E perché non me l'hai detto prima?»

La voce di Dubhe dovette tradire una nota di sarcasmo, perché Theana si mise immediatamente sulla difensiva. «C'è un prezzo da pagare. Le prime volte questa magia intorpidirà i tuoi sensi.»

«Che significa?»

«Ti sentirai stordita, confusa. I tuoi muscoli non risponderanno come al solito. È una magia piuttosto potente; il tuo corpo ne uscirà fiaccato, e per qualche giorno ti sentirai male. Pian piano però ti abituerai, e già dopo qualche applicazione ti sentirai meglio.»

Dubhe sospirò. «Se continuo a usare la pozione, quanto potrò andare avanti?»

«Dovrai ridurre sempre di più gli intervalli di assunzione; da quanto mi hai detto, già adesso dovresti prenderla almeno ogni cinque giorni, se non meno, e la situazione peggiorerà rapidamente.»

«E se invece uso la tua magia?»

«Il rito va rinnovato una volta ogni quindici giorni, ma forse posso allungare gli intervalli.»

Dubhe rifletté per qualche secondo. «D'accordo, procedi» disse infine. Del resto non si attendeva di incontrare nemici. La riuscita della missione stavolta non stava nelle sue capacità di combattimento, quanto in quelle di camuffamento. E in questo la debolezza fisica le faceva gioco.

«Porgimi il braccio.»

Dubhe l'aveva scoperto a mostrare il simbolo. I colori erano più accesi del solito, il calore che emanava il disegno era palpabile, la pelle attorno era rossa. Poteva percepire la Bestia che lentamente le consumava la mente: una tortura quotidiana che era stanca di dover sopportare.

Theana aveva preso lo stesso ramoscello che aveva usato per controllare lo stato della maledizione. Lo aveva immerso nelle braci morenti in modo da annerirne la punta, quindi ne aveva saggiato il calore con un dito.

«Ci vorrà un po', e farà male» l'aveva avvertita.

Dubhe si permise un sorriso sarcastico. Cosa ne sapeva lei del dolore? Una che non era mai stata ferita, né portava con sé una maledizione tanto terribile.

Theana si avvicinò, lo sguardo impassibile. Dubhe si chiese se non provasse una punta di soddisfazione nell'infliggerle quella pena.

«Chiudi gli occhi e cerca di concentrarti su te stessa. La

maledizione avrà la meglio per qualche istante, ma sarai paralizzata e non potrai muoverti. Non sarà piacevole.»

Il suo sguardo era incredibilmente intenso, e Dubhe quasi se ne stupì. Poi chiuse gli occhi e si preparò al peggio.

Theana recitò una lenta litania, simile alle preghiere che pronunciava nel cuore della notte, quando era certa che nessuno la stesse guardando. Poi indurì istintivamente i muscoli del braccio.

Dopo pochi minuti appoggiò lo stilo sulla pelle e prese a tracciare segni sul corpo di Dubhe, piccole rune fitte e incomprensibili che si imprimevano sul braccio grazie alla fuliggine.

Procedeva spedita, a occhi chiusi, seguendo immaginarie linee di luce che in virtù della magia si stampavano sul fondo delle sue palpebre serrate. Era così, quando praticava la sua arte. I corpi le apparivano come un intrico di linee luminose che trasportavano flussi energetici e liquidi corporei. Era come sollevare la pelle del mondo e svelarne i segreti. Questo le aveva insegnato suo padre, questo era il potere che Thenaar conferiva ai suoi veri sacerdoti.

Dubhe aprì un occhio, curiosa. Non sentiva nulla, a parte quella cantilena che lentamente la intontiva. Il suo braccio era pieno di simboli, e Theana continuava a tracciarne. A ogni segno, Dubhe avvertiva il proprio corpo indebolirsi e la Bestia smuoversi, come infastidita. Sentì i muscoli cedere lentamente, tanto che fu costretta a stendersi. Theana la seguì col corpo per agevolarla, ma non lasciò nemmeno per un istante il suo braccio.

Poi staccò lo stilo di legno e prese un respiro profondo. Dubhe era stesa a terra, il corpo completamente abbandonato. Non era abituata a perdere il controllo, e questa nuova condizione la inquietava. Il suo petto cominciò ad alzarsi e abbassarsi più rapidamente.

«Ho quasi finito» mormorò Theana, ma la sua voce era distante.

Dubhe era stordita. Sentì la maga ripassare di nuovo con il ramo appuntito le linee già fatte, mormorando per ciascuna una parola in una lingua a lei sconosciuta. Per la Bestia, invece, era fin troppo nota.

A ognuna di quelle invocazioni, la percepiva affilare gli artigli, pronta ad attaccare. Il desiderio di morte montò prepotente, e Dubhe vi oppose con forza le immagini delle stragi che per causa della maledizione aveva compiuto fino a quel momento: l'uccisione dei soldati nel bosco, la prima volta che erano comparsi i sintomi del sigillo; e poi Rekla, il rumore sinistro del suo collo mentre si rompeva; la morte di Filla. Fu tutto inutile. L'orrore di quei ricordi svaniva per lasciare il posto all'odore del sangue che in tutte quelle occasioni aveva percepito: un odore invitante, che le riempiva le narici di una nuova euforia.

La sua mente allora esplose, e le sue orecchie si riempirono del ruggito assordante della Bestia. Il suo corpo fu scosso da tremiti e sussulti, le sue membra per qualche istante parvero trasfigurarsi, mutando in quelle di un mostro. Dubhe provò un terrore puro, atavico. Seppe con precisione che da quell'abisso non poteva esserci risalita, seppe che era perduta, che bastava un solo morso, e la sua coscienza sarebbe scomparsa. Sebbene da tempo vivesse con la maledizione, solo in quel momento comprese davvero quale sarebbe stata la fine che la attendeva, la fine preparata per lei da Dohor e Yeshol.

Theana rimase impassibile al proprio posto, non si lasciò spaventare dal quel corpo che si scuoteva in preda a una volontà selvaggia, non si fece impressionare neppure dalla sua trasfigurazione.

*Era questo che amavi, Lonerin? Questa Bestia, questa oscura maledizione?* Ma subito si vergognò di quel pensiero meschino. Doveva rimanere concentrata, era un incantesimo potente quello, e la situazione poteva sfuggirle di mano in qualsiasi momento. Chiuse gli occhi e pronunciò l'ultima parola per terminare il rito. Le rune che aveva tracciato svanirono all'improvviso dal braccio, e il simbolo del sigillo schiarì rapidamente.

Dubhe sentì la Bestia scomparire, come risucchiata nel profondo della mente, mentre lei prendeva di nuovo possesso del suo corpo, greve e dolorante. Respirò con forza e si piegò su un fianco, tossendo. Era di nuovo se stessa.

Theana rimase immobile, anche lei provata. Guardava Dubhe che provava a sedersi. Si chiese perché avesse deciso di aiutarla, cercò quella determinazione che l'aveva spinta fin là, senza però trovarla. Si deterse il sudore dalla fronte e andò a prepararsi il giaciglio per la notte.

Dubhe non avrebbe mai immaginato che il rito potesse lasciarla tanto spossata. Non era solo il suo corpo a funzionare male, ma anche la mente. Se fino a quel punto era stata lei a guidare la missione, imponendo tempi e modi del viaggio, adesso era così debole e confusa che dovette affidarsi completamente a Theana.

«Non mi avevi detto che anche le mie capacità di ragionamento sarebbero state intaccate» l'aveva rimbeccata con rabbia.

Theana aveva assunto uno sguardo colpevole. «Gli effetti del rito cambiano da persona a persona, e dipende anche dal sigillo...»

A Dubhe non servivano quelle patetiche scuse. La

preoccupava non avere il pieno possesso delle sue facoltà mentali.

E a ragione, perché quando Theana volle fermarsi in quel villaggio di frontiera, lei non seppe dire di no. In altre occasioni avrebbe deciso diversamente. Sapeva bene che due donne non avrebbero mai dovuto attraversare un posto appena depredato. I mercenari non aspettavano altro. Eppure le mancava la lucidità per prendere l'iniziativa, proprio come quando il soldato la sorprese dietro il muro e la catturò.

# 2
# L'esercito di Dohor

Dubhe sentì il rumore acuto di armi che cozzavano, voci che ridevano e urlavano.

La testa le doleva, ma non era solo effetto della botta che aveva preso. Era ancora confusa, e ci mise un po' a capire dove si trovava e cosa era successo.

La sua guancia era premuta su paglia umidiccia, e davanti a sé vedeva un paio di piedi stretti da una corda.

Scosse la testa cercando di schiarirsi i pensieri. La causa del suo stordimento se la ricordava bene. Il simbolo sul braccio pulsava lento, quasi morente.

*Dannazione...*

«Stai bene?»

La voce, stridula e preoccupata, fu seguita quasi subito dall'apparizione di un volto nel suo campo visivo. Ci mise un po' a riconoscerla. Era Theana, camuffata con quel travestimento che avevano messo in atto qualche sera prima. Quel ricordo se ne tirò dietro altri, lentamente, come grani di una collana.

Dubhe annuì stancamente. «Aiutami a tirarmi su.»

Theana strisciò verso di lei e le afferrò un braccio con entrambe le mani. Fu allora che Dubhe si accorse che tutte e due avevano le mani legate dietro la schiena.

Riuscì a mettersi seduta a fatica. Theana, davanti a lei, era pallida e scarmigliata. La fissava in attesa di qualcosa. Dubhe si guardò attorno. Erano su un carro col pavimento coperto di paglia e le pareti composte da gabbie. Dentro c'erano solo loro due e un numero imprecisato di barili e casse ammonticchiati in un angolo.

Provò a voltare la testa, lottando contro la nausea che le attanagliava lo stomaco. Tutt'intorno, soldati. Il quadro andò chiarendosi nella sua mente.

«Sei stata incosciente per un sacco di tempo, e io ho provato a ribellarmi, ma non potevo fare molto; poi anch'io sono svenuta, e quando mi sono svegliata mi sono ritrovata legata qui dentro. Ho cercato in tutti i modi di liberarmi le mani, mi sono anche fatta male...»

Theana parlava rapidamente, angosciata, e spostava con ansia lo sguardo in ogni direzione.

«Silenzio» le disse Dubhe.

Erano nel bel mezzo di un accampamento. C'erano una decina di tende bianche piuttosto malmesse e un padiglione più grande poco distante dal carro in cui erano tenute prigioniere. Alcuni soldati circolavano per il campo, mentre altri se ne stavano seduti a far nulla all'ingresso della propria tenda. Dubhe osservò le insegne, e non dovette neppure consultare la sua disastrata memoria. Erano le truppe di Dohor.

«Quando è successo?» chiese.

«Ieri pomeriggio.»

Dubhe guardò il cielo. Pomeriggio. Doveva aver preso una bella botta. Provò a muovere le braccia alla ricerca del pugnale, ma si accorse che così legata non le era possibile. Si tastò i muscoli. Ancora non aveva recuperato appieno le forze, ma poteva bastare l'agilità. Fece un unico movimento fluido con le spalle, portando contemporaneamente le ginocchia al petto, e riuscì a far scivolare le mani sotto le gambe. Si trovò le braccia davanti.

Theana era allibita. «Come hai fatto?»

«Addestramento» tagliò corto Dubhe. «Da parte di uno della Gilda, peraltro» aggiunse a bassa voce, guardandosi attorno. Una volta di più doveva ringraziare Sherva, la Guardia della Gilda che le aveva insegnato a rendere il corpo flessuoso e snodabile.

La sua mano andò rapida alla tasca. Il pugnale era ancora lì.

«Ci hanno perquisite?» chiese.

Theana scosse la testa. «Non lo so, sono stata incosciente anch'io, te l'ho detto...» La sua voce era affannata, si capiva che doveva essere terrorizzata.

Dubhe infatti se la trovò improvvisamente a un nulla dal viso.

«Dobbiamo scappare» le mormorò con gli occhi grandi per la paura.

«Sta' calma, non è detto che sia la cosa più intelligente da fare.»

«Stai scherzando? E la missione?»

Dubhe le mise rapidamente una mano sulla bocca. «Zitta!» le intimò. «La nostra missione è già iniziata, quindi non farti sfuggire nulla su chi siamo e su cosa stiamo facendo.» La sua voce era un sussurro. «Io e te siamo contadine, Sanne e Lea, e abitavamo in quel villaggio, chiaro? Ci siamo salvate dalla precedente incursione nascondendoci in una stalla, siamo uscite quando ci è sembrato che tutto fosse finito. D'accordo?»

Theana annuì.

In quel momento la porta del carro si aprì. «Giù, voi, svelte!»

Erano due soldati: uno più giovane e magro, l'altro più anziano e muscoloso. Bastò il suono della voce di quello anziano e Theana prese a tremare come una foglia. Dubhe non cercò di rassicurarla: il suo terrore era coerente col loro travestimento. Per questo si dimostrò altrettanto spaventata, mentre il soldato che aveva aperto la porta l'afferrava per il braccio. La recita le riuscì bene. Si sentiva debole. Barcollò, abbandonandosi tra le braccia dell'uomo.

«Avete provato a scappare, vero?» disse quello lanciando un'occhiata alle mani di Dubhe. Lei non rispose, tentando di assumere l'espressione più compassionevole che poteva. Non ci aveva pensato, era accaduto tutto troppo in fretta. Quel genere di errore non era da lei, e guardò la compagna impaurita.

Il soldato si frappose fra loro e si avvicinò a un soffio dalla sua faccia. Sguainò la spada e con la mano libera le strinse il volto fino a farle male. «Provaci ancora e sei morta» disse, guardandola negli occhi con cattiveria. La lama della spada accarezzava il profilo del suo collo esile, e Dubhe sapeva che non stava scherzando.

Alla vista di quella scena, Theana urlò, e l'altro soldato che la teneva stretta la scosse con violenza. «Buona!» disse, come se domasse un animale. «Altrimenti ci ripensiamo.»

Poi i due uomini si lanciarono un'occhiata e le condussero per un cammino accidentato che tagliava in mezzo una macchia bassa e piuttosto fitta. Dubhe ne approfittò per guardarsi attorno. Il panorama le risultò immediatamente familiare. L'aria aveva perso il sentore caratteristico che aveva avuto fin lì: il profumo penetrante di iodio e salsedine, tipico della Terra del Mare, aveva lasciato il posto al semplice odore d'erba e di muschio. Non c'era nulla di caratteristico nel boschetto attraverso il quale le stavano conducendo, eppure Dubhe seppe immediatamente dove si trovavano. Era la Terra del Sole, la sua terra. Non erano distanti dal confine, ed erano dirette là dove Dohor regnava. Era strano pensarlo, ma lei era a casa.

Il loro breve percorso finì vicino a un ruscello. Dubhe ebbe un tuffo al cuore. Lo conosceva, e non riuscì a nascondere il suo turbamento.

I due uomini le costrinsero in ginocchio sulla riva. Dubhe sentiva i denti di Theana che battevano. La guardò: piangeva. Non poteva biasimarla.

Le mani ancora le formicolavano, ma ugualmente ne spostò una nelle vicinanze del pugnale, pronta a ogni evenienza.

«Lavatevi la faccia e bevete. In queste condizioni nessuno vi comprerebbe.»

Dubhe si apprestò a ubbidire, ma il soldato l'afferrò per i capelli, torcendole il viso verso di sé. «Vedete però di non fare scherzi, chiaro?»

Sorrideva feroce, e lei si lasciò sfuggire una lacrima. L'uomo allentò lievemente la presa, ma la obbligò a immergere la testa nell'acqua.

Il freddo del ruscello e la dolce corrente che le accarezzava la pelle le fecero un buon effetto. Era sempre così, quando si immergeva in acqua, un vecchio rito che eseguiva ogni volta dopo un lavoro. Ora le servì a schiarirsi le idee. Fu come se la nebbia che le gravava sulla testa da quando Theana aveva compiuto il rito lentamente si dissolvesse. Persino il suo corpo ritrovò un po' dell'antico vigore.

Bevve quanta più acqua poté. Aveva la gola riarsa. Ne approfittò anche per detergersi dietro la nuca, là dove sentiva un taglio che le bruciava.

Poi il soldato le tirò fuori di forza la testa dal ruscello. «Basta, andiamo!» disse spingendola via.

Theana li vide allontanarsi dalla riva del torrente. Perché le stavano dividendo? Se portavano via Dubhe, per lei era finita. «No!» urlò, torcendosi verso la compagna. «Non separateci!»

Dubhe sapeva che nel giro di poco l'avrebbe chiamata con il suo vero nome. Era troppo sconvolta per ricordarsi dell'inganno che stavano portando avanti. Così urlò anche lei, divincolandosi per reggere la scena. «Lea, Lea!»

Come previsto, il colpo arrivò preciso tra le scapole, e le tolse il fiato. Cadde a terra, e riuscì a malapena a mettere avanti le mani, evitando di sbattere con la faccia sul tappeto di foglie secche.

«Smettetela di gridare! Non ce ne importa niente di separarvi» urlò il soldato che stava con lei.

Dubhe sollevò lievemente la testa. Il dolore era ovunque, ma cercò di restare presente a se stessa. Guardò Theana, e tentò di comunicarle con quel solo e rapido sguardo tutto ciò che pensava. Non l'avrebbe mai lasciata sola. La loro incolumità era il primo fondamento di quella missione.

Theana sembrò calmarsi e smise di opporre resistenza.

«Forza» disse il soldato anziano al compagno, mentre tirava su Dubhe. «Porta via anche la tua. Queste sono due lagne, e non ho voglia di sentirle starnazzare per tutto il tragitto.»

L'altro sbuffò e con malagrazia spintonò in avanti Theana. Dubhe si sforzò di mettere un piede davanti all'altro, senza lesinare singhiozzi e lamenti.

«Ne fate di storie, eh? Per fortuna tra un paio di giorni vi leverete dai piedi e non sarà più affar nostro» disse il soldato.

«Dove ci state portando?» mormorò Dubhe.

L'uomo ridacchiò. «Dove finalmente vi potremo tramutare in tante belle monete d'oro: al mercato degli schiavi di Selva.»

Nella ciotola c'era una brodaglia liquida nella quale galleggiavano due pezzi di pane nero e secco. Theana supplicò invano che le sciogliessero le mani: ricevette in cambio solo una risata da parte di tutta la truppa.

«Avanti, mangia» le disse uno.

La ciotola era davanti a lei, ma Thcana si rifiutò di strisciare per terra e ingozzarsi come un animale da porcile. Sentì montare le lacrime per l'umiliazione, mentre Dubhe assisteva in silenzio alla scena. Fu lei a mettersi per prima a gattoni e a raggiungere la ciotola. Si chinò e affondò la faccia nella zuppa, cominciando a mangiare.

«Vedo che impariamo in fretta!» disse il soldato, tra altre risate e grida dei compagni. Theana seguì il suo esempio, incredula e terrorizzata.

Quando la truppa si fu divertita abbastanza, entrambe furono riportate in cella, sul carro. Il sole era ormai tramontato, e il buio diventava fitto. Fissarono mani e piedi delle due donne con un'unica catena di ferro assicurata alle sbarre da un grosso lucchetto, le braccia sempre dietro la schiena.

«Sogni d'oro» disse il soldato anziano in tono beffardo.

Poi la porta si chiuse, e furono di nuovo sole.

Non si scambiarono neppure una parola. Entrambe sapevano di essere sveglie, ma per un pezzo non si parlarono. Dubhe pensava solo al luogo dove erano diretti. Il mercato degli schiavi. Selva.

Era il suo villaggio natale, dove tutto aveva avuto inizio. Sapeva che sua madre non viveva più là: l'aveva vista gestire un negozio di stoffe assieme a un uomo che non era suo padre, a Makrat. Però lì c'erano ancora molte persone che conosceva: la sua migliore amica, Pat, e poi Mathon, il suo primo amore, e i genitori di Gornar. Nessuno di loro avrebbe potuto riconoscerla, non solo perché si era camuffata, ma perché erano quasi dieci anni che mancava dal villaggio. Non era rimasto nulla di quella Dubhe scatenata che giocava con i ragazzini nei boschi circostanti. La sua colpa, però, ce l'aveva incisa sulla pelle. Selva, in fondo, l'aveva rifiutata.

Non riusciva a dormire. A un certo punto sentì Theana strisciare sulla paglia e chinarsi con la fronte a terra. Pregava, come sempre, e le sue parole erano accompagnate da lievi gemiti, appena percepibili.

Dubhe ascoltò, tentando di capire il significato di quella litania. Bastò una parola fra tante per farla scattare in avanti: Thenaar. Sussurrata con devozione, piena di speranza e di fede. I suoi sensi si fecero attenti. Theana stava invocando Thenaar.

Le fu sopra in un istante, portando di nuovo le braccia avanti dopo averle fatte passare da sotto le ginocchia. Spingerle la testa contro le grate e premerle sulla gola la catena fu un solo gesto. Theana emise un lamento strozzato.

«Cos'hai detto?» La voce di Dubhe era carica di odio.

Theana aveva gli occhi terrorizzati, e apriva invano la bocca per cercare aria. Dubhe allentò la presa quel poco che le permettesse di respirare.

«Hai mormorato un nome, poco fa, mentre pregavi. Hai detto Thenaar.»

Lo stupore sembrò scomparire dagli occhi di Theana, ma non la paura. «Lasciami andare.»

«Non prima che tu mi abbia spiegato.»

Dubhe aveva mille dubbi. Theana era forse una spia della Gilda? Per quello aveva deciso di seguirla nella sua missione, per riportarla nella Casa? Era una traditrice?

«È il mio dio» disse lei con una specie di orgoglio.

Dubhe le strinse la catena sul collo, togliendole il respiro. «Traditrice» sibilò, e premette ancora di più. Theana riuscì a malapena a scuotere la testa, gli occhi spalancati. Farfugliava qualcosa, mentre le labbra diventavano viola.

I ricordi della sua permanenza nella setta, l'orrore di ciò che la Gilda le aveva inflitto, si mescolavano nella mente di Dubhe, accecandola. Eppure lentamente allentò la presa. Era assurdo che una spia della Gilda si tradisse in modo così ovvio. Theana non poteva non sapere che lei era sveglia. Perché allora pronunciare il nome di Thenaar correndo un rischio del genere?

«Vedi di essere convincente» sussurrò minacciosa.

Theana tossì finendo con la faccia nella paglia, ma Dubhe la tirò su.

«Thenaar è un'antica divinità elfica, Shevraar.»

«Questo lo so.»

La giovane maga annaspò un poco, prima di continuare. «Col tempo il nome è stato distorto, e così anche il suo culto. Pian piano l'antica fede in Shevraar ha perso i suoi connotati, e alcuni eretici l'hanno trasformata in un culto sanguinario. Uccidono per glorificare il dio, vedendo in lui solo la sua parte oscura e distruttiva, e dimenticando che Thenaar è anche il dio che crea, e che ama.»

«Non mi interessa la teoria. Spiegami chi sei e cosa vuoi.»

Theana sgranò gli occhi, capendo l'equivoco. «Pensi che io sia una di loro? Pensi che sia venuta con te per venderti, perché anch'io seguo quel culto assurdo?» Ora era improvvisamente seria, quasi arrabbiata. «Sei come quelli che uccisero mio padre» disse tra i denti.

Dubhe non capiva. «Di che stai parlando?»

«Certo, tu non sai niente di magia, quindi non ti sei accorta che le mie pratiche non sono come le altre. Io sono una sacerdotessa del vero Thenaar. Mio padre faceva parte dell'ordine, ed era l'ultimo rimasto a officiare il culto. La Gilda lo riteneva un ostacolo, un residuo del passato da eliminare, e per questo lo ha sempre perseguitato. Lui predicava l'amore, la grandezza di Thenaar, il suo essere un dio della creazione, del cambiamento, e soprattutto dichiarava apertamente che quello della Gilda era un culto eretico, deviato, un terribile fraintendimento della vera fede.»

Dubhe ascoltava senza riuscire davvero a capire.

«È stato col potere di Thenaar che ho bloccato il tuo sigillo. Io pratico una magia mescolata ai riti sacerdotali del dio: me l'ha insegnata mio padre.»

«Mi stai dicendo che il culto di Thenaar non è solo quello della Gilda?»

Theana scosse la testa. «La loro è una perversione della vera fede. Del resto sai anche tu che Nihal era la Consacrata di Shevraar, e fu lei a salvare questo mondo.»

Dubhe si appoggiò con la schiena alle sbarre. Le sembrava tutto assurdo. Gli uomini si uccidevano tra loro per imporre la propria interpretazione del volere di un dio. «Questo non toglie che tu tutte le notti preghi Thenaar sotto i miei occhi... gli occhi di una che è stata distrutta dalla Gilda» aggiunse infine.

«Hai detto bene, è stata la Gilda. Thenaar non ha nulla a che fare con la setta degli Assassini. La fede in Thenaar è altro.»

Dubhe la guardò con sarcasmo. «Quindi sei qui per

mettere le cose a posto, vero? Per provare la veridicità di questa tua fede contro quella della Gilda.»

Theana non riusciva a capire dove volesse andare a parare. «Io non lo so. Semplicemente uso ciò che mi ha insegnato mio padre.»

«Già...» Dubhe guardò vero l'alto ridacchiando.

«Perché ridi?»

«È buffo, no? Che io debba andare in giro con un'altra fanatica di quel dio assurdo.»

Theana parve offesa. «Io non sono una fanatica. Non mi accomunare a chi ha trasformato una fede autentica e pura in un culto di morte.»

«Però quando preghi, sei come loro» disse Dubhe spietata. «Ripetete quella insulsa litania finché anche per voi non ha più senso.»

Theana la fissò gelida. «La mia preghiera non è come quella della Gilda. Tu che li hai visti dovresti capire meglio di altri.»

Dubhe guardò fuori dalla gabbia, verso la notte profonda e oscura. «La verità è che la tua fede mi ha portata qui e mi ha messo nel petto un mostro il cui orrore supera persino la tua immaginazione. La fede nel peggiore dei casi conduce a questo, alla morte, e nel migliore è una mera consolazione per i deboli.»

«Questo è il volto che hai visto tu, nella Casa» replicò Theana. «C'è una fede che non ha nulla a che fare con la morte, ma molto con la vita. Ha guidato mio padre e me negli anni dell'esilio, e mi ha dato queste mani con le quali ho sigillato la tua maledizione.»

Dubhe fece finta di non sentire. «Io so solo che i sacerdoti blaterano di aver trovato il *significato*, il senso del mondo. Io però ho soltanto visto persone morire. La vita, per come la conosco io, è solo caos.»

Theana sostenne il suo sguardo, ma non si ribellò né si mostrò indignata. «Questo perché non hai ancora trovato la tua strada.»

Dubhe sentì una vaga irritazione salirle dallo stomaco. «E tu invece sì?»

Theana deglutì. «No, ma so che c'è.»

Un silenzio denso scese sulle sue parole. Dubhe guardò verso il cielo stellato. Una miriade di piccole luci fredde assistevano impassibili, notte dopo notte, allo scorrere della vita sulla Terra. Come se nulla di brutto potesse intaccare il loro splendore.

«Quando scapperemo?» domandò all'improvviso Theana.

«Non lo faremo. Stiamo andando nel cuore della Terra del Sole, la direzione è giusta. Fra tre giorni saremo a Selva, e là prenderemo la nostra strada. Fin lì non c'è niente di male a procedere in carro piuttosto che a piedi.»

«Sì, ma...»

«Non ci succederà nulla» aggiunse con sicurezza Dubhe. «Sto recuperando le forze. Non permetterò che ci accada niente di male.»

Theana abbassò lo sguardo, preoccupata e incerta. «Grazie per prima» disse con sincerità. «Ho capito quello che hai fatto, sia al ruscello sia dopo e...» Abbassò gli occhi, evidentemente incapace di continuare.

Dubhe si sentì altrettanto incapace di rispondere: era stata presa alla sprovvista da quella chiara dichiarazione di debolezza.

«Non l'ho fatto solo per te.»

«Ma è per me che sei stata colpita.»

Dubhe non riuscì a controbattere.

«Non accadrà più» aggiunse Theana. «Non voglio essere un peso per te.»

Dubhe guardò a terra. Non credeva che le cose potessero cambiare tra loro due, però apprezzava quello slancio di sincerità. «Non ci pensare e dormi» tagliò corto. «È meglio che riposiamo.» Quindi si accomodò alla meglio tra la paglia e si distese. Dopo poco sentì Theana fare lo stesso.

# 3
# Verso l'abisso

Ido e San procedevano lenti. O almeno, a San così sembrava da quando si erano inoltrati nel Mondo Sommerso.

Il loro viaggio era iniziato sotto i migliori auspici. L'idea di andare a visitare un posto leggendario come il Mondo Sommerso, l'eccitazione di una nuova avventura al fianco di quel mito vivente che era Ido, tutto aveva contribuito a galvanizzare San. Reduce dalla vita noiosa che aveva condotto per breve tempo presso il Consiglio delle Acque, dove era costantemente guardato a vista da un soldato, il ragazzino era partito convinto di avviarsi verso qualcosa di grandioso. Era quello che gli ci voleva, perché riposarsi, fermarsi, significava dover fare i conti col tumulto che si sentiva nel petto.

Aveva bisogno di stordirsi, di non pensare a nulla. Erano capitate molte cose negli ultimi mesi, e la sua vita era stata completamente sconvolta. Prima l'irruzione della Gilda nella sua casa, con l'assassinio dei suoi genitori; poi il rapimento e il salvataggio da parte di Ido; e infine la scoperta di possedere poteri enormi, di cui non aveva mai sospettato l'esistenza. Era come se nel momento stesso in cui Sherva e il suo compagno avevano abbattuto la porta di casa sua, la realtà fosse stata sospesa, e tutto avesse acquisito l'incerta consistenza di un sogno, o di un incubo.

La Gilda lo cercava per usare il suo corpo come una sorta di contenitore per l'anima di Aster, e se il piano fosse andato a buon fine, ciò avrebbe significato un nuovo inferno, come quello che aveva dovuto affrontare sua nonna Nihal più di quarant'anni prima. Anche la magia, che improvvisamente sentiva scorrere potente dentro di sé, era una scoperta inquietante. Si sentiva solo, come mai era stato prima.

Ido era l'unico punto fermo. Lui era la sicurezza e la salvezza, lui era quello che sapeva, l'unico che potesse indicargli la strada. Guardava la sua schiena dritta nonostante fosse ormai un vecchio. Gli sarebbe piaciuto un giorno essere come lui. Attorno era buio e confusione, ma con Ido, sul drago che li conduceva al Mondo Sommerso, c'era luce.

Quando era salito sul drago, San era rimasto a bocca aperta. La bellezza del panorama sotto di loro, il vento che gli spazzava indietro i capelli e gli gelava le guance, i colori e gli odori della primavera in arrivo.

Ma il suo desiderio di novità e di avventure fu esaudito del tutto solo quando arrivarono in vista dell'oceano. Lui non aveva mai visto il mare. Con i suoi era sempre rimasto nel caldo rassicurante della Terra del Vento, limitandosi a leggere di fiumi lunghissimi e distese d'acqua che non avevano mai fine. Ora tutte quelle cose le aveva davanti, e l'oceano era vasto e sconfinato, mutevole.

La prima mattina che lo vide ai margini dell'orizzonte era solo una striscia lucente ai bordi del cielo. A mezzogiorno si era già tramutato in una lastra grigio cupo, sulla quale incombevano nuvole nere gonfie di pioggia.

Alla sera, quando giunsero in vista delle Scogliere Ascose, si era tramutato in una tavolozza di infinite gradazioni di blu.

Ido fece posare il drago azzurro in cima alla scogliera. Il vento era teso, l'odore di salsedine fortissimo. Ma la cosa più impressionante era il rombo delle onde.

San si gettò giù dal drago di slancio, tanto che Ido lo acchiappò per la collottola. «Calma, calma!» Davanti alla sua faccia impaziente, sorrise. Gli indicò lo strapiombo poco distante da lui. «Sai quanto è alta la scogliera?»

San guardò là dove la roccia finiva bruscamente e scosse la testa.

«Quasi mille braccia» disse Ido. Il ragazzo sentì la bocca che gli si seccava. «Per cui, se vuoi dare uno sguardo, fallo pure, ma sta' bene attento» gli sussurrò prima di lasciarlo libero.

Il ragazzino si avvicinò al ciglio con cautela. Il rombo che veniva da sotto era assordante, più pieno e fragoroso persino di quello della cascata di Laodamea sulla quale era costruito il palazzo reale, e che a suo tempo già lo aveva impressionato.

Arrivato sul bordo, per un istante appena guardò il cielo e il mare, e sentì una fitta di dolore. Si chiese se ci fosse qualcosa, al di là, e se qualcuno avesse mai solcato fino in fondo quella distesa. Forse al blu non c'era fine, forse cielo e mare continuavano a specchiarsi l'uno nell'altro in eterno, senza mai congiungersi. Era qualcosa di troppo grande per poter anche solo essere pensato, era l'infinito, e lui se ne sentiva schiacciato.

Poi ebbe il coraggio di guardare in basso, a meno di una spanna dai suoi piedi. Sotto di lui, a una distanza che gli sembrò incolmabile, le onde si infrangevano in spruzzi altissimi. Il mare, da azzurro che era, prima diventava quasi nero, poi si tramutava in spuma bianca. L'acqua si arrampicava su per la roccia, quasi fosse un animale che cercava di risalire l'abisso e ghermirlo.

«Impressionante, no?»

Era Ido, e guardava giù come lui.

San lo fissò, convinto che stesse pensando le stesse cose. Era certo che quel vuoto avesse un significato anche per lo gnomo.

*Io e lui siamo uguali, perché siamo entrambi soli.*

San passò una notte insonne. Lui e Ido avevano trovato ospitalità presso un pescatore che aveva la casa sul ciglio della scogliera. Era un uomo taciturno, la pelle scura e secca come cuoio conciato, le mani callose di chi ogni giorno tira le reti. San aveva sentito parlare spesso dell'ospitalità degli uomini della Terra del Mare, e se li era sempre immaginati rossi di pelo e bonari. Ma Sennar non gli era apparso così, e anche quel pescatore era tutto tranne che ospitale.

Offrì loro una zuppa calda, poi li salutò ritirandosi nelle sue stanze.

San dormiva in un letto, Ido a terra, su un pagliericcio. Il ragazzo poteva sentirlo russare lievemente. Ma era altro che catturava la sua attenzione. Era ancora il rombo delle onde, inarrestabile. Era un fragore che nel silenzio assoluto della casa diventava quasi assordante. Pensò che se i sentimenti avessero un suono, quello della sua sofferenza sarebbe stato come quel rombo, e altrettanto assordante.

Il drago azzurro si allontanò nell'aria tersa del mattino assieme al cavaliere che li aveva accompagnati.

«E adesso?» chiese San avvolgendosi nel mantello. Faceva freddo, e soprattutto tirava molto vento.

«Adesso viene il bello» rispose Ido enigmatico. Poi guardò il mare. «Ci vengono a prendere. E noi gli andiamo incontro.»

Scesero giù per la scogliera, per una strada così stretta e ripida che dall'alto era completamente invisibile. Era una specie di scala, un sentiero tortuoso scavato nella roccia, che scendeva dal pendio fino agli scogli più in basso. Alla fine si incuneava in una specie di piccola rada, sufficiente per farci entrare una barca di medie dimensioni.

Arrivati nello spiazzo, attesero a lungo. Il vento sferzava i mantelli, mentre il sole descriveva il suo consueto arco sulle acque. Poi finalmente li videro arrivare.

San aveva letto qualcosa di loro nelle *Cronache del Mondo Emerso*: gli uomini bianchi che vivevano sotto il mare, gli eletti che avevano abbandonato il Mondo Emerso perché stanchi della guerra e avevano creato sotto la superficie marina un'utopia.

Vederli dal vivo era emozionante quanto strano. Per la maggior parte erano magri, la pelle candida e gli occhi chiari persi in uno sguardo gelido. Avevano tutti lunghi e lucenti capelli bianchi, e sembravano spettri, con movenze così eleganti e lente da far pensare che si trovassero ancora sott'acqua.

La nave da cui stavano sbarcando dava la stessa sensazione: agile, con ampie vele azzurrine e la prua appuntita; quasi potesse volare sopra il mare.

Quando giunsero davanti a loro, si inginocchiarono verso Ido e rivolsero a San un ossequioso cenno di saluto.

«Re Tiro vi saluta; ci ha mandati la contessa» disse quello di loro che sembrava il capo.

Ido si limitò a salutarli con un breve cenno della testa. «Quanto ci vorrà per arrivare?» chiese mentre saliva a bordo.

«Due settimane di navigazione, e altre tre per giungere alla contea.»

I primi giorni San si sentì eccitato all'idea di attraversare il mare. Passava molto tempo sul ponte a studiare i cambiamenti di luce. Ogni ora aveva il suo colore e, a seconda dell'altezza del sole sull'orizzonte, anche l'acqua sembrava mutare aspetto. Di notte osservava le stelle. L'umore in quei momenti si faceva contemplativo, e la ferita della morte dei suoi genitori tornava a farsi viva. Allora si staccava dalla murata e scendeva in cabina.

«Raccontami qualcosa di mia nonna» chiedeva a Ido, e lui quasi sempre lo accontentava, narrandogli aneddoti e leggende. Benché le conoscesse a memoria, ascoltare quelle storie da chi le aveva vissute faceva decisamente un altro effetto. Il dolore a poco a poco scompariva, e tutto sembrava confinato altrove. Per questo era bello stare con lo gnomo. Perché lui lo capiva.

A metà del viaggio, però, San si fece scuro in volto. Essere costretto in un ambiente così angusto lo irritava. Non poteva sfuggire a se stesso, là sopra, e la noia si portava sempre dietro la sua corte di fantasmi.

Fu così che iniziò a divertirsi con la magia. Evocazione di lampi di luce e piccoli fuochi, più che altro. Una cosa che, fosse stato ancora vivo suo padre, non si sarebbe mai permesso di fare. Ora invece il bene e il male, il giusto e l'ingiusto, sembravano essersi confusi. Ben due volte, durante il precedente viaggio con Ido, aveva salvato la vita di entrambi con il proprio talento. E allora perché non esercitarsi? Per un ragazzino come lui era uno spasso avere un potere simile. Era riuscito perfino ad abbattere un drago. Ma di dimostrare le sue capacità in pubblico, non se ne parlava. Provava vergogna, e anche se sapeva che Ido era al corrente dei suoi svaghi, preferiva aspettare che lui fosse altrove o riposasse.

«Nel Mondo Sommerso esiste la magia, lo sai? Proprio come su da noi» gli disse una sera lo gnomo, mentre fumava la pipa assaporando con calma ogni boccata.

San si era mostrato indifferente.

«Potresti addestrarti *seriamente,* mentre siamo lì sotto.»

Un lungo silenzio fu l'unica risposta.

«Hai riflettuto un po' sulla mia proposta di fare il mago?»

«Un po'» rispose il ragazzino scrollando le spalle.

«Non voglio metterti fretta, ma sono sicuro che ti divertiresti di più che fare quei soliti giochetti da principianti prima di dormire» replicò lo gnomo con uno sguardo ammiccante.

Già, San non si sbagliava. Ido lo conosceva davvero molto bene.

Alla fine della seconda settimana arrivarono finalmente all'isola. Non c'era neppure una casa, solo alberi piuttosto strani e fiori coloratissimi che San non aveva mai visto prima.

«Sennar scese nel Mondo Sommerso attraverso il Gorgo. È un ingresso, ma uno dei più pericolosi, e non lo usiamo mai, se non in caso di estrema necessità. Fu il primo che realizzammo, quando non supponevamo di dover tornare nel Mondo di Sopra. Poi ne costruimmo altri, più sicuri. Questo è uno di quelli» spiegò loro la guida. Per essere un abitante di Zalenia era fin troppo greve; panciuto e di mezza età, della sua razza sembrava mantenere solo gli occhi chiarissimi e i capelli candidi. Fania era il suo nome.

A San faceva uno strano effetto sentir nominare suo nonno e quell'avventura lontana che per lui aveva contorni mitici. La missione di Sennar la conosceva a memoria: Aires, la piratessa che con la nave di suo padre lo aveva accompagnato per una buona metà del viaggio, la tempesta, il mostro, infine il Gorgo. Mai avrebbe immaginato di ripercorrere quella strada.

Ci rimase male quando vide che si trattava di una galleria. Sembrava inoltrarsi sotto terra da un lato dell'isola. «Per di qua?» chiese incerto.

«Dopo di voi» risposero gli uomini che facevano loro da scorta. «Giù troveremo i cavalli per il nostro viaggio.»

Per qualche tempo scesero dentro la terra, ma poi, d'improvviso, le pareti di roccia del cunicolo si saldarono a quelle di vetro di un tunnel.

«Benvenuti nel Mondo Sommerso» disse la guida.

San si guardò attorno. Erano sotto il mare, non c'era possibilità di ingannarsi. Una decina di braccia sotto i suoi piedi, roccia e alghe. Tutto intorno, un blu assoluto e denso, dal quale comparivano di tanto in tanto pesci delle più diverse fogge. In alto, distante, il riflesso del sole.

Rimase a bocca aperta. Non avrebbe mai creduto che il Mondo Sommerso potesse essere un posto tanto favoloso.

Il tempo parve dilatarsi. Il tunnel sboccò in un'ampolla, una delle tante di cui era composto quel mondo. La prima volta San rimase impressionato: in quell'enorme costruzione di vetro era racchiuso un intero villaggio, con le sue case, i suoi campi coltivati e i suoi spettrali abitanti. Alla prima ampolla ne seguì un'altra, e poi altre ancora. Il viaggio divenne una monotona alternanza di posti più o meno uguali.

Il territorio era diviso in contee, e quando il loro gruppo ne varcava il confine, perdevano almeno un giorno aspettando che la guardia ricevesse i permessi necessari per farli passare. Sembrava che lì sotto avessero una specie di ossessione per la sicurezza, soprattutto verso chi, come loro, veniva dal Mondo Emerso.

Gli sguardi della gente erano pieni di sospetto per gli Abitanti di Sopra, come li apostrofavano coloro che li vedevano passare. San si sentiva indagato, spiato, e si appiattiva sulla schiena di Ido, in imbarazzo.

Cominciò ad avvertire una certa irrequietezza. Capiva perfettamente l'importanza di quel viaggio. Era necessario nascondersi dalla Gilda, perché se l'avessero trovato per lui sarebbe stata la fine. Ma allo stesso tempo si stava sottraendo allo scontro con i suoi nemici, e più ancora stava sfuggendo agli assassini dei suoi genitori. Era giusto che loro calcassero indisturbati la terra di sopra, mentre lui si andava a nascondere sotto il mare? Era giusto che, mentre il Consiglio delle Acque era impegnato a cercare con tutti i mezzi di sconfiggere la Gilda, lui non potesse fare altro che stare attaccato a Ido?

Dopo un tempo che gli sembrò interminabile, finalmente arrivarono a destinazione.

«Questo è il luogo che ospitò tuo nonno una volta uscito dal Gorgo.» Ido alzò un dito a indicare qualcosa sulle loro teste, e San sollevò lo sguardo. L'ampolla in cui si trovavano, come tutte quelle che avevano percorso fino ad allora, era collegata all'esterno tramite un enorme tubo di vetro. Sulla sommità si intravedeva qualcosa di impetuoso e inimmaginabile.

Il ragazzino rimase a bocca aperta. «Il Gorgo?»

Ido annuì con un sorriso compiaciuto. «Precisamente.»

«Quindi qui regna il conte Varen» osservò San con un certo entusiasmo.

«Regnava» lo corresse Ido. «Sai, non tutti hanno la sfortuna di noi gnomi di vivere cento e passa anni. Dubito che sia ancora in giro...»

San ripensò alle *Cronache del Mondo Emerso*, che tante volte aveva letto. Ripensò al viaggio di suo nonno, alla paura e all'eccitazione che di certo aveva provato mentre si trovava lì sotto, e quasi con meraviglia ripensò al vecchio che aveva incontrato a Laodamea. Non riusciva a sovrapporre a quella figura severa e affaticata dagli anni l'immagine del giovane intraprendente e coraggioso che aveva compiuto un viaggio avventato.

Il palazzo della contessa si stagliò davanti a loro imponente e al contempo sobrio. Era una semplice costruzione rettangolare interrotta da numerose finestre, al cui ingresso erano appostate solo due guardie.

Dentro era altrettanto essenziale e luminoso, con quelle pareti candide che rimbalzavano ovunque la luce accecante dell'ambiente. Quasi subito le guardie che li accompagnavano si inginocchiarono.

«Comodi» disse la figura non appena fu abbastanza vicina.

Era una donna, vestita di una lunga tunica che le lasciava scoperte le braccia. Doveva avere almeno una cinquantina d'anni, come testimoniavano le numerose rughe attorno agli occhi, ma il suo viso manteneva tratti quasi infantili, che le conferivano un aspetto piuttosto curioso: c'era qualcosa in lei di innocente e ingenuo, ma dai lineamenti trasparivano anche una fermezza e una forza d'animo fuori dal comune. San si sentì immediatamente intimidito.

Anche lei aveva gli occhi di un azzurro chiarissimo, ma quello che la rendeva speciale era l'acconciatura. I suoi capelli non erano completamente bianchi, ma solcati da ciocche grigie, alcune più chiare, altre più scure.

Ido si inginocchiò.

La donna gli pose una mano sulla spalla, invitandolo ad alzarsi. «Vi prego, davvero... non c'è ragione.»

Poi passò a guardare San, e lo fece con una tale intensità che il ragazzino fu costretto ad abbassare di nuovo gli occhi.

«Benvenuto a Zalenia, San» disse lei con una voce dolce, che contrastava con il suo aspetto. «Spero che il tuo soggiorno sia migliore di quello di tuo nonno.»

San osò alzare lo sguardo.

«Ti presento la contessa della contea di Sakana, Ondine» disse Ido.

San fu accompagnato a esplorare il giardino del palazzo. Sembrava incerto, disorientato, ed era normale che lo fosse dopo tutto quello che aveva passato. Ondine non gli staccava gli occhi di dosso. Studiava i suoi lineamenti, quasi alla ricerca di qualcosa.

Ido, al suo fianco, fumava con calma. Capiva quello che la donna provava. Troppe volte si era ritrovato a fare i conti col proprio passato. «Ti sembra che gli somigli?»

Avevano deciso di lasciare da parte le formalità e darsi subito del tu. Del resto avevano percepito immediatamente qualcosa che li legava e che aveva instaurato tra loro una specie di fraterna confidenza, strana per due persone che non si erano mai viste, ma che molto avevano letto l'una dell'altra.

Ondine si riscosse. «Sì. Il modo in cui si muove, la corporatura...»

Avevano trascorso l'ora precedente a parlare del passato, e di Sennar. Prima ancora di chiedere nei dettagli quale fosse la situazione nel Mondo Emerso, Ondine aveva voluto sapere tutto sul mago. Lo gnomo aveva intuito quali erano stati i veri sentimenti di quella donna; anche lui sapeva perfettamente che il ricordo sopravvive proprio nelle piccole cose, in quei dettagli futili e quotidiani che fanno di una persona una persona vera. Non si fece pregare e le raccontò tutto una volta ancora.

«Immagino tu veda in lui Nihal» gli disse Ondine a un certo punto.

Ido annuì sfilandosi la pipa di bocca. «Le assomiglia persino nel carattere. Per me è quasi come rivederla. Hanno gli stessi occhi.»

Ondine sospirò. Aveva uno sguardo infinitamente triste. «Ognuno cerca in lui quel che ha perduto, vero? È il prezzo che esigono i ricordi, e i rimpianti.»

Ido trasse una lunga boccata. Ondine era molto più giovane di lui, e non aveva avuto modo di vedere il proprio mondo sgretolarsi sotto gli occhi. Eppure condividevano la stessa straziante nostalgia di ciò che era stato e non sarebbe mai più tornato. Era questo a unirli, lì su quella panchina dove ora sedevano.

«Gli hai detto che saresti venuto qui?»

Ido annuì.

«E lui?» sussurrò Ondine.

Lo gnomo chiuse gli occhi un istante. Ne aveva parlato con Sennar quando si erano salutati prima di partire. Per una strana ragione, in quell'occasione aveva pensato che non si sarebbero più rivisti.

"Dille che non l'ho mai dimenticata. Soprattutto dille che non c'è stato giorno in cui non abbia sentito con forza il rimorso per quello che le ho fatto. Dille che per me è rimasta sempre la ragazza ferma al ciglio della strada, su quella strada che rifiutai di prendere, anni fa. Nella mia memoria è bella come allora, nel mio ricordo mi aspetta ancora. Forse anch'io non l'ho mai abbandonata, non lo so. Ma dille che senza di lei non sarei mai arrivato alla fine di quel viaggio, che le devo la vita e molto altro. Dille infine che ho provato a mantenere la promessa, ma che la vita è stata più forte, e non ce l'ho fatta." Questo gli aveva detto Sennar.

Ido fece un lungo tiro, trattenne il fumo e lo assaporò. Poi soffiò una nuvola evanescente.

«Si ricorda della promessa che ti fece, di essere felice assieme a Nihal. Ci ha provato, ma la vita è stata più forte.» Gli occhi di Ondine si riempirono di lacrime. «Non ti ha dimenticata, affatto. E ancora adesso ripensa a quello che accadde quel giorno.»

Le lacrime cominciarono a scenderle lungo le guance, ma senza singhiozzi. Respirava con calma, impassibile, gli occhi fissi su San. Una donna forte, temprata da lunghi anni di dolore silenzioso. Ido pensò alle molte donne simili a lei che aveva conosciuto: pensò a Sulana il giorno del suo matrimonio, e al suo corpo nella bara, il giorno del funerale. Pensò alla calma ieratica di Soana, alla sua compostezza e alla sua forza. E qualcosa in fondo all'anima gli fece male.

Quanta solitudine doveva esserci stata nei giorni di quella donna! Che vita difficile, la sua!

«Non ci sono riuscita» disse lei rompendo il silenzio dei suoi pensieri. «Ho provato, davvero, ma ci sono incontri che ti cambiano la vita, e lui è stato uno di questi. Ho cercato di scordarlo nel lavoro presso il conte, quando iniziai a fare la serva a palazzo, e poi in altri abbracci. Ma c'era sempre qualcosa che mancava. Forse sono io che non ho mai capito, che stupidamente non ho mai voluto rinunciare e dimenticare.»

Con un dito asciugò una lacrima all'angolo dell'occhio.

«E poi c'è stata l'adozione, e sono diventata figlia di Varen. La politica mi ha preso nel suo turbine: gli affari di stato, la lotta per cambiare le cose, perché anche i Nuovi come me venissero accettati e non fossero più trattati come servi, come emarginati. Forse anche questo fu solo un modo per dimenticare, per riversare altrove quella smania che mi bruciava dentro e non mi dava pace.»

Ido guardò a terra. Quante volte, dopo la morte di Soana, aveva cercato di soffocare il proprio dolore nella battaglia. Anche lui aveva provato a scappare dall'ineluttabile, cercando altrove sfogo a un dolore che non trovava altra via.

«E ora mi ritrovo contessa, e non so neppure io come ho fatto. Sono la prima Nuova a diventarlo, una straordinaria vittoria che in tanti mi invidiano. Dovrei sentirmi orgogliosa ogni volta che vedo un Nuovo che assume un incarico di potere, che vive normalmente la sua vita. Eppure, tutto quello che ho fatto in questi anni mi sembra non avere importanza.»

*Che senso ha avuto la mia lotta? Che senso ha ancora quello che sto facendo? L'ostinazione a combattere nonostante il mio braccio sia sempre più debole, il mio occhio sempre più offuscato?* Ido aveva fatto gli stessi pensieri un tempo, e ora poteva immaginare il suo subbuglio interiore.

Ondine sorrise. «Perdonami, ti sto annoiando con discorsi futili, e inoltre non vedo come possano interessarti le mie vicende.» Aveva gli occhi rossi, e lo guardava tra le lacrime.

Ido tirò ancora dalla pipa. Il sapore antico del tabacco lo calmava. «Invece ti capisco fin troppo bene. Quando persone come me e te, che hanno già fatto molta strada, intraprendono la discesa che porta alla fine, è ovvio che pensino a cose del genere. Ma io ritengo che nulla di quanto facciamo sia vano, anche se è costato dolore. Per quanto ci agitiamo, nessuno può evitare i rimpianti, ma occorre anche guardare con oggettività i successi, non credi?»

Ondine sorrise ancora, passandosi il dorso della mano sulle guance. Sembrava sollevata, in qualche modo. Ido pensò che era bella, nonostante la giovinezza consumata nella solitudine. Aveva fatto della propria debolezza una forza.

«Più tardi un mio attendente vi mostrerà le stanze che vi ho fatto preparare.»

«Oh, grazie» disse Ido.

Lei fece per alzarsi.

«Il ragazzo sembra molto dotato per la magia» aggiunse lo gnomo afferrandola per un polso prima che andasse via.

«In fondo è il nipote di Sennar...»

«Credi che qualcuno qui a palazzo possa addestrarlo? Sai, mi sono accorto che è piuttosto irrequieto, ed è ancora molto scosso dalla morte dei suoi genitori. Ci vorrebbe qualcosa che lo tenesse impegnato.»

«Nella mia contea ci sono parecchi validi maghi. Sono sicura che troverò qualcuno che possa fare al caso» rispose la contessa sorridendo con gli occhi.

Ido ricambiò. «Sei davvero un'ospite eccezionale.»

Ondine arrossì lievemente. «E tu un adulatore» disse allontanandosi con passo leggero.

Ido osservò la sua andatura decisa. Probabilmente non si era mai concessa fino ad allora un momento di sincerità come quello che aveva regalato a lui. E capì quanto ciò fosse prezioso. Sentì in fondo al cuore una compassione trascinante per quella donna sola che tanto aveva fatto nella propria vita, e la sua immagine si sovrappose a quella di Soana. Capì di essere ormai vecchio, e stanco.

*È quasi ora di andare.* Ma subito rimase schiacciato dall'enormità di quel pensiero.

Guardò verso San. Sotto l'albero, il suo protetto si era addormentato.

L'odore di sangue, quel giorno, era intenso. C'era stato un grande sacrificio, e nella Casa aleggiava un senso di euforia. La Suprema Guardia, Yeshol, lo conosceva bene. Era l'esaltazione dell'omicidio. Una cosa che gli Assassini provavano soprattutto da giovani, quando uccidere li riempiva ancora di un folle senso di onnipotenza. Poi gli anni passavano, e alla fine di esaltati ne rimanevano pochi. Rekla, però, era tra quelli. Lei provava piacere nel sangue, e trovava un senso alla propria vita solo in Thenaar.

Yeshol non avrebbe mai smesso di rimpiangerla. Non si era mai sentito legato a qualcuno degli Assassini: per lui erano solo strumenti che il dio utilizzava per la propria volontà. Solo Thenaar era importante. Ma aveva amato Rekla come un fratello può amare una sorella. L'aveva vista arrivare alla Casa che era una bambina magra e spaventata, l'aveva vista diventare una donna sicura di sé e delle proprie capacità, l'aveva vista crescere nella fede. Era più di un sottoposto. Era l'unico legame che aveva lì dentro.

Yeshol sapeva che era morta. Rekla non aveva più fatto rapporto sulla sua missione, nemmeno tramite la magia. Ormai erano passate settimane dall'ultimo comunicato, e non era mai successo prima. Lui capiva sempre quando uno dei suoi scendeva nel regno di Thenaar. La Bestia doveva averla uccisa.

Per celebrare la sua morte aveva deciso quell'ecatombe. Avevano massacrato ai piedi della statua di Thenaar buona parte dei Postulanti che erano nella Casa. Era stato un bagno di sangue, un'orgia terribile. Venivano trascinati tra i piedi di Thenaar, là dove gli Assassini prescelti affondavano le lame nei loro cuori, uno alla volta. Gli occhi spenti delle vittime creavano uno splendido contrasto con gli occhi accesi dei carnefici. Grida di giubilo, preghiere urlanti, risa e canti.

E Yeshol ritto al lato della statua del dio, impassibile ma soddisfatto. Tutti avevano perduto la testa, tutti tranne lui. Nell'euforia generale, lui era rimasto lucido. Neppure per un momento aveva dimenticato la missione e i tempi difficili in cui si trovavano.

I suoi gli avevano detto che il ragazzino che avrebbe ospitato lo spirito di Aster era arrivato a Laodamea, poi era scomparso e non sapevano dove fosse andato.

A quel punto era stato Sherva a indagare per lui, Sherva che aveva fallito e si era lasciato scappare sotto il naso quel moccioso. Anche i falliti potevano ancora cantare la gloria di Thenaar. E così aveva scoperto tutto. Sapeva dove Ido stava portando il ragazzino. Ma i tempi erano stretti e le mosse da compiere rischiose.

Quando la strage ebbe fine, chiamò quattro dei suoi, che entrarono inginocchiandosi davanti alla sua scrivania. La loro pelle trasudava l'odore acre che si sentiva nella sala.

«Ho per voi una missione di assoluta importanza. Il fallimento non è contemplato.»

I quattro alzarono per un attimo lo sguardo.

«Andrete nel Mondo Sommerso e mi riporterete indietro San.»

«È lì che si trova, a Zalenia?» chiese uno.

Yeshol annuì seccamente. «È assieme a Ido. Fate di lui ciò che volete, è vostro. Ma il ragazzino conducetelo qui a ogni costo.»

I quattro abbassarono il capo. Ubbidienza cieca e assoluta. Proprio quello che Yeshol si attendeva da loro.

«Andate» disse infine, girandosi verso la statua di Thenaar. I quattro si alzarono e oltrepassarono la porta con passi felpati. Yeshol chiuse gli occhi. Per la prima volta da molti anni temeva la sconfitta. E aveva paura. La Bestia cominciava a sottrarsi al loro controllo, tanto che aveva ucciso Rekla, e San si era dimostrato più sfuggente di quanto credessero. E se non ce l'avessero fatta? Bisognava studiare un piano di emergenza, e aveva già iniziato a farlo. Qualche sera prima si era incontrato con Dohor, e ne avevano parlato.

«Ho bisogno di altri libri.»

«E io ho bisogno di altri omicidi» aveva replicato il re con un ghigno.

«Quel che si dice una convergenza di interessi» aveva risposto Yeshol chinando il capo.

«Dimmi cosa ti serve.»

Testi olografi di Aster, antichissimi tomi elfici andati perduti durante la distruzione di Enawar, l'antica città che si trovava nella Grande Terra e che Aster, il Tiranno, aveva fatto distruggere come primo atto del suo regno sanguinario. Solo Dohor poteva avere accesso a quelle reliquie: era sua, infatti, la Rocca che stava costruendo sopra le antiche fondamenta della città. In cambio di quel favore, Yeshol aveva sguinzagliato i propri Assassini e aveva persino permesso a Dohor di partecipare ad alcuni dei riti che si svolgevano nel tempio. In quelle occasioni si era persino detto che se quell'uomo fosse stato meno pragmatico e ambizioso, sarebbe stato un ottimo fedele. Peccato fosse completamente dedito a se stesso e alla propria sete di potere.

# 4
# Il mercante di uomini

Dubhe si svegliò che il sole era alto. La primavera era sempre più prossima, lo sentiva dall'aria che profumava di erba e di fiori. La carovana era in viaggio da due giorni, e ormai Selva doveva essere alle porte.

Una lunga catena la teneva inchiodata alle sbarre della cella in cui erano rinchiuse, ma riuscì lo stesso a stirare un po' le braccia indolenzite.

Theana era davanti a lei, immobile e con lo sguardo perso in chissà quali pensieri. Doveva essersi svegliata all'alba. Forse stava pregando in silenzio; da quando avevano discusso di Thenaar, infatti, non l'aveva più vista adorare il suo dio ad alta voce. Si era fatta più accorta, e anche con i loro carcerieri non opponeva più resistenza. Era come se alla fine avesse accettato la missione, affrontando gli imprevisti con maggiore prontezza di spirito. Dubhe l'aveva apprezzato.

«Buongiorno» le disse la maga con un sorriso.

Dubhe rispose con un cenno del capo. Si sentiva meglio; il suo corpo cominciava a risponderle, la mente era più lucida. Studiò per prima cosa il camuffamento della compagna. Tutto sembrava in ordine, la copertura teneva.

«Ho ancora l'aspetto di qualche giorno fa?» chiese tirandosi su.

Theana annuì.

«Bene. Perché preparare questi impiastri sarebbe un bel problema.»

«In ogni caso tra nove giorni dovrò ripetere il rito sul tuo sigillo.»

Dubhe volse la testa di scatto. Non aveva alcuna voglia di sottoporsi di nuovo a quella tortura, non ora che stava recuperando le forze.

La giovane maga le sorrise. Doveva aver notato la sua espressione. «Non temere, andrà meglio dell'altra volta. Ormai il tuo corpo si è abituato, soffrirai molto meno e ti riprenderai in uno o due giorni al massimo.»

«Lo spero» disse Dubhe. «Perché per quel momento di sicuro saremo di nuovo in fuga.»

La porta della cella si aprì improvvisamente. «Avanti belle, è ora di fare il bagno!» le apostrofò uno dei soldati.

Dubhe e Theana interruppero immediatamente la loro conversazione, pronte a riprendere ciascuna il proprio ruolo.

Era accaduto dieci anni prima. Allora il futuro sembrava ancora pieno di speranze, e il sole brillava alto nel cielo proprio come in quel momento.

Quando i soldati le condussero in riva al fiume, Dubhe riconobbe subito la pietra contro la quale aveva sbattuto il capo Gornar. Era ancora là, tonda e perfetta. Per un attimo l'immagine del sangue che le macchiò le mani quel giorno lontano ridivenne nitida e presente. All'epoca ci aveva messo qualche istante per capire cosa aveva fatto. La testa di Gornar pesava fra le sue braccia, ma lei non riusciva a capacitarsi di quello che era successo, non poteva credere di aver appena ucciso qualcuno. Era impossibile.

«Allora, ci vogliamo muovere?»

Un soldato la spinse verso l'acqua, e Dubhe chiuse gli occhi. Doveva cancellare quei ricordi, era in missione e non si poteva permettere nessun passo falso, perché Selva era solo una tappa del viaggio che doveva condurla da Dohor. Provò a concentrarsi, ma le mani presero a tremarle ugualmente.

L'acqua le sembrava rossa, e si dovette sforzare per bagnarsi il viso. Di sottecchi, vide che Theana la spiava con un'espressione interrogativa. La ignorò, continuando a sciacquarsi nel torrente mentre brividi le scuotevano il corpo.

«Spogliatevi» disse il soldato quando ebbero finito di pulirsi la faccia.

Dubhe si irrigidì.

«Con quegli stracci nessuno vi prenderà al mercato. Lavatevi per bene e mettetevi questi.»

Il soldato gettò a terra un paio di corpetti di pelle piuttosto succinti e gonne da danzatrici fatte solo di veli.

Theana li guardò, poi gettò uno sguardo disperato verso Dubhe. Lei deglutì. Portò le mani verso i lacci della casacca e cominciò a scioglierli a uno a uno. Si mise di spalle rispetto al soldato. *Forza, forza, è tempo di dimostrarmi quanto davvero sei convinta di volermi seguire.*

Per un istante che le parve infinito, Theana rimase immobile. Poi si girò, chiuse gli occhi e si spogliò anche lei, lentamente, con disperazione. Per la prima volta da quando era iniziato il viaggio, Dubhe la ammirò davvero. Entrambe rimasero con indosso solo due casacche piuttosto corte e trasparenti, di garza, tutto ciò che indossavano sotto i loro vestiti.

Nonostante l'incantesimo le avesse cambiate – e in particolare avesse invecchiato Theana – il soldato le stava guardando in un modo che non lasciava dubbi sui suoi pensieri.

«Peccato dovervi vendere... Quasi quasi mi viene da sperare che nessuno vi prenda» disse avvicinandosi.

Allungò una mano sotto la casacca di Dubhe e strinse le dita sulla carne bianca. Lei chiuse gli occhi, tentando di rimanere impassibile, mentre sentiva una rabbia cieca salirle al petto. La sua mano avrebbe voluto ghermire il pugnale nascosto nella tasca interna della gonna rimasta a terra.

«Ti era stato detto di non toccare la merce!»

Lo schiaffo arrivò violento e inaspettato. Entrambe le ragazze rimasero col fiato sospeso. Un altro soldato aveva sorpreso l'uomo e lo aveva colpito alla nuca.

Lui per tutta risposta scrollò le spalle e sorrise in maniera sconcia. «Vengo, vengo!» disse quasi divertito, e tirò le due catene verso di sé.

Dubhe, approfittando dell'alterco tra i due uomini, recuperò il pugnale dalla tasca della gonna e prese due piccole ampolle dai vestiti della compagna. Fu talmente veloce che nessuno se ne accorse, nemmeno Theana, che teneva lo sguardo fisso a terra, ancora umiliata.

«Sei stata brava» le sussurrò Dubhe passandole accanto.

Il villaggio era pieno di voci e di soldati. Ovunque c'erano schiavi in catene: uomini, ma soprattutto donne e bambini. Selva traboccava di gente, come mai prima. Dubhe non riusciva a riconoscere neppure una faccia. Era come se in quei dieci anni la "sua" Selva si fosse liquefatta, come se tutte le persone che lei aveva visto fossero scomparse, sostituite nel tempo da perfetti sconosciuti.

Eppure le case erano le stesse, le mura identiche, i percorsi delle strade invariati.

Il soldato le fece camminare per tutto il tragitto tra ali di sguardi curiosi, disgustati o solo vogliosi. Di tanto in tanto le ragazze incrociavano occhi pieni di pietà, che subito dopo si rivolgevano altrove.

Un tempo a Selva il mercato degli schiavi non c'era. Città troppo piccola, troppo sperduta. Ora che la guerra aveva fatto avanzare il fronte, invece, la sua vicinanza alla zona in cui si combatteva l'aveva resa un luogo ideale per scambi del genere. Anche il villaggio si era ingrandito. La periferia era piena di nuove case, ma il centro era rimasto lo stesso.

Dubhe ripensò al suo processo. Aveva fatto quella stessa strada prima di ricevere il giudizio; chissà se Trarek, l'Anziano del villaggio che l'aveva giudicata, era ancora vivo. E il ragazzo che l'aveva liberata nel bosco, che fine aveva fatto? Di certo non poteva sapere che aveva salvato la vita a un'assassina della Gilda, a una donna che ora si accingeva a uccidere il suo re.

«Tutto bene?» le chiese Theana.

Dubhe annuì.

«Ti vedo confusa. Forse il sigillo non funziona più bene...»

Dubhe la fermò con uno sguardo. «È tutto a posto.» Per qualche ragione aveva difficoltà a rivelarle la verità.

«È che io sono nata qui» disse alla fine tutto d'un fiato. Poi andò avanti, per impedire che Theana le facesse altre domande.

Poco dopo giunsero nella piazza. Dubhe se la ricordava piuttosto grande. Le era sempre parso un posto particolare, quasi elegante, dove si andava nei giorni di festa col vestito buono. Si stupì nel constatare che non era nulla più di un rozzo quadrato di neanche trenta braccia di lato. Il palco di legno costruito dai mercanti di schiavi ci stava quasi stretto, e la gente si assiepava sotto spingendosi. Alcuni avventori erano costretti a stare in qualche via laterale, da dove si alzavano sulle punte per cercare di vedere al meglio la mercanzia.

Il soldato le portò nella tenda dietro il palco, là dove con ogni probabilità si trovava il mercante. C'era odore d'uomo, là dentro, e di paura. Ammassato in un angolo, un gruppo di donne piangeva, altre cercavano in tutti i modi di darsi un contegno, altre ancora avevano lo sguardo rassegnato e vacuo. In mezzo a loro stava seduto il mercante. Dubhe ci mise qualche istante a riconoscerlo. Era ingrassato, e sembrava molto più vecchio dei vent'anni che doveva avere. Eppure lo sguardo era inconfondibile: Renni, il suo compagno di giochi.

C'era anche lui il giorno del processo. Dubhe si ricordava bene che era stato lui ad accusarla per primo. Aveva una vocetta stridula e fastidiosa, che affondava parole avvelenate nel suo senso di colpa. Lo fissò con occhi terrorizzati. Improvvisamente sentì di non potersi più muovere, di non poter andare avanti.

Il soldato la pungolò da dietro. «Piantala di fare storie!»

Renni si girò. Il collo sprofondava nel grasso, le mani enormi erano strette sui pomelli della sedia che a stento lo conteneva. Dubhe si ricordava un bambino magro e scattante, che aveva poco a che fare con quella disgustosa palla di lardo. Rimase stordita dal suo sguardo laido, e mentre lui la squadrava, ricordò ciò che le aveva sibilato prima della sentenza: "Avrai quel che ti meriti, stanne sicura."

«Problemi?» chiese Renni rivolgendosi al soldato. La voce era rimasta quella di un tempo.

«Tutto a posto, come al solito le sgualdrine danno solo seccature.»

Renni sorrise con sufficienza. «Tanto non ci riguarda, no? Sarà un problema di chi se le compra.»

Il soldato tirò la catena, e non appena Dubhe fu sciolta dal contatto con Theana, si sentì come se avesse la pelle trasparente, come se ogni organo interno fosse visibile. Era impossibile che lui non la riconoscesse, che non sentisse il fetore del suo peccato. Sicuramente stava per ricordare quelle mani sporche di sangue, anche perché era stato lui a dichiararla colpevole, senza possibilità di redenzione.

Renni cominciò a girarle attorno, guardandola come si fa con un animale. Le tastò un braccio, le chiese di aprire la bocca. Passò le sue dita grassocce su di lei, finché la sua mano non si soffermò là dove la colpa di Dubhe prendeva forma visibile: il simbolo. Lei cominciò ad agitarsi. Renni le tirò su la manica del vestito e scoprì il doppio pentacolo.

«E questo?»

La guardò dritto negli occhi, e Dubhe non fu capace di proferire parola.

«Allora?» tuonò.

«È il simbolo di una casta sacerdotale.»

Dubhe si voltò. Era la voce di Theana. Incerta, tremante, ma era lei a parlare.

«Non ne ho mai visti di simili» disse Renni, considerandolo più da vicino.

«La mia amica è stata consacrata da bambina al dio, per curarla dalla febbre rossa.»

Lui la guardò con ammirazione. «Ah! Così sei una sopravvissuta...»

Dubhe annuì, confusa. Era vero, dannatamente vero.

Poi Renni passò a esaminare Theana, e cominciò a valutare il prezzo complessivo. Alla fine si sedette di nuovo faticosamente sulla sedia e proferì il suo verdetto: «Cento carole a testa.»

Il soldato fece una smorfia. «Sei impazzito? Queste donne sono un'ottima merce!»

«È il massimo che posso offrirti, prendere o lasciare.»

Dubhe ascoltava le loro voci distanti. Incantesimo o no, era ancora incredula che il suo vecchio compagno d'infanzia non l'avesse riconosciuta. Era quasi tentata di svelargli chi era per sapere se alla fine l'avesse perdonata. Anche gli altri avevano dimenticato, oppure la consideravano ancora perduta? Quei pensieri le vorticavano nella testa, e ben presto tutto si fece confuso.

Theana a un certo punto la prese sottobraccio e la fece sedere. «È finita» le sussurrò con sollievo all'orecchio.

Il loro carceriere se n'era già andato con un sacchetto di soldi in mano, ma Dubhe non lo aveva nemmeno visto. Era ormai caduta preda del passato, e i ricordi improvvisamente si erano fatti più vividi della realtà.

Renni assicurò la loro catena all'unico palo libero della tenda, poi si allontanò senza aggiungere una parola.

Dubhe aveva un'espressione allucinata, e Theana se ne accorse subito. Indicò con un gesto del capo l'apertura nella tenda da dove era appena uscito il mercante di schiavi. «Lo conosci?»

Dubhe annuì, appoggiando la fronte sulle ginocchia tirate al petto. «Sì, giocavamo insieme da bambini. Era tra quelli che mi condannarono all'esilio da questo villaggio.»

Theana rimase in silenzio.

Dubhe tirò su la testa. «Non c'è tempo per spiegare. È una storia lunga, e non capiresti.»

La compagna parve irritata a quelle parole, ma non insistette.

«Andrà tutto bene, non ti devi preoccupare» disse Dubhe. In realtà stare in quel luogo l'annientava. E il senso di colpa – che per tanti anni era stata una vaga presenza in fondo al suo stomaco, una lastra di vetro tra lei e il mondo – lì, sotto lo sguardo di Renni, si trasformava in una sofferenza lacerante.

In quel momento la tenda si riaprì. Un giovane soldato entrò a passo deciso e slegò alcune donne per portarle sul palco, dove il banditore le avrebbe messe in mostra per esaltarne i pregi. Theana osservò tutta la scena con ansia. Sicuramente si stava chiedendo quando sarebbe arrivato il loro turno e che cosa sarebbe successo dopo. Le altre donne si ritraevano tutte le volte che entrava il soldato: qualcuna mormorava qualche parola di conforto, ma per lo più singhiozzavano.

Dubhe si estraniò completamente. Teneva strette le ginocchia e si sentiva come nei giorni successivi alla morte di Gornar, quando si era rifugiata nella soffitta di casa sua e si era chiusa in un ostinato mutismo. Non era cambiato niente da allora, nonostante fossero passati dieci anni e lei nel frattempo avesse conosciuto persone che l'avevano apprezzata, come il Maestro e Lonerin. Durante il viaggio nelle Terre Ignote si era illusa di essere cambiata, di aver compiuto un minuscolo passo avanti. Aveva scelto di portare a termine una missione che era stata di un'altra persona, e aveva sentito germogliare dentro di sé un sentimento diverso, che nulla aveva a che vedere con i suoi peccati o la sua maledizione. Nella desolazione di quella tenda, si convinse che era stato tutto inutile: niente l'avrebbe salvata dalla colpa lacerante che le strisciava dentro.

«Avanti, tirati su.»

Dubhe sollevò lo sguardo trasognato e vide che il soldato stava indicando proprio lei. Ubbidì senza dire una parola. Poi l'uomo prese la catena di Theana e trascinò via anche lei.

Quando finalmente salirono sul palco, le urla della folla si fecero più intense. Theana strinse convulsamente il suo braccio, ma Dubhe non reagì.

Il banditore fece un cenno, e il soldato che le aveva accompagnate tentò di dividerle. Theana reagì strillando come una pazza e dimenandosi per opporre resistenza. Il colpo di frusta fu violento e lacerante. Colpì entrambe alle caviglie, e la maga si accasciò sul pavimento mentre Dubhe si morse le labbra. Il dolore fisico finalmente la fece tornare in sé.

*Hai una missione da compiere*, si disse.

«Giovane sacerdotessa, bellissima. È vostra per non meno di cinquecento carole» iniziò a urlare il banditore, mentre il soldato tirava via a forza Theana dal palco.

Dubhe passò ancora lo sguardo sulla folla, tentando di non farsi risucchiare dal passato.

«Vi prego, non ci separate!» La voce di Theana la raggiunse come un richiamo lontano. Doveva escogitare un piano, e in fretta. I suoi pensieri si bloccarono di colpo quando il secondo colpo di frusta le ferì il collo del piede. Cadde in ginocchio. Tutt'intorno avvertiva le voci gracchianti degli uomini e i loro sguardi percorrerle il corpo.

«Millecinquecento carole ciascuna, le voglio entrambe.»

Il silenzio scese sull'uditorio. Persino il banditore rimase senza parole. Dubhe alzò appena la testa per vedere chi aveva parlato.

La voce proveniva dal fondo della piazza, dove un giovane svettava sulla folla per la sua alta statura. Indossava un lungo mantello da cui si intravedeva solo un collare d'argento finemente lavorato. Dubhe osservò il suo volto. Lo conosceva.

Lineamenti fini e capelli tanto biondi da sembrare bianchi. Rammentò subito quell'episodio raccapricciante capitato durante l'epoca del suo addestramento.

Forra, cognato di Dohor e capo delle operazioni nella Terra del Fuoco, calpestava i cadaveri dei ribelli che aveva appena fatto trucidare dai suoi soldati, e un ragazzino accanto a lui lo osservava in groppa a un cavallo. Era stata quella la prima volta che aveva visto Learco, il figlio del re.

Il banditore ritrovò quasi subito lo spirito. «Non è nostra usanza vendere assieme due schiave del genere...»

«Diecimila carole, e tieni a freno quella frusta.»

L'uditorio proruppe in un'esclamazione di stupore. La cifra era quasi decuplicata. Persino Theana aveva smesso di lamentarsi e guardava la scena attonita. Dubhe si chiese cosa ci facesse il figlio del re in un posto come quello, e perché stesse per sborsare una tale cifra per due schiave inutili e neppure troppo attraenti.

Il banditore fece un profondo inchino. Evidentemente non aveva riconosciuto il principe, perché si permise un commento fuori luogo: «Mi perdonerete se vi chiedo di mostrarmi il denaro, vero?»

Learco si fece largo tra la folla muovendosi con rapidità ed eleganza. Giunse fin sotto il palco e gettò sul legno sconnesso un sacchetto che si aprì spargendo ovunque monete luccicanti: erano almeno cinquemila carole.

«Le altre te le darò in privato, non appena mi avrai consegnato le donne.»

Il legno del palco scricchiolò pesantemente. «Non ce

n'è alcun bisogno, Altezza!» urlò una voce stridula. Renni si fece largo fino al banditore, gettandolo a terra e imponendogli con una mano di inchinarsi. «Onora il tuo sovrano, bestia!» sbraitò, chinandosi anche lui fino a toccare il pavimento con la fronte.

Fu come se l'incantesimo fosse stato rotto all'improvviso. Gli astanti capirono solo a quel punto chi si trovavano di fronte, e in un attimo l'intera piazza divenne un lastricato di teste chine.

«Signore, lasciatemi l'onore di offrirvi in dono queste due schiave. Riprendete i vostri soldi, ve ne prego.» Renni spinse via il sacchetto di monete d'oro, non senza avergli lanciato uno sguardo avido.

Il principe non si scompose, ma lo guardò con pietà. «Prendi pure i soldi, in cambio però voglio le vostre fruste.»

«Tutto quello che desiderate, Altezza» replicò Renni. Quindi diede un calcio al banditore, il quale prese le fruste e gliele porse.

Learco salì sul palco e aiutò prima Dubhe e poi Theana ad alzarsi. Dubhe si chiese se l'avrebbe riconosciuta. Lei non aveva dimenticato i suoi occhi ribollenti di rabbia repressa. Il principe, però, non la guardò neppure.

*Certo, ho camuffato il mio aspetto*, pensò con sollievo.

Renni offrì le catene a Learco.

«Liberale» disse lui, e l'altro si affrettò ad annuire, frugandosi le tasche per trovare le chiavi.

Un primo spettatore lanciò un breve grido. «Viva il principe!» Un altro lo seguì, e poi un altro ancora, finché tutti iniziarono ad applaudire, inneggiando al giovane futuro sovrano, così magnanimo e bello.

Learco non li considerò e portò le due ragazze giù dal palco.

«Grazie, mio signore, grazie...» mormorava Theana con voce rotta, visibilmente sollevata.

«Non ho fatto nulla di eccezionale» replicò Learco.

Dubhe notò che il suo sguardo era ancora più triste e spento di quanto ricordasse. Ma il tempo dei rimpianti era finito; sapeva che la fortuna le stava offrendo un'occasione irripetibile.

«Non sentitevi legate in alcun modo a me» aggiunse il principe indirizzandosi a entrambe. «Tornatevene a casa, siete libere.»

Non finì neppure di parlare, che già si era voltato per andarsene. Il suo mantello che si gonfiava nell'aria tersa del mattino ricordò a Dubhe un altro mantello e un altro uomo che aveva cercato di lasciarla sola al proprio destino.

«Aspettate!»

Learco si fermò voltandosi.

«Non abbiamo nessun posto dove andare» disse Dubhe con voce rotta e massaggiandosi i polsi. «Il nostro villaggio è stato raso al suolo, e qui siamo troppo vicine al fronte... Sapete bene cosa accade a due donne sole in tempo di guerra. A cosa sarebbe servito salvarci, se poi ci lasciate in balia della sorte?»

Il giovane la trapassò con lo sguardo. I suoi occhi verdi brillavano intensi, ma quel colore così acceso faceva uno strano contrasto con l'apatia dolorosa che trasudavano. «Io sono un soldato, passo la mia vita sul campo di battaglia, non posso proteggervi.»

Dubhe si inginocchiò toccandogli gli stivali. «Voi siete il figlio del re! Sono certa che a corte c'è bisogno di due ragazze. Noi sappiamo fare molte cose: mia sorella portava avanti la casa, al villaggio, dopo la morte di nostra madre. Vi prego...»

Theana capì al volo il piano di Dubhe e anche lei si prostrò ai piedi del principe.

Per tutta risposta lui indietreggiò, imbarazzato. «Tiratevi su» disse.

Dubhe non ubbidì, ma gli rivolse uno sguardo accorato. Lo vide accusare il colpo, e i suoi occhi velarsi di pietà.

Dopo un attimo di esitazione, Learco disse: «Sono solo, e sto andando a unirmi al campo principale, a Karva. Lì potrò affidarvi a qualcuno che vi porti a Makrat, a palazzo, con le mie raccomandazioni. Non posso promettervi niente, però...»

Dubhe scattò in piedi e gli afferrò una mano, baciandogliela. «Grazie, grazie!»

«Ora basta» replicò lui ritirando la mano, quindi si aggiustò il mantello sulle spalle. «Non partirò prima di stasera; se davvero volete seguirmi, fatevi trovare qui al tramonto.» Poi prese alcune monete dalla bisaccia che aveva al fianco. «Con queste compratevi dei vestiti. *Veri* vestiti» disse, sorvolando con lo sguardo il loro abbigliamento. Detto questo, si allontanò tra la folla.

Dubhe seguì la sua figura sottile perdersi nella confusione della piazza. Senza sapere perché, si sentiva il cuore gonfio e la testa pesante.

Fu di nuovo la stretta di Theana a riportarla con i piedi per terra. «Avevi detto che saremmo state libere» le disse.

Dubhe si voltò a guardarla. Il suo sollievo era già sfumato. «Di che cosa ti lamenti? Dovevamo andare alla corte di Dohor, a Makrat, e chi meglio del figlio del re può darci una mano a entrare?»

Theana mollò la presa, sospirando.

«Non temere, finché saremo con lui non ci succederà niente.»

Ora però Dubhe doveva allontanarsi di lì e stare un po' da sola, a riflettere. Il passato era tornato, e aveva rischiato di far fallire i suoi piani.

# 5
# Tre in viaggio

Non appena uscì dalle mura di cinta della città, Dubhe sentì finalmente l'aria riempirle i polmoni.

Aveva percorso i vicoli tortuosi tutto d'un fiato, muovendosi rapida e furtiva come quando era a Makrat e faceva la ladra. Aveva ordinato a Theana di comprare tutto quello di cui avevano bisogno, compresi i vestiti nuovi, poi si era dileguata tra la folla.

Ora assaporava il profumo intenso che aleggiava in prossimità del bosco. Si sedette vicino a un albero e provò a meditare. Quello era il metodo migliore per liberare la mente: il Maestro glielo diceva sempre durante l'addestramento. Da quando era entrata nella Gilda, però, aveva perso l'abitudine di alzarsi all'alba per raccogliere i propri pensieri.

Chiuse gli occhi e appoggiò la schiena al tronco sperando in un po' di quiete, ma le immagini della sua infanzia tornarono più vivide di prima. C'era qualcosa in quel luogo, un senso di appartenenza struggente, che non riusciva a cancellare. E come avrebbe potuto? Quelli erano i boschi dove da piccola andava con suo padre. Chissà, forse il suo spirito vagava ancora da quelle parti cercandola senza posa. Quando era stata bandita dal villaggio, suo padre si era messo sulle sue tracce. Era morto nel tentativo di riportarla indietro, e lei non aveva mai avuto il tempo di piangerlo. Le mancava terribilmente, ed era la prima volta.

Si accorse di avere gli occhi umidi.

Si alzò, e capì che sfuggire era impossibile. Non c'erano state scorciatoie nella sua vita: solo strade aspre e in salita, che non era mai riuscita a percorrere fino in fondo. Sentiva che Selva si stava chiudendo su di lei come una trappola senza via di fuga, e alla fine si arrese.

Una volta, quando era molto piccola, lei e suo padre avevano liberato una lepre dal laccio del cacciatore proprio in quel punto. Suo padre le aveva sorriso, mentre l'animale scompariva nella macchia.

"Sarà un segreto tra me e te, va bene?"

Lei aveva annuito. Stavano facendo una cosa proibita, il cacciatore si sarebbe infuriato se li avesse visti. Ma si era sentita orgogliosa di avere un segreto da dividere con suo padre.

Là, invece, tra quei cespugli, si era nascosta per un pomeriggio intero pur di far sentire in colpa sua madre. Le aveva buttato nel fiume tutta la sua collezione di insetti, e per dispetto lei era fuggita nel bosco. *Qui non mi troveranno, crederanno che mi sia successo qualcosa di brutto, e allora impareranno a trattarmi male*, aveva pensato.

Inarcò le labbra in un debole sorriso. Si stava avvicinando al punto in cui tutto era cominciato, lo sapeva, e non poteva fare nulla per evitarlo. Quando arrivò nei pressi della grotta, però, si bloccò perplessa. Se la ricordava più grande, quasi un antro spaventoso e senza fondo. Invece non era altro che un buco nero e umido, ricoperto di muschio. *Proprio a misura di bambino*, pensò prima di entrare. Era là che andava a rifugiarsi con i suoi amici – Mathon, Renni, Pat e Gornar – durante le ore più calde. Là c'era il loro tesoro.

Strisciò dentro con un senso di sconfitta. Che senso aveva avuto camminare così tanto in quei dieci anni, soffrendo e lottando, se poi non era mai uscita da lì?

All'interno era tutto come allora. Nessuno aveva toccato nulla. In un angolo c'era la spada arrugginita, il loro preziosissimo bottino, e poi il legno ormai marcio delle canne da pesca. Dubhe riuscì a immaginare i suoi amici, fermi davanti all'ingresso della grotta, senza più né Gornar né lei. Forse avevano indugiato, chiedendosi se fosse il caso di entrare per recuperare il tesoro. Ma poi dovevano aver cambiato idea, Renni per primo. Forse avevano capito in quel momento che tutto era cambiato, per sempre.

Dubhe avvertì pienamente, per la prima volta, la gravità del suo gesto. Quel giorno non aveva ucciso solo Gornar. Quel primo giorno d'estate erano morti tutti. Nessuno di loro era mai più stato lo stesso, tutto era finito là dentro, ed era stata colpa sua.

Cadde in ginocchio senza neppure rendersene conto, i pugni stretti sulla roccia. Avrebbe dato qualsiasi cosa per tornare indietro, per ripulirsi dal rimorso, ma niente, neppure l'acqua del torrente che tutto leviga e porta via poteva lavare il sangue dalle sue mani.

Strisciò fuori dalla grotta e si inginocchiò sulla riva del fiume, mentre i singhiozzi la scuotevano.

«Perdono» mormorò con lo sguardo rivolto all'acqua. «Perdono, io non volevo...»

Un rumore di passi la fece trasalire. Protese meccanicamente la mano verso il pugnale nascosto sotto il corpetto che le aveva fatto indossare il soldato. Quando levò gli occhi, però, le sue dita lasciarono immediatamente la presa. Davanti a lei, in piedi dall'altra parte del greto, c'era Learco. La guardava immobile, nella sua scintillante armatura, ma sebbene avesse l'aspetto di un gran condottiero, il suo volto non aveva nulla della sicurezza che ci si attende da chi ha in mano il destino di molti uomini. La osservava con tristezza, quasi con comprensione.

A Dubhe venne in mente quel lontano giorno in cui si erano visti per la prima volta. Anche allora aveva avvertito che davanti a quello spettacolo di morte stavano provando la stessa cosa, quel terribile istante li rendeva diversi da tutti gli altri, e uguali tra loro. Così ora. Sembrava quasi che Learco capisse la ragione del suo dolore, e la condividesse.

Dubhe si asciugò in fretta le lacrime mentre lui attraversava il torrente, gli stivali immersi fino a metà polpaccio nell'acqua.

Quando arrivò, si chinò su di lei. «Non avevi nulla da fare al villaggio?»

Dubhe scosse la testa, confusa. «No, io...»

Scese un silenzio imbarazzato, ma Learco non distolse lo sguardo. «Qualsiasi cosa fosse, ora è finita» le disse.

Dubhe guardò altrove, deglutendo per scacciare le lacrime. C'era qualcosa di rassicurante nel tono della sua voce, eppure sentiva nel profondo che nemmeno lui credeva a quelle parole.

La aiutò ad alzarsi, porgendole la mano. Dubhe non si oppose, e alla fine lo guardò dritto negli occhi.

«Approfitta di queste ultime ore al villaggio» le disse il principe. «Tieni la mente occupata. La solitudine non fa bene.»

«Eppure anche voi siete qui, da solo» replicò lei.

Learco sorrise con amarezza. «In questo caso, non ti consiglio di seguire il mio esempio.» Poi, senza aggiungere altro, si incamminò verso la macchia scomparendo nel folto.

Dubhe avvertì un'emozione strana. Quel giovane stava cercando come lei un momento per rimanere solo con se stesso.

Per la prima volta dopo tanto tempo sentiva di condividere qualcosa con qualcuno. Aveva chiesto perdono in riva al torrente e lui l'aveva vista. Era stato come affidargli il terribile peso del suo segreto. Ma forse anche il principe nascondeva un'altra verità.

Quando Dubhe e Theana si incontrarono di nuovo, il sole incendiava la piazza di Selva. I mercanti avevano levato le tende; restavano solo palchi di legno vuoti e cianfrusaglie sparse ovunque. Era una vista desolante, ma Dubhe si sentiva stranamente sollevata.

Anche se la visita alla grotta l'aveva provata, essere stata scoperta in un momento tanto intimo le aveva fatto bene. Forse passare di lì aveva avuto un senso, e non era stato un semplice tuffo nel passato.

Theana arrivò arrancando, tirandosi dietro due tascapane pieni di roba e due involti con i nuovi vestiti. «Ho cercato di prendere tutto il necessario, e in quantità» disse poggiando a terra il carico. Ansimava per la fatica, ma sembrava soddisfatta.

Dubhe la squadrò con sarcasmo: evidentemente la sua compagna non era abituata a quel genere di trasferte, né tanto meno a una missione come la loro, da sicari. «Lo vedo» rispose fredda.

Theana la fissò con aria interrogativa.

«Più roba ci trasciniamo dietro, e più sarà difficile mentire a Learco. Credevo che ormai lo avessi capito» l'apostrofò Dubhe.

Theana guardò preoccupata i bagagli. Non ci aveva pensato. Per quanto si sforzasse, ragionava sempre come se fosse ancora l'assistente di Folwar. Si muoveva ancora tra gli alambicchi del laboratorio, non sul campo di battaglia.

Vedendo la sua espressione, Dubhe si pentì quasi subito per quella stoccata. In fondo l'aveva lasciata da sola a svolgere quel compito. «Copriremo tutto con i vestiti» disse allora con un gesto di noncuranza. «Ci cambieremo nella tenda delle schiave, tanto ormai non c'è più nessuno.»

Fecero tutto in silenzio, mentre il cielo virava verso un viola sempre più cupo.

*L'ora viola.* Dubhe sospirò. Quando era ragazzina, qualche volta le era capitato di assistere a quello strano capriccio degli elementi. Dopo il tramonto, tutto si colorava di una luce irreale, dava l'impressione di essere caduti vittime di un incantesimo. Era un momento straordinario, che lei aveva sempre amato.

«Credi sia saggio muoversi col principe?»

Dubhe si voltò di scatto. Per fortuna la voce di Theana era arrivata prima che la sua infanzia la rapisse di nuovo. «Se ne conquistiamo la fiducia, è fatta» rispose convinta. Tuttavia una strana sensazione di disagio la colpì alla sprovvista. Continuò a cambiarsi facendo finta di nulla, e quando alzò lo sguardo, si accorse che la sua compagna era ancora lì, immobile, che la stava fissando.

Theana arrossì lievemente e Dubhe si irrigidì. Sapeva perfettamente qual era il problema.

«Ti dà fastidio, vero? Il mio modo di essere... quello che sono, intendo.» Smise di allacciarsi la gonna e la squadrò con aria di sfida. «Ti stai chiedendo come possa una persona essere così fredda e usare gli altri con tanta disinvoltura. Ammettilo.»

Il tono della sua voce si era fatto duro, ma sentiva il bisogno di marcare la distanza tra loro due, tra l'assassina e la ragazza cresciuta presso la corte dei maghi.

Theana si fece scura in volto, ma non reagì come al solito. Anzi, raddrizzò le spalle e sostenne il suo sguardo in silenzio. «Penso solo a quanto dev'essere difficile sopportare il peso della maledizione che ti porti appresso» disse.

«Non ho bisogno della tua pietà» replicò subito Dubhe. «Non avevo bisogno di quella di Lonerin, e a maggior ragione non voglio la tua.»

«Non è pietà. E comunque, se anche fosse, non ci sarebbe nulla di male. La pietà ci avvicina agli altri, ci permette di capirli.»

Dubhe si sentì colta in fallo. Lei stessa lo aveva pensato quel pomeriggio sulla riva del torrente. Ammetterlo, però, significava abbassare la guardia, e questo non poteva concederselo. «Una bella frase che ti avranno insegnato i tuoi amici sacerdoti» osservò con sarcasmo.

Theana cercò di frenare la rabbia, ma era esasperata da quell'atteggiamento provocatorio, e alla fine sbottò: «Io almeno ho la mia fede, che tu deridi tanto. E non sono frasi da sacerdote: io sono fatta così, vedi di abituarti. Sono la ragazza che prega la sera e insegue la speranza.»

Dubhe rimase colpita da quell'improvviso scatto di orgoglio. Tuttavia non voleva cedere. «A me non serve né pregare né sperare.»

Lo sguardo di Theana si fece feroce. «Davvero? E col nulla che ti porti dentro, dove sei arrivata finora? A parte sopravvivere e uccidere, che hai fatto nella tua vita?»

Quelle parole scesero nel nucleo del dolore di Dubhe come un coltello rovente. La bocca le si seccò, e si sentì improvvisamente senza parole.

«Io ho un obiettivo» sibilò infine la maga. «Tu invece, oltre a togliere di mezzo Dohor, che progetti hai?»

Non c'era risposta a quella domanda. Dubhe si sentì annientata. Si limitò a raccogliere i vecchi vestiti nel tascapane e a metterselo a tracolla. In silenzio.

«È ora di andare» disse poi con un filo di voce. Ma quando la guardò, vide che non c'era più spavalderia nello sguardo di Theana. Piuttosto, commiserazione.

«È difficile anche per me viaggiare al tuo fianco» sospirò lei. «Credo che ormai sia chiaro che non ci sopportiamo. Ma non c'è ragione di continuare questa guerra sotterranea.»

Dubhe rimase stupita da quel discorso così diretto. Non avrebbe mai creduto che Theana potesse prendere in mano la situazione a quel modo. Per di più non aveva ceduto al rimorso, non le aveva chiesto scusa.

«Forse ho fatto un errore di valutazione e non sarei mai dovuta venire con te. Ma ora sono qui, e credo nella nostra missione. Sto facendo di tutto per essere all'altezza del mio compito, e credo che tu l'abbia notato. Per cui smettila di deridermi per quello che sono: è anche grazie alla mia fede che sei ancora viva.»

Dubhe distolse lo sguardo. Tutto, di nuovo, si stava sfaldando sotto i suoi piedi.

Learco era al centro della piazza, solo. Aveva indosso la stessa armatura del mattino, e le attendeva con lo sguardo perso. Dubhe provò una strana stretta allo stomaco nel vederlo. Aveva rischiato di svelargli la sua vera identità, e tutto questo la metteva improvvisamente in una condizione di inferiorità. Rallentò il passo, lasciando che fosse

Theana a prendere l'iniziativa, e il suo fu un inchino perfetto. Si vedeva che era abituata ad avere a che fare con i regnanti. La imitò, chinando anche lei il capo.

«Vi ho già ripetuto che non ce n'è bisogno.»

La voce stanca di Learco le ricordò con disagio le parole dette al fiume. "Qualsiasi cosa fosse, ora è finita."

«Dovremo viaggiare assieme per qualche giorno. È inutile continuare con queste formalità.» Il giovane le guardò entrambe, senza soffermarsi su nessuna delle due. «Siamo nella terra di mio padre, ma anche qui non mancano i nemici. Se volete seguirmi, dovete essere consapevoli che non sarà un viaggio facile.»

Ora fu Dubhe a prendere la parola. «Mio signore, abbiamo già vissuto momenti molto difficili, e adesso che non abbiamo più una casa non ci resta altra speranza che seguirvi. Anche la peggiore difficoltà sarà nulla in confronto alla triste sorte capitata alle nostre compagne, giù al villaggio.»

Avrebbe giurato che Learco la stesse guardando più intensamente di quanto non avesse fatto con Theana.

*Sta' calma, non può sapere nulla di te. Al fiume avrà creduto che stessi piangendo per quello che ti è successo.*

Lui annuì brevemente. «Allora mettiamoci in marcia immediatamente. Sono atteso a Karva fra cinque giorni, e almeno per stanotte potremo muoverci indisturbati. Questa è una zona sicura.»

Mise la mano sull'elsa della spada e s'incamminò davanti a loro senza voltarsi.

Marciarono per buona parte della notte. Il mattino dopo si fermarono in un villaggio. Learco provvide a sistemare le due ragazze a proprie spese in una locanda e scomparve per il resto del giorno.

Dubhe e Theana ne approfittarono per fare nuovamente il rito per la Bestia. Avrebbero potuto attendere altri sei giorni, ma non sapevano se avrebbero avuto tempo e occasione più avanti. A Theana tremavano le mani per la stanchezza, ma era troppo forte il desiderio di mostrare alla compagna di che tempra era. Non riusciva a perdonarla per lo scambio di battute che avevano avuto. Non erano tanto le offese e il disprezzo che le aveva mostrato Dubhe a bruciarle, quanto il fatto che era stata capace di strapparle dalla bocca parole crudeli di cui si era vergognata quasi subito. L'aveva portata al limite, là dove non sarebbe mai voluta arrivare.

In ogni caso non lasciò che il suo stato d'animo la influenzasse durante il rito. Svuotò la mente, come faceva sempre prima di un incantesimo, e si sforzò di guardare a Dubhe come a una qualsiasi delle persone che aveva curato negli anni trascorsi a Laodamea.

Questa volta fu tutto più semplice. Alla fine Dubhe controllò le proprie forze con un paio di affondi col pugnale. Sembrava soddisfatta. Theana si appoggiò al muro dietro la sua branda, completamente esausta e con la fronte imperlata di sudore: quell'operazione le richiedeva sempre parecchie energie.

«Mi sento meglio della volta scorsa» mormorò Dubhe. «Grazie...»

«È il mio dovere» rispose Theana imbarazzata. Poi tacque.

Dubhe si sedette sul letto, sdraiandosi con la faccia verso il soffitto. «Te l'ho già chiesto un po' di tempo fa, e tu non mi hai risposto» riprese. «Ma io non posso fare a meno di domandarmelo ogni volta che ti guardo. Da quando siamo partite, hai dovuto sopportare prove che immagino terribili per te, e tutto questo per una persona che dovresti odiare. Perché?»

Theana arrossì. Era una domanda che non si aspettava.

«Ci siamo salvate la vita a vicenda. Ora qualcosa ci unisce, non trovi?» la incalzò Dubhe. «Voglio solo sapere il vero motivo che ti ha spinta ad affrontare questa missione...»

Theana prese una ciocca di capelli tra le dita e per un attimo pensò di non rispondere, ma poi ricordò quel "grazie" che Dubhe le aveva appena rivolto.

«Non lo so» rispose imbarazzata. «Forse era voglia di cambiare, voglia di mettere alla prova le mie capacità. O forse... forse ero stanca di aspettare il ritorno di Lonerin, mentre lui compiva imprese straordinarie.»

*L'ho detto, l'ho detto per davvero!* si disse scandalizzata. Lonerin era un argomento tabù, tra loro. Non sapeva esattamente cosa ci fosse stato tra lui e Dubhe, ma di sicuro si era trattato di qualcosa che lei aveva a lungo sognato, e mai avuto.

Temeva la reazione della compagna, ma Dubhe la guardò con un sorriso che le sciolse qualcosa in gola.

«Magari la verità è che volevo solo scappare» aggiunse allora con un sospiro penoso.

«Non dovresti farlo» replicò Dubhe, seria. «Anche lui in qualche modo sta scappando da te.»

Theana si sentì quasi commossa. Dubhe avrebbe potuto infierire, e vendicarsi per le parole dure che lei le aveva rivolto quando avevano parlato della fede e della speranza. Invece l'aveva ascoltata. Avrebbe voluto dirle qualcosa, forse ringraziarla a sua volta, ma prima che potesse aprire bocca, l'altra la prevenne.

«Dormi. Domani ci aspetta una dura giornata, ed è bene che ti ritempri.»

Poi si alzò a chiudere le imposte della stanza, mentre Theana si stendeva sulla branda e chiudeva gli occhi. Nella penombra ovattata di quella camera, Lonerin scese su di lei come un ricordo dolce.

L'indomani, quando le andò a prendere alla locanda, Learco non indossava più l'armatura. «Preferisco andare in giro senza troppi orpelli» spiegò. «Mi rendono riconoscibile, e non mi va di avere intorno gente che mi ossequia e mi chiede favori. Senza contare i nemici di mio padre...»

Portava un sacco sulle spalle, dove evidentemente aveva messo le sue cose. Per il resto era vestito come un ragazzo qualsiasi, con un paio di brache di tela e una casacca di lino chiusa in vita da un cinturone, dal quale pendeva una spada piuttosto elaborata. Dubhe si meravigliò di quanto fosse magro. Doveva avere un paio di anni più di lei, ma il corpo era quello acerbo di un ragazzino. La muscolatura, sviluppata dall'addestramento militare, appariva appena sotto il velo della casacca.

Si misero in marcia in silenzio. Dopo quel momento di confidenza nella locanda, la sera prima, le due ragazze erano tornate lontane. Non si erano più rivolte la parola, e Theana apriva bocca soltanto per sussurrare le sue preghiere a Thenaar. Stranamente Dubhe aveva smesso di farci caso, e quando la sentiva ormai le era più di conforto che altro.

Era invece con Learco che aveva qualche problema. Era iniziato tutto dal loro incontro in riva al torrente. Dubhe non poteva fare a meno di provare una specie di istintiva simpatia per quel giovane, e al contempo una strana gratitudine che quasi la irritava. Ed era proprio questo che non voleva che accadesse. Lui non era altro che il figlio dell'uomo che doveva uccidere, un mezzo quindi, nulla di più. Quello che provava era un ostacolo al compimento della sua missione. Aveva bisogno di mantenersi lucida e spietata.

"La persona che devi uccidere è soltanto un pezzo di legno." Le parole di Sarnek, il suo Maestro, le rimbombavano di continuo nella mente. Non era mai riuscita a seguire quel dettame, ma ora era vitale farlo con Learco.

Lui era il figlio del suo acerrimo nemico. Dohor era la prima persona che desiderava *davvero* uccidere. Prima di allora non aveva mai provato gioia nell'omicidio, e quando le era capitato di commettere un assassinio, era sempre stato per lei un sacrificio. Non così con Dohor. Quell'uomo le aveva imposto la maledizione, le aveva messo nel cuore la Bestia: un crimine imperdonabile, per cui non avrebbe mai pagato a sufficienza. Per questo voleva che soffrisse. Quale modo migliore che uccidere suo figlio?

Dubhe sapeva perfettamente che non era il momento giusto per togliere di mezzo Learco: era lui il lasciapassare per la corte di Dohor. Ma farlo, prima o poi, significava colpire al cuore il suo nemico. Era nulla più di un'oscura fantasia, qualcosa che la aiutava a staccarsi da quel ragazzo, a considerarlo per ciò che era.

Eppure, una sera, arrivò al punto di alzarsi nel mezzo della notte. Learco dormiva a pochi passi da lei, la spada in pugno. Dubhe riconobbe il sonno leggero di chi è stato addestrato alle armi. Si soffermò a osservarlo, guardandogli il collo morbido. Ucciderlo. Spezzare l'oscuro legame che li univa. Uccidere la sola persona che aveva visto la sua debolezza. Un pensiero che la inquietava, con un misto di senso di colpa e desiderio.

Fu la sua abitudine ai campi di battaglia a svegliare Learco. Ebbe la strana sensazione di un pericolo imminente, di una presenza al suo fianco, qualcosa che conosceva molto bene. Aprì gli occhi, si girò di scatto. La più giovane delle due ragazze che aveva salvato era a pochi passi da lui, seduta sul suo giaciglio improvvisato, con le ginocchia strette tra le braccia. Si rilassò.

«Non riesci a dormire?»

La ragazza si girò verso di lui di scatto, quasi spaventata. Aveva uno sguardo che Learco conosceva bene, uno sguardo familiare che aveva visto molte volte semplicemente contemplandosi allo specchio. Sentì una morsa in fondo al cuore.

«No, mio signore.»

Aveva pronunciato quelle parole in un tono che voleva essere neutro, ma sotto c'era qualcos'altro: una richiesta d'aiuto, quasi un grido. Learco si sentì improvvisamente vicino a quella creatura spaventata.

*È come me nelle lunghe notti che ho passato davanti alla porta chiusa di mia madre, aspettando da lei un cenno. È come me, quando la battaglia finiva al calare del buio e restavo solo nella tenda, con i fantasmi degli uomini che avevo visto morire a farmi compagnia.*

Una sottile ruga di dolore gli segnò l'attaccatura delle sopracciglia. Non era la prima volta che avvertiva una strana forma di comunanza con quella ragazza. Era già accaduto al torrente.

«Neppure io riesco a dormire» disse con un sorriso. La guardò alla luce pallida della falce di luna: era minuta e spersa. Si sentì intenerire. «Piangi ancora per lo stesso motivo dell'altro giorno?» le chiese.

«Sì» mormorò lei.

Gli balenò alla mente l'immagine delle molte notti insonni che anche lui aveva trascorso. Allora non c'era stato nessuno a consolarlo, nessuno a cui confidare il suo dolore. «Già... Non si sfugge ai demoni del passato, vero? Ogni nostro atto ci incide la pelle, e le cicatrici poi non vanno più via.»

La ragazza non parve stupita da quella frase. Aveva negli occhi lo sguardo di chi capiva fin troppo bene.

*Eppure è come se lo stessi dicendo a me stesso.*

«Per lo meno ora sono salva» mormorò lei.

Quella frase mise addosso a Learco una strana rabbia. Fino a quando, a tredici anni, aveva iniziato il suo addestramento di soldato sui campi di battaglia, non aveva mai avuto contatti col popolo su cui suo padre regnava. Per lui i sudditi erano una massa informe e confusa di cui Dohor disponeva a piacimento, decidendo con freddezza chi doveva morire e chi vivere. E non pensava ci fosse nulla di male. Suo padre era il re, e un re ha questo diritto.

Poi la guerra lo aveva condotto di villaggio in villaggio, a incontrare il vero volto di quel popolo su cui un giorno anche lui avrebbe avuto diritto di vita e di morte. Una moltitudine di facce sofferenti; uomini, donne e bambini che si trascinavano ai bordi degli accampamenti, tenuti in vita solo dal loro istinto di conservazione.

"Loro non ti devono interessare, sono pedine e nient'altro" gli diceva suo zio Forra.

Ma quella ragazza era una di loro. Le mani gli tremarono d'ira. «Mi spiace non essere arrivato prima; non ho potuto impedire che il tuo villaggio venisse distrutto.»

Lei non smise di guardarlo con aria sperduta. «È la guerra, mio signore.»

«Scuse» tagliò corto lui. «È una guerra inutile. Non sarebbe mai dovuta cominciare. Ammassare terre su terre... Perché? A quale scopo?»

«Per il bene del nostro popolo...» azzardò Dubhe.

Learco la fissò con attenzione. «Guarda te e tua sorella:

è stato per il vostro bene, tutto questo? Avevate una casa e una famiglia. Adesso seguite uno che vi ha promesso la schiavitù, solo in una forma meno brutale. Dov'è il vostro bene?»

Si sentì sollevato non appena l'ebbe detto. Erano parole, quelle, che aveva rimuginato a lungo negli ultimi otto anni, ma che mai era riuscito a pronunciare. E ora se n'era liberato.

La ragazza sembrava incapace di dire qualunque cosa. Learco si chiese cosa pensasse. Le faceva pietà? Era scandalizzata? Non importava. Avevano condiviso qualcosa, il giorno prima, e lui l'aveva salvata. L'argine era rotto. Era la persona giusta a cui dirlo.

«Ho visto tanti di quegli orrori, e ho sparso tanto di quel sangue... Forse all'inizio credevo davvero che fosse giusto. Mi avevano insegnato così, del resto. Ma alla fine il sangue ha coperto tutto: ogni ideale, ogni sogno. Adesso c'è solo morte, e io cammino sui cadaveri.»

La vide rabbrividire leggermente nella notte: aveva gli occhi velati di chi capisce davvero, e ne fu confortato.

*Che direbbe tuo padre? L'erede al trono che si confida con una schiava...*

Non gliene importava nulla.

«Un re non dovrebbe parlare così, vero?... Come ti chiami?»

La ragazza parve esitare un istante, le sue labbra si aprirono e si fermarono per un momento.

«Sanne» rispose infine con voce sottile.

«Sanne, un re non dovrebbe parlare così...»

Learco si sentì svuotato, ma in qualche modo anche in pace con se stesso. Aveva fatto l'inconcepibile, e aveva gettato fuori un peso che da tempo gli soffocava il cuore.

«Cerca di dimenticare, almeno per stasera» disse. «La

vita è un'eterna fuga da se stessi, non ci si può fare nulla.» Poi si girò di nuovo su un fianco, la spada ancora in pugno. Percepì gli occhi della ragazza puntati sulla sua schiena, occhi sofferenti e profondi. Rimase sveglio a lungo, finché non sentì che anche lei si coricava.

# 6
# Un addio definitivo

Salazar si stendeva davanti a loro. Le case, dai resti del torrione, si spandevano sulla piana come monete cadute da un sacco troppo pieno. Era la prima volta che Lonerin vedeva quella città leggendaria di cui aveva letto solo sui libri. Eppure non si sentiva emozionato, probabilmente perché nulla lo legava a quel posto, al contrario di Sennar. Da quando erano arrivati, infatti, il mago gli era parso agitato, quasi nervoso. Forse i lunghi anni di solitudine trascorsi a inseguire il fantasma di Nihal gli avevano stampato nella mente ogni singolo mattone, ogni pietra e filo d'erba di quel posto.

Lonerin si voltò a guardarlo, ma trovò solo uno sguardo gelido, quasi indifferente, che lo fece pensare.

Era stato così fin dall'inizio del viaggio, pochi giorni prima. Due sere dopo la delibera del Consiglio, erano partiti alla volta della città in cui Tarik era stato ucciso per cominciare le ricerche del talismano. Sennar aveva bussato alla porta della sua camera nel cuore della notte. Lonerin era ancora disteso sul letto a guardare il soffitto: stava pensando a Theana. L'aveva vista così decisa mentre preparava l'occorrente per seguire Dubhe nella sua missione che quasi non l'aveva riconosciuta. Gli era parsa una persona completamente diversa rispetto alla fragile e insicura assistente di Folwar cui era abituato. Eppure erano cresciuti insieme, avevano condiviso tutto in quegli anni passati a studiare magia. Erano stati sottilmente uniti, in un modo di cui forse neppure loro si erano resi davvero conto. Lonerin aveva capito soltanto in quel momento quanto la sua vita avesse preso forma da quella di Theana, quanto il suo ruolo, nello strano terzetto che loro due componevano assieme a Folwar, avesse raggiunto un equilibrio grazie alla presenza di lei. Non riusciva a capire il perché di quella decisione. Theana non era una donna d'azione, almeno per come la conosceva lui. La distanza che aveva sentito tra loro lo aveva lasciato incredulo.

Sennar era entrato proprio nel momento in cui i suoi pensieri stavano prendendo una piega penosa. Era stato lapidario: «Prepara le tue cose.»

Lonerin ci aveva messo un po' a capire. «In... in che senso?»

«Nel senso che partiamo ora. Ti aspetto fuori sui bastioni. Fa' presto.»

Lonerin aveva preparato tutto in fretta e furia, incapace di rendersi conto di quello che stava facendo. Poi si era precipitato fuori con un fagotto raffazzonato e il fiato corto. La figura di Sennar si stagliava sui bastioni, sull'orlo della cascata, alla luce livida della luna piena. Non aveva bagagli con sé.

«Ce ne hai messo di tempo» disse impassibile.

«Perdonatemi, ma non mi aspettavo di viaggiare di notte...»

Sennar lo guardò seccato, poi fece un semplice gesto

con la mano, e da dietro le mura comparve un'enorme figura nera che oscurò la luna. Due ali diafane e possenti si distesero nell'oscurità.

«Useremo Oarf fino al confine. Tempo non ne abbiamo, ed è meglio non perderne in inutili spostamenti a piedi.»

Il drago piantò i suoi occhi di brace su Lonerin, considerandolo con sospetto. Il giovane ricordò il loro primo incontro, nelle Terre Ignote, quando Oarf aveva quasi ucciso lui e Dubhe. Durante il viaggio di ritorno verso Laodamea, avevano imparato in qualche modo a tollerarsi, ma ogni volta il drago lo guardava con ferocia. Era evidente che anche ora rispondeva soltanto al padrone.

Sennar aveva una certa difficoltà a salire in groppa per via della gamba inferma che lo costringeva a usare il bastone. Lonerin accorse per sostenerlo, ma lui lo bloccò con un'occhiataccia. «Non ho bisogno del tuo aiuto, non sono ancora così vecchio» disse gelido. «Sali dietro.»

Lonerin ubbidì, ma non appena tentò di issarsi sulla schiena del drago, sentì i muscoli di Oarf tendersi sotto il tocco delle sue mani. Era difficile trovare la presa su quelle squame viscide, ma alla fine ci riuscì, e in attimo furono in cielo.

Per tutta la durata del viaggio, Lonerin ebbe l'impressione che Sennar stesse fuggendo da qualcosa. Erano partiti senza preavviso, e adesso volavano come se avessero il nemico alle calcagna. Oarf macinava leghe su leghe con la sua andatura sempre uguale, ma Sennar non sembrava mai soddisfatto. Era irrequieto, divorato dall'ansia di agire e di farlo in fretta.

La sera, davanti al fuoco del bivacco, i suoi occhi si spostavano di continuo, e l'unico argomento di cui parlava era la magia.

Sennar iniziò da subito il suo addestramento. «L'incantesimo che dovrai compiere è particolarmente complesso; dovrai liberare Aster dalla prigione nella quale è attualmente rinchiuso, e lo farai attirando il suo spirito nel talismano, che fungerà da catalizzatore. Dovrai mettere in gioco la tua anima, e questo richiede poteri che al momento non possiedi.»

Lonerin rimase perplesso a quell'affermazione. Era convinto di aver raggiunto anni prima l'apice dei suoi poteri, un livello massimo che per ogni mago è innato, come può esserlo il colore dei capelli o la statura. Pensava che da lì in poi si sarebbe trattato solo di apprendere nuovi incantesimi, ma che le sue capacità fossero ormai quelle.

«Ma se non li possiedo come posso fare?»

«Ogni mago ha una forza latente che non sfrutta. Si tratta solo di farla venire fuori.»

«Perdonatemi, ma io credo di aver sviluppato tutte le mie capacità, e anche il mio maestro...»

Sennar lo zittì con un cenno della mano. «Queste sono sciocchezze. Io ho perso buona parte delle mie forze, ma so per certo che tu non hai ancora esplorato tutte le tue potenzialità. Ci sono incantesimi piuttosto potenti che ora ritieni preclusi e che invece sono alla tua portata. È solo una questione di addestramento.»

Ripartirono dalle basi, dai più elementari esercizi di concentrazione. Lonerin si applicava con diligenza; persino in volo Sennar gli spiegava le cose che sarebbero potute tornargli utili.

«Il rito è piuttosto antico, e lo dovrai quindi formulare in elfico. Dovrai impararlo a memoria, assieme ai gesti necessari per accompagnarlo. Bisogna dividere la propria anima dal corpo ed elevarsi in un'estasi mistica. È una specie di morte apparente, difficile e dolorosa, che può anche diventare reale...»

Ogni volta che si fermavano per la notte, Sennar gli forniva qualche nuova informazione, o gli chiedeva di compiere quello che aveva appreso il giorno prima. Alcuni esercizi apparivano a Lonerin fin troppo elementari.

«Concentrati sul respiro del mondo.»

«È una cosa che già so fare...»

«Non al livello a cui ti è richiesto» ribatté Sennar secco.

Altri esercizi sembravano semplicemente bizzarri.

«Voglio che tu estragga da quella foglia la sua linfa vitale, così.» Sennar afferrò una foglia, la pose al centro della propria mano coprendola con l'altro palmo e aggrottò le sopracciglia per un istante. Quando aprì le mani, da una parte c'era una foglia secca, dall'altra una luce verde brillante.

A Lonerin ricordava una magia proibita che aveva studiato, e la cosa lo inquietò.

Sennar se ne accorse. «Non fare il virtuoso. Anche ai più puri può capitare di usare mezzi del genere. E in ogni caso questa non è una magia proibita.»

Sennar era sempre così. Brusco e scorbutico, e con scarsissima pazienza.

«Mi spiace non essere pronto come desiderereste» disse una sera Lonerin.

«Già. Purtroppo il caso mi ha messo tra le mani un allievo piuttosto lento» rispose Sennar col chiaro intento di umiliarlo.

Ma Lonerin non se ne ebbe a male. L'ammirazione che provava per quell'uomo era sconfinata. Era stato sempre il suo modello, un eroe. Era pronto anche a farsi maltrattare da lui, perché si rendeva conto degli abissi di sofferenza da cui proveniva.

Tra l'altro, ormai si erano addentrati in un territorio che Sennar non vedeva da quarant'anni. Lonerin si domandava cosa provasse a quella vista. Lì era stata scritta la sua storia, e soprattutto si era compiuto il destino di Nihal. Quei luoghi parlavano. C'era la grande steppa che Nihal, Sennar e Soana avevano percorso in fuga dopo l'attacco a Salazar. Nihal si era salvata per mera fortuna in quell'occasione. E poi c'era la Foresta, appena visibile all'orizzonte, dove un tempo era custodita l'ultima pietra che andava posta nel talismano del potere, la pietra della Terra del Vento.

Lonerin contemplava il viso di Sennar e si aspettava di vedervi un'emozione, un ricordo o un rimpianto. Ma quel volto segnato dalle rughe continuava a restare una maschera impenetrabile.

Lasciarono Oarf in custodia a un posto di frontiera e proseguirono a cavallo, coperti interamente da lunghi mantelli. Quasi tutta la steppa a nord della Terra del Vento era ormai sotto il controllo del Consiglio delle Acque, ma la maggior parte del territorio era ancora in mano a Dohor e ai suoi alleati.

«Un vecchio mercante e il suo giovane apprendista, chi vuoi che faccia caso a una coppia simile!» disse Sennar spiegandogli la condotta che avrebbero tenuto di lì in poi.

Lonerin colse appena un lampo negli occhi chiarissimi del compagno di viaggio, e credette di indovinarne la causa. Sennar aveva già usato un simile travestimento, anni prima. Era stato quando con Nihal si erano addentrati nella Terra dei Giorni, e avevano deviato per andare a Seferdi.

Forse per lui era il principio dell'unica redenzione possibile, dopo anni passati a rimuginare in silenzio gli incubi del passato. Lonerin sperò che la vicinanza di quei luoghi pian piano lo rendesse più loquace, ma quello fu l'unico momento in cui Sennar si lasciò andare. Per il resto nessun commento, nessun sospiro.

Quando Salazar apparve all'orizzonte, si fermarono a

poche leghe dall'ingresso. Fu il vecchio mago ad arrestarsi per primo. Rimase in silenzio a osservare le mura con aria da stratega per lunghi minuti. Poi spronò il cavallo con noncuranza.

«Andiamo. Dobbiamo iniziare dalla casa di Tarik.»

Salazar era caotica e poverissima. Tutto era cambiato, non era più il luogo in cui la storia di Sennar era iniziata.

Si fermarono in una locanda appena il tempo di mangiare qualcosa e far riposare i cavalli.

«Ido mi ha detto che Tarik viveva nella casa di sua madre.»

Lonerin si stupì della voce sicura con cui aveva pronunciato quel nome.

*Ha davvero superato la morte del figlio?*

«Se è così, è nel torrione che dobbiamo andare. Lo faremo nel pomeriggio, sei d'accordo? Con un po' di fortuna dovremmo trovare via libera.»

Lonerin non poté fare a meno di fissarlo a lungo, e il vecchio mago a sua volta gli rivolse uno sguardo interrogativo.

«Ebbene?»

Lui abbassò gli occhi sulla sua birra. «Nulla, nulla. Sono d'accordo.»

Sennar non fece altre domande, e il giovane si concentrò sul proprio boccale, passando il dito sull'orlo.

Avrebbe voluto colmare la distanza fra loro, ma Sennar non sembrava intenzionato ad aiutarlo. Beveva la sua zuppa rapidamente, immergendo e tirando fuori il cucchiaio quasi con furia.

Salirono nel torrione lentamente. Le scale che conducevano da un piano all'altro erano sconnesse, e col suo bastone Sennar aveva difficoltà a percorrerle. Non appena varcarono la porta d'accesso, il suo passo si fece più insicuro. Gli occhi si velarono, e lo sguardo iniziò a vagare sui pietroni anneriti dal fumo di un antico incendio. Lonerin sentì un nodo alla gola.

«Dammi il braccio, questa maledetta gamba rende tutto più difficile» gli disse Sennar con stizza, e lui fu pronto ad aiutarlo. La presa di quella mano sul suo braccio all'inizio gli parve ferrea come al solito. In realtà Sennar si stava aggrappando quasi con disperazione, e Lonerin lo percepì dal lieve tremito delle sue dita ossute.

«Tarik abitava sopra la porta, dobbiamo andare di qua» disse il mago prendendo un corridoio laterale. «I Fammin quel giorno arrivarono in fretta perché conoscevano questa scorciatoia. Era una via che io stesso usavo quando andavo a trovare Nihal.»

Poi accelerò il passo, mollando all'improvviso il braccio di Lonerin. Persino il suo bastone ora non toccava terra, mentre la mano cercava sostegno sul muro. Lonerin si trovò presto a inseguirlo.

«Livon, il padre adottivo di Nihal, aveva scelto un'abitazione sopra la porta per comodità. C'era la sua armeria, dentro la casa, e stare vicino all'ingresso della torre era il posto migliore per un commerciante. Eppure fu una scelta fatale.»

Sennar camminava febbrilmente, superando con destrezza i massi che intralciavano il passo e le fratture nel pavimento. Sembrava aver ritrovato tutta la forza e l'agilità della gioventù, e persino la gamba che si tirava dietro inerte non appariva più come un peso. Lonerin vedeva la sua schiena illuminata a intervalli regolari dalla luce che filtrava dalle finestre e dalle brecce nei muri. Intanto la sua voce era sempre più alta, le sue parole sempre più rapide.

«E qui, qui Nihal veniva a giocare con i suoi amici, tra le giare dei negozianti e le bancarelle piene di frutta.» Si girò verso il giovane con gli occhi accesi. «Qui ci abitava un sacco di gente, non era come adesso!»

Sembrava stesse improvvisamente tornando al passato: ora vedeva la Salazar della sua giovinezza, la Salazar di Nihal e dell'età d'oro, di quel periodo in cui Aster ancora non aveva conquistato la Terra del Vento.

«Rallentate un attimo, vi prego» provò a dire Lonerin, ma Sennar non lo ascoltava, assorbito com'era nei propri ricordi. Una svolta ancora, e Lonerin lo perse di vista.

*Dannazione.*

Accelerò il passo, seguendo il suono della sua voce. Poi, silenzio. Improvviso e denso.

«Dove siete?»

Girò l'angolo del corridoio, e lo vide. Fermo. Inquadrato nella cornice di una porta aperta su una malinconica penombra. Lonerin rallentò, consapevole di cosa stava accadendo. Era la prima volta che vedeva la casa di Nihal, o meglio, la casa di Tarik. Ido l'aveva descritta al Consiglio delle Acque con dovizia di particolari, eppure non era riuscito a trasmettere l'aspetto raggelante di quel luogo, fermo nell'istante in cui tutto era successo. Dalla porta si intravedeva una stanza piuttosto ampia, messa completamente a soqquadro. Mobilia frantumata a terra, cocci di vetro, e sangue ovunque. Grosse macchie si stendevano sul pavimento di legno, mentre orme confuse portavano fino alla porta. Lonerin non sapeva cosa dire, quali parole usare, ma Sennar lo prevenne. Abbassò il capo, scosse leggermente la testa, poi gli piantò in volto uno sguardo deciso.

«Dividiamoci. Tu fruga in cucina, io vado nella stanza da letto. Sai come è fatto il talismano?»

Lonerin fu incapace di rispondere. Guardò accorato Sennar, e lo fece con tanta intensità che il mago si sentì irritato.

«Non stare imbambolato a fissarmi! Abbiamo poco tempo. Allora, lo sai?»

«Sì, ne ho letto» rispose a bassa voce Lonerin.

«E allora cercalo.»

Sennar entrò rapido calpestando i cocci e si infilò nella camera da letto.

Lonerin lo seguì dopo poco, con passo incerto. Gli faceva una strana impressione entrare là. C'era la puzza della Gilda, in quel luogo. Ovunque andasse, la setta degli Assassini si lasciava dietro un'aura di morte e di disperazione. Girò attorno alla macchia di sangue più grande, ma presto si rese conto che era impossibile muoversi senza calpestare le chiazze secche sparse sul pavimento. Il colore spento e polveroso del sangue gli riportò alla memoria il ricordo incancellabile del corpo di sua madre in mezzo agli altri cadaveri massacrati dalla Gilda. La rabbia lo assalì alla sprovvista, come sempre. Per quanto corresse, l'odio era sempre più rapido di ogni fuga, come un nemico ineliminabile.

Chiuse gli occhi, cercando di tornare presente a se stesso. Dall'altra stanza arrivava il rumore di ante aperte, cassapanche smosse, oggetti spostati. Si guardò di nuovo intorno tentando di focalizzare il talismano che cercava: era un medaglione d'oro, con un grosso occhio al centro e otto alvei intorno che ospitavano otto pietre di colore diverso. Al posto dell'iride, c'era una pietra iridescente, la stessa che Nihal aveva infranto quando aveva deciso di sacrificare la vita per suo marito e suo figlio nelle Terre Ignote.

Lonerin cominciò guardando sotto i pezzi di legno rotti

e i vetri frantumati. Poi iniziò a frugare tra i pochi mobili ancora in piedi e addirittura nel focolare, nel caso ci fossero state nicchie segrete. Si sentiva una specie di ladro, mentre infilava le mani nell'intimità di quei muri.

*Chissà se Dubhe si è mai sentita così, mentre rubava in casa di qualcuno,* si chiese, e l'immagine della ragazza esplose nella sua mente senza che lo volesse. Era una ferita che non guariva. O forse era ormai solo orgoglio, l'umiliazione di essere stato respinto così crudelmente. Nei suoi pensieri tutto si confondeva: amore e affetto, amicizia e odio. Persino i volti delle donne della sua vita si sovrapponevano: Dubhe e Theana; e in mezzo a loro, poche immagini confuse del volto di sua madre.

*Dove saranno?*

Lonerin passò a esaminare i muri, battendo su ogni singolo mattone. Ma tutti sembravano solidissimi. Sollevò le assi di legno smosse del pavimento per guardare sotto: nulla.

A un certo punto il frastuono dalla stanza accanto si fece assordante e sentì un grido. Immediatamente corse di là, ma non appena si affacciò, si bloccò sul limitare della porta. Sennar era a terra, in mezzo a un cumulo di vestiti. Doveva aver svuotato tutta la cassapanca, per poi riversarla su un lato per la rabbia. Adesso era in ginocchio, i pugni stretti sulle lenzuola macchiate di sangue, il volto contratto in una smorfia atroce.

«Non c'è, dannazione, non c'è!» urlava guardando Lonerin disperato, le guance rigate dalle lacrime. Provò ad alzarsi, ma la gamba cedette, costringendolo di nuovo in ginocchio. «Dannazione!» tuonò.

La sua voce era un ruggito, ma si sciolse presto in una sorta di cupo mugolio. Affondò la testa nelle lenzuola.

Lonerin si avvicinò lentamente, quasi in punta di piedi. Si abbassò e con delicatezza gli mise una mano sulla spalla. Lui si girò di scatto, abbracciandolo. Il giovane rimase stordito da quel gesto così improvviso e inatteso.

«Qui c'era la sua vita, capisci? È morto su quel letto, e io non c'ero! Quel giorno c'era Ido accanto a lui, ma non suo padre. Non ho avuto nemmeno l'occasione di dirgli quanto mi era costato lasciarlo andare via a quel modo... Non gli ho mai detto quanto mi era mancato! Non ho potuto chiedergli perdono, né domandargli scusa per aver lasciato morire la nostra Nihal senza fare nulla!»

Lonerin sentì gli occhi pizzicargli, mentre improvvisamente rivedeva sua madre che correva disperata nel tempio di Thenaar per offrire la propria vita in cambio della sua. Capì quale dolore doveva averla trafitta, quale infinita sofferenza doveva averla spinta a quel passo. Non riuscì a dire nulla, non esistevano parole per un fatto del genere, non poteva esserci alcuna consolazione per una cosa così insensata come la morte di un figlio.

Rimase immobile, le braccia strette attorno alle spalle del vecchio mago.

Lonerin lo condusse fuori dalla torre. Dopo quel momento di sconforto, Sennar era tornato quello di sempre. Con stizza si era asciugato le lacrime dal volto cercando di darsi un contegno, ma il suo fisico era ancora provato, spossato dalla fatica di riesumare colpe sepolte da anni.

«Hai trovato qualcosa?» gli chiese appoggiandosi al muro di un vicolo laterale.

Lonerin scosse desolato la testa.

«Non era lì» disse Sennar guardando in alto. «O forse c'era e se lo sono preso. La casa era piena di suppellettili e vestiti di tutti i giorni, ma non c'era niente che potesse essere venduto per ricavarne un qualche profitto.»

«Credete che gli oggetti di valore siano stati portati via?»

Sennar annuì. «Tarik aveva portato con sé la spada di sua madre.»

Lonerin ricordò l'arma di cristallo nero di Nihal, descritta in tutti i libri come un oggetto di inestimabile valore. Forse Sennar aveva ragione, anche solo l'elsa così intagliata doveva valere una fortuna.

Il vecchio mago staccò la schiena dal muro. «Dobbiamo trovare chi si è occupato dell'uccisione, chi ha indagato e chi infine si è preso cura dei corpi.»

Si incamminò per la via che portava verso il centro della città, zoppicando appena.

Lonerin lo guardò a lungo, poi si decise. «Io credo che lo sapesse.»

Sennar si girò.

«Tarik sapeva quanto lo amavate, sapeva tutto. E vi amava profondamente anche lui.»

Un lampo di tenerezza passò negli occhi del mago. Non disse nulla, si limitò a fissare Lonerin per pochi istanti; poi riprese la via.

«Lo gnomo arrivò tutto trafelato e mi portò subito da quell'uomo. Feci quanto era in mio potere per salvarlo, ma era troppo tardi.»

Il sacerdote che aveva curato Tarik era piuttosto malmesso, con una tunica rattoppata in più punti e uno sguardo da bestia ferita. Non doveva essere molto vecchio, almeno stando alla voce e al modo in cui parlava, ma portava male i suoi anni. Lonerin e Sennar sedevano davanti a lui in una taverna di Salazar, circondati dalla spessa cortina creata dal fumo di troppe pipe e dall'odore di birra.

«La donna era già morta» aggiunse il sacerdote «e le

ferite dell'uomo erano troppo gravi per essere curate. La mattina dopo, quando tornai, era già morto. Promisi allo gnomo che mi sarei occupato dei corpi, e così feci.»

Lonerin notò che le mani di Sennar continuavano ad essere scosse da un tremito appena percettibile.

«Li hai seppelliti?» chiese il mago con tono incolore.

Il sacerdote annuì titubante. «Lo feci il giorno dopo. Vivevano molto appartati, ed erano davvero poche le persone che li conoscevano. Provai a indagare, ma non trovai nessuno che volesse organizzare il funerale, così me ne occupai io. C'erano una decina di persone durante il rito.»

«Dove?» chiese Sennar. Il sacerdote lo guardò senza capire. «Dove li hai sepolti?» specificò il mago.

«Nel cimitero fuori le mura. Incisi io stesso le lapidi. Li misi uno di fianco all'altro. Ma voi li conoscevate?»

«No» si affrettò a rispondere Lonerin. Quindi lo incalzò: «Ci fu un'indagine? E che ne fu della loro roba?»

Il sacerdote vagò con lo sguardo dall'uno all'altro mago. Aveva paura, era evidente, e pesava le parole. Con ogni probabilità si stava chiedendo il perché di quell'interrogatorio, e chi fossero quei due. «Non c'era molto da indagare. Una rapina finita in tragedia, almeno così disse il messo dell'Anziano. Per quel che riguarda la roba, non c'era nessuno che potesse prenderla. Insomma, di amici ne avevano pochissimi, e di parenti, qui a Salazar, neppure uno. Lei non era della Terra del Vento, e nessuno sapeva dirci di dove fossero i suoi. I genitori di lui, poi...» Fece un gesto vago con la mano.

Le dita di Sennar si contrassero, e le nocche diventarono bianche.

«E quindi?» continuò Lonerin.

«E quindi nulla. Vendemmo tutto quello che poteva

essere venduto. Ma i panni, i mobili e il resto delle suppellettili sono ancora là. Chi può volere i vestiti di persone uccise in maniera tanto barbara?»

«Chi è stato a occuparsi della vendita?» domandò Sennar.

«Molio, un mercante che sta al primo piano della torre. Prese tutto lui, penso che abbia anche rivenduto qualcosa. Non lo conosco bene, ma il suo negozio è abbastanza famoso: ci si trova davvero di tutto.»

Lonerin si appoggiò alla sedia. Cominciavano davvero male. La roba di Tarik poteva essere ovunque. «Ti ringrazio, ci sei stato molto utile» disse con un sospiro, e il sacerdote parve rilassarsi.

«Ditemi la verità, avevano combinato qualcosa di strano? Sapete, quello gnomo se ne andò in fretta e furia senza dire chi fosse... E poi il modo in cui sono stato uccisi... Al di là della versione ufficiale, ho sempre pensato che ci fosse sotto qualcosa di losco.»

Sennar lo fulminò con un'occhiata, e il sacerdote si rannicchiò sulla panca.

«Era solo per sapere...»

«No, no. Siamo collezionisti» si affrettò a spiegare Lonerin. «Sapevamo che quell'uomo possedeva alcune cose interessanti, armi principalmente, che ci avrebbe fatto piacere acquistare. Quando siamo andati a cercarlo, abbiamo scoperto che era morto.»

«Capisco» commentò il sacerdote, sfuggente.

Lonerin e Sennar gli pagarono la birra, poi uscirono silenziosi dalla locanda.

Presero una stanza in una bettola di periferia per passare la notte. Erano entrambi sfiniti, e Sennar non era certo in condizioni di andare subito dal mercante.

Ugualmente sentiva di dover fare ancora una cosa. «Dove si trova il cimitero?» chiese alla locandiera. Lui ricordava quello vecchio, che con ogni probabilità adesso era stato inglobato dalla città.

«A ovest, mezzo miglio fuori dall'abitato. Non potete sbagliarvi, è circondato da un grosso muro nero.»

Sennar si volse verso Lonerin. «Ci devo andare da solo.»

Il giovane mago lo guardò con preoccupazione. «Siete stanco, da qui saranno almeno due miglia di strada...»

Sennar lo zittì con un gesto. «Ce la faccio. Non mi sottovalutare.»

Si mosse nel caos della città, con la gamba che gli doleva, ma soprattutto con il cuore appesantito da ciò che aveva visto. L'immagine della casa di Tarik violata da ignobili sicari continuava a tormentarlo. Riusciva a vedere suo figlio coricato in quel letto, che respirava a fatica mentre Ido gli teneva la mano. Ido e non lui.

Sapeva che non era tempo di perdersi in rimpianti. Sapeva che doveva concentrare tutto se stesso nella missione, perché Nihal aveva amato il Mondo Emerso, e suo figlio ci aveva trascorso la sua breve esistenza. Erano le uniche ragioni per cui valeva la pena salvarlo. Ma come poteva dimenticare?

Le case cominciarono pian piano a diradarsi, e il muro nero di cui gli avevano parlato apparve presto ai suoi occhi, immenso e imponente, definitivo come la morte. Varcò il cancello con il fiato corto. Era agitato, anche se non voleva ammetterlo. Il sole stava per nascondersi dietro l'alto muro e gettava sull'interno ombre lunghe e scure.

Sennar si mosse lentamente tra i viali, tra selve di lapidi. Sembrava una specie di malinconico giardino, dove a ogni vita corrispondeva un ceppo anonimo.

Lesse distrattamente i nomi. C'erano famiglie intere. Chiese a un uomo che stava scavando una fossa dove poteva trovare la tomba di Tarik. Lui lo guardò come si guarda un qualsiasi vecchio, e gli indicò svogliatamente il luogo in cui doveva andare. Nessuno nel Mondo Emerso sapeva più chi era; di sicuro si ricordavano di lui e Nihal, come testimoniavano le molte statue erette nei crocicchi e nelle piazze, ma nessuno era capace di riconoscere in quell'uomo anziano l'eroe che aveva salvato il mondo intero.

Rallentò l'andatura quando si avvicinò al punto esatto, quindi si fermò. Due lapidi, neppure un fiore. Il segno della terra smossa da poco. Del resto non erano passati neppure tre mesi. La loro vita era trascorsa fugace e silenziosa in quel luogo, e ora nessuno andava a trovarli.

Sennar cadde in ginocchio, esausto. Talya e Tarik. Chissà com'era Talya. Non riusciva a immaginare che tipo di donna potesse piacere a suo figlio. Se lo ricordava ancora come un ragazzino imberbe, eppure già pronto a prendere una decisione di capitale importanza per la sua vita. Chissà che uomo era diventato, se gli somigliava, o se era la madre che il suo volto ricordava. Chissà che lavoro faceva, e se era stato felice, se quando era morto aveva avuto dei rimpianti, o se almeno in parte aveva realizzato i suoi desideri.

«Io no» mormorò. «Per troppo poco ho goduto di quello che avevo, e dopo la morte di tua madre ho perso tutto. Persino te.»

*Qui sotto c'è un estraneo, una persona che non conosco. Se ora lo vedessi passare, non lo riconoscerei nemmeno*, pensò. E quella constatazione gli tolse il fiato.

«Mi dispiace di non esserci stato, figlio mio» disse con voce tremante, fissando la terra smossa. «Avevi ragione tu, ora lo capisco chiaramente. Forse è troppo tardi, ma voglio rimediare. Questi ultimi anni che mi restano voglio impiegarli per realizzare i tuoi sogni. Vedi? Sono tornato a combattere, credo ancora in qualcosa. Era questo che tu volevi da me.»

Sentì le lacrime salirgli agli occhi, ma le ricacciò indietro. Era stanco anche di piangere.

«Tuo figlio è al sicuro assieme a Ido e a una persona che mi ha aiutato infinitamente in passato. Ti giuro che non permetterò che gli accada nulla di male. È l'unica cosa che mi resta, e la proteggerò.»

Appoggiò una mano sulla terra fredda per l'ultimo saluto. Tarik era andato via, per sempre. C'era stato un breve periodo in cui avrebbe potuto ricondurlo a sé, ma aveva preferito lasciarlo andare. Forse ora stava facendo la stessa cosa con San. Sospirò. Aveva vissuto abbastanza per sapere che non esistono scelte giuste o sbagliate. La vita, alla fine, ci conduce sempre dove vuole.

Adesso era tempo di lottare di nuovo: lo doveva alla memoria del figlio, e al ricordo di Nihal.

Si alzò a fatica, si voltò e si avviò all'uscita.

# 7
# Due assassini

Karva era un villaggio come ce n'erano tanti nella Terra del Sole, o almeno lo era stato in passato. Le solite case di pietroni, le consuete vie squadrate e il caos calmo che era il segno distintivo della terra natale di Dubhe. A meno di una lega dalle mura, però, era sorto un enorme accampamento militare, e questo aveva cambiato tutto. La città pullulava di soldati confluiti fin lì da tutte le terre sotto il controllo di Dohor. Gli abitanti sembravano tollerare a stento le loro urla sguaiate, il modo spavaldo e volgare con cui si rivolgevano alle cameriere nelle locande e ai mercanti per strada. Ai margini dell'accampamento, invece, c'erano i profughi che seguivano l'esercito in cerca di un pasto caldo o di un lavoro qualsiasi. Lo spettacolo ricordò a Dubhe Makrat; era come se la guerra stesse lentamente cambiando il volto della Terra del Sole, trasformando ogni città in un avamposto.

Osservò Learco: sembrava in qualche modo turbato. Si disse che la cosa non doveva interessarle. Erano arrivate alla fine del loro viaggio assieme al principe, e questo era solo un bene. Non le faceva un buon effetto stare vicino a quel giovane, anche se non riusciva a capirne il perché.

Si mossero verso l'accampamento. Le guardie all'ingresso si prostrarono in un inchino, ma Learco le superò senza degnarle di uno sguardo e andò dritto verso un soldato di passaggio.

«Cerco Forra.»

A quel nome, Dubhe sentì un brivido scenderle giù per la schiena. Forra era il luogotenente più fedele di Dohor, l'uomo che lei aveva visto massacrare i ribelli nella Terra del Vento assieme a Learco, anni prima. Era stato lui a commissionarle il furto che le aveva imposto la maledizione. Il panico la dominò per qualche istante, poi prese un profondo respiro. Le poche volte che aveva parlato con lui era stato col volto coperto; non c'era modo che potesse riconoscerla.

«Nella tenda principale, signore, in fondo a questa strada.»

Learco si avviò a passi rapidi. Quando giunsero sul ciglio del grosso padiglione, Dubhe si fermò e trattenne per un polso Theana. Il principe dovette percepire l'esitazione, perché si voltò. «Entrate con me. Ho intenzione di affidarvi a lui.»

*Questa non ci voleva.* Dubhe si limitò ad annuire.

La tenda era arredata con lusso sfrenato. C'erano cuscini ovunque, e una branda da campo, in un angolo, che quanto a magnificenza non aveva nulla da invidiare al letto di un re. Di lato, sopra un massiccio tavolo pieghevole colmo di frutta di vario tipo, c'era una brocca d'argento. Forra era seduto in fondo, su uno scranno lavorato. Era a petto nudo, e mostrava una muscolatura taurina, incredibilmente vigorosa se si teneva conto che aveva già da un po' superato la cinquantina. Dietro di lui, una donna esile e affascinante gli detergeva le spalle con una spugna, massaggiandogli il collo.

Dubhe non riuscì a trattenere un fremito. Il suo volto feroce, ora atteggiato a una specie di quieta estasi, le mise in corpo una rabbia incontenibile. Era stato lui che l'aveva tratta in inganno, lui che aveva realizzato il piano di Dohor condannandola per sempre. Il simbolo sul suo braccio vibrò, e la Bestia alzò un alto lamento che le attraversò il cervello. Chiuse gli occhi per calmarsi, ma sapeva che la voglia di sangue che sentiva ora non era tutta opera della maledizione.

Learco si inginocchiò, e Theana fu rapida a imitarlo, seguita subito da Dubhe.

«Zio...»

«Eccoti qua!» proruppe Forra aprendo gli occhi e scostando con malagrazia la donna che lo stava servendo. «Il mio nipote preferito.» La sua risata era un vero e proprio tuono. «Alzati, alzati, fino a prova contraria sei tu il principe.»

Learco ubbidì, tenendo la testa chinata. Forra gli batté con vigore una mano sulle spalle, poi posò uno sguardo ambiguo sulle due ragazze. «Quelle chi sono?»

Non attese la risposta e si mosse verso di loro. Le prese entrambe per un braccio, forzandole a tirarsi su, quindi le guardò con attenzione, sfiorandone appena le carni con le mani grosse e callose. «Un discreto bottino di guerra, eh? Soprattutto questa qui» disse indicando Dubhe e prorompendo in una nuova, sguaiata risata. «Non immaginavo fossi tipo da cose del genere... Non che sia un male, anzi. Mi fa piacere che finalmente inizi a goderti i piaceri della vita.»

Learco rimase impassibile. «Le ho trovate al mercato degli schiavi di Selva e le ho comprate. Sono due sorelle, la più giovane ha anche qualche conoscenza di arti sacerdotali.»

Dubhe ringraziò Theana per aver avuto la prontezza di spirito di comprare casacche a maniche lunghe, che coprivano il simbolo che aveva sul braccio. C'era il rischio che Forra potesse riconoscerlo.

«Non mi interessa, basta che piacciano a te» replicò lui, sedendosi di nuovo e facendo cenno alla donna di ricominciare a massaggiarlo. «Anche se mi permetto di dire che ho gusti migliori dei tuoi...» aggiunse schioccando un'occhiata alla serva alle sue spalle.

«Vorrei dar loro un lavoro.»

Forra lo guardò interrogativo. «Lasciale qua, la truppa le gradirà di certo.»

«No. Voglio che siano condotte a Makrat, da mio padre.»

Suo zio rimase immobile per qualche istante. Poi sorrise sarcastico. «È incredibile come certe cose non cambino mai. Sono passati anni da quando ho cominciato ad addestrarti, ma resti sempre il solito ingenuo.»

Learco rimase fermo al suo posto, incassando l'insulto. «Le ho comprate, mi appartengono di diritto. Posso farne quel che voglio.»

Forra mosse con noncuranza una mano. «Fa' come ti pare, ognuno ha i suoi svaghi.» E, dopo una pausa, aggiunse: «Sai che tuo padre non gradirà, vero?»

Learco guardò a terra stringendo i pugni.

«Gliene hai già combinate molte, e questa forse non è neppure la peggiore. A ogni modo ne parleremo dopo faccia a faccia.» Forra indirizzò uno sguardo obliquo alle ragazze. «Per due sguattere c'è di sicuro posto a corte, anche se io immaginerei usi migliori per un paio di fanciulle.»

«Sono sotto la mia protezione» ribadì Learco.

«D'accordo» rispose suo zio con aria annoiata. «Però ora voglio parlare con te da solo.»

La donna dietro di lui depose con delicatezza la spugna e si avvicinò alle due giovani. «Seguitemi» disse soltanto.

Forra si rivestì lentamente. «Aiutami» ordinò con protervia, e Learco ubbidì. Gli fece indossare l'armatura pezzo per pezzo, cingendo con delicatezza i legacci. Per anni aveva compiuto ogni giorno quell'incombenza, su ogni campo di battaglia che avevano calcato assieme.

*L'uomo lo guarda immobile, tremante. È un vecchio, e ha gli occhi colmi di paura. Implorerebbe pietà se potesse, ma il terrore l'ha reso muto. Learco sente scivolare la presa sull'elsa della spada. La sua mano è coperta da un sudore gelido.*

*Forra è dietro di lui e lo sta fissando. «Avanti» dice.*

È la seconda volta che gli impone di agire, e la sua voce è sempre più irritata. Sono due mesi che è il suo maestro, e lui ha solo tredici anni. Fino ad allora era convinto che non ci fosse nessuno più inflessibile e tremendo di suo padre. Aveva passato anni a cercare di corrispondere ai suoi desideri, addestrandosi con la spada fino allo sfinimento, cercando di rafforzare il suo corpo esile per modellarlo secondo l'arte della guerra. Ma lui non gli aveva mai sorriso, mai fatto un cenno di approvazione.

*«Sei un debole» gli ripeteva sempre con voce tagliente. Parole fredde come una scure.*

*Sua madre non esiste, la vede soltanto quando partecipa alle cerimonie ufficiali più importanti. Per il resto trascorre un'esistenza da reclusa nella sua stanza, in cui si è confinata volontariamente anni prima. Non è mai riuscito a parlarle, né a toccarla. Una donna schiva, quasi un'estranea. A quell'epoca Forra, suo zio, è un mito lontano, un uomo immenso e fortissimo a cui non si è mai avvicinato.*

*Poi, un giorno, la decisione paterna.*

*«Andrai a combattere sul fronte della Terra del Vento con tuo zio. È ora che tu apprenda le vie del combattimento e che ti addestri alla guerra per davvero.»*

*A quelle parole il suo attendente, Volco, aveva protestato. «Mio signore, è ancora un bambino...»*

*«Quando io sono entrato in Accademia, ero un anno più giovane di lui.»*

*«Ma la guerra...»*

*«Io sono il re e io decido cosa è meglio per mio figlio!»*

*Così Forra è diventato il suo maestro, e Learco ha iniziato a seguirlo su tutti i campi di battaglia. Sempre con un'armatura troppo pesante, sempre brandendo una spada che non ha mai sentito sua.*

*Da allora solo sangue, arti mozzati, e il fetore dei campi dilaniati dal combattimento. E lui sempre nel mezzo, sempre dietro a quello zio pronto a spronarlo in ogni istante alla vendetta.*

*Non hanno paura che possa ferirsi, che possa morire. Lo spediscono nella mischia come si fa con un semplice fante. A salvarlo, finora, sono stati alcuni suoi commilitoni. Gli restano al fianco in battaglia, ammazzano al posto suo. Due mesi, e può ancora dire di non aver ucciso nessuno.*

*Learco sa che così non fa contento suo padre. Sa che lui lo vuole spietato come un assassino. Ha tredici anni, ma è consapevole che i regni hanno fondamenta fatte di cadaveri e vene in cui scorre il sangue di migliaia di uomini. Ma non ci riesce. Non vuole.*

*Forra lo punisce per ogni inadempienza. Cinquanta*

*scudisciate, che ogni volta aprono strisce di sangue sulla sua schiena.*

*«Devi essere sempre il primo in battaglia, hai capito?»*

*È una cantilena infinita, che gli penetra la mente con la stessa violenza con cui la frusta gli incide la carne.*

*E infine quel giorno.*

*«Oggi uccidiamo dei ribelli. Voglio che tu assista.»*

*Learco ha chinato il capo. Non è la prima volta che assiste a un'esecuzione. Ce ne sono state molte altre in cinque mesi, ma non ci si è ancora abituato. Lui chiude sempre gli occhi quando la spada cala, e a quel punto il boato della folla gli infligge l'ultimo, doloroso supplizio. Ma non ha scelta. Segue Forra senza dire nulla verso il luogo stabilito.*

*La spada si abbassa inesorabile su cinque malcapitati. Rimane l'ultimo, il vecchio.*

*«Questo lo uccidi tu.»*

*Le parole di suo zio risuonano terribili.*

*«Ma io...»*

*«Non potrai mai essere un uomo, né un soldato, finché non avrai ucciso davvero.»*

*Come in un sogno, Learco si lascia trascinare sul palco di legno. Gli hanno messo in mano la spada che il boia è solito usare per le esecuzioni, quella dove sono incisi pochi, importanti versi: "Accogliete, o dei, l'anima dell'uomo che sto per uccidere."*

*Non guarda quella lama. Guarda gli occhi terrorizzati del vecchio e prova pietà.*

*«Non voglio» mormora allora rivolto a Forra. Sa che non è un uomo pietoso, ma è convinto che il suo sguardo, in quel momento, potrebbe sciogliere persino il cuore di suo padre.*

*«Fallo e basta.»*

*«Vi prego...»*

*«Avanti!»*

*Learco sente lo sguardo della folla, l'attesa dei soldati attorno a lui.*

*Il boia spinge il vecchio in ginocchio, facendogli appoggiare la testa sul ceppo. Lui inizia a strillare come un vitello, e le sue grida paralizzano di nuovo la mano del principe. Quell'uomo non gli ha fatto nulla, e ora è lì, inerme, ad attendere una sorte che non merita.*

*«No, non posso, mi dispiace» riesce a dire infine.*

*Un calcio al centro della schiena lo getta a terra. Il freddo della lama sotto la sua guancia stride con il caldo del sangue che esce dal graffio che si è procurato.*

*«Fallo!»*

*Quella di Forra è un'imposizione definitiva, cui è impossibile sottrarsi.*

*Learco piange in silenzio. Prende la spada, si tira su. L'uomo implora pietà, urla ancora. Lui non trova il coraggio di agire. Allora Forra lo tira a sé, gli afferra le mani e gliele stringe sull'elsa, facendogli quasi male. È assieme che sferrano il colpo, ma è da solo che Learco cala la spada sul collo della vittima. Non può fermarsi, l'arma gli pesa troppo tra le mani. Stringe gli occhi per non vedere, urla anche lui, ma nel preciso istante in cui sente la carne tagliarsi, sa che dopo quel giorno non sarà più lo stesso. Quell'esecuzione è la fine della sua infanzia.*

*Frusta.*

*Un colpo, cinque, dieci.*

*Learco li accoglie con piacere. Cerca di non lasciarsi scappare nemmeno un gemito, pensando di meritarseli. Ha deciso: non vuole uccidere mai più. Forse solo per Forra farebbe un'eccezione. Lo vuole vedere morto, sen-*

*za testa, e brama di ucciderlo con una spada maledetta che infetti la sua anima per l'eternità.*

*«Non azzardarti mai più ad essere pavido come una verginella, è chiaro?» Forra gli urla nelle orecchie, mentre Learco si deterge il sangue dalla bocca. Si è morso le labbra fino a farle sanguinare, pur di non dargli la soddisfazione di gridare. Poi lo guarda di sbieco, con ribellione, e suo zio ride di gusto.*

*«Ecco finalmente uno sguardo da re! Così mi devi guardare, così! Nulla ti deve impedire di esercitare il tuo potere! E ora aiutami a indossare l'armatura.»*

*Learco si tira su, non sa dire di no. Piano piano prende i vari pezzi, e mentre stringe i lacci, le sue orecchie sentono ancora le grida strazianti del vecchio sul patibolo.*

Learco staccò le dita dall'ultimo nodo allacciato sul corpetto. Sebbene fossero passati otto anni, tutto si ripeteva.

Forra si sistemò nuovamente sul suo scranno e lo fissò. «Siediti.»

Lui prese uno sgabello in un angolo e ubbidì. Gli faceva rabbia constatare quanto fosse ancora sottomesso a quell'uomo.

«Tuo padre ha deciso che devi tornare a Makrat.»

Rimase stupito. Era stato spedito in missione al confine in seguito al suo fallimento con Ido, quando si era scontrato con lui e non lo aveva ucciso. Era convinto che la punizione sarebbe durata più a lungo.

«Come mai, se posso chiederlo?»

«Neor. È stato perdonato.»

Learco sgranò gli occhi, incredulo. Neor era un cugino di Dohor. Non lo vedeva da moltissimo tempo, e l'ultimo ricordo che aveva di lui era quello di un uomo provato, quasi sofferente.

"Cerca di resistere, Learco, fallo per me" gli aveva detto prendendogli il volto tra le mani. Lui all'epoca era ancora un bambino, e non aveva capito. Poi suo padre lo aveva consegnato a Forra, e quelle parole avevano preso significato.

«Ti vedo stupito» disse suo zio con un sorriso.

«Pensavo che il perdono non sarebbe mai arrivato, tutto qua.»

«Be', sai, sono passati molti anni, e sua moglie ora è morta.»

Sibilla. Si ricordava bene di lei: quando il marito era stato condannato all'esilio, era stata lei ad assistere in tutto e per tutto sua madre Sulana. L'aveva accudita con attenzione, informandola su quanto accadeva a palazzo e comunicando i suoi desideri alla servitù.

Quando Sulana, per ironia del destino, era morta di febbre rossa come il suo primogenito, Sibilla aveva deciso di abitare nella sua stanza, e pian piano anche lei si era estraniata dal mondo. Learco la conosceva appena, ma la simpatia che nutriva per suo marito, Neor, si estendeva anche a lei.

«Sei grande, e certe cose ora le puoi capire. Senza più la minaccia che succeda qualcosa a sua moglie, Neor è pericoloso. Ha tramato già una volta, e potrebbe farlo ancora. Ma adesso Sua Maestà lo riprende a corte con magnanimità, gli regala qualche titolo nobiliare e qualche incarico di cui pavoneggiarsi, ed ecco che il lupo cattivo diventa un agnellino.»

Forra esplose in una fragorosa risata.

Learco lo guardò senza partecipare alla sua ilarità. Neor non era tipo da farsi comprare, almeno per come lo ricordava lui.

«Ci sarà una cerimonia?» chiese.

Suo zio annuì. «In grande stile. E la famiglia sarà di nuovo riunita. Ci sarò persino io, pensa. Il macellaio della Terra del Sole che va a una cerimonia vestito di tutto punto.»

Forra era di certo l'uomo più vicino a Dohor, il suo braccio destro, ma amava sempre dipingersi come uno fuori dalla corte: era figlio illegittimo del precedente re, e sapeva di dover tutto a Dohor. Senza di lui, che lo aveva accolto nonostante fosse il fratellastro di Sulana, avrebbe di sicuro fatto una misera fine.

«E anche tu sarai in prima fila.»

Learco si alzò senza aggiungere una parola. Si inchinò come ormai aveva imparato a fare, e varcò la porta.

«Partirete domattina» disse la donna a Theana e a Dubhe. Aveva un volto splendido e glaciale, da cui sembrava avesse cancellato ogni emozione. «Col principe» aggiunse.

Il cuore di Dubhe ebbe un sussulto, ma riuscì a nasconderlo. «Come mai?» chiese fingendo noncuranza.

«Il cugino del re ha ottenuto il perdono del sovrano; il principe deve assistere alla cerimonia. Tutta la corte sarà in festa.»

La donna uscì silenziosamente dalla tenda dove le aveva portate, lasciandole sole.

«Meglio viaggiare con il principe» disse Theana con un sospiro. «Non mi sarei fidata ad andare in giro con nessuno di questi uomini.»

Dubhe annuì, poco convinta. Si trovava a disagio a spostarsi assieme a Learco, la sua vicinanza le provocava strane sensazioni che faticava a decifrare: di attrazione e repulsione allo stesso tempo.

D'altronde non c'erano altre vie, e anzi, quello era l'unico modo per ottenere un posto sicuro a corte, che le garantisse quel minimo di libertà d'azione di cui aveva bisogno. Per questo cercò di non pensare a nulla se non alla missione.

Ugualmente, però, quella notte dovette faticare a lungo per addormentarsi.

L'indomani viaggiarono attraverso i boschi, in direzione di Makrat. Erano di nuovo in tre, perché Learco non aveva voluto condurre con sé alcuna scorta. La sua armatura e i suoi bagagli erano sistemati in due grosse sacche che aveva legato al cavallo. Theana e Dubhe erano invece costrette a dividersi l'angusto spazio sulla sella dello stesso animale.

Mentre procedevano, Learco appariva in qualche modo pensieroso, come se ci fosse qualcosa che lo tormentava nel profondo. Dubhe si chiese se fosse stato l'incontro con Forra. Sentiva la curiosa tentazione di parlargli, e uno strano interesse per ciò che provava. Per scacciare quei pensieri oziosi, discuteva sottovoce con Theana sulla condotta da tenere a corte.

Una notte, la luna era alta e l'aria dolce.

Per una volta Learco sembrava dormire più profondamente del solito. Dubhe sapeva che se ci fosse stato un pericolo sarebbe scattato in pochi secondi, ma era abbastanza sicura che non potesse rendersi conto di tutto ciò che gli accadeva intorno. Scelse quel momento per preparare l'impiastro che le serviva: non sarebbe stato sicuro muoversi a corte col suo simbolo bene in vista sul braccio. Approntò lei stessa il cataplasma, ma Theana vi aggiunse un ingrediente particolare.

«È polvere di luna, una pietra macinata che possiede blande proprietà mimetiche» spiegò in un sussurro. «Non come una magia, ma quasi.»

Dubhe osservò il simbolo svanire lentamente, una fantastica illusione.

«Quali sono i piani per quando arriveremo?» chiese poi Theana.

Dubhe gettò uno sguardo a Learco, che continuava a dormire. Ugualmente trascinò la compagna più distante e abbassò ancora di più la voce. «Tu non avrai alcun ruolo finché non avrò trovato quello che mi serve. Io mi occuperò delle indagini, sia per rintracciare i documenti, sia per...» preferì non continuare. La prudenza non era mai troppa. «Il mio compito non è affatto facile.»

Come sempre quando si parlava di queste cose, Theana sembrò rabbrividire. «L'hai fatto molte volte?» chiese in un soffio.

«No, ho praticato poco l'arte dell'omicidio» rispose Dubhe, secca. «Io sono più che altro una ladra. Ho ricevuto solo l'addestramento degli Assassini.»

«Come hai iniziato?» La giovane maga sembrava imbarazzata a farle quella domanda, e la risposta non fu meno impacciata.

«Il mio Maestro era uno della Gilda.» Theana si irrigidì. «Era uscito dalla setta per amore di una donna, e poi si era mantenuto per qualche anno facendo il sicario. Mi salvò la vita quando venni esiliata da Selva, e io, per rimanere con lui, lo costrinsi ad accettarmi come allieva.»

Theana la guardava con intensità. Poi spostò gli occhi sul fuoco, e fece quella domanda, quella che pesava tra loro da quando erano state al mercato degli schiavi. «Perché sei stata esiliata?»

Dubhe sospirò e chiuse gli occhi. Non seppe bene per quale motivo le raccontò tutto, ma sentiva che qualcosa era cambiato tra loro. Così, a mezza voce, le parlò di Gornar e di quel primo giorno d'estate.

Quando ebbe finito, un silenzio gravido scese sulla piccola radura. Theana fissava il fuoco.

*Non sa che dirmi. Nessuno sa mai cosa dirmi, perché io sono troppo diversa da loro, perché per me non esistono parole.*

«Se non ti avessero esiliata, oggi non saresti qua» disse infine Theana. «Se invece di condannarti ti avessero tenuta con loro, tu non avresti mai più ucciso, e quel ragazzino sarebbe diventato un ricordo lontano.»

«Non li biasimo per quello che hanno fatto. Avevano ragione. Forse avrebbero dovuto uccidermi.»

«Per un incidente? Una bambina?» Theana alzò la voce, tanto che Dubhe dovette zittirla.

«Avevo ucciso.»

«Eri vittima tanto quanto il ragazzino che è morto.»

Dubhe scosse la testa. «Non puoi capire. Non conta perché hai ucciso, conta averlo fatto. Le cose non sono mai più come prima, dopo.»

«Perché non sai perdonarti. Se anche loro ci avessero provato, forse...»

«Ci sono cose senza perdono.»

Theana era sul punto di controbattere, quando Dubhe percepì qualcosa alle proprie spalle. Si girò d'istinto. Vide Learco che stava prendendo la spada e si alzava rapido.

«Silenzio» impose. Si era accorto che qualcosa non andava. «Dietro di me.»

In un lampo Dubhe si chiese se le avesse sorprese a parlare, scoprendo tutto. Non ebbe tempo di riflettere perché Learco l'afferrò per un braccio e la costrinse a mettersi dietro la sua schiena. Altrettanto fece con Theana, quindi si preparò all'attacco. Il pericolo cancellò dalla mente di Dubhe qualsiasi altro pensiero.

Erano almeno in cinque, poco distanti. Ne percepiva

la presenza, e ne sentiva i passi frettolosi tra le felci della macchia. Troppi, per Learco. La sua mano si strinse istintivamente sul vuoto, pronta ad abbrancare l'elsa del pugnale. Che fare?

«Qualsiasi cosa accada, state sempre tra me e l'albero qui dietro» sussurrò il principe, e nella sua voce c'era la tensione della lotta.

Sbucarono dal folto in un lampo. Non portavano alcuna insegna, e vestivano abiti poveri. Predoni. Certamente uomini che prima della guerra lavoravano i campi e che ignoravano di avere di fronte il figlio del re.

Dubhe afferrò Theana per un polso e la costrinse a premere la schiena assieme a lei contro l'albero. L'altra mano andò diretta sotto la gonna, là dove era il pugnale. Non poteva usarlo davanti a Learco, ma nel caso lui fosse morto combattendo, le sarebbe servito per difendere se stessa e la compagna.

Learco scattò immediatamente, attaccando. La sua prontezza di spirito gli permise di abbattere di slancio il primo nemico con un unico colpo ben assestato all'addome. In un solo movimento, senza soluzione di continuità, si girò, riuscendo a uccidere il secondo. Quindi si diresse contro altri due uomini con una rapidità e una freddezza che stupirono Dubhe. Era abile, un vero soldato.

La lotta iniziò cruenta, e Learco non si risparmiò. Era preciso, letale. Forzava il ritmo per cercare di non lasciare spazio ai nemici. Quelli, del resto, non erano abituati al combattimento, e dalla loro avevano solo la forza del numero.

Per un po' fu una serie rapida e confusa di affondi e parate. Il silenzio della radura era rotto soltanto dal rumore delle spade e dall'ansimare degli uomini. Poi, un primo gemito. Learco era stato colpito di striscio a un fianco.

Non si scompose. Continuò a lottare, mentre il sangue cominciava a colare dalla ferita.

Dubhe si volse di scatto: un nemico alla sua destra puntava verso di loro. Rimase indecisa un istante: salvarsi la vita, e scoprire il loro travestimento, o sperare in Learco?

Non ci fu bisogno di decidere. Learco si frappose tra loro e l'aggressore, parando con precisione il colpo, ma lasciando scoperto il fianco sinistro. Un nuovo taglio, più profondo del primo, si disegnò sul suo braccio. Dubhe lo vide stringere gli occhi per il dolore, e poi di nuovo ripartire, per difendere se stesso e loro due. Mentre lo guardava battersi disperatamente, si chiese perché le proteggesse con tanta foga, perché fosse pronto a morire per salvare due sconosciute. Capì che il combattimento era senza speranza, e che il principe sarebbe morto. La sua mano si strinse ancor più sull'elsa del pugnale.

*Se muore non deve interessarti, il tuo piano non dipende dalla sua sopravvivenza. Se sguaini il pugnale per aiutarlo, poi sarai tu a doverlo uccidere.*

Eppure stava per agire, qualcosa le diceva di intervenire. Era già pronta a estrarre l'arma, quando la mano fredda di Theana la fermò. «Tappati le orecchie.»

Dubhe la guardò perplessa: era pallida come un cencio, e tremava, ma appariva assolutamente determinata.

«Fallo e basta!»

Ubbidì. All'improvviso il rumore delle spade si spense, i gemiti e gli ansimi cessarono di colpo. I cinque uomini che li avevano attaccati giacevano tutti a terra, e così pure Learco.

«Che cosa...»

«Non hai letto le *Cronache del Mondo Emerso*?»

Theana si era appoggiata all'albero, con il fiato corto. Dubhe diede segno di non aver capito.

«È un incantesimo che usò Sennar durante la sua fuga assieme a Nihal da Salazar. Permette di addormentare un certo numero di persone per qualche tempo.»

Dubhe guardò a terra. Era stata una buona idea, ma ora? «Come pensi che spiegheremo il ricorso alla magia a Learco, quando si riprenderà?» chiese tra l'irritato e il dubbioso.

«Non ricorderà niente» rispose Theana sedendosi. «Ho pensato fosse una soluzione migliore che permettere a te di intervenire, non credi?»

Dubhe dovette ammettere che aveva ragione. Theana aveva avuto la freddezza di escogitare un buon piano in una situazione pericolosa.

«Sbrigati, non sono abituata a incantesimi del genere, si riprenderanno presto.»

Dubhe annuì. Sapeva esattamente cosa andava fatto.

Dalle bisacce del cavallo del principe prese una lunga corda con la quale legò strettamente gli uomini rimasti sul terreno. Avrebbe dovuto ucciderli, lo sapeva, ma non voleva svegliare la Bestia. La barriera che la confinava era abbastanza forte, tuttavia non aveva nessuna intenzione di metterla alla prova.

«Prendiamo Learco e andiamocene.»

Theana le diede una mano a sollevare il principe e a caricarlo sul cavallo. «Le ferite non sono gravi, ma vanno curate al più presto» disse.

«Dobbiamo ripararci in un posto sicuro, e poi credo che neppure tu voglia rimanere qui a lungo, giusto?»

Saltarono sul cavallo e partirono veloci.

Si fermarono in una piccola radura sufficientemente lontana e riparata. Non avevano forza per andare oltre, e Learco cominciava a lamentarsi. Dal sonno causatogli dall'incantesimo era passato a una penosa incoscienza.

Lo deposero sull'erba delicatamente, quindi si misero all'opera. Dubhe cercò le piante che Theana le indicò, più altre con le quali voleva preparare un impacco curativo.

«Sei esperta di botanica...» osservò la maga.

«Un assassino deve conoscere le piante per i veleni, e un ladro per i sonniferi» spiegò Dubhe come se nulla fosse. «Io poi ho sempre avuto una certa passione per le erbe.»

Theana non chiese altro e cominciò l'incantesimo. I gesti non erano molto diversi da quelli che aveva usato per confinare il sigillo. Come allora, usava un sottile ramo di betulla e ne intingeva la punta in un impiastro che aveva preparato. Poi, a occhi chiusi, come in trance, tracciava sul corpo di Learco strani simboli attorno alle ferite. A voce bassissima recitava una lenta litania, una vera e propria preghiera. Ogni volta che pronunciava il nome di Thenaar, Dubhe sussultava. Eppure vedeva come il colorito di Learco lentamente si faceva più roseo, come il suo respiro rotto si regolarizzava. Era quello il vero Thenaar, il dio di cui avevano parlato tempo addietro? Improvvisamente cominciò a capire le parole di Theana di quella sera. C'era anche un altro volto della religione, un volto buono che tuttavia le risultava incomprensibile. Era il volto della pietà e della compassione.

Ora che Theana aveva finito, Learco sembrava riposare tranquillo. Le ferite non sanguinavano più.

«Usa pure uno dei tuoi impacchi» disse la maga visibilmente provata. «Guarirà di sicuro più in fretta, e domani sarà di nuovo in grado di marciare.»

Dubhe non se lo fece ripetere. Iniziò a spalmare il suo cataplasma con cura, accarezzando la pelle di Learco. Non appena gli curò il taglio sul braccio, ricordò per un istante il Maestro. Anche lui si era ferito in un modo simile, ed era stato curandolo che aveva decretato la sua morte. Rabbrividì leggermente, mentre quel contatto le metteva addosso una strana inquietudine. Cercò di fare il più rapidamente possibile.

«Staremo sveglie a turno fino all'alba. Gli uomini che ci hanno assaliti li ho legati per bene, ma non è detto che non ce ne siano altri. In ogni caso dobbiamo vegliare anche su di lui» disse Dubhe, e Theana annuì.

La notte parve a Dubhe lunga e immensa. Ripensava continuamente a Learco che combatteva per loro, e non riusciva a darsene una ragione. Osservava il suo viso pallido e tranquillo, e provava una muta ammirazione per quel ragazzo. Al tempo stesso si chiedeva perché la ossessionasse tanto. Oscillava tra i momenti in cui ricercava la sua presenza, in cui era felice di stargli accanto, e quelli in cui lo viveva come una minaccia e sperava che accadesse qualcosa che li separasse.

Poi, improvvisamente, lo vide aprire gli occhi. Per la prima volta notò quanto fosse vivo e acceso il verde della sua iride, quante profondità nascondesse tra le sue sfumature.

Learco si volse a guardarla. «Che è successo?»

«Siamo stati attaccati» rispose Dubhe.

«Questo lo ricordo. E poi?»

«Li avete sconfitti. Tutti e cinque» mentì lei. «Ma siete rimasto ferito.»

Learco scrutò il braccio ferito, cercò di osservare anche il fianco, ma dovette rinunciare per il dolore.

«State fermo, o la ferita si riaprirà.»

Lui la guardò sorridendo. «Dammi pure del tu.»

Dubhe si guardò attorno confusa, cercando disperatamente qualcosa su cui posare gli occhi, qualcosa che non fosse il suo volto. Theana dormiva e non le era di nessun aiuto.

«Sei stata tu?»

Lei lo guardò con aria interrogativa.

«A curarmi.»

Dubhe ricordò la menzogna di Theana, ricordò che nelle vesti che indossava ora era una sacerdotessa. «Sì» mentì di nuovo.

«Grazie.»

Qualcosa si smosse in lei. «Non dovete... non devi ringraziarmi, tu ci hai difeso.»

Learco si tirò leggermente su scrollando le spalle. «Non avrebbe avuto senso salvarvi a Selva per farvi poi morire qui.»

Dubhe continuava a non capire. «Per te siamo due sconosciute, perché fai tanto per noi?»

Il giovane la guardò con intensità. «Mi sembra di aver anche fatto molto contro di voi, no?»

Dubhe mostrò di non capire ancora.

«È quello che ti ho detto l'altra sera, ricordi? È stata la guerra a fare di voi due fuggitive, e io sono la guerra. Sai quanti uomini ho ucciso in vita mia?»

Dubhe avrebbe riso, se avesse potuto.

*E sai quanti ne ho uccisi io? E l'ultimo sarà tuo padre.*

Sentì un brivido attraversarle la schiena.

«Sei il figlio del re. Se hai ucciso, è stato per il tuo regno.»

«Non fingere. Io so che tu puoi capirmi.»

La guardò con tanta intensità che lei si sentì gelare. Ripensò a quanto aveva detto a Theana appena poche ore prima.

*Ci ha sentite. Sono stata scoperta. Devo ucciderlo.*

Il solo pensiero la sconvolse. «Io...»

«Poco prima dell'attacco ho sentito che tu e tua sorella parlavate. Parlavate di ciò che ti è accaduto da bambina.»

*Lo sa, lo sa! Sa dei nostri piani!*

«Io non so chi tu sia in realtà, non so neppure se quella che ti porti dietro è davvero tua sorella, ma non mi interessa. Mi basta guardarti negli occhi per capire che vieni dallo stesso luogo oscuro dove dimoro io. Io e te sappiamo cose che la maggior parte della gente non immagina e non potrebbe mai capire.»

Dubhe era tesa, angosciata al pensiero di ciò che Learco poteva conoscere di lei e della sua missione, ma quelle parole ora la toccavano in un modo che non avrebbe mai creduto.

«Era per questo che piangevi al ruscello, vero? Era per questo che chiedevi perdono.»

Dubhe abbandonò ogni difesa. «Sì.»

Learco sorrise tristemente. «Quando avevo tredici anni Forra, l'uomo che hai visto nella tenda, mi costrinse a giustiziare un uomo. Gli tagliai la testa davanti a una folla urlante, e prima di allora non avevo mai ucciso. Tu mi capisci, vero? Sai cosa accade quando uccidi, quando la tua vita si disfa in un istante, e il mondo cambia completamente colore e consistenza.»

Dubhe sentì gli occhi inumidirsi. Nessuno le aveva mai detto cose simili, neppure il Maestro le aveva mai parlato così. Avvertì la prima lacrima scenderle lungo la guancia, bollente.

Il principe sollevò lentamente una mano e gliela asciugò col pollice. «Se capisci tutto questo, allora sei anche in grado di comprendere perché sto cercando di salvarvi.»

Dubhe non riusciva a smettere di piangere, e le sue lacrime bagnavano la mano di Learco.

«Per chi è morto non si può fare più nulla, e la colpa non si cancella. Ma per chi è vivo, si può ancora fare qualcosa. Voi siete la mia occasione perduta, la prima da molti anni.»

Continuava ad accarezzarle la guancia; poi, con un gemito, si tirò su e l'abbracciò delicatamente. Dubhe rimase rigida tra le sue braccia per un istante appena, poi ogni resistenza cadde, e si permise di piangere sul suo petto, abbandonandosi al calore di quella stretta. In fondo al buio di quella notte intravide un barlume di serenità, una pace che mai avrebbe pensato di poter provare.

# Seconda Parte

*Ho deciso che è tempo di smettere di essere clemente con mio figlio. Ho creduto a lungo di poter temprare con la mia disciplina il carattere molle che ha ereditato dalla madre, ma sono stato troppo ottimista. Anche affidarlo a Neor è stato un grosso errore. Ha bisogno di qualcuno che lo faccia rigare dritto per davvero, e credo di averlo trovato. Forra è senza dubbio il più fidato dei miei uomini. Rozzo e stupido, probabilmente, ma spietato, e come guerriero non è secondo a nessuno. Sarà lui a forgiare mio figlio nel combattente crudele che desidero diventi. Gli toglierà dal cuore ogni pietà, lo farà diventare figlio degno di suo padre. Finalmente avrò l'erede che desidero da sempre, da quando il primo Learco morì di febbre rossa. Un mio pari, uno che possa eternare il mio dominio sul Mondo Emerso. Perché io entrerò nella Storia, e nei secoli si ricorderanno di me con terrore e ammirazione. Il mio regno non avrà fine…*

*DAL DIARIO DI DOHOR,*
*RE DELLA TERRA DEL SOLE*

# 8
# Dal passato

Il quarto giorno dall'attacco dei predoni, Makrat si stagliò davanti a loro, tentacolare e caotica. Avevano dovuto rallentare l'andatura perché, nonostante le cure, Learco era ancora debole e si stancava facilmente. Per questo erano avanzati di poco ogni giorno, facendo lunghe soste per i pasti e fermandosi durante la notte. Dubhe aveva fatto tutti i turni di guardia, nonostante il principe si fosse opposto in più di un'occasione. Lei però aveva insistito: da quando si erano parlati l'ultima volta, faceva comunque fatica a prendere sonno, e poi lui doveva recuperare le forze.

Non si era mai sentita così confusa in vita sua. Da un lato avvertiva nascere in sé il miraggio di una nuova tranquillità, una pace che non era più soltanto una speranza irrealizzabile, ma qualcosa di tangibile. Dall'altro era assolutamente insicura, e si detestava per il modo assurdo con cui aveva ceduto quella sera, mettendosi a piangere come una donnetta qualunque.

Era combattuta tra odio e ammirazione, e quando la notte il silenzio era assoluto, i suoi ricordi venivano a farle visita tormentandola. Al centro di quel turbine c'era

Learco. La perfezione del suo fisico slanciato e dinoccolato l'attraeva sempre più, mentre la malinconia del suo volto, assieme alla consapevolezza di saperlo così complice dei suoi stessi sentimenti, la respingevano facendola stare male. Per lei il principe era un intruso che si era appropriato dei suoi segreti rubandoglieli in un attimo di debolezza.

Per questo, quando iniziarono a muoversi nei bassifondi di Makrat, Dubhe tirò un sospiro di sollievo. Era finita. Ora poteva concentrarsi sulla missione e liberarsi di quell'ossessione dolce e amara allo stesso tempo.

Si mossero in incognito, nascondendo la loro vera identità. Learco si coprì il volto col cappuccio del mantello.

Dubhe avvertiva la sensazione di essere a casa. Era quello il suo ambiente, il luogo corrotto e putrefatto da cui proveniva e a cui apparteneva.

Selva era il passato, il posto dove ancora giacevano le spoglie di se stessa bambina; ma Makrat, e soprattutto i quartieri pericolosi, erano la melma in cui si era mossa dopo la morte di Gornar. Lì tutto le parlava della sua vecchia vita da ladra, e del Maestro. Era strano, ma il suo ricordo le appariva ormai meno vivido. L'aveva amato, era stato tutto per lei, ma ora apparteneva a un'altra epoca. La cosa le faceva uno strano effetto. Si sentiva quasi in colpa per aver permesso a quell'ombra di abbandonarla per sempre. Chi altri ricordava Sarnek al mondo, se non lei?

Theana si stringeva al suo fianco, inquieta.

«Non sei mai stata qui?» le chiese Dubhe.

Lei scosse la testa. «Conosco il palazzo reale, ma non la città.»

Già. Dubhe immaginava come Makrat potesse spaventarla, con le sue case ammassate le une sulle altre e i vicoli maleodoranti. Per quanto avessero condiviso molto nelle settimane in cui si erano mosse assieme, le differenze tra loro non si potevano dimenticare.

Giunti a palazzo, Learco si tolse finalmente il cappuccio dalla testa. Le guardie si inchinarono subito al suo cospetto, ma gli indirizzarono sguardi obliqui e indagatori.

«C'è mio padre?»

«Vi attende nella sala del trono, Altezza.»

Lui si volse verso Dubhe e Theana. «Seguitemi.»

Si inoltrarono per i corridoi della dimora reale. Dubhe conosceva il palazzo perché ne aveva sentito parlare, ma non aveva mai avuto occasione di visitarlo. Del resto, compiere omicidi o furti in quel luogo era sconsigliabile.

La prima cosa che la colpì fu la maestosità delle sale. Già dall'esterno il palazzo mostrava tutta la propria magnificenza: pinnacoli, cupole, ori e bassorilievi ovunque, in un tripudio di decorazioni che davano quasi un senso di soffocamento. Ma l'interno era ancora più spettacolare, in un susseguirsi di grandi saloni decorati da marmi bianchi, volte a botte traforate, grossi tripodi agli angoli dei muri che irradiavano di luce calda ogni ambiente, riempiendo l'aria di odori speziati.

Dubhe camminava curva, guardandosi attorno con stupore e imbarazzo. Theana, invece, procedeva a passo spedito e con lo sguardo fisso davanti a sé. La sua familiarità con i luoghi di potere era evidente, solo il lieve tremito della mano tradiva il suo nervosismo. Dubhe pensò che forse era spaventata all'idea di conoscere Dohor, un uomo che tutti dicevano terribile, la nemesi del Consiglio delle Acque.

A un certo punto si trovarono di fronte a un'ampia porta di bronzo, decorata da complicate miniature. Davanti c'erano due soldati armati di lance, che non appena videro il principe si produssero in un profondo inchino.

«Chiedo udienza presso mio padre.»

«Il re è già stato avvisato del vostro arrivo» disse una delle guardie, tirandosi su. «Le due donne devono attendere fuori.»

«Chiedo che entrino anche loro. Devo discutere con il re a loro riguardo.»

La guardia parve confusa. «Mio signore, i plebei non possono essere ammessi alla presenza di Sua Maestà, voi sapete quali sono i suoi ordini.»

«Mi prendo la completa responsabilità della mia richiesta.»

Il soldato guardò Learco, indeciso sul da farsi; poi, aiutato dal compagno, aprì le pesanti ante di bronzo.

Davanti ai loro occhi si aprì una sala immensa, decorata quasi completamente da mosaici dorati. Al centro pendeva un enorme lampadario d'oro e gemme preziose, che incombeva minaccioso sulla testa di chi si apprestava a mostrarsi al re. Lo spazio della sala era diviso in tre navate da grosse colonne di granito nero, lucidissime, e quelle laterali erano decorate da nicchie che ospitavano ciascuna una statua. Learco, Dubhe e Theana sfilarono sotto gli sguardi severi di quei volti di pietra. In fondo c'era il trono, straordinaria opera di oreficeria con pietre preziose incastonate ovunque. Era rialzato rispetto alla sala, e le sue dimensioni erano state pensate per dare l'idea di quanto fosse potente Sua Maestà.

Man mano che si avvicinavano – lo spazio scandito dal rumore ritmico dei loro passi – la figura del re diventava più nitida. Era incredibile quanto Dohor assomigliasse al figlio: stessi capelli chiarissimi, quasi bianchi, ma lineamenti meno delicati. Sembrava un Learco incattivito, che aveva scacciato dal proprio animo ogni forma di gentilezza per lasciare posto solo al pragmatismo della politica e alla crudeltà di un re guerriero. Indossava un'armatura sobria, e al fianco cingeva la spada. Attese impassibile il figlio, posando su di lui uno sguardo severo. Alle due ragazze non concesse invece la minima considerazione.

Giunto a una decina di passi dal trono, Learco si inginocchiò, chinando il capo. Le sue ferite non si erano ancora del tutto rimarginate, per questo si mosse con cautela, sopportando in silenzio le fitte di dolore che gli mordevano il fianco.

«Padre...»

«Ci hai messo molto» disse subito Dohor.

La schiena di Learco ebbe un sussulto.

«Ma meglio tardi che mai» aggiunse il re, continuando a guardarlo con sufficienza.

Il principe non reagì; rimase immobile con lo sguardo a terra, e così anche Dubhe e Theana.

«Vedo che ti sei imbattuto in qualche contrattempo.»

«Dei predoni ci hanno attaccati. Erano in cinque, e ho avuto qualche difficoltà a batterli. Nella lotta sono stato ferito, ma per fortuna le due schiave che conduco con me sono esperte nelle arti del sacerdozio e mi hanno curato.»

Il re si alzò, sul volto una smorfia sarcastica. «Non soltanto ti fai battere dai vecchi, ora anche da ladri qualunque!»

Si avvicinò lento al figlio, dominandolo con la propria figura imponente. Lo fissò per qualche istante, quindi lo colpì forte con un calcio al fianco. La sua rabbia era cieca, atavica. Istintivamente Learco si portò una mano alla ferita, soffocando a malapena un grido di dolore.

Dubhe e Theana rimasero gelate al proprio posto, incredule.

«Sei un debole...» sibilò il re.

«Perdonatemi, padre» disse Learco con un filo di voce.

«Tu sai chiedere solo questo, perdono. Perdono per non avermi portato la testa di Ido, perdono per non sapertela cavare con semplici vagabondi di strada, perdono per esserti fatto salvare da due popolane qualsiasi!» gridò Dohor.

Dubhe digrignò i denti.

«Perdonatemi, padre, non accadrà più...»

Il re si sedette di nuovo sullo scranno, sprofondando nei propri pensieri. «Perché ti tiri dietro quelle due donne?»

Solo allora Learco alzò la testa. «Le ho salvate in un villaggio poco lontano dal confine. I nostri nemici hanno distrutto le loro case, non hanno di che vivere. Le ho portate qui perché diventino serve.»

Dohor scosse la testa. «Che magnanimo il nostro principe... Perché la sorte non ha voluto darmi un figlio all'altezza del suo compito? Io con te perdo solo il mio tempo. Non sarai mai in grado di essere il mio degno successore. Ti pieghi come un giunco e sei privo di qualsiasi severità.» Sospirò profondamente, guardando fuori dall'ampia vetrata che si apriva alla sua sinistra. «Tuo fratello sì che sarebbe stato capace, se fosse sopravvissuto.»

La sua voce si incrinò appena, e Learco strinse il pugno appoggiato al pavimento.

«Portale da Volco, e fa' che non debba trovarmele davanti mai più» concluse infine. «Che le metta in cucina o da qualche altra parte, ma se le vedo, non garantisco per la loro incolumità, sono stato chiaro?»

«Sì, mio signore.»

Dohor fece un gesto di fastidio con la mano. «Ora vattene, ritirati nelle tue stanze. Noi due parleremo all'ora di cena.»

Learco si tirò su e ritornò sui propri passi, verso l'uscita, zoppicando leggermente.

Theana lo seguì, mentre Dubhe rimase in ginocchio un istante ancora. Si sentiva sopraffatta da una collera nera, intollerabile. Ce l'aveva fatta, finalmente. Era al cospetto dell'uomo che doveva uccidere. Non lo aveva mai incontrato, ma lo odiava da quando era entrata nella Gilda. E per la prima volta sperimentò una fame di morte che sgorgava genuina dal suo cuore. Non era la Bestia che voleva quel sangue: era lei, lei e basta. Si alzò lentamente, gli occhi fissi sul trono, con uno sguardo carico di minaccia. Per una frazione di secondo, sul volto del sovrano comparve un'ombra, come se avvertisse qualcosa. Ma durò solo un attimo, poi volse la testa altrove e Dubhe si avviò verso l'uscita a capo chino.

Volco era un vecchio dall'aria gentile. Abbracciò Learco con affetto e lo guardò a lungo negli occhi. «Fatevi vedere dai guaritori al più presto, mio principe» disse accorato.

«Non temere, lo farò.»

«Perché vi prendete così poca cura di voi stesso?»

Learco gli sorrise, poi cambiò argomento, spiegando per sommi capi chi fossero le due ragazze e affidandole a lui.

«Non temete, troverò un buon posto per le vostre due protette» disse il vecchio accarezzandogli paternamente una guancia.

Learco parve quasi imbarazzato, ma in qualche modo anche contento. «Vi lascio in buone mani» disse a Dubhe e a Theana. «Di certo avremo modo di rivederci, in futuro.»

Quindi abbassò lievemente il capo in segno di saluto e prese la porta. Le due ragazze rimasero sole con Volco.

«Seguitemi» disse lui.

Ubbidirono, mettendosi dietro quel vecchio dall'andatura incerta. Era magro e debole, e ispirava fiducia. Dubhe pensò che sarebbe stato bene riuscire a conquistarsi la sua simpatia. Si sentiva ancora confusa dai sentimenti che l'avevano agitata nella sala del trono, ma lentamente stava tornando padrona di se stessa.

«Così anche voi avete avuto modo di constatare la bontà del nostro principe» sospirò Volco. «Sapete, il regno è pieno di persone a cui ha fatto un favore o a cui ha salvato la vita. Donne, bambini, persino nemici, a volte, anche se lui non vuole che si sappia.»

Parlava come se Learco fosse suo figlio, e ogni parola trasudava affetto.

«Però non si era mai portato nessuno fin dentro al palazzo. Sua Maestà non tollera certe forme di liberalità, le reputa debolezze. Del resto, per un re è necessario essere inflessibile» disse correggendo immediatamente il tiro, consapevole che le sue parole potevano suonare ambigue. Intanto percorreva i corridoi senza fermarsi mai, con sicurezza. Ben presto i bassorilievi cedettero il posto a semplici muri di pietra e a camminamenti più angusti. Stavano scendendo nelle viscere del palazzo.

«C'è sempre spazio per qualche ragazza, soprattutto se a consigliarla è il nostro principe» continuò il vecchio. «Dovete essere fiere dell'onore che vi sta facendo.»

«E lo siamo» rispose modestamente Theana.

Alla fine arrivarono in un corridoio sul quale si affacciavano una decina di porte chiuse. Volco estrasse dalla tunica un pesante mazzo di chiavi, a colpo sicuro ne prese una e la infilò nella toppa della porta davanti a sé. L'interno ricordò a Dubhe la Casa: era una stanzetta modesta, senza aperture verso l'esterno, con due brande e due cassapanche.

«Potete sistemarvi qui» disse il vecchio guardandole con un sorriso.

«È perfetto» osservò Dubhe entrando.

«I vostri nomi?»

«Io sono Sanne e lei è mia sorella Lea. Abbiamo qualche nozione delle arti del sacerdozio, e conosciamo molto bene le piante.»

Volco annuì. «Suppongo che per voi vada bene un posto nelle cucine, giusto?»

«Siamo già state tanto fortunate che il principe abbia deciso di salvarci la vita, per noi va bene tutto» disse Theana con aria dimessa.

Volco sorrise intenerito. «Mi informerò e vi farò sapere. Riposatevi ora, entro sera saprò dirvi tutto.»

Uscì, chiudendo la porta dietro di sé lentamente.

Non appena se fu andato, Theana si gettò sul letto. «Ci siamo.»

Dubhe si sedette in silenzio sulla sua branda. Era vero. In fin dei conti era stato meno complicato del previsto. Avevano avuto la fortuna dalla loro parte.

«Per i primi giorni staremo tranquille» cominciò a spiegare. «Dobbiamo familiarizzare con questo posto, capirne le regole e cercare di non attirare l'attenzione. Siamo delle sconosciute, e quindi saranno diffidenti nei nostri riguardi. Ti dirò io quando potremo iniziare ad agire. In ogni caso, nella prima fase non avrò bisogno di te, sarò io a cercare le cose che ci servono. Tu entrerai in gioco quando sarà il momento di compiere il rituale.»

Theana annuì.

Dubhe scorse però una qualche esitazione sul suo volto. «A che pensi?» le chiese.

Lei distolse lo sguardo e si sdraiò contemplando il soffitto. «Non credevo che mi sarei mai trovata coinvolta in una cosa del genere» mormorò.

«Hai scelto tu di essere qui.»

«Lo so... lo so...» Theana non poteva però impedirsi di avere paura. Prima di partire era convinta che avrebbe solo dovuto usare i suoi poteri, che la cosa sarebbe stata rapida e indolore, e al tempo stesso le avrebbe permesso di dare il proprio contributo alla salvezza del Mondo Emerso. Improvvisamente la grandezza del compito la annientava. Si trattava pur sempre di uccidere un uomo, un uomo che era sì un tiranno, ma che aveva un figlio, una famiglia. Non si possono uccidere a cuor leggero neppure i despoti.

«Ci hai ripensato?» chiese Dubhe fissandola.

Theana scosse la testa. «È solo che finora non era reale. Adesso... adesso è imminente.»

«Non puoi più tornare sui tuoi passi.»

«Lo so fin troppo bene.»

Questo, però, non cambiava le cose. *Dov'è la giustizia in quel che faremo?*

«Farò tutto io.» Dubhe aveva la sguardo perso, lontano. «Sarò io a ucciderlo, tu mi libererai solo dalla maledizione. Non è sangue che ricadrà su di te.»

Theana sospirò. Questo era quasi peggio: nascondersi dietro Dubhe, assolversi dicendo che sarebbero stati altri a fare il lavoro sporco. Apprezzò però il suo tentativo di toglierle di dosso il senso di colpa. Sorrise. «Lo stiamo facendo in due, e sarà in due che ne risponderemo.»

«Io sono sempre stata sola» obiettò Dubhe.

«Forse è ora di non esserlo più.»

Learco percorse a grandi passi il camminamento che conduceva alla sua stanza. Sentiva una specie di sollievo all'idea di tornare nella sua tana, il luogo in cui fin da ragazzino si rifugiava quando voleva stare solo. Lì andava a nascondersi quando tornava dal campo di battaglia. Gli orrori della guerra svaporavano davanti all'immagine rassicurante di quel luogo in cui era cresciuto. E poi, a due passi dalla sua camera, c'era quella della madre. Un posto proibito in cui non entrava mai, ma che sapeva essere parte integrante del suo spirito. Anche se sua madre se n'era andata, era come se fosse ancora lì, presente. E ancora presente era il dolore per essere sempre stato rifiutato da lei.

Stava pensando a questo, quando notò una figura scura in fondo al corridoio. Rallentò il passo. Era un uomo vestito in modo stravagante, con un paio di brache verdi aderenti e una casacca rossa dalle maniche ampie. Avanzava spavaldo e, appena intravide Learco, mosse con foga un braccio e fece segno di volergli parlare. Il principe si fermò di colpo: era come vedersi venire incontro il proprio passato.

L'uomo gli si avvicinò con un ampio sorriso. Aveva i suoi stessi capelli, di un biondo quasi bianco, ma più lunghi e belli. Li portava legati in una coda fluente, mentre il volto era incorniciato da una barba lunga e curata. Non era cambiato poi tanto dall'ultima volta che Learco l'aveva visto: qualche ruga in più, e la schiena più curva, ma era lui, Neor.

«Zio...»

Neor lo abbracciò con foga. «Diamine, Learco, sei un uomo ormai...» Sembrava commosso. Si staccò da lui e lo guardò negli occhi. «Quanti anni sono passati... nove, dieci?»

«Otto» rispose Learco, non meno toccato. «Otto.»

Neor distolse lo sguardo. «Vieni, dobbiamo dirci molte cose.»

Si misero nel giardino, quello interno dove Sulana e Dohor avevano celebrato la festa del loro matrimonio. Learco quando era piccolo ci andava spesso per cercare un po' di tranquillità.

Suo zio scelse un angolo appartato, dove nessuno potesse disturbarli. Si sedettero per terra, come avevano sempre fatto quando Neor ancora era il maestro e Learco il suo allievo prediletto.

Era uno dei tanti cugini di Dohor, ed era famoso per i suoi modi eccentrici, ma anche per la sua abilità con la spada. Fu per questo motivo che il re aveva deciso di prenderlo a corte, nonostante avesse un carattere ribelle. Per qualche tempo le cose erano andate bene, e Neor si era dimostrato uno strumento prezioso. Presto, però, aveva rivelato una scarsissima adesione al progetto politico del cugino. Iniziò a rifiutarsi di portare a termine alcune missioni, contestò il re prima privatamente, poi persino di fronte al Consiglio in seduta plenaria. Fu allora che Dohor prese le distanze dal suo alleato; cominciò a estrometterlo dalle decisioni più importanti e al contempo strinse i legami col più malleabile e spietato Forra.

All'epoca Learco era piccolo, e molte cose non era in grado di capirle; solo in seguito, dai racconti che filtravano a corte, riuscì a ricostruire che Neor aveva portato la propria ribellione fuori dalle mura del palazzo.

Prima di tutto si era accorto di quanto fossero pericolosi e ingiusti i sogni di grandezza di Dohor. Aveva provato con le buone tentando di portare la voce della propria dissidenza in Consiglio, ma non aveva ottenuto alcun risultato. Alla fine aveva cominciato a sobillare i sudditi per far deporre il re.

L'ultimo atto si consumò quando Dohor decise di assegnargli l'addestramento di Learco. Evidentemente gli era parso un compito poco gravoso, e soprattutto in grado di tenere lontano il cugino da amicizie pericolose.

Furono pochi mesi, ma Learco li ricordava come i migliori della propria vita. Neor era un maestro perfetto, che ben sapeva temperare la severità col giusto grado di affetto. In quella corte gelida, tra una madre assente e un padre troppo esigente, Neor era stato per Learco l'unica ancora di salvezza: non pretendeva cose impossibili da lui, non si vergognava di dimostrargli quanto fosse orgoglioso dei suoi progressi, ma soprattutto lo ascoltava sempre con attenzione.

In quei quattro mesi che trascorsero assieme suo zio fu un vero e proprio maestro di vita. Learco sentiva di aver trovato in lui uno spirito affine, qualcuno su cui poter contare e col quale confidarsi.

Poi un giorno tutto finì. Suo padre giudicò troppo tenero il suo addestramento e decise di togliere l'incarico al cugino per darlo a Forra.

Learco ricordava ancora di aver spiato il lungo e violento litigio che c'era stato tra i due. Ascoltava le loro voci snaturarsi, urlare sempre più forte, mentre lui, al di là della porta, piangeva in silenzio. Fu allora che Dohor scoprì che Neor era andato ben oltre le parole. Aveva elaborato strategie per mettere in minoranza il re al Consiglio, il che significava che aveva provato indirettamente a toglierlo di mezzo.

Si risolse tutto senza clamori. Neor venne esiliato nella Terra dei Giorni. Ufficialmente andava lì per occuparsi dell'amministrazione di una provincia. In realtà era recluso in un palazzo nel bel mezzo del deserto, dove non poteva tenere contatti con nessuno dei suoi amici. Sua moglie venne trattenuta a corte, per ricattarlo in caso cambiasse idea. Da quel momento Learco non ebbe più sue notizie.

«Ho saputo che ormai combatti spesso.»

Learco guardò lo zio, e per un istante le due immagini, quella reale e quella dei suoi ricordi, si sovrapposero. «Sì… ma non amo molto la guerra.» Dirlo fu come togliersi un peso. Era così tanto tempo che non poteva più permettersi il lusso di dire la verità. Con suo zio sapeva di non aver bisogno di mentire, sapeva che lui lo conosceva meglio di tutti.

Neor sorrise. «Non sei poi molto cambiato…»

Learco deglutì. «Sono un assassino, ora.»

Suo zio guardò a terra con un sorriso amaro. «Se avessi potuto, sarei rimasto con te.»

«Non hai nulla da rimproverarti. Allora non capivo, ora so come sono andate le cose.»

Il silenzio scese di nuovo tra loro.

Fu Learco a romperlo per primo. «Come sono andati questi anni?»

«Non meglio dei tuoi, a quanto vedo. Per me stare nella Terra dei Giorni è stato un supplizio. Non ero qui quando Sibilla è morta. L'ultimo ricordo che ho di lei è il suo volto rigato di lacrime il giorno in cui ci siamo salutati. Non hai idea di cosa questo significhi.»

Learco non disse nulla, ma il suo volto si fece serio.

«Sono infiacchito e stanco, e questo tuo padre lo sa. Ma non domato.» Neor si girò di scatto verso il nipote e gli piantò in faccia uno sguardo pieno di ardore. «In otto anni non ho mai cambiato idea, e sebbene l'abbia pagata a caro prezzo, prenderei anche adesso le stesse decisioni.»

Learco distolse lo sguardo. Quel discorso improvvisamente lo metteva in imbarazzo. A corte suo zio veniva ricordato come un traditore, un vile che aveva morso la mano che l'aveva nutrito. Ma lui non riusciva a pensarla a quel modo. In realtà sentiva che suo zio aveva fatto la cosa giusta. Lui stesso avrebbe voluto comportarsi allo stesso modo, se soltanto fosse stato in grado di opporsi a Dohor.

«Tu che ne pensi?» gli chiese Neor all'improvviso.

Learco lo guardò sperduto. «Io...»

«Sono otto anni che non ci vediamo, e una persona cambia in tutto questo tempo, specie se l'ultima volta aveva tredici anni e ora è un uomo. So però che non hai rinnegato la tua natura. Io di te mi fido.»

Le mani di Learco presero a tremare leggermente.

«Chinerò il capo davanti al re durante la cerimonia. Sorriderò e lo abbraccerò come se nulla fosse. Ma ora non ho più nulla da perdere, finirò quanto ho iniziato.»

Learco guardò a terra. «Non voglio sapere quello che mi stai per confessare.»

Quelle parole stupirono suo zio. «Intendi dire che lo seguirai? Non volevi farlo quando eri un bambino, e vuoi farlo ora?»

«È mio padre.»

«Un padre che ha fatto di te un assassino, tu stesso l'hai detto. È una persona che continua a disprezzarti.»

«Ma resta mio padre.»

Il silenzio si riempì di cose non dette.

«Io so che tua madre ti parlò, prima di morire.»

Learco ebbe un sussulto. L'immagine di quella donna affogata nelle coltri gli squarciò la mente colpendolo allo stomaco con la violenza di un pugno.

«Sibilla mi mandò una lettera in cui me lo raccontava. Fu una delle poche missive che ricevetti. So cosa ti disse.»

Le mani di Learco si coprirono di sudore gelido. «Stava morendo, ed era divorata dall'odio.»

«Forse. Ma c'era della verità in quella richiesta.»

«E ora tu mi stai chiedendo di portarla a termine, per

riscattare il suo volere? Mi stai chiedendo di aiutarti a uccidere il re, perché mia madre mi aveva intimato di vendicarla dopo la morte?»

Neor per un istante lo guardò. «Non ti chiedo di fare nulla contro la tua volontà, ma rifletti bene sulla ragione che la spinse a chiederti una cosa così atroce.»

Learco prese a tormentarsi le mani. Sapeva che quel ricordo, ora, lo avrebbe lacerato a lungo. Suo zio gli mise una mano sulla spalla, e attraverso quella stretta sentì tutto il calore del loro antico affetto.

«Non intendevo turbarti proprio adesso che ci vediamo dopo tanto tempo. Ma tu sei l'unica persona alla quale posso dire le cose come stanno, e ho voluto renderti partecipe dei miei progetti. La mia è una richiesta d'aiuto. Sono tempi terribili questi, e so che la decisione che ti chiedo è tremenda. Pensaci, però. Le tue terre hanno bisogno di un nuovo sovrano.»

Neor lentamente si alzò, e prima di andarsene si voltò verso il nipote come sorpreso da qualcosa.

«Sono contento di averti visto. Hai seguito il mio consiglio, hai resistito. Bravo!» gli disse sorridendogli con tristezza.

Learco sentì gli occhi farsi umidi. Suo zio si era avviato lungo una china da cui non c'era ritorno.

# 9
# Libri neri

Sherva si inchinò profondamente. Lo studio di Yeshol era buio, e l'odore di sangue più penetrante del solito. Da giorni il ritmo dei sacrifici era aumentato in modo vertiginoso, segno che le cose stavano precipitando.

Yeshol continuò a scrivere nel libro che aveva davanti, impassibile.

«Mio signore...»

Solo allora la Suprema Guardia sollevò gli occhi. «Riposo.»

Sherva si alzò. Avvertiva una sensazione spiacevole alla bocca dello stomaco. Da quando aveva fallito nel rapire San, non si sentiva più sicuro di nulla. Era stato curato, ovviamente, e a lungo interrogato. Intontito dal dolore delle ferite e dalle strane medicine che la nuova Guardia dei Veleni gli aveva propinato, aveva detto tutto quanto sapeva, e anche di più. Aveva descritto San, aveva parlato dei giorni trascorsi assieme, aveva dato indizi su Ido. Aveva fatto il suo dovere di servo, insomma, ma continuava ad avere paura perché aveva fallito. Un peccato imperdonabile per un Vittorioso. Chi prima di lui aveva sbagliato aveva quasi sempre pagato con la vita. E lui non voleva morire. Non era tanto la morte a terrorizzarlo; l'aveva sempre avuta accanto, nei suoi lunghi anni da sicario. Era piuttosto la consapevolezza che se fosse morto ora sarebbe stato invano: sgozzato nelle piscine come un Postulante qualunque. Non era certo a quello che aveva aspirato fin da bambino. Il suo sogno era diventare un Assassino leggendario, il migliore. E invece non era ancora riuscito a uccidere Yeshol, che continuava a superarlo quanto a forza e astuzia. Senza quest'ultimo atto, la sua vita sarebbe stata monca, e il pensiero gli era intollerabile.

Non appena era tornato, era stato declassato: non più Guardia della Palestra, ma semplice Assassino, un sicario come tanti.

«Dovresti morire, lo sai, ma sei un'arma preziosa per la Gilda, e io non spreco i miei strumenti» aveva detto Yeshol guardandolo dall'alto in basso. Inginocchiato ai suoi piedi, Sherva aveva digrignato i denti. Ecco la sua fine: ucciso da un vecchio fanatico che lo considerava solo uno strumento con il quale servire un dio che lui disprezzava.

«Permettetemi di riguadagnarmi il mio posto. Sapete che mi spetta.»

Yeshol si era chinato. «Hai già ricevuto un trattamento di favore, non ti basta?»

«Voi mi conoscete. Sapete che non mi accontento facilmente.»

Era stato allora che lo avevano spedito a indagare su dove fossero fuggiti Ido e San. Sherva si era impegnato, aveva trovato le informazioni che cercava, ma non era servito a nulla. Tutto d'un tratto la sua vita gli era parsa meschina e minuscola. Strisciare era diventata la sua specialità, umiliarsi il suo modo di sopravvivere. Ma non era questo quello che gli era stato insegnato da sua madre, la ninfa che non si era piegata neppure dopo l'esilio impostole dalle sue simili per aver amato un umano. Lui aveva lo stesso orgoglio.

"Quando sarà il momento, tu ti distinguerai dagli altri, e mostrerai la potenza del tuo sangue misto a chi mi ha umiliata" gli aveva detto guardandolo negli occhi.

E lui ci aveva creduto. Eccellere. Poco importava se doveva farlo versando il sangue altrui. Ricordava perfettamente gli sguardi indirizzati a sua madre e a lui. Era stato allora che aveva deciso che il mondo andava aggredito, combattuto, distrutto. Per questo aveva scelto le vie dell'omicidio, e vi si era dedicato come un asceta. Doveva dimostrare a tutti di che pasta era fatto. E ora, di quel sogno non era rimasto più nulla.

Non appena era ritornato, aveva fatto rapporto. Aveva scoperto che i due fuggiaschi stavano riparando alla volta del Mondo Sommerso, ed erano già passate tre settimane dalla loro partenza. Ormai dovevano aver messo piede sul fondo del mare. Yeshol lo aveva ascoltato attentamente, ed era ovvio che avrebbe preso adeguati provvedimenti. Tuttavia Sherva non era stato ancora convocato. Per questo aveva deciso di fare lui il primo passo. Sarebbe andato dal suo superiore e gli avrebbe chiesto di coinvolgerlo nella missione. Solo così poteva sperare di riacquistare il titolo perduto.

Yeshol lo guardò. «Ebbene?»

Sherva si alzò, fissandolo con decisione. «Ho fatto ciò che mi avevate ordinato. Ora vi domando se avete riflettuto sulla mia richiesta di rientrare.»

Il silenzio che seguì fu denso, e a Sherva parve infinito.

Yeshol infine sospirò. «Hai fatto un buon lavoro, ma era solo il tuo dovere, nulla di più.»

Sherva strinse i pugni. «Allora mandatemi sulle tracce del ragazzino. Del resto ho un conto in sospeso con lo gnomo.»

Yeshol lo fissò intensamente. «Non sei la persona adatta.»

«Non ha senso che mi lasciate in vita se poi non mi date la possibilità di riscattare il mio fallimento!»

Sherva aveva improvvisamente alzato la voce, e un lampo d'ira apparve negli occhi del suo superiore. Yeshol girò attorno alla scrivania con passi lenti e pesanti e gli si parò davanti. Lo guardò con severità e gli pose una mano sulla spalla, premendo verso il basso. Sherva oppose resistenza. Non si sarebbe inginocchiato, non stavolta.

«Hai davvero intenzione di metterti contro di me?»

La sua voce era un sibilo, una lama fredda nella schiena, ma Sherva non provò altro che rabbia. Non capiva come potesse essere arrivato fino a quel punto, come avesse potuto smarrire tanto la strada. Abbassò il capo.

«Io...»

Yeshol mollò la presa. «Ho già mandato altre persone in missione» disse, ignorando lo sguardo accorato del sottoposto. «Per te avrò a breve un nuovo compito, un omicidio eccellente che sono certo troverai adeguato alle tue capacità. Hai bisogno di tornare in contatto col sangue, e con il tuo dio.»

*Io ho bisogno di liberarmi di te e di quel maledetto Thenaar!*

Sherva strinse i pugni finché le nocche non sbiancarono. «Mi state dicendo che non riavrò mai il mio posto di Guardia?»

Yeshol si sedette di nuovo. «Precisamente. Un titolo è solo un titolo, Sherva, e non diminuisce né aumenta il tuo valore. Tu sai quanto vali, e lo so anch'io. Ma hai fallito, e la cosa è ancora più grave proprio perché sei uno dei nostri uomini migliori. Per questo non tornerò sulla mia decisione, rassegnati. E ora va'.»

Sherva rimase immobile per qualche secondo, combattuto tra l'agire subito o dopo, con più calcolo. Sarebbe voluto saltare al collo di Yeshol e stabilire finalmente chi era il più forte. Anche morire nel tentativo gli sarebbe parso migliore che stare lì a capo chino.

Si portò i pugni al petto, nel saluto dei Vittoriosi, e si avviò verso la porta.

«Non metterti contro di me» disse all'improvviso Yeshol alle sue spalle. «Non solo mi sei inferiore, così tanto che neppure te ne rendi conto, ma io ho dietro di me un dio, lo capisci? Io per lui sono pronto a tutto, gli ho consacrato ogni mio respiro, e la mia anima. E lui mi ha promesso che non fallirò.»

Sherva non si voltò. Ascoltò quelle parole tremando per la rabbia.

«Va' nel tempio e cercalo anche tu. È il tuo peccato che ti sta rendendo folle.»

Sherva annuì brevemente, quindi uscì quasi sbattendo la porta. L'immagine del corridoio della Casa gli tolse il fiato. E capì. Restare così a lungo lì sotto l'aveva infiacchito. Inginocchiarsi anche una volta soltanto significava farlo per sempre. Era un'abitudine fin troppo facile da prendere. Doveva uscire dalla Gilda, tagliare i ponti, annullare quel passato. Sì, la Casa gli aveva dato molto, era lì che aveva sviluppato la sua arte marziale, la sua innaturale capacità di piegare le proprie articolazioni. Ma erano anni che la Casa non aveva più nulla da offrirgli. Era tempo di andare via e tradire davvero.

San guardò fuori con ansia. Al di là della parete di vetro si spiegava davanti ai suoi occhi un panorama fantastico di pesci sospesi nel blu. Come si faceva a starsene seduti con una tentazione del genere sotto gli occhi?

«San!» Il ragazzino si voltò di scatto. «Vuoi smetterla di fantasticare e starmi invece a sentire?»

Il ragazzino sbuffò. «Sì, Quar.»

«*Maestro* Quar» disse con voce severa l'uomo impettito davanti a lui.

«Maestro» aggiunse San con poca convinzione.

Erano già tre settimane che andava a lezione. Ido era entrato nella sua stanza il secondo giorno di permanenza sotto il mare. «La contessa dice che ha un maestro molto bravo pronto a insegnarti la magia. Che te ne pare?»

Prendere la decisione non era stato facile. Sviluppare i propri poteri era quanto San desiderava di più, ma farlo significava infrangere un esplicito divieto di suo padre. Allo stesso tempo, però, voleva fare qualcosa, tenere la mente occupata. L'immobilità si tirava sempre dietro dolore e pensieri sui quali non voleva indugiare. Così aveva cominciato.

Il maestro era un vecchio mago dall'aria altezzosa che gli riempiva la testa di inutili nozioni.

«Ma gli incantesimi quando li iniziamo?»

«La magia non è compiere sciocchi trucchi da prestigiatore, è soprattutto studio, approfondita conoscenza della natura.»

Con questa scusa, con Quar non si agiva mai, si studiava e basta. San iniziò a passare pomeriggi interi chino sui libri, l'anziano mago davanti a lui che lo bacchettava non appena sollevava gli occhi.

«Allora, com'è andata?» gli chiedeva Ido alla sera, quando cenavano assieme.

San non aveva cuore di spiegargli che era stato terribilmente noioso. Ido era sempre così entusiasta che non voleva deluderlo.

L'azione, però, continuava a mancargli. Aveva un disperato bisogno di mettere in moto il corpo, e per questo cominciò a farsi dare lezioni di spada dallo gnomo. Era anche una scusa per stare insieme a lui, e farsi raccontare ancora di sua nonna e delle avventure che avevano vissuto assieme.

Fu allenandosi con la spada che San si accorse di quanto ampi fossero i suoi poteri. Gli veniva naturale farvi ricorso quando le cose si mettevano male. Una volta, poco prima di essere colpito dalla spada di legno di Ido, aveva evocato istintivamente una barriera attorno al proprio corpo.

«Fantastico! Te l'ha insegnato Quar?»

San ci aveva pensato un po'. «Sì.»

Non sapeva esattamente perché non avesse detto la verità. Però si era sentito enormemente orgoglioso di se stesso.

Allora aveva preso l'abitudine di praticare la magia da solo. Di giorno studiava con Quar, di sera si allenava con Ido e di notte si dedicava ai propri trucchi. Imparare incantesimi nuovi gli sembrava molto più interessante che riempirsi la testa di inutili nozioni sulla natura e altre stupidaggini del genere.

«Quar dice che a volte sei insofferente» gli disse un giorno la contessa. Amava parlargli e tenerselo vicino quando poteva. Tutte le sere cenava con lui e Ido. «Ti annoi?»

«No... È che...» Non voleva sembrare ingrato. Del resto la contessa era stata molto gentile a fornirgli addirittura un maestro di magia. «È solo che vorrei sapere cosa succede sopra, nella mia terra...»

Cosa stava succedendo nel Mondo Emerso? Cosa succedeva all'interno della Gilda? E Dohor? Pensieri che lo ossessionavano, assieme ai ricordi della sera in cui era cambiato tutto.

«San!» lo richiamò Quar.

San scattò. Davanti a lui, il maestro lo guardava rosso di rabbia. Si era perso di nuovo.

«La vuoi smettere di distrarti? Devi starmi a sentire se vorrai mai concludere qualcosa!»

Quar batté sul tavolo la mano aperta, facendo sobbalzare il libro. San era infastidito. In fondo, che autorità aveva su di lui quel mago?

«Avanti, ripetimi quanto stavo dicendo.»

San gli rivolse uno sguardo strafottente. «Non lo so.»

«E te ne vanti?»

«L'avete detto anche voi che ero distratto, perché mi chiedete cose che non posso dirvi?»

«Non usare questo tono con me, mi devi rispetto!»

«Io non sto usando nessun "tono".»

Le labbra di Quar si fecero sottili, gli occhi grandi di rabbia. A San parve un omino ridicolo. Gli balenarono in mente un paio di formule con cui metterlo a posto, cose che probabilmente quel mago, nella sua piccolezza, neppure conosceva. Stava quasi per pronunciarle, quando l'uomo chiuse di botto il libro che aveva davanti.

«Mi rifiuto di far lezione a uno stupido ragazzino che neppure mi ascolta. Per oggi basta così.»

Probabilmente aveva supposto che quella per San fosse una punizione, ma lui fu rapido ad arrotolare la pergamena sulla quale stava prendendo appunti. «Perfetto» disse per nulla spaventato; poi saltò giù dalla sedia, contento di avere il resto della giornata libero.

«Te ne pentirai» sibilò Quar. «Intanto per domani voglio che tu sappia a memoria la composizione dei quattro tipi di terra, con annessi spiriti protettori.»

«Sicuro!» esclamò il ragazzo infilando la porta.

Era stanco di quelle lezioni. Imparava di più da solo che con quel vecchio ammuffito. Era strano; fino a qualche mese prima guardava i propri poteri con orrore, ora invece li considerava con orgoglio e con interesse. Era potente, lo sentiva. Riusciva già a cimentarsi in alcune delle cose che faceva da piccolo suo nonno, altre addirittura le faceva il Tiranno. Certo, non era proprio il miglior paragone, ma Aster era stato prima di tutto un grande mago. Che poi avesse usato le sue facoltà per il male era un'altra questione, lo diceva anche Ido.

San si diresse correndo verso la biblioteca. In genere quel tragitto lo faceva di notte, guardando bene che non ci fosse nessuno in giro. L'accesso a quel posto era stato il primo privilegio che la contessa Ondine gli aveva concesso. Varcò la porta tranquillamente; guardie non ce n'erano mai. Era un luogo che in pratica frequentava solo lei. Dentro aveva catalogato molti tomi riguardanti Zalenia, ma soprattutto tanti altri che parlavano del Mondo Emerso e della sua magia.

«Va' quando vuoi a prendere libri. Scoprirai che sono tra i balsami più potenti per un animo sofferente» gli aveva detto una sera.

E in un certo senso era vero. Quei libri servivano a lenire le ferite del suo spirito. Forse, però, non soltanto nel senso che intendeva Ondine.

San andò dritto al reparto che lo interessava. Lo aveva scoperto da poco, ma da allora era una tappa fissa. Passava ore là dentro, sottraendole al sonno.

Si fermò davanti agli scaffali: erano due, di pesante ebano, alti fino al soffitto. Il cuore gli batteva sempre un po' più forte quando li vedeva. Erano colmi di libri neri. Era per quello che il suo sguardo ci si era soffermato.

Il primo era stato un libro storico: la biografia di Aster. Un volume scritto da un anonimo autore in forma di lunga canzone. L'uomo si firmava solo come "Il Menestrello". San lo aveva letto affascinato. Gli era venuto naturale cercare di misurare i propri progressi nella magia su quelli del Tiranno. Aster aveva curato una ferita a sua madre quando era appena un neonato.

*No, questo in effetti io non l'ho mai fatto...* ammetteva San quasi con rammarico. *O forse mio padre non me l'ha mai detto, lui non vedeva di buon occhio i miei poteri,* si diceva poi con un lieve moto d'orgoglio.

Leggeva del lavoro di Aster nella Terra della Notte, di come avesse cercato di aiutare la sua gente poverissima a far crescere piante commestibili nei loro campi mai benedetti da un raggio di luce. Si sentiva coinvolto nell'apprendere della sua sconfinata passione per la giustizia, del suo desiderio di raddrizzare il mondo. Ne percepiva un'eco nel proprio cuore. Certo, lui aveva obiettivi molto più piccoli: vendicare la morte dei suoi era un pensiero che lo accarezzava sempre più spesso. Era solo una fantasia, o così si diceva: ci pensava a volte quando combatteva con Ido, e si immaginava gran guerriero, Cavaliere di Drago, magari. Allora sarebbe volato fin nella Terra della Notte, fino a quel tempio che immaginava terribile, e lì, da solo, avrebbe distrutto la setta degli Assassini. Oppure ci pensava durante le noiose lezioni di Quar: usare la sua magia per annientare i nemici, uccidere Sherva, l'uomo che aveva massacrato suo padre e sua madre. Era un pensiero insolitamente dolce, che metteva a tacere le urla che spesso sentiva nascergli nel cuore.

Poi era passato alle storie elfiche; leggende antiche, resoconti di terribili guerre. E magia. Una magia strana, di cui Quar non gli parlava mai. Una magia che non aveva niente a che fare con gli spiriti naturali o roba del genere. No, quella era una magia che piegava la natura al proprio volere e faceva compiere miracoli. La cosa lo affascinava.

Quel giorno San scorse a lungo gli scaffali dei libri neri. Ne aveva già letti parecchi, ma per quel pomeriggio voleva qualcosa di speciale. L'occhio gli cadde su un tomo tutto sommato piccolo; sul dorso aveva scritte argentate, mezzo mangiate dal verde della muffa. Erano rune, l'unica cosa interessante che studiava con Quar. *Il Compendio della Lotta*. Un titolo che sapeva di azione. Lo estrasse lentamente. Era così malmesso che gli sembrava potesse disfarsi sotto le sue dita. Era di velluto, e sulla copertina portava inciso un complesso pentacolo rosso. San lo accarezzò. I bordi delle borchie, ai lati, erano taglienti, e dovette fare attenzione a non ferirsi.

Si mise a gambe incrociate per terra e lo aprì alla prima pagina. Dentro c'era un segnalibro di un cupo rosso smorto, un colore che gli ricordò con crudeltà il sangue secco.

Voltò la pagina, e i suoi occhi incontrarono una scrittura piccola e regolare.

Giunsi al passo di erudirmi nelle pratiche magiche dell'omicidio durante la Guerra dei Piccoli. Non fu una scelta facile, e la feci con la morte nel cuore. Ma la morte e il sangue me li portavo già addosso, e il loro odore mi aveva penetrato l'anima fino a intriderla. Fu per punire il mio nemico che mi decisi, fu per vendicare le persone amate che costui mi aveva strappato. Non mi sottrassi ad alcun orrore, perché la guerra mi aveva reso aduso a tutto, e il desiderio di dare pace ai morti mi divorava.

San alzò gli occhi un istante. La Guerra dei Piccoli. Un evento lontano, dell'epoca in cui gli Elfi erano i padroni del Mondo Emerso. Gli parve terribile che anche allora si parlasse di morte e sangue come ora, e provò una strana simpatia per quell'uomo che usava un linguaggio che capiva fin troppo bene.

Perché anche lui desiderava dare pace ai morti, o almeno sperava che i morti lasciassero in pace lui. Lo stava imparando pian piano a proprie spese: l'assenza delle persone amate è più opprimente della loro presenza, e le loro ombre, il riverbero del loro dolore e del loro odio, non ci abbandonano mai.

Si immerse nella lettura, con negli occhi l'immagine di suo padre colpito a morte che strisciava verso la porta.

Uscì che era sera tarda. Aveva letto quasi tutto il volume, e non si era accorto di essere rimasto in biblioteca più del dovuto. Gli bastò mettere piede fuori per imbattersi in un servo piuttosto agitato.

«Ma dove vi eravate cacciato? La contessa e il cavaliere vi aspettavano per cena, e sono preoccupati per voi!»

«Stavo solo leggendo...»

«Sua Eccellenza Ido vi attende nella sua stanza.»

Il servo lo prese per un braccio e lo trascinò via. Percorsero i corridoi tra ali di servitori indaffarati e agitati.

«L'ho trovato, l'ho trovato! Dite alla contessa che è tutto a posto.»

Il servo spalancò infine la porta della stanza di Ido.

Lo gnomo era seduto al tavolo e fumava nervosamente. Scattò in piedi appena la porta si aprì. «Dannazione!» urlò. «Dove diamine eri andato a finire?»

«L'ho trovato davanti alla biblioteca» disse il servo.

Ido tirava dalla pipa a intervalli infinitesimali, emettendo nuvolette di fumo compatto. San aveva imparato che quello era un brutto segno.

«Vattene» sibilò Ido al servitore, che non se lo fece ripetere. La porta si chiuse e San si sentì le gambe molli.

«Dove sei stato?» La voce dello gnomo vibrava di ira repressa, e il suo sguardo era penetrante.

«Niente, io...»

«Rispondi!»

«In biblioteca» disse San in un soffio. «E comunque Ondine mi ha sempre detto che lì ci posso andare quando voglio» aggiunse a mezza voce, offeso.

«Tu forse non hai ben chiara la situazione.»

Ido lo afferrò per un braccio, una presa salda che assomigliava a una morsa. Lo tirò a sé, portando la sua faccia a un nulla dalla propria. L'odore del tabacco prese San alla gola.

«Ti sei per caso dimenticato del perché siamo qui?»

«Non stavo facendo niente di male.»

«Non è questo il punto. Io ho voluto darti fiducia, e ti sto lasciando fare quello che vuoi. Sinceramente pensavo non fossi uno stupido ragazzino senza cervello...»

San sapeva che la cosa migliore era scusarsi, ma sentiva di non aver nulla da rimproverarsi. «Ido, la stai facendo troppo lunga, io...»

«Sta' zitto!» La sua voce tuonò così forte che San sobbalzò. «Pensi che siamo al sicuro, qua sotto? Non lo siamo. Pensi che Yeshol abbia mollato la presa? Be', non l'ha fatto. Se tu sparisci, io penso che ti sia successo qualcosa, è chiaro?»

Il ragazzo distolse lo sguardo. Gli occhi di Ido, furiosi, lo mettevano in soggezione. «Va bene, se... se credi...» Avrebbe voluto replicare, ma alla fine gli mancò il coraggio. «Scusa» disse con un filo di voce.

«Continui a non capire.»

«Ti ho chiesto scusa, che altro dovrei fare?»

Ido sorrise con sarcasmo. «Vedo che hai preso il peggio da tua nonna. Mi fece una scena simile, anni fa, e io le diedi credito. Be', non ripeterò l'errore. Da domani andrai in giro con una guardia.»

San spalancò gli occhi. «Non mi puoi fare questo.»

Ido andò verso la finestra. «Non è una punizione. Non siamo qui in vacanza, la tua incolumità è prioritaria per la salvezza del Mondo Emerso.»

«Ido, ero in biblioteca! A leggere!»

«D'ora in avanti ci andrai accompagnato.»

San emise un lungo sospiro. Sentiva la rabbia montare, e non si trattava solo di quel momento. Era tutto il mese passato a non far niente, e tutta la frustrazione che aveva seppellito dentro di sé, lasciandola sedimentare giorno dopo giorno. «Io non ho bisogno di una stupida guardia. Io mi so difendere da solo.»

Ido si voltò e lo guardò con scherno. «Ah, sì? E con cosa? Con le tue mani?»

«Mi stai addestrando.»

«La spada non fa per te, e comunque sei agli inizi.»

«Ho dei poteri… ho la magia.» San strinse i pugni, sempre più forte.

«Ah, giusto, la magia. Stavo dimenticando il pezzo forte: Quar è venuto da me furente a lamentarsi perché il suo allievo, quello dotato di grandi poteri, non è neppure capace di stare un'ora seduto ad ascoltare gli insegnamenti di chi ne sa più di lui.»

«Lui non ne sa più di me. Lui non sa niente, non ha un decimo del mio potere!»

Ido rise a gran voce. «Come no… Mi avevi detto che volevi imparare, che volevi prendere lezioni. Se te ne importava così poco, avresti dovuto avere la coerenza di rifiutare la mia proposta.»

«Sono noiose, dannatamente noiose» insorse San. «Mi tiene seduto tutto il tempo e mi dice cose senza senso, quando io ho già abbattuto un drago con queste mani, e tu c'eri quando l'ho fatto!»

Ido non si lasciò scomporre dalle sue urla. «Un caso che non sapresti ripetere. San, lo studio è anche noia, la magia è anche fatica. Cosa credevi, di poterti divertire e basta? La vita è questo, San: impegno.»

«Lui mi tiene sempre fermo, noi tutti restiamo sempre fermi! Che diavolo stiamo facendo qua sotto? Ci stiamo nascondendo come conigli! Ma tu hai fatto cose grandiose in passato, tu hai battuto Dola, e... e... io non mi voglio più nascondere come un codardo. La Gilda lassù chissà cosa sta combinando. La Gilda ha ammazzato i miei genitori, lo capisci o no? E quello mi parla di spiriti naturali e alambicchi vari!»

San rimase al centro della stanza, ansimante. Si sentiva scoppiare, il suo petto si alzava a si abbassava violentemente, come se non ci fosse aria a sufficienza nella camera.

Ido lo fissò immobile, la pipa in mano. «Hai finito?»

La sua voce era calma, glaciale, e la cosa fece impazzire San. «Non ti azzardare a non prendermi sul serio!»

Lo schiaffo arrivò imprevisto, il suo rumore secco riempì la stanza. San si sentì improvvisamente svuotato. Guardò Ido incredulo.

«E tu non ti azzardare a trattarmi come tratti il tuo maestro di magia. Ne ho viste molte più di te, ragazzino, e ho avuto a che fare con parecchi mocciosi stupidi e spocchiosi.»

San sentì le lacrime bruciargli le ciglia.

«Ci stiamo nascondendo perché se la Gilda ti prende, tu muori. Ma tu sei un eroe, giusto? E a te di morire non interessa. Be', ti ricordo che con te cadrebbe l'intero Mondo Emerso. È per questo che siamo qui.»

Ido si volse, camminò fino alla finestra, ci si appoggiò. San lo vide attraverso il velo delle lacrime. La percezione che non lo stesse capendo lo dilaniò. Fino a quel momento lui era stato la sua unica certezza: erano due reduci, soffrivano lo stesso dolore. Se c'era uno con cui non c'era bisogno di parole, quello era Ido. Non in quel momento. Ora San si sentiva abbandonato, solo.

«Io ti capisco» disse lo gnomo, quasi in risposta ai suoi pensieri. «L'inattività ammazza anche me, cosa credi? Io sono stato a guardare tre anni: ho fatto piani nelle retrovie per la ribellione, ho visto i miei sottoposti morire mentre io me ne stavo al sicuro a Laodamea. Come credi che mi sia sentito? Ma c'è un tempo per agire e un tempo per attendere, e capirlo è una delle doti di un grande guerriero.»

Tacque, lo guardò con comprensione, quindi gli si avvicinò.

«San, pensavo ne avessimo già parlato e avessimo già chiarito la cosa... Il tuo contributo alla lotta è questo: evitare di farti uccidere. Ti assicuro che non è poco.»

*Ma non è come combattere. E non mi aiuta a dimenticare quella stanza piena di sangue, e mio padre che striscia verso la porta, e mia madre immobile a terra.*

San lasciò che le lacrime scorressero liberamente. Le spalle cominciarono a scuotersi per i singulti. Quando ne aveva parlato per la prima volta con Ido, aveva creduto di aver capito, e aveva pensato di poter sopportare l'inattività. Ma non era così, ora gli era chiaro. Ecco cos'era la smania durante il viaggio, e la noia a lezione con Quar.

Tutte facce di un'unica medaglia: il desiderio di vendetta. E se allora non ne aveva i mezzi, adesso era diverso. Perché sapeva di essere forte, perché sentiva i suoi poteri crescere, perché stava imparando in fretta.

Avrebbe dovuto dirlo a Ido. Lui aveva visto morire molte persone che amava, lui forse aveva una risposta che andava oltre quell'"aspetta". Ma tacque. Singhiozzò sulla sua spalla senza trovare alcuna consolazione.

«Giurami che non lo farai mai più.»

San guardò a terra a lungo. Poi annuì lentamente, e Ido lo strinse a sé.

«Non te la do una guardia, ma è l'ultima volta. So che sei un ragazzino saggio e farai il bravo.»

San annuì di nuovo, stancamente. Si asciugò le lacrime dalle guance, e quando Ido gli sorrise, non riuscì a ricambiarlo con sincerità.

# 10
## La stanza di Sulana

Dubhe e Theana iniziarono il lavoro nelle cucine la sera stessa del loro arrivo. Volco bussò delicatamente alla loro porta e, quando aprirono, lo trovarono sorridente sulla soglia.

«Vi ho trovato un buon posto.»

Si trattava di fare le sguattere, assieme a molte altre donne, in quella cucina enorme immersa in una coltre di fumo. C'era sempre agitazione, là dentro, e lavoro a non finire, perché Dohor tesseva continuamente le sue trame di alleanze e congiure con cene più o meno fastose.

Appena vi mise piede, a Dubhe venne in mente la Casa. Anche lì c'erano cucine come quelle, e ricordò che Lonerin vi aveva lavorato duramente nei mesi in cui aveva fatto l'infiltrato. Lei le aveva viste una volta sola, e i corpi che si muovevano tra i fumi – corpi di persone che avevano venduto il proprio sangue alla setta per disperazione – le erano parsi quasi dei fantasmi. Per questo si sentì subito prendere dalla nausea quando varcò la porta. Ma si trattenne, e continuò a recitare la parte di popolana inginocchiandosi ai piedi di Volco e baciandogli le mani per ringraziarlo.

«È merito del principe, non mio» disse lui schernendosi.

Quella sera andarono a letto tardi, esauste. Theana non era abituata a lavorare: fino a quel momento la sua vita era stata principalmente studio meticoloso, fatto di fatica intellettuale più che fisica. Anche Dubhe non era avvezza a quel genere di mansioni. Si gettarono sui letti con i muscoli doloranti e le mani indolenzite dall'acqua gelida. Theana si infilò subito sotto le coperte senza dire una parola, mentre Dubhe rimase sveglia ancora un po'. Nonostante fosse stanca, aveva difficoltà a prendere sonno. Il suo nemico dormiva poco più in alto, nella parte nobile del palazzo, e nascosti chissà dove in quel labirinto c'erano i documenti che le avrebbero dato la salvezza. Come poteva dormire quando la sua vita era legata a quei due elementi, così vicini eppure così lontani? La necessità di agire, di darsi da fare per procurarsi la sua personale vendetta, stava diventando un'ossessione. Era come se dal viaggio nelle Terre Ignote qualcosa fosse cambiato in lei, qualcosa si fosse sbloccato. Alla fine era pronta a decidere, a prendere in mano la propria vita.

Chiuse gli occhi, e da ultimo, come in un sogno, sentì con una specie di dolce dolore che oltre quelle pareti, da qualche parte, anche Learco stava cercando di dormire.

Dubhe mantenne la linea d'azione che aveva indicato a Theana: per i primi giorni entrambe svolsero in silenzio e con dedizione il proprio lavoro, per non destare sospetti. Fu difficile perché, essendo le ultime arrivate, le altre donne della cucina affidavano loro i compiti più fastidiosi e spesso le vessavano senza alcuna ragione. La sera, Dubhe sentiva la compagna piangere sommessamente sulla sua branda, mentre recitava le preghiere con più fervore del solito.

«Cercherò di agire il prima possibile» le sussurrava, non riuscendo a trovare altre parole per confortarla. Theana non reagiva, sconsolata da quella situazione assurda e pericolosa.

Il momento arrivò a una settimana dal loro arrivo. In piena notte, quando l'intero palazzo era addormentato, Dubhe si alzò dal letto in silenzio. Mise in una bisaccia i suoi abiti da donna e indossò un paio di brache di tela e un corpetto di pelle da uomo che aveva rubato il giorno prima in lavanderia. L'abbigliamento scuro le ricordò fin troppo la divisa dei Vittoriosi, ma era l'unico travestimento possibile per aggirarsi indisturbata nel buio dei corridoi. Fu con una sorta di muto sollievo che si cinse alla vita il suo pugnale; per quanta strada percorresse, per quante vesti diverse indossasse, la battaglia faceva parte del suo essere, ed era solo armata che si sentiva davvero se stessa. Legò con un laccio i capelli biondi, e fu pronta.

La notte l'accolse dolce come un'amante troppo a lungo trascurata. Dubhe assaporò le ombre e il piacere di muoversi nell'oscurità piena di silenzio. Fare indagini era sempre stata la parte del suo lavoro di ladra che le piaceva di più.

Si mosse furtiva per i corridoi, percorrendoli guardinga, pronta a scattare in caso di bisogno. Ma non incontrò nessuna guardia; ai piani inferiori vivevano solo i servi ed era impossibile accedervi dall'esterno. Che senso aveva controllarli?

Fu con incredibile facilità che riuscì a forzare la stanza dell'economo e a rubargli pergamena e calamaio. Voleva essere certa di non dimenticare nessun dettaglio, e quindi avrebbe preso appunti.

Lasciò i suoi abiti da serva chiusi in un fagotto, che nascose in un angolo appena all'entrata dei piani inferiori. Se qualcuno l'avesse scoperta, avrebbe potuto recuperarli e cambiarsi rapidamente.

Poi continuò il suo giro di ricognizione ai piani bassi, in modo da fare una mappa dettagliata del posto. Il Maestro le aveva sempre ripetuto che la prima cosa era conoscere bene l'ambiente in cui ci si sarebbe dovuti muovere. La via di fuga deve essere ben chiara, quando ti trovi a dover scappare in fretta e non puoi pensare. L'obiettivo di quella sera, però, era anche mettere alla prova le proprie forze. Theana aveva compiuto il rito su di lei la sera prima, ed era la terza volta; Dubhe si rassicurò nel sentire che il suo fisico rispondeva bene agli stimoli, anzi, sembrava quasi che i sensi fossero affinati rispetto a qualche tempo prima. Ovviamente ne prese atto con un brivido di paura: sapeva che era il segno distintivo che la Bestia dentro di lei non era vinta, bensì cresceva di giorno in giorno. Tuttavia quel fatto poteva anche tornarle utile.

Dalla seconda sera osò spingersi nelle zone superiori del palazzo. Aveva deciso di procedere per livelli, per cui prima si addentrò nella zona delle cameriere e degli assistenti personali dei cortigiani, poi verso l'ala abitata dai vari dignitari. Annotava qualsiasi cosa interessante sulla pergamena che si portava dietro, ma soprattutto studiò le abitudini delle guardie. Bastava che un piano avesse un'uscita verso l'esterno perché venisse presidiato da molti uomini. Dubhe ne incontrò parecchi che pattugliavano i corridoi, e talvolta notò che controllavano anche le stanze deserte.

*Scarse vie di fuga e pochi luoghi in cui nascondersi*, pensò amaramente.

I soldati erano piuttosto giovani. Sembrava che Dohor li

cooptasse direttamente dall'Accademia, di cui era Supremo Generale ormai da molti anni. Alcuni di loro trascorrevano l'intero apprendistato sorvegliando saloni vuoti e ali dismesse del palazzo: un modo piuttosto bieco di sfruttare una risorsa che un tempo serviva per proteggere tutti i popoli del Mondo Emerso.

A giudicare dalla loro solerzia e dal grado di attenzione, però, Dubhe ipotizzò che dovevano essersi trovati spesso ad affrontare reali condizioni di pericolo. La cosa non giocava a suo favore.

La sera seguente puntò dritto al piano nobile. Non era diverso dagli altri, se non per i controlli più fitti e continui. Dovette triplicare l'attenzione che poneva nei suoi movimenti, e ancora una volta ringraziò Sherva che le aveva insegnato a muoversi sinuosa come una serpe.

In molte stanze non riuscì a entrare; del resto non era neppure sempre necessario. Il più delle volte le bastava qualche particolare per intuire chi ci viveva dentro. Poca sorveglianza, un cortigiano; corridoio pattugliato da un solo soldato, attendente di qualche ministro; guardia fissa davanti alla porta, ministro.

Scoprì soltanto una porta che non aveva sorveglianza. Le parve strano, visto che quello era il piano delle persone importanti, quelle che contavano nei giochi di potere del re.

Entrò in una stanza attigua che sapeva vuota e andò sicura verso il balcone. Quando lo raggiunse, ebbe un fremito. L'ultima volta che aveva fatto una cosa del genere era stato durante quel furto che aveva cambiato completamente la sua vita e l'aveva consegnata nelle mani della Bestia. Ebbe un capogiro, ma aprì lo stesso le imposte. In un attimo fu fuori, e il vento fresco della sera la investì con i suoi profumi. Sotto di lei si estendeva un lussureggiante giardino, punteggiato da svariate fontane. Un luogo perfetto per nascondersi, appuntò in un angolo della mente. Poi si arrampicò sul balcone e si lasciò dondolare nel vuoto. Le era sempre piaciuto arrampicarsi, e le riusciva molto bene.

Si appiattì tra le ombre del palazzo create dalla luna piena, e scivolò sinuosa lungo la facciata, senza fare alcun rumore. Saltò verso il cornicione dell'altro balcone e si aggrappò con presa ferrea alla pietra. L'altezza di quel salto, benché sotto di lei non ci fossero appigli, non le procurò alcuna indecisione. Quando giunse alla finestra, si tirò su con appena il fiato corto, e si rese invisibile lungo l'ombra che l'imposta creava. Si affacciò leggermente, giusto per dare uno sguardo all'interno. Il suo cuore si fermò, le sue mani ebbero un lieve tremito e fu lì lì per cadere.

Al centro della stanza, seduto a un tavolo con sopra una coppa mezzo piena, c'era Learco. Stava immobile e guardava il pavimento. La luce della luna cadeva esattamente sulla sua figura, dando ai capelli una sfumatura argentata. La testa sembrava circonfusa di luce, e Dubhe lo fissò ammirata. Il cuore le balzò in gola, e il tempo parve fermarsi. Come mai il principe le faceva quell'effetto? C'erano state soltanto un paio di occasioni in cui si erano confrontati, ma nel suo intimo lei reagiva come se si fosse innamorata. Quel pensiero la fece trasalire, forse si era spinta troppo in là. Scattò di lato togliendosi dal campo visivo di Learco, talmente terrorizzata da non riuscire nemmeno a respirare. Di sicuro lui ora avrebbe aperto la finestra e l'avrebbe scoperta.

Ma il rumore non arrivò. Le fronde sotto di lei si mossero al soffio di un vento delicato, mentre una civetta lanciò il suo richiamo nella notte. Non poteva continuare.

Non ora. Lentamente scese lungo la facciata del palazzo e tornò indietro.

Learco guardò verso la finestra. Gli era parso di intravedere qualcosa, un volto. Chissà perché, aveva pensato immediatamente alla ragazza che aveva salvato a Selva: Sanne. Rimase con lo sguardo fisso verso l'esterno, guardando le ombre degli alberi che gettavano strani riflessi sul vetro. Sarebbe stato bello se lei fosse stata lì. A corte, ma anche fuori da palazzo, non c'era nessuno con cui sentisse qualche affinità. Quella ragazza invece lo aveva ascoltato, e lui aveva capito che avevano la stessa visione del mondo. Era l'unica con la quale avrebbe avuto il coraggio di parlare del proprio passato.

Si diede dello sciocco. Sanne era un'estranea che aveva raccolto per strada, una popolana qualunque con la quale aveva condiviso un breve viaggio. Come poteva avere sul suo conto giudizi così assoluti, così definitivi? Eppure provava qualcosa di diverso nei suoi confronti, qualcosa che sentiva crescergli dentro.

Per questo ora gli tornava in mente. Perché lei forse avrebbe capito.

La notte era immensa, e le parole di Neor, pochi giorni prima, avevano scavato in lui un solco che non riusciva più a riempire. Era come se fosse stata aperta una porta dalla quale i fantasmi del passato potevano entrare indisturbati nella sua vita. Learco si prese la testa fra le mani, mentre quel ricordo maledetto, che a tutti i costi avrebbe voluto cancellare, tornava violento a fargli visita.

*Ha quattordici anni, e sua madre sta morendo. L'hanno fatto rientrare in fretta dal campo di battaglia perché possa assisterla durante gli ultimi istanti di vita. Lei vuole parlagli, gli hanno detto, e il suo cuore ha perso un colpo nel saperlo. Non era mai capitato che lo convocasse, tanto che si ricorda a malapena il suo aspetto. Learco avanza lentamente verso la stanza di Sibilla, la dama di compagnia. Per lui quella donna è un mistero quasi quanto sua madre. Nonostante non le abbia mai parlato, gli ispira una certa simpatia. È la moglie di Neor, e tutto in lei gli ricorda suo zio. Appoggia con timore la mano sulla maniglia e, quando entra, vede un'anziana signora vestita di nero, con lunghi capelli bianchi raccolti in una cuffia candida, che lo guarda fredda e ostile.*

*«Siete arrivato, finalmente.»*

*Learco china la testa in segno di saluto.*

*Sibilla si alza e gli va incontro senza fare rumore. «Vostra madre vi aspetta da giorni. Peggiora rapidamente, e temevo che non avreste fatto in tempo ad arrivare.»*

*Learco deglutisce. Improvvisamente si sente confuso e spaventato. Tutto gli sembra irreale come in sogno. Non riesce a dire nulla: si limita a seguire con lo sguardo Sibilla mentre apre con delicatezza la porta della stanza di sua madre. La donna scompare nel buio denso che c'è di là, e lui sente solo le sue parole.*

*«Mia signora, il figlio di Dohor è qui...»*

*Learco rimane immobile, pietrificato dal suono di quella frase. Il figlio di Dohor. È questo che è per sua madre?*

*Sibilla riemerge dal buio con volto severo e gli fa cenno con una mano. «Venite.»*

*Il primo passo è il più difficile. Le gambe gli tremano, come la prima volta che visitò il campo di battaglia. Ringrazia in cuor suo l'oscurità densa di quella camera, che gli permette di nascondersi alla vista di chi giace nel letto. L'odore di chiuso e di morte è penetrante.*

*Le imposte della finestra sono accostate, e la luce che filtra dagli interstizi getta lame di fuoco sul pavimento. A poco a poco Learco si abitua alla penombra, e si accorge della poca mobilia che arreda quella prigione. Alle pareti ci sono soltanto due quadri, in un angolo una cassapanca e un tavolo di modeste dimensioni. Al centro della stanza troneggia un maestoso letto a baldacchino finemente lavorato, mentre il pavimento è ricoperto ovunque da pesanti tappeti che attutiscono il rumore dei suoi passi.*

*Learco avanza frastornato, il cuore che rimbalza nel petto. Uno dei quadri ritrae sua madre in gioventù. Ha i lineamenti fini, da bambina, i capelli castani appena ondulati che cadono sulle spalle magre. La luce è troppo poca per poter distinguere i colori, ma Learco sa che quegli occhi sono verdi, proprio come i suoi.*

*Lui l'ha sempre ricordata così, bella e inavvicinabile. Ora, invece, non sa nemmeno che volto abbia. Prima di arrivare al suo capezzale, getta uno sguardo all'altro ritratto. Un bambino di neppure tre anni, impettito e regale, guarda fisso davanti a sé, con una faccia seria che poco si addice ai suoi lineamenti infantili. I capelli sono di un biondo scuro, e Learco sa di chi si tratta. È il suo omonimo, l'unico figlio che Sulana ha riconosciuto. Il fratello strappato alla vita dalla febbre rossa, colui che tutti ricordano come un dono prezioso. Ogni volta che lui fallisce, suo padre e chiunque a corte lo paragonano a quel bambino. Inimitabile e perfetto, proprio perché non ha avuto il tempo di deludere le aspettative di nessuno. Learco sa di non poter competere con quell'ideale, lui che invece è cresciuto e ha avuto la possibilità di diventare adulto.*

*Un rantolo secco, improvviso, distoglie la sua atten-*

*zione da quei pensieri tristi. Sotto le coperte, che si increspano appena a disegnare la forma imprecisa di un corpo, qualcosa si muove. È lei.*

*Sibilla lo conduce fino alla sponda del letto; poi, senza una parola, se ne va lasciandolo solo.*

*Sua madre giace quasi annegata tra le coltri. I capelli bianchi sono sparsi in maniera scomposta sul cuscino. Il suo volto spigoloso e scavato dalla malattia sembra una maschera spettrale. Le sue mani sono abbandonate sulle coperte, magre e nodose. La bocca è aperta, contratta in una smorfia che riempie Learco di orrore. Non può fare a meno di contemplare quell'immagine che ha sognato per anni con un moto involontario di disgusto. Sa che è arrivato troppo tardi.*

*Ha paura, una paura folle e cieca, come quella che lo rapiva quando sentiva le urla dei soldati farsi selvagge e disperate, e il sangue iniziava a tingere la terra. Se potesse, scapperebbe lontano, fuori da quella stanza e dall'incubo che per lui è Makrat.*

*Una delle mani scatta rapida verso il suo polso e lo stringe. Un brivido di ribrezzo sale lungo la schiena di Learco.*

*Gli occhi verdi si aprono di scatto: sono ancora vivi, guizzanti. La loro espressione, però, trasuda un odio inestinguibile. «Ci hai messo troppo tempo.»*

*A lungo Learco ha fantasticato su quella voce. Nelle sue notti solitarie l'ha immaginata dolce e suadente mentre gli canta una ninna nanna per farlo addormentare. Quanto è diversa invece: secca e metallica, quasi asessuata.*

*«Ho fatto prima che ho potuto» risponde con la gola secca.*

*«Avvicinati, ti devo parlare.»*

*Learco spera che voglia dirgli quello che non gli ha mai detto. Forse gli rivelerà il perché di tante cose della sua vita: perché lo ha rifiutato, perché l'ha odiato. In cuor suo brama quel momento di riconciliazione.*

*«So che tu sei suo figlio, e immagino che molto vi leghi. Lui ti ha piantato nel mio ventre perché rubassi il posto al mio Learco.»*

*Sua madre prende fiato rantolando. Learco è immobilizzato dall'orrore. Sente il sangue pompargli nelle orecchie, percepisce ogni singolo battito del suo cuore, lento e straziante.*

*«Ma tu mi devi la vita, una vita che avrei voluto non averti dato, e ora te la chiedo indietro.»*

*«Madre, ma...»*

*Quella parola gli viene spontanea, anche se il suo suono gli pare assurdo non appena la pronuncia. Se gli chiedesse di morire, lo farebbe, perché nonostante tutto lui ama quella donna.*

*«Io sto per morire, e in vita mia ho commesso molti errori. Uno l'ho fatto tanti anni fa, acconsentendo a un matrimonio che non aveva ragione di essere. Però ho tentato con tutte le mie forze di riparare a quello sbaglio!» dice Sulana alzando la voce. «Gli dei mi siano testimoni che ho provato a sbarazzarmi di lui! Ma quel verme mi ha soggiogata a sé, donandomi quel fiore che era Learco, e io non ho potuto impedire che me lo portassero via...»*

*Tossisce, e Learco cerca disperatamente la brocca d'acqua. La trova sulla tavola e, liberandosi con forza dalla stretta di sua madre, corre a riempire un bicchiere. Glielo porge, e lei beve a grandi sorsi, deglutendo avidamente ogni goccia. Quindi gli abbranca di nuovo un polso e continua.*

*«Il mio secondo errore è stato quello di non cercare*

*di ucciderlo. Io gli ho permesso di diventare quello che è ora, io gli ho dato la sua maledetta forza.»*

*«Vi prego, madre, non vi affaticate. Tacete e lasciatemi solo stare qui accanto a voi per un po'...»*

*Learco sente le lacrime scendergli giù per le guance. Non si era neppure accorto di aver cominciato a piangere.*

*«Per questo ti chiedo una cosa soltanto, e ti vincolo a compierla, perché potevo ucciderti prima che tu nascessi, ma non l'ho fatto. E ora sei in debito nei miei confronti.»*

*Con uno sforzo si tira su, avvicinandogli le labbra all'orecchio.*

*«Uccidilo» sibila con un filo di voce, prima di ricadere sul guanciale, esausta.*

*Learco è incredulo e non sa cosa rispondere.*

*«Lui ti ha forgiato a sua immagine e somiglianza, e tu forse riesci persino ad amarlo. Ma questo è il mio ultimo desiderio. Uccidi Dohor, altrimenti che tu sia maledetto.»*

*I suoi occhi lo fissano glaciali, e lui non riesce a distogliere lo sguardo.*

*«Ora vattene, non ho altro da dirti.»*

*Learco rimane in piedi presso il letto, incapace di muoversi. Fissa sua madre sfinita, e le mani gli formicolano. È come se avesse il sangue di cera; lo sente che circola lento e viscoso nelle vene.*

*«Vattene!» urla Sulana, e con una mano, a fatica, prende un campanellino che sta accanto al guanciale. Lo agita, producendo un sottile tintinnio.*

*La porta si apre quasi immediatamente, e Sibilla ne emerge rapida e silenziosa.*

*«Via, andate via» dice prendendo Learco per un braccio e tirandolo con delicatezza ma con forza.*

*Learco si lascia trascinare fuori, gli occhi incapaci di spostarsi dal letto. Non la può vedere, ma sa che sua madre lo sta guardando con un odio immenso.*

La coppa cadde per terra, rovesciando il vino sul pavimento. Learco si alzò di scatto e varcò la soglia. Aveva bisogno di prendere aria. Il corridoio era illuminato dalla luce dei tripodi di bronzo. Tutto era quieto, in contrasto col tumulto che si sentiva in petto. Perché quel posto maledetto non si sgretolava ora, sotto i suoi occhi?

Percorse i vari piani quasi di corsa, senza badare agli sguardi allarmati delle guardie che si chinavano in fretta al suo passaggio. Arrivato in giardino, si lasciò andare sull'erba, fissando il cielo stellato e respirando a pieni polmoni. L'aria fresca e il suono cantilenante dell'acqua delle fontane per un attimo lo calmarono, purificando il suo animo tormentato.

*Niente potrà mai pulirmi davvero.*

Guardò la luna, tonda e luminosissima, e seppe finalmente dove andare. Fu un pensiero che lo fulminò per la sua assurdità, ma non poté sottrarsi.

Prese la strada con decisione, scendendo man mano nelle zone più basse del palazzo. I muri si fecero più spogli, i corridoi più squallidi. Vagò per un po' alla ricerca della porta che gli aveva indicato Volco. Non conosceva bene quell'ala.

*Staranno dormendo, dopo una dura giornata di lavoro. È un'idea folle, un principe non cerca consolazione presso i popolani, un principe non si confida con i servi.*

Svoltò all'ultimo corridoio, e si bloccò. Era là. Davanti a lui. Camminava furtiva verso la sua stanza.

«Aspetta!»

Dubhe si bloccò. Ringraziò mentalmente la propria

prontezza di spirito per aver pensato di cambiarsi appena giunta nella zona adibita ai servi. In ogni caso avrebbe dovuto spiegare perché era uscita a quell'ora di notte. Pensò fosse meglio prevenire le domande. Si girò di scatto. «Mi spiace, io...»

Si fermò. Era il principe, non aveva riconosciuto la sua voce.

«Stavo venendo a cercarti.»

Rimasero fermi a guardarsi. Adesso che era davanti a lei, Learco non sapeva cosa dirle.

«Principe, io... io non riuscivo a dormire» mormorò Dubhe in tono patetico.

«Non ti devi giustificare. Non sei prigioniera. Puoi andare dove ti pare.»

Lei si morse il labbro.

«Come vedi nemmeno io riesco a prendere sonno» sorrise il giovane. E contro ogni logica, Dubhe fu felice che fosse lì, a due passi da lei. «Ti va di accompagnarmi in giardino?»

Rimase incerta: forse non era il caso, forse doveva tornare a letto, forse non avrebbe mai dovuto dargli tutta quella confidenza. E invece semplicemente lo seguì, incapace di dirgli no.

Si misero a passeggiare tra i viali illuminati dalla luna. Dubhe si era mossa spesso di notte, le ricordava i molti lavori che aveva portato a termine col favore delle tenebre e gli anni di vita assieme al Maestro. Per un istante il ricordo di lui, unito al fatto di trovarsi assieme a Learco, la fece rabbrividire.

Il principe se ne accorse. «Stai bene?»

«Sì, io...»

Learco la fece sedere sull'erba, accanto a lui, coprendole le spalle con il suo mantello. C'era umidità, e la rugiada penetrava attraverso le vesti.

*Cerca di estorcergli qualche informazione, è un'ottima occasione per le tue indagini,* si disse Dubhe, ma la sua volontà si rifiutava.

«Com'è il lavoro?» le chiese Learco.

Dubhe lo guardò attonita. «Buono. Ottimo» si riprese immediatamente. «Ci hai salvate, e...»

«Non sei obbligata a dirmi grazie ogni volta, né a mostrarti entusiasta per forza.»

«È un buon posto, davvero. Sono lontana dalla guerra, e questo è già molto» disse lei cercando di dare alla voce un tono di sincerità.

«Non lavorate troppo?»

Scosse con vigore la testa. «C'è sempre tempo per il riposo.»

Il silenzio scese gravido. Dubhe non capiva: perché era andato a cercarla? Perché la teneva lì?

«Ho la presunzione di averti aiutata, l'altro giorno» disse all'improvviso Learco guardandola negli occhi. «Per questo ti chiedo di stare qua con me, adesso. Perché ora sono io ad avere bisogno di aiuto.»

Dubhe si sentì trapassata dal suo sguardo. Non riuscì a fare altro che annuire e guardarlo di rimando, in attesa.

«Sono prigioniero, Sanne, e non so perché lo vengo a dire a te, ma qui dentro non c'è nessuno che...» Sospirò. «Io qui sono un estraneo per tutti.»

«E di cosa sei prigioniero?»

Gli occhi di Learco parvero schiarirsi un poco. Le sorrise debolmente. «Di un passato che non vuole andare via.»

Le disse tutto in fretta, come se le parole gli sgorgassero dall'anima al pari di un fiume in piena. Le raccontò della madre, del suo odio nei suoi confronti e dell'atroce richiesta che gli aveva fatto prima di morire.

«Ecco» disse alla fine. «Ora mi sento più leggero. Avevo bisogno di liberarmi di questo segreto. Credo che tu possa capire cosa intendo.»

Dubhe annuì.

«Per tutti questi anni mi sono chiesto perché; non mi ha mai detto una parola buona, non mi ha mai abbracciato, non mi ha mai cercato. Per lei sono sempre stato solo il figlio di suo marito, e mi ha odiato, almeno quanto ha odiato mio padre. E per tutti gli anni della mia infanzia mi sono chiesto se avessi fatto qualcosa, se avessi commesso un qualche errore per meritarmi un simile trattamento. Ma quel giorno ho capito che la mia colpa era semplicemente di essere nato.»

Dubhe lo guardò sconvolta.

«È un peccato che ai suoi occhi non ho mai scontato; forse pensava che estorcendomi quell'assurda promessa avrei espiato.»

«Perché mi dici questo?»

«Perché l'altra sera ho spiato il tuo passato, e ho scoperto un tuo segreto. Ora siamo pari. Desideravo dirtelo, non c'è nessun altro a corte che mi avrebbe ascoltato.» Gli angoli della sua bocca si stirarono in un sorriso amaro.

«Ci sono persone che nascono sotto una cattiva stella» disse Dubhe, e quando Learco la guardò, si sentì di nuovo esposta, vulnerabile come quella sera nel bosco. «Conosci i riti della Gilda degli Assassini?»

Lui continuò a sorridere, ma stavolta con sarcasmo. «Fin troppo bene.»

«E sai chi sono i Bambini della Morte?»

Lui scosse la testa. Dubhe si sentì come sull'orlo di un precipizio. Gettarsi era da folli, ma il vuoto la chiamava. Nulla sarebbe più stato lo stesso, se ora decideva di parlare.

«Sono bambini che hanno ucciso; che si tratti di neonati la cui madre è morta di parto, o ragazzini che ammazzano per sbaglio o per deliberata volontà, la Gilda li ritiene degli eletti. Li cerca ovunque siano, li prende nelle proprie file e li addestra per farne degli assassini.»

Dal modo in cui Learco la guardò, sentì che aveva capito. E non le interessava. Era il figlio del suo nemico, qualcosa in lei non smetteva di urlarlo, ma ormai era fatta.

«Quei bambini sono nati con un destino segnato. La loro colpa più grande è di essere stati messi al mondo.» Dubhe sentì la disperazione farsi largo tra le lacrime.

«Non è stata colpa tua; la Gilda è un gruppo di folli.»

«Può darsi, ma un uomo una volta mi disse che chi ammazza da piccolo è un predestinato, e la sua strada sarà unica e tracciata.»

«E credi che anche la mia strada sia già segnata? Pensi davvero che dovrei fare quello che mi chiese mia madre in punto di morte?»

Dubhe esitò qualche istante. «Sto solo dicendo che neppure tu avevi colpa. Era il suo odio, di tua madre, non il tuo.»

«Già» aggiunse lui abbassando lo sguardo. «Non il mio...»

«In riva al torrente, durante il viaggio, mi hai detto che qualsiasi cosa fosse, era finita.»

Learco si voltò di nuovo verso di lei.

«So che magari l'hai detto per consolarmi.» Dubhe ingoiò le lacrime. «Ma forse basta crederci.»

Il principe sorrise e le accarezzò dolcemente una guancia. Sembrava più sereno. «Quindi ci stiamo scaricando addosso i nostri peccati, perché se ne vadano via...»

Dubhe sorrise a sua volta.

Learco si alzò. «Immagino che domattina dovrai svegliarti presto. Meglio andare.»

Attraversarono in silenzio i giardini avvolti nel buio, mentre l'alba iniziava a colorare lievemente l'Est, con una striscia di un viola più chiaro.

Quando giunsero davanti all'ingresso del palazzo, lui si voltò e le si mise di fronte. «C'è qualcosa di misterioso in te, Sanne, o chiunque tu sia.»

Dubhe cercò di mantenersi calma, ma quella rivelazione la gelò.

«In ogni caso il tuo passato è tuo, e io non mi permetterò di togliertelo» aggiunse Learco a bassa voce, mentre si abbassava verso di lei per sussurrarle qualcosa all'orecchio. «Posso venire a trovarti, qualche volta?»

Un unico, lungo brivido percorse la schiena di Dubhe. Quando lui si staccò, lo guardò intensamente. Poi annuì.

# 11
## Una ricerca tra i libri

Theana si svegliò che il sole non era ancora sorto. I primi tempi era sempre Dubhe a scuoterla nella sua branda; dopo un giorno intero passato a lavorare in cucina, si sentiva completamente esausta. Alla sera era solo la forza di volontà che le permetteva di pregare il suo dio prima di addormentarsi profondamente. Alla fine, però, era riuscita a trovare un ritmo, e talvolta era sveglia quando Dubhe rientrava dalle sue incursioni notturne.

«Ma tu non dormi mai?» le chiedeva mentre si preparava per andare in cucina.

«Ho imparato a farmi bastare poche ore di sonno» rispondeva Dubhe.

Theana aveva qualche dubbio. Spesso era molto pallida, e stava dimagrendo a vista d'occhio.

«Se stai male devi dirmelo.»

«Lo farò» rispondeva Dubhe, ma sembravano parole buttate lì con noncuranza.

Anche quella mattina. Theana aveva fatto in tempo ad alzarsi e si stava già vestendo, quando la vide scivolare dentro. Sembrava più provata del solito.

«Non dovresti tornare così tardi.»

Dubhe si volse, quasi stupita. «Cerco di sfruttare al meglio il poco tempo che abbiamo.» Ma la sua risposta era evasiva, e i suoi occhi apparivano strani.

Automaticamente Theana le guardò il simbolo sul braccio. Già per tre volte le aveva imposto l'incantesimo per bloccare la maledizione, e aveva l'impressione che l'effetto durasse meno.

«Dovrò rifarti il rito prima del previsto» disse, dando uno sguardo a un'asse del pavimento. Era smossa, e dentro vi aveva messo le boccette con l'occorrente per i riti. Dubhe non diede segno di ascoltarla. Theana dovette andarle davanti e chinarsi toccandole le mani per avere la sua attenzione. Sembrava consumata da una specie di fuoco interiore, e le sue mani erano percorse da tremori. Ma non era solo la maledizione, lo sentiva chiaramente.

«Dimmi la verità» sussurrò.

Dubhe si voltò dall'altra parte, e Theana sospirò.

«Qual è il senso della mia presenza qui, Dubhe? È da quando siamo arrivate che ogni notte tu vai in giro, ti dai da fare, e io continuo a fare la parte della serva.»

«Questo è stato sempre il tuo ruolo, fin dall'inizio, e lo sapevi. Del resto tu non sei in grado di muoverti furtivamente, e...»

«Lo so» tagliò corto lei. «Non voglio lamentarmi. Ma se mi nascondi la verità sulle tue condizioni, non posso aiutarti, lo capisci?»

Cercò di guardarla con sincerità. Ormai erano quasi due mesi che vivevano gomito a gomito, e Theana aveva cominciato a capire quella strana compagna di viaggio: il suo essere schiva, i suoi silenzi e la sua sofferenza. Ora comprendeva più chiaramente cosa avesse attratto tanto Lonerin, ed era qualcosa che attraeva anche lei. Gli abissi da cui Dubhe proveniva erano seducenti, e il grido d'aiuto che si percepiva era impossibile da ignorare per gente come loro.

«Stai peggio?»

«A volte.»

«Hai l'impressione che il sigillo sia meno efficace?»

Dubhe si alzò di scatto. «Piantala» disse allontanandosi verso un lato della stanza.

«Io sono qui per questo...»

«Non mi piace come mi guardi!»

Theana si alzò. «Dubhe, io capisco...»

«Non capisci niente, invece. Ti hanno mai guardata con pietà? È intollerabile! Anche Lonerin mi guardava così, come se dovesse salvarmi a tutti i costi, come se dovessi essere la sua personale vittoria sulla sorte. Ma io non ho bisogno di nessuno che mi salvi.»

«Non c'è nulla di male ad essere deboli. Tutti abbiamo bisogno di qualcuno.»

«Già, e tu ne sai qualcosa, vero? Tu che ricorri al tuo stupido dio tutte le sere, solo per sfuggire alla paura della morte...»

Dubhe dovette capire l'enormità di quanto aveva detto. Eppure Theana non diede segno di essersi offesa, non protestò. Pensò solo a quanto la sua fede venisse ancora bistrattata, incompresa, ora come ai tempi di suo padre.

«Adesso basta. Rispondi alla mia domanda: voglio sapere come stai» disse infine in tono severo.

Dubhe la guardò, stanca e finalmente sincera. «Di recente la Bestia mi aggredisce senza motivo. Non mi sembra neppure ci sia un legame con l'indebolimento della tua magia. Semplicemente all'improvviso la sento, e il mondo inizia a girare e a farsi rosso. Poi passa. Da solo.»

Nel silenzio che seguì, Theana cercò le parole, ma non ce ne fu bisogno.

«Sennar mi ha detto che non esiste cura, ne sono consapevole. L'unica soluzione è la morte del mio nemico, ed è per questo che mi consumo tutte le notti. Non c'è altra strada.»

«Non so come aiutarti più di così.»

«Stai già facendo tanto» disse Dubhe con un sorriso tirato. «Senza di te la Bestia sarebbe emersa; e più importante ancora sarà quello che farai quando avremo i documenti.»

Theana provò a sorridere di rimando, ma non le riuscì. Era buffo come non fosse cambiato niente; quando ancora si trovava al Consiglio delle Acque, si era sentita molte volte inutile. Ora, dopo tutto ciò che aveva affrontato durante il viaggio, era ancora come allora: non c'era nulla che potesse fare se non assistere impotente. Come molti anni prima.

*La trattengono. Spiegare è inutile.*

*«Non è come credete! Non ha mai fatto nulla di male!»*

La gente urla, mentre trascinano via suo padre in catene.

*«Assassino!»*

*«Sei in combutta con quei maledetti!»*

*«A morte il sacerdote degli Assassini!»*

*Il cappio è a un passo.*

*Finalmente avevano trovato un posto dove vivere in pace, dopo quell'eterno peregrinare; erano riusciti a stabilirsi lì, nella Terra del Mare. Non avevano mai fatto nulla di male, avevano cercato di condurre una vita ritirata. Ma lei non poteva chiedere a suo padre di smettere di pregare il suo dio. Era bastato che qualcuno sentisse quel nome una volta perché tutto precipitasse. Thenaar.*

*«Non è come credete!» urla con quanta voce ha in corpo, mentre infilano la testa di suo padre nella corda. Lui ha ancora la forza di dirle di andare via, di scappare, ma lei non ci riesce, e rimane lì ad assistere a quell'ingiustizia senza poter fare nulla. Ha rinnegato i suoi insegnamenti e il culto di Thenaar, ha bestemmiato il suo nome e ha pensato perfino di lasciarlo solo con la sua follia. Ma adesso si rende conto di quanto ha bisogno di lui. La sua vita dipende da quell'uomo.*

*Moltissime persone sono andate al tempio del Dio Nero e non sono mai tornate. L'odio per il culto è enorme in quella terra il cui feudatario, un uomo giusto e stimato, è stato ucciso dalla Gilda.*

*«Ci stabiliremo qui perché in questo posto la Gilda ha perpetrato il suo orrore. Noi dobbiamo purificare il nome di Thenaar da tutta la lordura che la setta vi ha costruito attorno.»*

*Così aveva detto suo padre quando si erano stabiliti in quel villaggio. Ora la guarda con tristezza, ma anche con rassegnazione. Vuole solo che si salvi e che non veda quanto sta per accadere.*

*Una mano la prende per un braccio e la strappa dalla folla.*

*«Taci» le dice qualcuno portandola in un angolo, dietro una casa.*

*«Lui non ha fatto niente, lo stanno uccidendo e lui non ha fatto niente! Diteglielo voi!»*

*È un vecchio, più anziano di suo padre, l'espressione dolce e dolente, i capelli radi sul cranio. Le mette una mano sulla bocca. «Contro l'ira della gente non c'è nulla da fare.»*

*Lei prova a dimenarsi, a scappare, ma la stretta dell'uomo è salda. Del resto lei ha solo dodici anni. Completamente impotente, assiste all'impiccagione da lontano, vede il corpo di suo padre muoversi nelle ultime convulsioni, e poi la gente colpirlo a calci non appena il suo corpo ricade a terra. Ancora, e ancora, e ancora. Finché Folwar non le mette una mano sugli occhi e la stringe a sé.*

Volco arrivò in cucina poco dopo pranzo. Theana stava pulendo a terra, le ginocchia sulla pietra del pavimento e uno straccio lordo tra le mani. Dubhe era poco più in là, ma fuori dalla sua vista.

La giovane maga sollevò lo sguardo e fu rapida ad alzarsi in piedi. «Mio signore...»

Volco le mise una mano sulla spalla e le sorrise benevolo. Le ricordava Folwar, il suo salvatore. Anche lui aveva quell'aria dolce.

«Sarai stanca di lavorare sempre qui...»

«No, mio signore, sono lieta di servire il mio re» rispose pronta.

«Calma, non ti stavo accusando di niente» osservò Volco sorridendo divertito. «Mi chiedevo solo se ti andasse di fare un altro lavoro per me. Fuori da qui.»

L'idea di lasciare da parte lo straccio e dare un po' di riposo alle ginocchia stanche la allettava, ma non volle mostrarsi troppo impaziente. «Come il mio signore desidera.»

«Vieni con me.»

Andarono fuori, percorsero lentamente tutti i corridoi che dalle viscere del palazzo conducevano ai piani alti, quelli in cui la corte consumava la sua vita lussuosa e piena di intrighi.

«È una mansione più tranquilla rispetto a quello che hai fatto finora. Si tratta della biblioteca.»

Finirono davanti a una grossa porta di bronzo aperta per metà. Volco entrò e Theana lo seguì titubante. La vista che le si aprì davanti le riscaldò il cuore. Si trattava di una vasta sala rettangolare, divisa in stretti corridoi da numerosi scaffali di legno di ciliegio. Ciascuno era pieno su ambo i lati di libri di tutti i tipi. Non era una biblioteca enorme, ma lei non avrebbe mai immaginato di poter trovare un simile tesoro in quel posto.

«In genere me ne occupo io personalmente» disse Volco con una certa soddisfazione. «È qui che il principe vostro benefattore ha compiuto la sua educazione.»

Theana si mostrò stupita.

«Il compito non è poi molto complesso; è parecchio che nessuno pulisce da queste parti. Si tratta solo di far prendere un po' d'aria ai libri e mettere dentro foglie di alloro secche per le tarme.»

Lei annuì diligente, mentre il vecchio le faceva fare un giro d'ispezione. Si sentiva finalmente a casa; certo, la biblioteca di Laodamea, quella in cui aveva studiato lei, era sterminata al confronto di quella, ma i suoi occhi allenati capirono al volo che anche lì dentro c'erano opere di pregio. E molti, troppi, libri proibiti.

Volco aprì uno sgabuzzino polveroso in fondo alla stanza. Dentro c'erano sacchi pieni di foglie secche e svariati stracci di lana.

«Userai queste, d'accordo? Una foglia per la prima pagina e una per l'ultima.»

Theana continuava ad annuire. L'idea di lavorare nella biblioteca la entusiasmava; sapeva che luoghi simili erano fonti inesauribili di nozioni.

«Hai mai maneggiato libri?»

Si chiese cosa rispondere. «No, ma ho dimestichezza con le cose delicate.»

«Sai almeno leggere?»

Theana scosse la testa. Meglio fingersi il più inconsapevoli possibile.

«Un gran peccato» commentò Volco rammaricato. «Chissà, potrei darti qualche lezione...»

«Se il mio signore ha la pazienza necessaria...» sorrise lei con un inchino.

Il vecchio apparve intenerito. «D'ora in poi, il pomeriggio, starai sempre qui, d'accordo? Per i primi giorni starò con te, per essere sicuro che non combini pasticci. Più in là vedremo cosa fare per le lezioni.»

E così fu. Per tutto il pomeriggio Theana sfogliò libri, fingendo di non saperli leggere e dando loro solo rapidissime scorse. Volco si sedette in un angolo e presto finì immerso nella lettura di un grosso tomo di storia. Per tutto il tempo Theana si chiese in che modo poter sfruttare quella sua posizione. Di certo lì dentro c'erano documenti riguardanti la vita di corte, e magari informazioni su quelli che interessavano a Dubhe. In silenzio, mentre apriva e chiudeva le copertine, sorrise. Era finalmente arrivato il suo turno.

Con Dubhe ne parlò la sera stessa. «Mi hanno dato un lavoro in biblioteca.»

«Ecco dov'eri sparita...» osservò lei cambiandosi d'abito. La cosa suscitava sempre una certa impressione in Theana. Sembrava che Dubhe cambiasse pelle: quando indossava le vesti maschili, la gentilezza e la dolcezza dei lineamenti che ostentava durante il lavoro in cucina, e in ogni occasione in cui fosse in presenza di estranei, sparivano. Nonostante i capelli diversi, tornava se stessa. Era incredibile in che modo fosse capace di modificare il proprio aspetto cambiando solo gli atteggiamenti.

«Il mio compito è sfogliare i libri.»

«Gli hai detto che sai leggere?»

Theana scosse la testa, e Dubhe le sorrise. «Impari in fretta...»

«Dimmi come sono i documenti.»

Dubhe si sedette con lei sul letto. «Non possono essere lì.»

«Quale posto migliore per nascondere una pergamena, se non in mezzo ad altre pergamene...»

«Quando li rubai erano murati dentro uno sgabuzzino segreto dietro un arazzo.»

Theana non si scoraggiò. «Lasciami provare.»

Dubhe sospirò. «Non avevano niente di particolare. Erano scritti su una pergamena arrotolata, chiusa da un sigillo di ceralacca, semplice, rosso, senza alcuna insegna.»

«E di cosa parlavano?»

«Lo ignoro.»

Theana parve delusa.

«Credi che se fossero stati identificabili più facilmente non li avrei già trovati? In ogni caso una biblioteca è una grande fonte di informazioni: non sprecheremo certo questa occasione.»

Theana non se lo fece ripetere due volte.

Iniziò il primo giorno che Volco la lasciò sola. Cercò di sistemare in fretta qualche libro, anche se in realtà nessuno le aveva dato scadenze per quella mansione. Meglio comunque che Volco non si insospettisse.

Si mise al centro della stanza e si guardò attorno. Non aveva la più pallida idea da dove iniziare. Come si cerca qualcosa che non si sa che aspetto abbia, che forse è murato da qualche parte, e che magari non è neppure là dove lo si sta cercando?

*Tu cose del genere non ne hai mai fatte, è inutile che provi a giocare alla spia...*

Theana ebbe un moto di rabbia. No, dannazione! Era proprio per evitare quello stupido vittimismo che aveva seguito Dubhe. Doveva piantarla di piangersi addosso, e darsi da fare.

Partì dal catalogo. Per esperienza sapeva che ogni biblioteca ne aveva uno: in genere era un grosso libro con dentro l'elenco di tutte le opere e le indicazioni per ritrovarle nella sala.

Si mise a perlustrare i vari scaffali e si stupì di quanti testi olografi di Aster si trovassero in quel posto. Per la maggior parte non li conosceva, del resto molti manoscritti del Tiranno erano stati bruciati nei roghi che erano seguiti all'euforia per la sua caduta. Scorse impilati sulle mensole anche molti testi elfici. Probabilmente l'ignoto scriba che li aveva copiati non conosceva nemmeno bene la loro lingua, dato che alcune rune erano distorte e irriconoscibili.

Alla fine la sua ricerca fu premiata: in fondo a una delle due librerie, sepolto da una massa di pergamene fitte di appunti, giaceva un libretto bianco piuttosto consunto con dentro le coordinate dei vari tomi. Evidentemente non era stato usato da molto tempo. Forse Volco aveva una prodigiosa memoria rispetto a quel luogo, e ricordava la posizione e la natura di tutti i testi là racchiusi. Non era un compito poi così improbo, giudicò a occhio Theana guardandosi attorno: i libri non erano più di qualche migliaio. Milia, il custode della biblioteca di Laodamea, conosceva a memoria la collocazione e il contenuto di una buona metà dei centomila volumi che la popolavano.

Aprì con cautela il volumetto e le sfuggì un gemito. Sembrava cifrato. I libri non erano indicati col loro titolo completo, ma con iniziali puntate, e anche la posizione negli scaffali seguiva una logica bizzarra. Forse lo scrivano aveva adottato quel metodo di scrittura per facilitarsi il lavoro.

*E adesso?*

Theana esitò. Portare il registro fuori dalla biblioteca poteva essere pericoloso: Volco si sarebbe potuto accorgere che mancava. Ma non poteva rinunciare così.

*Lo decifro qui,* si disse. *Mi metto in un angolo e lo decifro.*

Non appena ebbe preso la decisione, si sentì meglio. Almeno avrebbe fatto qualcosa in cui sapeva di essere abile.

Ci passò l'intero pomeriggio. Le note erano minute, e per di più in una calligrafia poco leggibile. A complicare ulteriormente le cose, lo scrivano non aveva usato sempre le stesse abbreviazioni per designare una cosa. Una volta "Cronache" era trascritto come una semplice "C.", in altre come "Cro." e in altre ancora quella stessa "C." stava per "Cronologia". Theana si sentì prendere dalla frustrazione.

Poi la porta cigolò. La ragazza alzò istintivamente gli occhi e il suo sguardo si posò sul rettangolo della finestra: buio. Nascose rapida il catalogo sotto la veste e afferrò al volo il primo libro che le capitava assieme a una foglia di alloro. Volco entrò con passo cauto, mentre lei cercava di tenere a bada il cuore che batteva impazzito.

«Ancora qui?» disse il vecchio con un sorriso.

«Il tempo vola quando si è impegnati» rispose, cercando di assumere un'espressione il più innocente possibile.

«Tra poco c'è la cena. Avanti, finirai domani.»

«Sì, ma i libri...»

«Lascia pure così» disse Volco facendo un gesto di noncuranza con la mano. «Domani riprenderai da dove hai lasciato. Tanto ormai qui ci mettiamo piede solo io e il principe, quando è a corte.»

Con un gemito a malapena represso, Theana uscì dalla stanza. Il libro, stretto al seno sotto il vestito, sembrava bruciarle sul petto.

«Cos'è?»

Era notte, e Dubhe si stava preparando a uscire. Davanti a lei c'era una cartina dettagliata del palazzo, con alcune stanze ancora prive di annotazioni. C'era scritto tutto. Per ciascuna, che tipo di stanza fosse, quante porte e finestre avesse, e soprattutto le abitudini degli occupanti: a che ora si addormentavano, come dormivano, quante guardie li controllavano.

Theana aveva invece tirato fuori il catalogo e lo teneva aperto sul letto. «Il catalogo della biblioteca» spiegò.

Dubhe si avvicinò e lo osservò. «È cifrato.»

«Magari... L'ho pensato anch'io, ma le abbreviazioni sembrano casuali. Vedi questo? La "S." qui sta per scaffale, mentre più avanti la stessa indicazione è abbinata a un numero e rimane alla fine della titolazione.»

Dubhe scrutò attenta. Poi, lentamente, spostò lo sguardo dal libro a Theana. La fissò per qualche istante, finché lei non si sentì in imbarazzo. «Che c'è?» chiese, confusa.

«L'hai rubato?» Dubhe sorrideva.

L'altra arrossì fino alla radice dei capelli. «Volco mi ha sorpresa che lo stavo consultando, non lo potevo rimettere a posto, ho dovuto fare in fretta e...»

Dubhe si allontanò senza smettere di sorridere furbescamente. «La mia compagnia è contagiosa...»

«Non l'ho rubato!» sbottò Theana. «È un... prestito.»

Dubhe tornò seria. «Ti stavo solo prendendo in giro. Hai fatto bene» disse. «Mi sei sempre più utile» aggiunse mentre si legava i capelli. Poi infilò la porta con l'eleganza morbida e fluida di un gatto.

Theana non ci mise molto a decifrare quelle annotazioni. In una pergamena prendeva appunti circa i tomi che potevano interessarle. Si trattava più che altro di scritti ufficiali del palazzo, atti di vendita e registrazioni. Ma nutriva la segreta speranza di trovare qualche indizio che aiutasse Dubhe a rintracciare i documenti che le servivano.

Appena tornata in biblioteca, iniziò a sfogliare i volumi che si era segnata. Si trovò a navigare tra mari di cifre e nomi più o meno sconosciuti, ricostruendo pezzo per pezzo la storia di quel posto. Scoprì che buona parte dei Libri Proibiti, soprattutto quelli più rari, provenivano da una stessa fonte. "G. T." l'aveva indicata lo zelante bibliotecario, che per una volta aveva usato la stessa sigla per tutti i volumi.

"Scritto elfico sconosciuto", "Vera Cronistoria dell'Età Arcaica", "Formulario in rune ignote".

Tutte copie. Copie recenti. E gli originali? Che fine avevano fatto? E tutti quei tomi scritti dal Tiranno, come mai li possedeva Dohor, quando nessuna delle biblioteche del Mondo Emerso li aveva?

Poi scoprì che una parte dei documenti indicati nel catalogo in biblioteca non c'erano. Avevano, come tutti gli altri, un codice di collocazione, ma quando andava a vedere nello scaffale corrispondente, al loro posto trovava copie di altri libri regolarmente schedati in un punto diverso. Che fossero andati perduti? E nel caso, perché non annotarlo?

Rimase a lungo perplessa. Sembrava un enigma senza soluzione. Fu solo per caso che si accorse che c'era una piccola differenza fra le annotazioni dei tomi doppi: un simbolo, un piccolo simbolo indicato in rosso, a fianco dei libri mancanti. Lo ricopiò con cura su di una pergamena, e pensò che la cosa migliore fosse parlarne con Dubhe. Si sentiva eccitata; dopo giorni passati là dentro alla ricerca di qualche indizio, finalmente usciva fuori qualcosa.

Stava per andarsene, quando la sua attenzione venne catturata da un titolo: *La via del Consacrato*.

Il suo cuore si fermò e il tempo parve bloccarsi, mentre il passato le veniva incontro.

Era capitato una sera quando lei aveva otto anni. Suo padre le stava leggendo un brano delle *Cronache del Mondo Emerso* alla luce fioca di una candela. Quel pezzo l'aveva ormai sentito decine di volte, era diventato come i discorsi su Thenaar e Shevraar. Lunghi e noiosi, e per di più segreti. Lei non poteva parlare con nessuno della loro identità, come non poteva far vedere in pubblico le sue doti da futura sacerdotessa. Suo padre aveva sorriso quando l'aveva vista sbuffare: la capiva, ma l'unico altro testo che parlasse del culto senza essere inquinato dalle bugie della Gilda era ormai andato perduto. Si chiamava *La via del Consacrato*. In quel libro si narrava del ruolo dei Consacrati e del loro potere nel mondo, a dimostrazione della grandezza e della magnanimità del loro dio. Theana a quelle parole si era fatta più attenta e gli aveva domandato se quel libro parlasse anche della sua eroina, Nihal.

«In un certo senso» le aveva risposto suo padre, e lei si era messa a fantasticare, come se fosse l'inizio di una favola.

Theana non riuscì a trattenersi. Cercò l'indicazione e si diresse verso lo scaffale. Era uno dei più polverosi e meno illuminati. Trovò quello che cercava tra altri libri consunti dagli anni.

Aveva la copertina di pelle chiara e le borchie di rame inverdite dal tempo. Pensò immediatamente a suo padre, e a quanto avrebbe desiderato trovare quello scritto. Lo sfiorò con le dita, e il ricordo della sua voce mentre le leggeva le *Cronache* le smosse qualcosa nell'animo.

Sfilò il volume con cautela. Quello non era una copia. Era il libro autentico, quello che aveva attraversato tutti quei secoli e che era arrivato fin là chissà come, nelle mani dell'ultima sacerdotessa di Thenaar. Theana non poté fare a meno di pregare nel proprio cuore, mentre stringeva al petto quel piccolo libro, un libro che certo nessuno là dentro aveva mai letto, che era stato giudicato così insignificante da essere messo in uno scaffale secondario, dove nessuno poteva vederlo.

Stavolta fu più facile. Bastò riporlo con cura sotto il corpetto, senza alcuna esitazione. In qualche modo quel volume le apparteneva. Quando Volco la venne a chiamare per la cena, Theana lo portò fuori di là stringendolo con cura sotto il tessuto, come fosse un tesoro prezioso.

Dubhe non c'era, come sempre la sera. La candela rischiarava appena la stanza. Theana aprì il libro delicatamente. L'odore di muffa che proveniva dalle pagine le parve un profumo che sapeva di infanzia e cose perdute.

Lesse le prime righe con trepidazione. Si apriva con una

preghiera che lei conosceva bene, una preghiera che suo padre le faceva ripetere tutte le mattine, e che ancora ripeteva ogni volta che iniziava un nuovo rito.

Lode a Shevraar, lode al Signore del fulmine e della spada, creatore e distruttore, padrone dell'eterno ciclo della vita, lode. Nel suo nome io, Heiraal, mi accingo a narrare dei suoi figli prediletti, di come giungano al mondo e di come il Dio si serva di loro. Possa il Dio ispirare le mie parole e condurmi con successo alla fine dell'impresa.

A margine dei fogli, Theana scorse subito delle annotazioni. Quando le lesse, il sangue le si gelò nelle vene.

"Thenaar, non Shevraar."

"Consacrato, Aster."

Non c'era dubbio che quel libro era passato per le mani della Gilda. Nessuno a parte un Assassino avrebbe mai definito Aster un Consacrato.

Si immerse nella lettura con un misto di commozione e sdegno. Le faceva impressione vedere quanto a fondo le menzogne della setta fossero penetrate, quanto ormai nessuno ricordasse più Shevraar e ciò che davvero era, ma solo Thenaar.

A volte i Consacrati sono scelti dal Dio: condottieri e guerrieri, saggi e maghi, sacerdoti, uomini destinati al servizio che mostrano fin da subito una propensione particolare alle arti della guerra o alla cura della pace. Perché duplice è il volto di Shevraar, e non bisogna mai dimenticarlo.

"Eresia" era segnato a lato, in rosso. Theana si sentì piena di rabbia. Era così che la Gilda aveva bollato suo padre, quando ne aveva scoperto la predicazione. Eretico.

Avevano iniziato a perseguitarlo che lei era ancora una bambina. Si ricordava a malapena dei tempi felici in cui ancora erano una famiglia e vivevano senza doversi nascondere da nessuno.

I Consacrati appaiono principalmente in momenti di grande confusione, e sono il mezzo tramite il quale il Dio ristabilisce l'ordine nel mondo. Perché l'eterno equilibrio tra pace e guerra, tra morte e vita non deve mai essere rotto. Questa è la loro funzione: ristabilire l'ordine attraverso il proprio operato.
Miravar fu il quarto Consacrato. Egli sconfisse il Grande Nemico, ricacciandolo nelle profondità dell'inferno da cui proveniva. La profezia che lo riguardava venne pronunciata da Krissa, sacerdotessa del tempio di Seferdi, che ne preannunciò l'arrivo durante l'imperversare della Suprema Guerra.

Fatti remoti di cui aveva solo sentito parlare dalla bocca di suo padre. Il Grande Nemico era colui contro il quale Miravar aveva evocato il talismano del potere, come Nihal contro il Tiranno. Seferdi, allora, era capitale di un regno elfico.

La lettura catturava Theana, mentre le note la indignavano. Osservazioni sull'eresia, parti sottolineate e confutate secondo la dottrina della Gilda. Tutto le risultava intollerabile. Era vero quello che Sennar aveva detto quando Lonerin l'aveva incontrato: nel Mondo Emerso c'erano forze che agivano allo scopo di corrompere tutto ciò che era puro. Così la profondità della sua fede era andata dissipata nei secoli, era stata guastata fino a snaturarla. Finalmente comprese suo padre, e il senso di solitudine che lo aveva oppresso in tutti quegli anni in cui aveva vagato di terra in terra con lei. Essere gli ultimi, i soli. Non avere nessuno per condividere i segreti più riposti del cuore, i dubbi e le certezze, e anzi venire derisi, come faceva spesso Dubhe con lei.

Qual era il piano nascosto in quella sofferenza a cui suo padre, e ora lei, venivano sottoposti? Lui lo diceva spesso che c'era un disegno, anche se loro in quel momento non lo vedevano. C'era un piano di cui Miravar faceva parte, e anche Nihal era stata guidata da qualcosa, lungo il suo cammino. E lei? Che senso avevano la sua sofferenza, la sua solitudine?

C'era un'intera sezione che riguardava gli artefatti di cui il Consacrato può servirsi. Si parlava del talismano del potere e di ciascuna pietra in particolare. C'era scritto dove poterle trovare, quali erano le loro peculiarità e come sfruttarle.

Theana sentì un tuffo al cuore. Quel libro sarebbe stato utilissimo a Lonerin per la sua missione. Il pensiero di lui la colpì con violenza, e la sorprese. Per molti giorni l'aveva quasi dimenticato. Ma ora che improvvisamente l'aveva richiamato alla mente, era come se non avesse smesso di pensare a lui neppure un istante, e gli apparve come l'ultimo giorno in cui si erano visti, quando lei si era rifiutata di salutarlo. Il ricordo era così forte da farle male, un male fisico e reale.

*Devi dimenticarlo. Anche per questo sei partita.*

Ma era difficile, se non impossibile. Gli anni trascorsi assieme avevano tessuto una rete di legami tra loro, da cui non riusciva a liberarsi.

"Perduto. Ancora da recuperare" c'era annotato in fondo al capitolo sul talismano del potere.

Theana si sentì sollevata. La Gilda non ce l'aveva, e Lonerin non sarebbe dovuto tornare nella Casa per cercarlo.

Il capitolo seguente parlava di altri manufatti usati dai Consacrati nel corso dei secoli. Per lo più erano andati distrutti assieme ai loro proprietari, ma altri si erano salvati, e all'epoca dello scrittore erano ancora custoditi da qualche parte. L'ignoto scrivano aveva annotato di fianco il destino di ciascuno.

"Frammento conservato nella Rocca, andato smarrito durante il crollo."

"Scheggia conservata nell'Anello Capitolare."

Poi un'annotazione diversa: "Intatta. Conservata nella Casa."

Theana lesse a quale oggetto si facesse riferimento.

LANCIA DI DESSAR

Si tratta di una delle reliquie principali, una delle poche cui sia dedicato un intero tempio. È la lancia che Dessar il Consacrato usò contro Ratahar, il drago della Grande Ribellione. Alcuni credono si tratti di un oggetto leggendario, asserendo che non sono esistiti draghi malvagi e che la Grande Ribellione è solo un racconto allegorico, atto a mostrare gli effetti della perdita di comunione tra gli Elfi e la natura. La lancia però mostra poteri straordinari; nella stanza del tempio in cui è custodita crescono di continuo fiori di Lattescentia in assenza sia di terra che di acqua. La leggenda narra che Dessar la usò come catalizzatore per aumentare il proprio potere. In tal modo riuscì ad annullare le forze di Ratahar, e quindi a ucciderlo. Si narra che la lancia sia in grado di annullare qualsiasi tipo di magia, inclusi i sigilli. In tempi storici, però, nessuno l'ha mai utilizzata a tale scopo. Va detto, infatti, che solo i Consacrati posseggono uno spirito tanto forte da poterla usare senza perire. Chiunque ci abbia provato di recente è morto, perché l'enorme potere della lancia risucchia completamente lo spirito.

Chi nella Gilda l'aveva letto prima di lei aveva segnato qualcos'altro sotto la voce riguardante la lancia.

"Possibile catalizzatore dello spirito di Aster? Richiamo dai morti."

Theana deglutì. A quanto aveva detto Dubhe, Aster era intrappolato in un limbo sotto forma di puro spirito in una camera segreta della Casa. Forse volevano davvero usarla per richiamarlo nel mondo dei vivi?

Rompere i sigilli era una cosa inaudita. Poteva essere fatto solo da un mago molto potente, e spesso nemmeno da lui. Theana pensò istintivamente al sigillo di Dubhe. Sarebbe stato bello possedere quella lancia. Dubhe sarebbe stata liberata senza essere costretta a spargere altro sangue.

*Peccato che l'ultima Consacrata sia morta vent'anni fa...* si disse con un sorriso amaro.

La porta si aprì cigolando. «Ancora sveglia?»

Dubhe chiuse l'uscio dietro di sé. I suoi occhi erano curiosamente accesi di un qualche fuoco, una cosa che contrastava col suo aspetto sempre più emaciato.

«Che ora è?» le domandò Theana.

«Mancano due ore alla sveglia.»

La maga si maledisse mentalmente. Sarebbe stata una giornata dura, con così poche ore di sonno addosso. Chiuse rapida il libro e lo mise sotto il cuscino. Per qualche strana ragione aveva pudore a mostrarlo a Dubhe. Era qualcosa di troppo intimo.

«Trovato cose interessanti nei tuoi libri?»

Theana stava per rispondere di no, quando si ricordò del simbolo. Tirò fuori la pergamena. «Forse sì.»

# 12
## La spada nera

Sennar e Lonerin si recarono nella torre di buon mattino.

Era stato il vecchio mago a insistere per l'orario; sembrava che la visita al cimitero della sera prima avesse acceso di nuovo la sua smania di agire. Dava l'impressione di una persona che aveva ritrovato un motivo di riscatto, e fu solo davanti all'ingresso che Lonerin lo vide esitare qualche istante con lo sguardo alzato. Sopra di loro c'era una piccola finestra, la casa in cui lui e Nihal erano andati a vivere dopo la Battaglia d'Inverno. Per cinque anni avevano tentato di trovare la pace nella Terra del Vento, prima di prendere la decisione di scomparire dal Mondo Emerso. Sennar l'aveva guardata in maniera strana, ma Lonerin non aveva chiesto nulla, e un attimo dopo erano entrati salendo al primo piano.

La bottega del mercante si trovava nella zona riservata ai commerci. Un tempo era un posto che brulicava di bancarelle di ogni genere, mentre ora c'erano soltanto desolanti botteghe di stoffe e cianfrusaglie varie. Trovare la porta giusta non fu difficile. Il sacerdote era stato piuttosto preciso, e in ogni caso sbagliarsi era impossibile. Svoltato un corridoio, infatti, si trovarono di fronte un unico negozio, con la porta quasi sepolta da oggetti di ogni genere. La merce occupava buona parte del corridoio, lasciando libero solo uno stretto camminamento che i passanti potevano percorrere con la schiena schiacciata contro il muro. Dalla tenda stesa accanto all'ingresso pendevano quadri, spade e recipienti vari. A terra c'erano tappeti, giare, ceste, sedie e persino tavoli, ammucchiati gli uni sugli altri. Sulla porta del negozio, una pregevole insegna in ferro battuto recitava: DA MOLIO - ANTIQUARIO.

Fu Sennar a entrare per primo, facendo tintinnare con la testa le brocche sospese in aria. Il suono si ripercosse lungo le pareti del vicolo, rimbombando cupamente. Lonerin lo seguì con maggior cautela, ma una volta dentro non poté fare a meno di stupirsi per la confusione che vi regnava. Sembrava impossibile che un luogo così piccolo potesse contenere tanta roba. Inchiodati alle pareti, decine di scaffali si incurvavano sotto il peso degli oggetti che contenevano, mentre un forte odore di cuoio penetrava le narici.

Sennar gli strattonò un braccio. «Parlo io. Tu intanto guardati intorno» gli disse. Poi a voce alta aggiunse: «C'è nessuno?»

Le sue parole si persero negli anfratti del negozio senza ricevere risposta.

Sennar allora giocò di astuzia. «Siamo due collezionisti di oggetti antichi... Abbiamo intenzione di acquistare della merce, e il prezzo non ci spaventa.»

Stavolta il silenzio fu breve. Il rumore di passi strascicati sul pavimento rivelò uno gnomo piuttosto anziano, che zoppicò verso i due sconosciuti. Era davvero piccolo, persino per uno della sua razza. Non aveva capelli, mentre la barba, lunga e fluente, era adornata con trecce e perline alla moda del suo popolo. Portava sul naso camuso un paio di lenti tonde cerchiate d'oro, e la sua espressione era guardinga. «Desiderate?» disse, guardandoli dal basso verso l'alto.

«Veniamo dalla Terra del Sole, dove gestiamo una bottega a Makrat. Siamo arrivati fin qui perché avevamo preso contatti con un giovane di queste terre, un certo Tarik...»

Sennar fece una pausa studiata, e in effetti lo gnomo alzò un sopracciglio. Per il resto rimase impassibile.

«Abbiamo scoperto ieri, però, che è morto qualche tempo fa...»

Lo gnomo assunse un'espressione contrita di circostanza. «Già, una tristissima storia... Uccisi sia lui che la moglie, e per un rapina finita male! Non hanno neppure fatto in tempo a portar via nulla di prezioso da casa loro...»

*Già, meno male che ci hai pensato tu...*

Sennar si morse la lingua. Provava un'istintiva repulsione per quello gnomo. Gli osservò le mani, adunche e magre, rinsecchite, e se le immaginò frugare a casa di suo figlio. Sentì una presenza dietro di sé, e il tocco lievissimo di una mano sulla sua schiena. Lonerin. Questo ebbe il potere di calmarlo.

«Ecco... Ci hanno detto che vi siete occupato voi della merce di valore rimasta nella casa.»

«Esattamente. Sapete, quei due facevano una vita molto riservata, non avevano amici che potessero reclamare i loro averi, e non eravamo a conoscenza neppure di eventuali parenti. Di un testamento, poi, nessuna traccia.»

Lo gnomo si mise seduto dietro quello che doveva essere un bancone, ma che finiva per essere un quadrato di legno insidiato da almeno una quarantina di soprammobili di tutte le fogge e i colori.

«Noi siamo ancora interessati all'acquisto» aggiunse Sennar.

Lo gnomo sospirò. «Non sarà facile... Ormai è passato qualche mese dalla rapina, e la roba è andata via in fretta. Nessuno poteva sospettare che da quelle parti ci fosse merce di pregio.»

«Facciamo così» intervenne Lonerin. «Noi vi diciamo gli oggetti per cui ci eravamo messi d'accordo con quell'uomo, e voi ci dite se li possedete.»

«Come preferite.»

Sennar prese in mano la situazione. Si trattava di giocare un po' d'azzardo. Lonerin non aveva mai neppure visto Tarik, per cui lui era l'unico che potesse immaginare i gusti di suo figlio. Partì col menzionare qualche quadro. Ricordò con una stretta allo stomaco che Tarik fin da piccolo aveva mostrato una straordinaria propensione al disegno, e che aveva riempito la casa di schizzi via via sempre più belli e dettagliati. Non aveva smesso neppure quando sua madre era morta. Semplicemente aveva cominciato a tenerli per sé: ci tappezzava le pareti della sua stanza, ma non permetteva che uscissero di lì, o che suo padre li prendesse e li sistemasse in altre parti.

«Sono stati i primi ad andare via; erano pregevoli, oltre che numerosi» rispose lo gnomo. «Abbiamo trovato un pacco intero di pergamene piene di disegni sotto una credenza: splendidi draghi, soprattutto, e tantissimi ritratti di Nihal in tutte le fogge e posizioni.»

Sennar deglutì. La situazione stava diventando più difficile del previsto, doveva armarsi di coraggio, tanto coraggio, se voleva andare avanti.

«Ci aveva parlato anche di alcuni gioielli antichi» intervenne Lonerin. Sennar lodò la sua prontezza di spirito.

«Immagino intendiate quelli di sua moglie. Non credo

che li tenesse per venderli, sembravano più cimeli di famiglia. Forse di quelli, però, mi è rimasto qualcosa...»

Si spostò sicuro verso un'ala piuttosto polverosa e buia del negozio e tirò fuori una cassetta di legno. Dentro, poche collane di scarsissimo valore. Erano fatte per lo più con materiali poveri: ferro battuto e pietruzze di vetro. Sennar si sforzò di ricacciare indietro le lacrime. Erano i gioielli di sua nuora, quelli: regali che forse aveva ricevuto da bambina, ricordi di compleanni, magari doni del marito. Una vita intera di cui lui non avrebbe mai saputo nulla.

Lonerin si fece avanti e li scrutò con occhio critico, poi cominciò a contrattare sul prezzo. Per una volta Sennar fu contento che fosse lì: stava mostrando nervi saldi e intelligenza, due doti che in quel momento a lui mancavano.

Il giovane si accordò per l'acquisto di un paio di orecchini e una collana, ma prima di pagare giunse finalmente al nocciolo della questione. «Tarik ci aveva parlato anche di un pendente che qui non vedo...»

Lo gnomo si fece attento.

Sennar intervenne. «All'epoca ci aveva dato un disegno, peccato non averlo qui ora. Era una specie di grosso medaglione, decorato con otto pietre colorate, e con un occhio al centro.»

«Ah, certo! Quello rotto!»

Sennar se lo rivide davanti agli occhi come se non avesse mai lasciato casa sua. Circolare, diviso in otto settori, ciascuno riempito dalle pietre sacre che Nihal aveva raccolto in giro per il Mondo Emerso; al centro, un occhio che aveva per iride una gemma opalescente, il famoso talismano del potere. Si ricordava bene il momento in cui Nihal l'aveva infranto per salvare la vita del marito e del figlio. Il sorriso che lei gli aveva indirizzato in quell'istante si era impresso a fuoco nella sua mente, e non era mai più riuscito a scacciarlo via.

«Ho avuto qualche difficoltà a venderlo» concluse il mercante.

Le spalle di Lonerin si abbassarono visibilmente, ma Sennar cercò di non mostrare delusione. «Allora non lo avete più?»

Lo gnomo scosse la testa. «Se l'è preso un collezionista. Era entusiasta all'idea di comprarlo, me l'ha pagato un prezzo decisamente spropositato per il suo reale valore. Lo guardava con gli occhi che gli brillavano, ve lo giuro, e...»

«Non ricordate il nome della persona a cui l'avete venduto?» Sennar intervenne senza farlo finire.

Lo gnomo lo squadrò a lungo, con fare sospettoso. «È un mio vecchio cliente, viene qui una volta al mese e spulcia il negozio con grande passione. Gli piace stare tra le cose vecchie. È uno della Terra del Mare, si chiama Ydath, è un riccone di Barahar.»

Sennar lo annotò mentalmente. Sembrava proprio che tutto in quella missione lo riportasse nel passato. Dopo la Terra del Vento, ora gli sarebbe toccato andare nella sua terra natale. «Capisco...»

«Volete comprarglielo?» si informò lo gnomo. Era evidente che si stava chiedendo perché così tanta gente fosse interessata a quell'oggetto.

Sennar scrollò le spalle. «Vedremo, anche se sarà difficile riuscirci. Noi collezionisti diamo un valore molto alto a questi oggetti, e alla fine non vogliamo mai separarcene.»

«A tal proposito c'è un'ultima cosa che ci interessa.»

Sennar si girò verso Lonerin. Non capiva.

«Ditemi pure.»

«Si tratta di una spada, una bella spada in cristallo nero.»

Gli occhi dello gnomo si misero a brillare, e il cuore di Sennar gli rimbalzò nel petto. Rivide la spada infilata nel suo fodero, appoggiata ai piedi del letto.

*«La terrai per sempre lì?» chiede con un sorriso a Nihal.*

*Lei lo guarda divertita. «Per un po'. Devo capire in che modo possa far parte della mia nuova vita.»*

*E lo bacia con dolcezza.*

«È una pregevolissima riproduzione della spada di Nihal, quella che la nostra eroina ha portato via con sé. È un'opera straordinaria, non ho mai visto una copia tanto riuscita, e vi assicuro che ne ho viste parecchie» disse il mercante con orgoglio. «Seguitemi.»

Si mosse agile sulle gambe corte e li condusse dietro una porticina che sembrava costruita a sua misura. Al di là c'era l'unico locale ordinato di tutto il negozio. Lo gnomo teneva lì gli oggetti più pregiati. C'erano soprattutto armi particolarmente lavorate, e poi suppellettili e piatti che non sembravano affatto dozzinali come quelli dell'altra stanza. Il tutto era adagiato con cura sugli scaffali, spolverato e lucidato.

«Innanzitutto è di vero cristallo nero, e questo alza di molto il prezzo» disse Molio mentre saliva su una scaletta pericolante. «E poi l'accuratezza delle incisioni... E la pietra! La pietra bianca è fantastica, ed è una Lacrima vera!»

Il mercante scomparve un attimo alla loro vista, poi ridiscese i pioli tenendo stretto al petto un lungo panno di velluto. La trasportava con un certo impaccio, tuttavia sembrava che il peso di quell'oggetto non costituisse per lui un problema. Una volta giù, appoggiò il panno sul tavolo che si trovava al centro della stanza e lo svolse.

Sennar sentì il cuore martellargli impazzito il torace, e quando rivide la spada la testa prese a girargli. Eccola finalmente: lucente, ancora affilata, incisa da migliaia di scheggiature e graffi, uno per ciascuna delle innumerevoli battaglie che Nihal aveva combattuto. Doveva esserci anche l'ultimo colpo, quello fatale, quello che aveva infranto il talismano e con esso la sua vita. La lama di cristallo nero brillava alla fioca luce di quel luogo, il drago sull'elsa sembrava fremere. La Lacrima, la pietra che il folletto Phos aveva regalato a Nihal, scintillava di un lucore vivido, quasi intollerabile. C'era tutta sua moglie in quell'arma.

«Era gettata in un armadio, pensate un po'... E sto avendo anche difficoltà a venderla! La mia clientela spesso non ha i soldi sufficienti a pagare un oggetto di tale valore, e persino quell'uomo che vi dicevo, Ydath, sta aspettando di ammortizzare i soldi della spesa del medaglione per venire a prenderla. Ma a voi la do a un prezzo di favore.»

Sennar non riusciva ad ascoltarlo. La spada l'aveva completamente catturato. Era come rivedere Nihal stessa. Dopo la sua morte l'aveva messa sopra il focolare, in bella vista, e non si contavano le notti che aveva trascorso disperato, al buio, a guardarla. Allungò una mano e la sfiorò delicatamente. Le sue dita incontrarono le asperità della lama, e i ricordi lo aggredirono con violenza.

«Sembra persino usata» gli disse lo gnomo.

Sennar lo guardò con aria stralunata.

«Quanto?» La voce di Lonerin era sicura.

«Mille carole.» Un prezzo spropositato.

Lonerin cercò di fare un po' di scena. «D'accordo che è un pezzo unico, ma a questa cifra compro la spada originale... Non vi pare troppo?»

«Posso scendere a ottocento.»

Lonerin nicchiò ancora e alla fine ottenne di pagarne settecento. Fu lui a prenderla in mano, e lo fece con delicatezza, avvolgendola con cura nel panno viola.

«E il fodero?» chiese poi.

Lo gnomo liquidò la domanda alzando le spalle. «L'ho venduto a parte. Un oggetto di nessun valore, un semplice fodero di cuoio logoro... Del resto quale collezionista prenderebbe un pezzo del genere per tenerlo in un fodero? Simili meraviglie vanno messe in mostra...»

«Ci siete stato immensamente utile» concluse allora Lonerin con un sorriso.

«Grazie a voi. Siete buoni clienti. Tenetemi presente quando avrete bisogno di altra merce.»

«Non mancheremo.»

Uscirono, ma Sennar non proferì parola. La vista della spada di Nihal lo aveva turbato. Sentiva che gli occhi gli pizzicavano e non riusciva a capire se fosse felice di avere di nuovo in mano quell'arma che per sua moglie era stata più importante della sua stessa vita, o se fosse devastato al pensiero che lei non era più lì per impugnarla.

Lonerin attese di essere fuori dal torrione. «Credo che questa vi appartenga.»

Gli porse la spada solennemente, come fanno gli scudieri con i loro cavalieri.

Sennar lo guardò. «Perché?» chiese semplicemente.

«Perché avete già perso molto, e la vostra storia non merita di finire ammuffita nell'angolo di un negozio qualsiasi, o peggio ancora a prendere polvere nella casa di un ricco.»

Il vecchio mago pose le mani sull'elsa e sulla lama. Sentì il cristallo nero ferirgli i polpastrelli, ma fu un dolore dolce. Strinse la presa. «Io non so usare la spada. Senza di lei quest'arma non è nulla.»

«Ma il suo spirito vi è ancora racchiuso.» Lonerin lo guardava solenne, come si guarda un mito, un eroe.

Ecco cosa aveva lasciato Nihal dietro di sé, ecco la sua eredità. Sennar pensò che forse lui aveva fallito, ma Nihal no. Il suo ricordo vagava ancora per quelle terre, il suo esempio significava ancora qualcosa per molti. «Grazie» mormorò.

Lonerin si limitò a sorridere.

Si allontanarono da Salazar immediatamente. Andarono alla locanda e presero la loro roba. L'oste li guardò sospettoso quando pagarono il conto. Sapeva che erano andati alla torre e che avevano incontrato il sacerdote che si era occupato di quella famiglia sterminata tempo addietro. Le voci in città giravano in fretta, e gli affari poco puliti come le cospirazioni erano puniti duramente dal re. Nessuno poteva pensare di essere al sicuro, nemmeno i semplici locandieri.

«Avevate detto che sareste rimasti più di un paio di giorni...»

«Ci abbiamo messo meno del previsto» tagliò corto Sennar.

Questo però non rassicurò l'oste. «Io non voglio rogne, capito? Sono una persona onesta, io.»

Sennar sbatté sul bancone quanto pattuito, e aggiunse altre dieci carole. «La tua onestà si accontenta di un compenso extra?»

L'uomo considerò le monete con sospetto. «Io non voglio saperne niente» disse mettendosele in tasca.

«Tanto non c'è niente da sapere» replicò secco il vecchio mago.

Ripresero i cavalli e furono di nuovo nella steppa, a cavalcare a perdifiato.

Lonerin cominciava ad essere stanco di quella fuga continua, come se avessero una legione di fantasmi alle spalle. A volte sentiva semplicemente il bisogno di fermarsi un attimo, anche solo per capire cosa gli stesse accadendo. Da quando erano partiti, non aveva più avuto modo di riflettere. La sua missione, lo sguardo di Dubhe quando gli aveva detto addio, la partenza di Theana, il rancore sordo verso la Gilda che a volte sovrastava ogni altra voce: tutto tendeva a confondersi, a sovrapporsi in un caos che lo lasciava stremato.

Quella sera dormirono sotto le stelle, in una macchia che avevano trovato ai lati della steppa.

Lonerin si gettò a terra sfinito. Il cielo sopra di lui era opaco, le stelle offuscate. Cominciava a fare molto caldo, soprattutto nella Terra del Vento, un paese che aveva sempre estati particolarmente torride.

«Tirati su, non è ora di riposarsi.»

Lonerin guardò stancamente Sennar. «Sono esausto... Da giorni non facciamo altro che spostarci.»

«Questa non è una gita di piacere.»

Il vecchio mago stava già tirando fuori alcuni libri dal suo tascapane. Addestramento. Lonerin sentì di non potercela fare. «Mi spiace, ma stasera davvero non ci riesco.»

Sennar lo guardò con scherno. «Ho tre volte i tuoi anni e una gamba che non funziona, eppure ho molta più energia di te.»

Non era vero. I suoi occhi erano cerchiati, le sue mani tremavano. Era sfinito anche lui, ma non poteva fermarsi, non ci riusciva, e questo Lonerin lo capiva fin troppo bene.

«Credo che dovremmo riposare. Non ci siamo dati un attimo di tregua, e anche voi siete al limite. Non saremo di nessun aiuto se esauriamo le nostre risorse in questa ricerca. Io, soprattutto, devo essere riposato e fresco per compiere il rito.»

«Il tempo è poco, ragazzo, e potrai riposarti quando avrai appreso l'incantesimo. L'azione è la sola cosa che ci può salvare, in tutti i sensi.»

Sennar lo guardò con intensità, e Lonerin capì perfettamente il terrore che provava al pensiero di rimanere fermo: alle sue spalle c'era un passato che correva sempre troppo veloce e che si nutriva di ricordi, quelli più profondi e dolorosi. L'unica soluzione era muoversi più rapidamente di loro, stordirsi nell'azione, e coprire col frastuono dei propri passi le voci che venivano da dentro.

«Per me non è così» disse con slancio. «Io ho bisogno di capire. È da quando sono sceso nella Casa della Gilda che vado sempre avanti, e le cose mi accadono attorno troppo veloci perché io riesca anche solo a guardarle. E questo non va bene.»

Sennar aprì con calma il libro. «Non c'è niente da capire, perché non c'è nessun senso negli eventi. Il loro corso non segue una strada unica, non c'è alcun disegno dietro che tu debba decifrare. E in ogni caso il flusso non si può fermare.»

Lonerin si tirò su lentamente, gli arti intorpiditi e la mente annebbiata dalla mancanza di sonno. «È per vostro nipote che siete qui?»

La domanda uscì spontanea dalle sue labbra. Non si era mai azzardato a farla, ma ora, intontito dalla stanchezza, aveva abbassato la guardia.

Sennar rallentò solo un istante il ritmo col quale sfogliava le pagine. «Non allontanerai il momento dello studio con domande inutili» sorrise.

«Voi siete molto diverso da come vi avevo immaginato» continuò Lonerin imperterrito. Le cose attorno a lui stavano perdendo di consistenza, e dal limbo in cui si trovava sentiva di potersi permettere persino di essere irriverente col più grande mago mai vissuto nel Mondo Emerso. «Siete stato per me, e per molti altri come me, un vero modello negli anni degli studi. Ma adesso sembra che abbiate perduto del tutto la fede che avevate. E allora perché siete qui?»

«Perché sembra che il Mondo Emerso abbia ancora bisogno di me.»

Lonerin lo guardò. «Perché?» ripeté.

Sennar sospirò, chiudendo di scatto il libro. «E tu perché sei qua? Perché ti infili in tutte le missioni più pericolose e ti ostini a proporti come volontario? Prima fai l'infiltrato in casa del nemico, adesso fai il martire assieme a me in un'avventura in cui le probabilità di lasciarci la pelle sono enormi.»

«Perché ci credo» rispose con fierezza Lonerin.

Ma fu lo sguardo di Sennar a svelargli chiaramente che era una bugia. Anche lui si stava agitando per nulla, e da parecchio tempo. Anche lui cercava di sopperire con l'azione alla voragine che si sentiva dentro.

«Io penso di poter essere utile» disse infine con sincerità. «Anche se sono altri i motivi che mi spingono ad essere sempre in prima linea, ritengo che il mio contributo possa comunque avere un senso. C'è speranza per il Mondo Emerso, ne sono certo. Io credo davvero a quello che avete scritto alla fine del vostro libro, che è tutto un ciclo, e che alla fine c'è la pace. Non importa se ci sarà ancora la guerra, dopo. Importa che quell'istante di pace ci sia stato.»

I lineamenti del volto di Sennar si addolcirono, e nei

suoi occhi apparve una specie di dolente pietà. «Sono qui perché forse questo sogno non appartiene più a me» disse a voce bassa «ma è appartenuto a Nihal, ed è appartenuto a mio figlio. Loro hanno creduto nel Mondo Emerso, e sono morti per la loro fede. E poi c'è San. Lui qui ci vive, lui deve avere un futuro, per sua nonna e per suo padre che non l'hanno avuto.»

Le sue mani tremavano, appoggiate sulla copertina del libro. Abbassò la testa.

Lonerin si distese lentamente. «Dobbiamo riposarci» disse quasi parlando tra sé. «È vero, forse così riusciamo ad andare più veloci dei fantasmi, ma ci consumiamo senza alcun costrutto, e finiamo per non portare a termine quello che ci siamo prefissi.»

Sennar mise via il libro e si stese anche lui. Gemette mentre la schiena lentamente aderiva al terreno.

«Ti va di dirmi i tuoi veri motivi?» chiese poi a sorpresa.

Lonerin sentì il cuore saltargli in petto. Le immagini di quegli anni di odio per la Gilda lo invasero accecandolo. Eppure parlò senza remore, con facilità. «Mia madre offrì se stessa alla Gilda perché io venissi salvato dalla febbre rossa. Da allora provo per quella setta un rancore senza confini. All'inizio volevo impugnare la spada e andare alla Casa per fare una strage. Il mio maestro però mi salvò e mi iniziò alla magia. Poi ho studiato, ho studiato tantissimo, e mi sono unito alla resistenza, e in questa lotta ho trovato una ragione. Ma l'odio, quello non va mai via. Distruggere la Gilda è la prima ragione della mia vita.»

Il canto di un grillo chiuse quel breve racconto, e Lonerin si sentì straordinariamente in pace con se stesso. Ricordò una lontana sera, in cui quel racconto l'aveva fatto a Theana, e lei aveva spartito con lui il proprio fardello. Era stata la prima e l'ultima volta che gli aveva parlato di suo padre, e l'aveva fatto con una tale straziante sincerità e con tanto dolore che lui se ne era sentito dilaniato.

«Alla fine anche l'odio va via.»

Lonerin spalancò gli occhi. Era la prima volta, da quando si erano incontrati, che sentiva sulla bocca di Sennar parole di speranza.

«La stanchezza arriva prima. Le ceneri restano sempre, e forse qualche volta cederai, come accadde a me.» Tacque un minuto, e Lonerin capì che ricordava quella volta nella radura in cui aveva ucciso per la prima e unica volta in vita sua. «Ma alla fine passa. Nihal l'aveva superato, sai? E accadrà anche a te. Sei giovane, adesso, e i giovani vivono la vita senza risparmiarsi, le passioni li divorano. Ma gli anni trascorrono, e danno una mano a sopire anche gli incendi più devastanti. Neppure io odio più. Il Tiranno, i Fammin… persino gli Elfi. Non odio più nessuno. Mi limito a sopravvivere.»

Lonerin guardò il cielo e le stelle velate. Non riusciva a riconoscere neppure una costellazione. Si chiese se valesse la pena pagare quel prezzo per vedere soccombere il suo nemico. Valeva la pena perdere ogni cosa, e rassegnarsi all'assurdità del mondo per non sentire più la tentazione della morte?

«Domani ti insegno a trasferire il tuo spirito in un manufatto» tagliò corto Sennar.

La domanda di Lonerin rimase appesa nell'aria, inespressa.

«Oggi riposo, ma domani lavoro» concluse il vecchio mago con un lungo sospiro di stanchezza.

# 13
## Passi avanti

Theana dispiegò sul letto un foglio di pergamena fittamente coperto di appunti. Dubhe si chinò a guardare. Era un elenco che la maga stessa aveva scritto, in cui erano indicati tutta una serie di libri e documenti con annotazioni a fianco che ne specificavano la posizione. Ognuno era riconoscibile da un simbolo: un grifone stilizzato con in bocca quello che sembrava a tutti gli effetti un pentacolo.

«Nel catalogo della biblioteca ci sono diversi libri che mancano all'appello, e tutti sono segnalati con questo simbolo. Al loro posto ho trovato solo dei doppioni, e se ho capito bene come sono abbreviati, si tratta per lo più di lasciti, cronologie e patti siglati. Forse i documenti che cerchi sono proprio fra questi.»

Dubhe aguzzò la vista. Setacciò la sua memoria, cercando di ricordare ogni istante delle indagini che aveva infruttuosamente condotto fino a quel momento. Rivide i saloni, i muri, i quadri, persino la mobilia. Poi rivide il simbolo.

«Mi stai ascoltando?»

Dubhe non udì nemmeno la sua voce. Si era ricordata

all'improvviso di una stanza piuttosto spoglia dove aveva intravisto un dipinto che l'aveva colpita. Una delle figure teneva in mano una pergamena su cui era impresso qualcosa. Eccolo lì, nitido e rosso. Era lui, il grifone che le aveva mostrato Theana, e non era l'unico posto in cui lo aveva visto.

«Dubhe, stai bene? Sei strana da quando sei entrata...»

«L'ho visto» rispose lei aprendo gli occhi. «Ho visto il simbolo. Era su un quadro, e poi anche sull'architrave di un camino. C'era anche sullo sportello di una credenza, ma era piccolo, quasi invisibile.»

Theana la guardò stupita, ma con un sorriso di speranza che le sbocciava sulle labbra.

«Che documenti sono?» chiese Dubhe, prendendole di mano la lista.

Nomi generici: "Documento del 15 marzo", "Cronaca del 23 dicembre", "Libro ritrovato l'8 gennaio".

Sentì qualcosa muoversi dentro di lei. Forse erano sulla strada giusta. «Sono questi» mormorò.

«Sapevo che ti sarebbe stato utile» rispose Theana con una comprensibile nota d'orgoglio nella voce.

Aveva ragione, era stata davvero brava, pensò Dubhe. Prese la pergamena e la lesse con avidità sedendosi sul letto. «Non dobbiamo fare altro che rintracciare tutti i simboli in giro per il palazzo, e trovare quello che racchiude il documento giusto» osservò.

Theana, accanto a lei, sorrideva compiaciuta. Dubhe ne provò quasi tenerezza.

La stanchezza, però, ebbe ben presto la meglio. Sospirò, quindi mise la pergamena sotto il cuscino. «Avanti» disse. «Vediamo di riposarci un po', perché domattina si torna in scena».

Quindi abbandonò la testa sul cuscino sperando che l'incoscienza venisse presto ad avvolgerla. Era sfinita, non solo perché era andata in giro tutta la notte, ma anche perché quella sera la Bestia era tornata a farle visita e l'aveva colta alla sprovvista. Era capitato dopo il suo incontro con Learco, sui bastioni del giardino. Le loro chiacchierate notturne la lasciavano sempre spossata e confusa, e scendendo ai piani bassi aveva avuto un improvviso capogiro, senza alcuna ragione apparente. Si era appoggiata alla parete, la testa che le scoppiava, e aveva sentito quel grattare sotto lo sterno, quella sensazione che era capace di agghiacciarla non appena si presentava.

Si era scoperta il braccio e si era accorta che il simbolo era di nuovo visibile. Quando era necessario lo camuffava usando la pozione che le aveva dato Theana, e in genere l'effetto durava almeno un paio di giorni. Ma quella sera pulsava leggermente, e persino i segni tracciati dalla maga durante il rito apparivano come tratti sinuosi e lattescenti che brillavano pallidi sulla sua pelle.

Stava peggiorando. Aveva chiuso gli occhi e preso un grosso respiro, e quando aveva guardato di nuovo, il simbolo non pulsava più. Sapeva perfettamente che quello era un brutto segno, ma si rifiutò di dargli troppo peso. Stava accadendo qualcos'altro di molto più importante, che riguardava indirettamente Learco.

Ormai si incontrava col principe quasi tutte le sere, e ogni volta per lei era una sublime tentazione. Aveva iniziato dicendosi che Learco era un'ottima pedina per la riuscita della sua missione. Ma le loro chiacchierate non finivano mai su cose che potevano interessare le sue indagini. Piuttosto si sedevano sulla balconata, e parlavano del passato. Learco era disturbato dai suoi ricordi d'infanzia quasi quanto lei: la guerra, le sevizie da parte di Forra, gli scontri con il padre che odiava e amava al tempo stesso. Dubhe pendeva dalle sue labbra; prima di allora credeva che nessuno avesse potuto conoscere lo stesso inferno che aveva conosciuto lei.

Il suo cuore batteva forte a ogni segreto svelato, e alla fine, quasi senza accorgersene, cominciò a confidarsi a sua volta.

Già dalla seconda sera gli raccontò la storia del processo. All'inizio provò a mascherare la verità mantenendo la facciata dell'umile serva, ma ben presto capì che era inutile. Le parole le sgorgavano fuori come un fiume in piena, tanto che non riusciva a frenarsi. Alla fine era scappata via rimproverandosi di essere una stupida ingenua. Non doveva abbassare la guardia, lei era un'assassina, ed era venuta a palazzo per un motivo ben preciso. Tutto il resto non doveva nemmeno sfiorarla.

Giurò a se stessa che non sarebbe tornata dal principe, ma riuscì a saltare soltanto un appuntamento. Il giorno dopo, quando Learco la incrociò per i corridoi dei sotterranei, la afferrò per un braccio costringendola a guardarlo negli occhi.

«Cos'ho detto che ti ha fatto male, l'altra sera?»

«Niente» rispose lei abbassando subito lo sguardo.

«Allora vieni domani?»

«Non posso» disse Dubhe mordendosi le labbra. Era difficile non cedere alla tentazione, perché una parte di lei avrebbe voluto davvero continuare. Solo che non poteva, perché presto o tardi quegli occhi sarebbero diventati pieni di risentimento. Lei doveva uccidere suo padre, ed era sicura che Learco l'avrebbe vista come un nemico. Per sempre.

«Perché?»

Dubhe lo fissò implorante. «Non posso. E neppure tu dovresti.»

Learco la fissò ancora. «Domani sera sarò in giardino. Se vorrai, saprai dove trovarmi.»

E lei andò, le mani sudate e lo sguardo basso. Davanti a lui non riusciva più neppure ad assumere lo sguardo dolce che teneva per tutta la giornata, e che era il suo migliore camuffamento. Davanti a lui, i suoi occhi tornavano ad essere pozzi di tenebra.

Quando tornava nella sua stanza, uno strano senso di sollievo le percorreva le membra, e giurava a se stessa che non sarebbe più accaduto.

Ma tutte le sere faceva un po' più in fretta il giro per il palazzo per essere là sui bastioni quando la luna era alta. Lui era sempre seduto ad attenderla, lui e i suoi occhi verdi cui le era impossibile mentire.

Gli narrò di quella volta che il Maestro le aveva fatto uccidere il cerbiatto, gli narrò del suo addestramento. La verità le usciva dalle labbra contro la sua volontà, lasciandola sgomenta. La ammantava di pietose bugie, quel tanto che bastava perché Learco non si insospettisse troppo. Stava succedendo qualcosa di enorme, di terribile. Ma era anche qualcosa di dolce. Non si era mai confidata così apertamente con nessuno. Non l'aveva fatto con Jenna, con cui pure aveva spartito molti anni di lavoro, né col Maestro, e neppure con Lonerin.

Learco assorbiva la sua sofferenza, la capiva. Era uguale a lei e da lei dissimile, una parte di lei e qualcosa di estraneo, abbastanza vicino da sentire il suo dolore e abbastanza lontano da poterlo sollevare dalle sue spalle. Come poteva dire di no a qualcosa del genere?

Dubhe si permise di indugiare su quei pensieri per un istante appena. Poi il sonno coprì ogni cosa.

La sera dopo la dedicò allo studio. Fino ad allora era andata in giro a indagare tutte le notti. Aveva scoperto molto, ma la sensazione di procedere a passi troppo piccoli era forte, visto a quale velocità la maledizione la stava divorando. Lei e Theana ormai ripetevano il rito ogni dieci giorni, perché già al settimo sentiva la Bestia graffiarle in fondo allo stomaco.

In quel mese di lavoro era riuscita a guadagnarsi la fiducia del personale del palazzo, e alla fine era riuscita ad avvicinarsi a Dohor per studiarne le abitudini. Andava in giro sempre accompagnato da due uomini abbigliati con vesti sobrie e scure, senza alcun distintivo, due individui che sembravano avere facce banali e difficili da ricordare. Non per lei. Erano due Assassini: li aveva visti nella Casa il giorno della sua iniziazione. I due lo seguivano ovunque come ombre, uno di loro era addirittura il suo assaggiatore personale; di notte sorvegliavano gli appartamenti reali dandosi il cambio di continuo. Dubhe, per farsi coraggio, si ripeteva fino alla nausea che era riuscita a sconfiggere la sua temibile aguzzina, Rekla, ragion per cui non doveva preoccuparsi di affrontare due semplici Assassini.

Di giorno Dohor seguiva una disciplina piuttosto rigida. Sveglia all'alba, udienza mattutina con i ministri – soprattutto con Forra, se era a palazzo – quindi addestramento di un'ora al combattimento armato, anche se non usava una spada in battaglia ormai da parecchi anni. Dubhe riuscì a spiarlo dandosi malata in cucina. Il fatto che lei e Theana fossero le preferite di Volco le era tornato molto utile per ottenere quei piccoli privilegi. A giudicare dai suoi movimenti, il re doveva essere stato un discreto spadaccino, ma la lontananza dal campo di battaglia ne aveva stemperato la bravura. In fondo aveva passato abbondantemente la cinquantina, ed era normale che i suoi riflessi si fossero affievoliti.

Dubhe sapeva che non sarebbe stato facile ucciderlo,

ma era un'impresa alla sua portata. Aveva già deciso di agire col buio, di notte, intrufolandosi nella sua camera da letto dopo aver eluso la sorveglianza degli Assassini.

Quello che la preoccupava, invece, erano i documenti. Non un indizio, non una parola sfuggita a qualcuno. Per questo la scoperta di Theana, la sera prima, era giunta quanto mai opportuna.

Sdraiata sul letto, Dubhe si mise a spulciare la lista della compagna, che dormiva accanto a lei, esausta.

Notò che vicino a ogni volume era riportata una data. Quello era il modo migliore per risalire al posto in cui erano stati nascosti i documenti che le interessavano. Ricordava fin troppo bene quando le avevano chiesto di trafugare il bottino: era stato lo stesso giorno in cui la Bestia era entrata nella sua vita. Era il 16 ottobre. Bastò scorrere la lista, e trovò subito quello che le interessava.

"Car. 1106."

La data era stata anagrammata, ma la fortuna era dalla sua, perché si trattava, infatti, del sedicesimo giorno del decimo mese. Si permise di esultare per un istante, poi lesse le annotazioni.

"S. Qua. Do. Li. Ott."

Theana diceva che i volumi erano ordinati per scaffale, numero di libro e fila davanti o dietro. "S." stava di certo per scaffale, e "Qua." poteva essere quarto, o quattordicesimo, ma in questo caso sarebbe stata una libreria decisamente molto alta. Dubhe registrò lo stesso quell'informazione, poi proseguì. "Do." poteva indicare che i documenti si trovavano dietro qualcos'altro, infatti molti altri volumi erano contrassegnati da un "Do." o da un "Di." per designare il loro posto nella fila. Invece "Li. Ott." era con ogni probabilità libro ottavo. O ottantesimo, ma era difficile che esistessero librerie con file così lunghe.

Dunque i documenti erano da qualche parte, sotto uno di quei simboli sparsi per il palazzo, nel quarto scaffale, fila di dietro, ottavo libro. Ma dove?

Dubhe sospirò e si mise a pancia in su, la pergamena schiacciata sotto la testa. Non doveva abbattersi. Ormai era vicina alla soluzione e sapeva anche che uccidere Dohor non sarebbe stato impossibile. Tutti gli uomini quando dormono hanno qualcosa di patetico, e lui non avrebbe fatto eccezione. Si vide entrare nella sua stanza e alzare il pugnale. Sapeva che la gioia che avrebbe provato nell'ammazzarlo non sarebbe derivata dalla Bestia, quella volta. Sarebbe stata sua e soltanto sua, in un'esultanza genuina e sincera.

Ma dopo? Una volta aveva sentito dire a un sacerdote che la vita è attesa. Ci si pone continui obiettivi da perseguire, e l'esistenza si dipana nell'attesa di raggiungerli. Per ogni passo compiuto, deve aprirsi un nuovo percorso cui tendere, pena la morte. Alla fine della sua strada c'era l'uccisione di Dohor e la morte della Bestia. Ma poteva dire che era qualcosa che desiderava davvero? Un obiettivo che voleva perseguire con tutte le sue forze? E che strada avrebbe dischiuso l'ennesimo omicidio che avrebbe compiuto?

Lonerin glielo aveva domandato molte volte. Lei si era sempre infuriata quando lui aveva messo in dubbio il suo reale desiderio di salvarsi la vita. Forse però non si era sbagliato, si disse adesso guardando il soffitto. La prospettiva di tornare a Makrat a fare la ladra la riempì di una solitudine immensa. Lonerin lottava per il Mondo Emerso e Theana altrettanto, ma lei? Nel suo animo c'era solo un vuoto impossibile da colmare.

Il pensiero di Learco irruppe nella sua mente. Anche lui sopportava un fardello altrettanto pesante, ma aveva trovato la forza di inseguire un proprio percorso. Non si era fermato alla colpa, era andato oltre, mettendosi in discussione. Dubhe alla fine aveva scoperto che credevano negli stessi valori. Per questo lui era un frutto proibito che non doveva toccare. Non doveva provare nulla se voleva davvero uccidere Dohor, quel trasporto che sentiva doveva essere stroncato. Una volta sul trono, Learco le avrebbe dato la caccia attraverso tutto il regno per vendicare la morte di suo padre. E se non l'avesse voluto fare per sé, sarebbero stati i suoi cortigiani a costringerlo.

Dubhe si volse bruscamente nel letto.

*Non ha senso che faccia simili pensieri. Devo comportarmi come se fossi sicura di quello che sto facendo, come se fosse la cosa che più desidero al mondo. Perché non voglio morire, questo lo sento prepotentemente. Non voglio e non posso. Soltanto questo deve guidarmi.*

Ma il senso di vuoto non accennava a scomparire. Rimase al buio, ferma a fissare Theana, le parole che si erano scambiate qualche tempo prima che le continuavano a ronzare in testa.

"E col nulla che ti porti dentro, dove sei arrivata finora?"

# 14
# La decisione

*L'aria odora di sangue. Learco ormai ha imparato a riconoscere quel sapore metallico e dolciastro che si appiccica alle narici. Le prime volte gli dava la nausea. Forra, invece, lo considera il miglior profumo al mondo, e non manca occasione per riempirsene i polmoni.*

*Il vento sferza la piana e alza nugoli di polvere. Il Thal, il più grosso vulcano della Terra del Fuoco, sbuffa in lontananza, ma Learco non sente nulla. Le sue orecchie rimbombano ancora per le grida di dolore e i colpi di spada. L'essenza della morte è tutta lì, in quel silenzio assordante e fastidioso. Trema, e fa fatica a tenere ferma la spada tra le mani: il sangue ha reso viscida la presa. L'unica cosa che spera è di riempire quel vuoto con il suono del proprio respiro. Ma il silenzio sembra mangiare ogni cosa, persino il rumore sibilante dell'aria che entra ed esce dai suoi polmoni.*

*Il terreno è coperto di cadaveri. Spuntano tra le macerie delle case ancora fumanti, e lui si sente insidiato dai loro occhi senza sguardo. A sedici anni ha visto più stragi di quante un uomo possa sopportarne in una vita intera. Forra, da quando lo ha costretto a uccidere quel vecchio, lo ha mandato sempre in prima linea, obbligandolo a esporsi senza la protezione dei suoi compagni. Ma Learco non ha più paura della morte, perché sa che è l'unica consolazione che gli verrà concessa per sfuggire a quella tortura. Sono i villaggi devastati su cui si posano i corvi, le agonie che è costretto a vedere, a dargli alla testa.*

*«Fa' il giro di ricognizione e non lasciare superstiti» gli intima suo zio.*

*Un ordine già sentito altre volte, ma al quale fatica ancora ad abituarsi. Lui non è un assassino. Durante la battaglia colpisce solo perché l'istinto di sopravvivenza gli muove le mani. In realtà, in fondo a tutto quel dolore, cerca l'approvazione di suo padre.*

*Ma il re non ha mai una buona parola per lui. Ogni volta che torna a palazzo, Dohor aspetta di sentire il resoconto del suo fedele luogotenente prima di aprire bocca. Non si fida della parola di suo figlio, che intanto attende, costretto in un profondo inchino di fronte al trono. Se le parole di Forra sono lusinghiere, il re liquida i suoi successi dicendo semplicemente che ha fatto il suo dovere, ma quando viene a sapere delle sue continue resistenze, gli riserva soltanto parole di disprezzo.*

*Non serve a nulla essere più spietati la volta successiva. Learco ha provato a combattere con più foga, soffocando la nausea e il ribrezzo per se stesso, andando avanti imperterrito sulla strada che Forra non si stanca mai di mostrargli. Ma a cosa serve, se poi suo padre non gli riconosce nemmeno l'atto di averci provato? Lui non sarà mai come il primo Learco, qualunque cosa faccia sarà sempre la sua brutta copia, nient'altro che un foglio imbrattato da stracciare.*

*Nel silenzio assoluto di quei ricordi, sente il tintinnio di una spada, il rumore sordo e pesante dei passi di un uomo. Forra. Potrebbe riconoscerlo tra mille, ma evita di girarsi e lo lascia avvicinare.*

*«Ben fatto» gli dice suo zio battendogli una mano sulla spalla. Il silenzio è rotto, finalmente. Ma qualcosa dentro Learco si è spezzato. Quello che è successo è atroce, e lo capisce soltanto ora. Accecato dal desiderio di compiacere il padre, ha combattuto i ribelli a fianco dei suoi compagni d'arme, ma così facendo ha permesso a Forra di sterminare civili innocenti. Un urlo lacerante gli nasce dentro, e lo assorda per tutto il giorno. Copre i festeggiamenti, copre le parole di apprezzamento di Forra, copre le lusinghe degli altri soldati che finalmente lo vedono come uno di loro. Learco si muove intontito, consapevole di aver varcato l'ultimo confine, l'unico che mai doveva superare. Ora è un complice, come tutti gli altri.*

*Quando cala la sera, il buio è squarciato dal fuoco. Il rogo brucia i corpi ammassati, cancellando ogni ricordo legato a quel villaggio.*

*«Questo accade a chi si mette contro il nostro re!» urla Forra tra il delirio di grida della truppa.*

*Learco all'improvviso si accascia dietro una tenda, squassato dai conati di vomito.*

*«Smidollato» gli sussurra suo zio a denti stretti quando lo vede. Il ragazzo si gira verso di lui, senza avere la forza di reagire. «Ti ha fatto impressione, donnicciola? Erano dannati ribelli!»*

*«Erano donne e bambini...»*

*«Che sarebbero cresciuti! Addestrano le femmine e i bambini all'uso della spada, e li fanno esercitare su pupazzi con le sembianze tue e di tuo padre. Lo sapevi che ammazzano a pietrate i messi che mandiamo da queste parti?»*

*Learco non risponde. Parlare non ha senso. Forra appartiene a un altro mondo, non potrà mai comprendere quello che lui sente nel cuore. Nessun peccato merita una punizione come quella che hanno inflitto al villaggio. Un bambino è sempre un bambino, e persino sotto l'armatura di un soldato scorre il sangue di un semplice ragazzo.*

*«Tirati su e smettila di fare scene. La guerra è il nutrimento di ogni re che si rispetti. Abituati, altrimenti stasera assaggerai di nuovo la mia frusta.»*

*Learco ubbidisce, si mette in piedi e si pulisce la bocca col dorso della mano. Non ha più importanza sapere perché non riesce a controbattere, tanto ormai non potrà più dimenticare.*

*Nel mezzo della festa lascia la baldoria e si ritira nei suoi alloggi. Nessuno se ne accorge. Sono tutti troppo impegnati a divertirsi per cogliere il vuoto assoluto che c'è nei suoi occhi.*

*Si siede su una panca e prende la spada. La lama luccica invitante, e lui vi preme sopra il polso finché non si disegna una sottile linea rossa. L'ultima cosa che vede è il volto contratto di Forra all'ingresso della tenda.*

Learco mostrò a Dubhe il polso sinistro. C'era una lunga cicatrice bianca, appena incavata, che lo attraversava da un lato all'altro. Lei la guardò come ipnotizzata. Riluceva alla luce pallida della luna. Allungò le dita per sfiorarla, e un brivido le percorse la schiena. Erano entrambi appartati in una zona d'ombra del giardino. Lì nessuno poteva vederli né disturbarli.

«Non so perché Forra mi venne a cercare. Non so ancora se fu un miracolo o la mia peggiore sfortuna. Si mise a urlare come un ossesso, chiamò il sacerdote e un paio di maghi. Io persi quasi subito conoscenza. So soltanto che mi svegliai il giorno dopo e che mi avevano strappato alla morte.»

Learco guardava davanti a sé. Dubhe ne fissò il profilo dolente, e pensò a tutte le volte che anche lei aveva accarezzato quell'idea. Dopo la scomparsa del Maestro voleva morire; l'ultima volta era capitato proprio all'interno delle grotte delle Terre Ignote, quando si era lasciata scivolare verso il fondo del lago.

«Mio padre non si smosse neppure quella volta. "Hai fatto una cosa stupida, e da deboli. Ma sei un ragazzino, e ancora non sei in grado di capire. Per questo farò finta che non sia successo niente." Fu tutto quello che mi disse, poi mi mise al servizio personale di Forra per un mese.»

Learco si voltò e le prese la mano. Lei non seppe sottrarla a quel contatto: la tenne inerte tra le sue, sentendo la freschezza del suo palmo.

*Mani che uccidono, come le mie.*

«È capitato anche a me» disse in un soffio.

*Non dirgli anche questo, non farlo...* Ma non poteva tacere. Le parole premevano sulle labbra, e ormai pesavano come macigni.

«È stato quando è morto l'uomo che mi ha salvato la vita.» Sperò che la interrompesse, sperò di poter scappare in qualche modo, ma era il suo corpo a voler restare, come se fosse sotto l'effetto di un incantesimo. «Era il mio Maestro, e l'ho ucciso io.»

La sua voce si fece rotta, ma non si fermò.

«Quando si ferì per salvarmi la vita, io decisi di curarlo con le erbe. Con l'aiuto di qualche libro ero riuscita a preparare un cataplasma per farlo guarire. Volevo che si salvasse e che smettesse di guardarmi con tutto quel dolore. Poi, un giorno, gli ho spalmato il composto e lui ha cominciato a tremare sotto le mie mani. Mi sorrideva e sussurrava piano che presto tutto sarebbe finito. Non aveva mai sorriso prima di allora. Io l'ho abbracciato, urlando disperatamente che non mi lasciasse sola, ma dopo poco si accasciò tra le mie braccia, senza vita. Dentro alla mistura trovai un veleno, e solo allora scoprii che si era lasciato intossicare pian piano, perché voleva che fossi io a ucciderlo. E io, senza saperlo, l'avevo accontentato.»

Si volse di scatto, temendo di trovare nello sguardo del principe la stessa insopportabile pietà di Lonerin. Sentì di non poterlo tollerare, e gli occhi le divennero lucidi.

Learco, invece, la prese tra le braccia e lasciò che si sfogasse. Le lacrime le scendevano bollenti lungo le guance, e Dubhe gustò ogni attimo di quel contatto così intimo e inatteso. Poi lui si staccò, le prese il volto fra le mani e avvicinò le labbra alle sue. Era come andare verso un precipizio desiderando di fermarsi e di cadere nello stesso tempo. La tentazione era troppo forte, e alla fine Dubhe si arrese. Si lasciò baciare, e in un attimo la dolcezza di quel gesto la riempì di un sentimento nuovo, bello e pericoloso. Le labbra del principe erano morbide e umide, e Dubhe sentì un calore scenderle dalla gola fino allo stomaco, vincendo il gelo che la dominava fino a qualche istante prima. Sbarrò gli occhi nel buio, quasi avesse paura di scoprire che non era vero. Poi tornò in sé e si staccò con violenza. Guardò Learco con un misto di riprovazione e incredulità.

Lui sembrava imbarazzato. «Perdonami, io...»

Non lo lasciò finire. Si alzò di scatto e si diresse verso il porticato senza proferire parola. Learco fece appena in tempo a raggiungerla e a prenderla per mano.

«Mi dispiace, io non voglio farti scappare da me...»

«Non posso» disse lei, senza riuscire a guardarlo in volto. Poi si divincolò e prese la via dei sotterranei.

Corse fino al suo alloggio. Ma non entrò. Dentro c'era Theana, e lei aveva bisogno di solitudine. Si infilò in cucina, usando la chiave che le aveva dato Volco perché potesse svolgere i suoi compiti a ogni ora del giorno.

Si gettò a terra, le gambe tirate al petto. Pianse, soffocando i singhiozzi tra le ginocchia. Si sentiva confusa e sconvolta. Aveva ancora sulle labbra la morbidezza di quelle di Learco, e si rendeva conto di volerne ancora. Soffriva, perché era certa che non avrebbe più potuto farne a meno. Learco le si era insinuato sotto la pelle come una droga. L'aveva avvelenata, subdolamente. Non esisteva salvezza dalla maledizione se non passava sopra a tutto quello che sentiva per lui e non uccideva suo padre; ma non esisteva neppure salvezza al di fuori di lui, ora lo capiva con dolorosa chiarezza.

Affondò la testa fra le ginocchia, chiedendosi con un sorriso disperato se non fosse meglio prima, quando non c'era luce nei suoi giorni, e non aveva neppure la speranza di trovarne una. Ora vederla e sapere di non poterla raggiungere la dilaniava.

Rientrò in camera con gli occhi rossi e la testa che le girava. Theana dormiva placidamente nel suo letto. Tirò fuori con calma la pergamena con gli appunti e si mise a considerare la mappa che aveva tracciato in quei giorni.

Avrebbe agito. Solo così poteva porre fine a quel sogno assurdo che aveva riempito le sue notti. Era nata assassina, e questo non si poteva cambiare: aveva ragione la Gilda. Per cui avrebbe fatto quello che doveva fare, con o senza Learco.

Si sentì fredda e determinata come la sera in cui aveva deciso di rimanere con Sarnek per intraprendere la via dell'omicidio. Lonerin le aveva insegnato a decidere. Ebbene, ora una decisione l'avrebbe presa, netta e definitiva.

Guardò la mappa e vi sovrappose mentalmente i luoghi in cui le sembrava di aver visto il simbolo che Theana le aveva mostrato. Stabilì mentalmente il percorso che avrebbe compiuto la sera successiva, quindi mise via tutto. L'alba non era lontana, e doveva dormire almeno un paio d'ore per riuscire ad essere in forze la mattina dopo.

Rimase al buio a lungo, ostinatamente sdraiata su un fianco, immobile, muovendo solo di tanto in tanto una mano per strapparsi con violenza le lacrime dalle guance, lacrime che continuavano a scendere suo malgrado. Fino all'alba non riuscì a togliersi dalla bocca la sensazione di quel bacio.

# 15
# La verità

Learco non riuscì a tornare in camera. Si sentiva nelle gambe una specie di frenesia che gli impediva di stare fermo e lo portava a muoversi rapidamente per il giardino. Tutto ruotava attorno a una domanda: chi era Sanne? E perché si era confidato con lei fino a quel punto senza prendere alcuna precauzione? Adesso che era andata via, tutto gli appariva sotto una luce diversa. La comunione che aveva percepito era stata una mera illusione. Per lui quella ragazza era e restava una sconosciuta dal passato torbido e misterioso. Era stato il suo disperato bisogno di avere qualcuno cui confidare i propri peccati a mostrargliela migliore di quello che era. E ora capiva che si era comportato come un incosciente.

Si sedette in un angolo e si prese la testa fra le mani. Doveva calmarsi, ma non ci riusciva: l'immagine di Sanne che socchiudeva gli occhi e apriva le labbra al suo bacio lo tormentava. Era così intollerabilmente bella che si sentiva impreparato ad affrontare le conseguenze di quel gesto. Forse perché non c'erano state altre donne nella sua vita.

Forra aveva provato a portargli qualche prostituta, ma

non le aveva sfiorate neppure con un dito. Suo zio gli ripeteva sempre che un uomo non ha bisogno dell'amore, ma della carne. Lui però si sentiva diverso. I volti di quelle donne, così carichi di promesse, non facevano che ricordargli le agonie cui aveva assistito il giorno stesso. Conosceva troppo bene il dolore per lasciarsi andare al sentimento e alla tenerezza. Sapeva che prima o poi il suo destino era quello di sposare una nobile di un'altra terra, con l'approvazione del re, e questo soltanto per avere un erede che portasse avanti la stirpe e il potere. Un'unione falsa e vuota.

Niente di tutto ciò sarebbe accaduto con Sanne. Nonostante i dubbi, sentiva che quello tra loro era un rapporto sincero, l'aveva percepito quando lei si era appoggiata al suo petto. Il cuore le batteva forte, ed era convinto dell'onestà di quel trasporto.

Ma baciandola l'aveva sconvolta, forzandola a un gesto che non desiderava.

Si alzò di scatto, avviandosi verso la sua stanza. Non doveva più vederla. Permetterle di diventare sua amica era stato un terribile errore che non voleva più concedersi. Attraversò i corridoi con passo marziale, per una volta senza preoccuparsi di fare rumore. Poi, all'ultima svolta, si bloccò. Davanti alla sua stanza trovò Neor e arrossì improvvisamente, convinto che gli si potesse leggere in faccia quanto era successo.

«Non riesci a dormire?» gli chiese suo zio con sguardo indagatore.

«No. Troppi ricordi» tagliò corto lui mettendo una mano sulla maniglia. «Tu invece?»

«Io ti stavo cercando.»

Quella risposta non gli piaceva per niente. Aprì la porta in silenzio e lo fece entrare.

Suo zio si accomodò nella poltrona in fondo alla stanza e si mise a guardare distrattamente il giardino dalla finestra. Lui chiuse a chiave, poi si appoggiò sul bordo del letto, in attesa. Neor lo fissò qualche istante negli occhi, e Learco capì finalmente lo scopo di quella visita improvvisa.

«Tra una settimana ci sarà la cerimonia.»

Il giovane sospirò, passandosi una mano tra i capelli. Era la resa dei conti.

«Ci hai pensato?» lo incalzò suo zio.

Non ebbe nemmeno il tempo di rispondere.

«Io intanto mi sono fatto avanti» aggiunse Neor con voce tagliente. Learco ne ebbe quasi paura, e gli invidiò quella sua calma glaciale. A volte avrebbe voluto anche lui possedere la stessa terribile forza. «Non sono l'unica persona a non approvare la condotta di tuo padre.»

«È un despota» disse Learco senza mezzi termini, e con rabbia si accorse che fare quell'ammissione gli pesava. «I più sono con lui perché è forte, ma certo nelle varie terre i nemici non gli mancano.»

«Non gli mancano neppure a corte, se è per questo. La Terra del Sole patisce la fame, grazie alle sue smanie di conquista.»

Learco appoggiò la schiena al capezzale del letto. «Lo so.» Quella conversazione era davvero penosa.

«Loro vedrebbero di buon occhio un avvicendamento con qualcuno più ragionevole...»

«Come te?» La battuta gli uscì fuori con un tono beffardo che non avrebbe voluto usare.

«Come te.»

Le parole caddero nel silenzio della stanza come macigni.

Poi Neor riprese: «Io sono vecchio e stanco, nipote.

Le ali più moderate del nostro Consiglio approvano invece la tua condotta e il tuo rifiuto della guerra. La fama della tua magnanimità ha fatto il giro del regno e la gente ti ama.»

«La gente mi adula» lo corresse lui.

Neor sorrise. «Ti facevo più maturo, Learco. Non è adulazione quella. Tu sai farti amare, a differenza di tuo padre, che sa soltanto farsi temere.»

A quelle parole, il principe scattò in piedi. «E quindi?»

«E quindi c'è gente pronta a deporlo e mettere te al suo posto.»

Learco cominciò a sudare freddo. Prese a camminare scompostamente avanti e indietro per la stanza. Si sentiva soffocare. «Mi stai chiedendo di ucciderlo?»

«Ti sto chiedendo di salvare il tuo regno.»

«Uccidendo mio padre, però.»

«Non necessariamente.»

Quella risposta lo prese in contropiede. Non aveva mai seriamente valutato l'idea di essere re. A volte aveva pensato di ribellarsi a suo padre, ma quel sentimento d'amore e odio che provava nei suoi confronti l'aveva sempre frenato. Ora l'occasione gli veniva servita su un piatto d'argento.

«Credevo avessi già preso una decisione, in fondo ti ho lasciato parecchio tempo per riflettere» riprese Neor. «So che è difficile proprio perché è tuo padre, ma le cose devono cambiare.»

«Non è questo» disse Learco con un sospiro. «Io sono soltanto un ragazzo, e tu mi stai chiedendo di mettermi a capo di una congiura e poi di prendere il trono. Non mi sento pronto, mi dispiace...»

Nel profondo del suo cuore, sapeva bene che quelle erano soltanto scuse per non ammettere di voler fare quello che andava fatto ormai da tempo. Sua madre forse aveva ragione, lui aveva la responsabilità di tenere fede a una promessa. Era la sua occasione di riscatto.

«Avresti molti cortigiani che ti aiuterebbero ad amministrare il regno. In fondo avresti soltanto la Terra del Sole a cui pensare, le altre regioni verrebbero restituite ai loro legittimi abitanti. E tu potresti diventare come Nammen, Learco, come il principe che hai sempre voluto essere.»

Learco si lasciò sfuggire un sorriso beffardo. Nammen era sempre stato il suo mito, fin dall'infanzia. Era stato l'unico re elfico che, una volta diventato sovrano assoluto del Mondo Emerso, aveva restituito le terre ai popoli originari perché si scegliessero da sé il proprio re. Un folle, per alcuni. Un eroe per lui.

«Io non so controllare la mia vita, figurarsi un regno...» rispose con stizza.

«Tu hai tutte le doti del buon re, e neppure lo sai. Sei colto e avveduto, conosci il tuo popolo e lo ami, e sai quanto vale il compromesso.»

Neor si era alzato in piedi e ora lo guardava in faccia. Learco sfuggì il suo sguardo. Si sentiva in trappola, il bacio di Dubhe bruciava ancora sulle sue labbra, e decidere così, su due piedi, gli sembrava un'impresa al di fuori della sua portata.

«Non ce la faccio» disse con aria di resa.

Neor non si scompose. «Posso capirti, ma non approvo. Sappi, però, che noi andremo avanti lo stesso, con o senza di te. Mi dispiace tanto, ma qualsiasi sia la tua scelta, dovrai prendere una posizione.»

«È una minaccia?»

«Una constatazione.»

Suo zio fece un passo indietro.

«Pensaci bene. È giunto il tempo che tu capisca qual è la tua vocazione. Non sei più il ragazzino che credi, sei un uomo e devi comportarti come tale. Ognuno di noi combatte per qualcosa, Learco. Hai ancora un po' di tempo, sfruttalo bene.» Neor aprì la porta. «Io credo in te, ricordatelo» disse fermandosi di spalle.

Learco non aggiunse nulla, e si limitò a guardare il mantello di suo zio che scompariva nel corridoio.

La sera successiva Dubhe riprese le sue indagini. Del resto mettere in moto il corpo era l'unica cura che conosceva per la sofferenza, sia fisica che emotiva.

Si preparò con calma, assaporando ogni gesto che salutava il ritorno della vera Dubhe. Era ora di smetterla con quei giochi da bambina; la realtà era un'altra, e molto più triste e dura. Lei era un'assassina, e questo non lo poteva cambiare. Indossò le sue vesti come un sacerdote si prepara alla cerimonia, poi si raccolse i capelli sulla testa al pari di una sposa.

*Peccato non avere qui le mie armi*, pensò. Ma il pugnale era più che sufficiente, bastava il contatto con il metallo a farla sentire bene. Aprì la porta e penetrò nel silenzio sonnolento del palazzo, dirigendosi ai piani nobili. Quella notte avrebbe iniziato la sua ricerca da lassù.

Tempo addietro, in una di quelle sale era capitato qualcosa di strano. Era entrata con poca cautela, e si era ritrovata davanti un Assassino. Nascosta nell'ombra, lo aveva spiato, e quando era sopraggiunto un soldato per controllare che tutto fosse a posto, l'uomo gli aveva raccontato che era lì per fare una perlustrazione. Dubhe aveva subito pensato che si trattasse di una scusa, perché quello era un lavoro da soldati e non da sicari, ma soltanto quando Theana le aveva fatto notare il mistero sui volumi mancanti si era ricordata di quella incongruenza. Forse l'Assassino quella sera stava controllando qualcosa che la Gilda e Dohor volevano rimanesse nascosta... E allora perché non andare a verificare? Probabilmente sarebbe venuta a capo dell'enigma.

Scelse di passare per il giardino, dove abbondavano i nascondigli. Indirizzò uno sguardo verso quel posto segreto che era stato teatro per un mese dei suoi incontri notturni con Learco. Lui non c'era, ma il suo cuore si strinse lo stesso. *È giusto così*, pensò.

Entrò al piano da una porta secondaria, scivolando al fianco di una guardia ubriaca. La stanza che le interessava era in fondo, chiusa e non custodita.

Scivolò di ombra in ombra, i passi ritmici di una guardia che passeggiava lontana a farle da sottofondo. Quando li sentì più distanti, aprì la maniglia e fu dentro.

La sala era vuota. Forse fu semplice suggestione, o forse la maledizione stava davvero peggiorando, perché sentì la Bestia urlare dentro di lei. La sua inseparabile e odiata compagna era ancora assetata di vendetta.

Avanzò verso il lato dove aveva intravisto l'Assassino. C'era un tavolino, e sopra una cassettiera con una serie di piccoli vani. Erano tutti chiusi a chiave, ma il vero problema era capire quale fosse quello giusto. Dubhe si avvicinò e cominciò a sfiorarne la superficie con il palmo della mano. Era liscia e quasi collosa, per via della vernice lucida che c'era sopra. In uno, però, notò un leggero rigonfiamento. I suoi polpastrelli non riuscirono a decifrare di cosa si trattasse. Era così minuto da poter essere una semplice scorticatura. Poi capì.

Era un'incisione appena percepibile, e ne riconobbe subito il profilo. Si trattava di un grifone con in bocca un pentacolo. Allora studiò attentamente la minuscola serratura. Se avesse avuto i suoi attrezzi da ladra, sarebbe stato un gioco forzarla, ma forse poteva rimediare con qualche mezzo di fortuna.

Tirò fuori dalla cintura un sottile stilo di metallo che aveva ricavato dal rebbio di una forchetta, proprio in previsione di un'evenienza come quella.

Le mani presero a tremarle leggermente, così che l'operazione durò più del previsto. Poi un rassicurante *clic* le fece capire che c'era riuscita. Tirò verso di sé, e il cassettino venne via con facilità.

L'interno era foderato di velluto rosso, e c'era appena lo spazio per un quadretto di pergamena largo un pollice. Era vuoto, ma Dubhe non si scoraggiò. Con un'unghia percorse il bordo interno del cassettino e sollevò il tessuto. Sotto trovò un foglio sottile piegato in modo da non farsi notare. Lo tirò fuori con le mani sudate e lo svolse.

Non era quello che cercava. Quello era un lascito avvenuto il 13 maggio. Le sfuggì un sospiro di tensione. Allora prese il foglio con gli appunti copiati da Theana e cercò l'annotazione a fianco del documento che corrispondeva a quella data.

"S. Ci., li. qui." Rifletté un attimo. Quelle lettere non indicavano né scaffali né librerie, si riferivano ad altro, e improvvisamente le fu chiaro. La sala in cui si trovava era chiamata Sala Ciano. All'inizio non ci aveva fatto caso, ma anche lei nella sua mappa aveva trascritto i nomi con cui i servi solevano indicare le stanze. Contò i cassetti. Il documento era nel quindicesimo. In questo caso "li.", libro, era solo un modo per indicare il cassetto; "qui" stava per quindicesimo.

Sentì un'intima esultanza. Ne stava venendo a capo.

Ripiegò accuratamente il documento e lo rimise al suo posto. Richiuse il cassetto in modo che nessuno potesse notare lo scasso, quindi si sedette a terra con gli appunti spiegati tra le mani. Aveva cerchiato la titolazione accanto alla data che le interessava. "S. Qua., li. ott."

Mentalmente ripassò al setaccio tutte le stanze. Sala del Trono, Sala della Caccia, Sala delle Udienze, Sala Capitolare, Salotto del Principe, Sala della Regina, Primo Salone, Sala di Rappresentanza e... Sala Quadrangolare.

Era una stanza piuttosto piccola, che aveva quattro ingressi non custoditi. Su ciascuna parete aveva notato grandi arazzi colorati che raccontavano la storia del casato di Sulana.

Aprì gli occhi di scatto. I documenti erano là, ne era sicura.

Si alzò in piedi, uscì con cautela e si avviò nei meandri del palazzo.

Si ricordava bene qual era il percorso da fare, ma una brutta sorpresa la colse alla sprovvista. Una guardia stava facendo la ronda proprio nel corridoio dove si aprivano le scale che conducevano alla sala, e ora avanzava verso di lei. Dubhe si appiattì contro una protuberanza del muro e trattenne il respiro. Aveva fatto tutto troppo in fretta, senza riflettere, e ora non aveva scelta.

Sfilò il pugnale dalla cintola e attese nell'ombra con i muscoli tesi. Il soldato si avvicinò pericolosamente e lei si preparò ad attaccare; ma proprio quando tutto sembrava perduto, la guardia svoltò in un altro corridoio e si allontanò.

Dubhe non aspettò un attimo. Si lanciò su per le scale ed entrò nella Sala Quadrangolare. Le guardie in quel punto del palazzo facevano doppi turni, e ora che si guardava attorno comprese che quello era il posto migliore per nascondere un tesoro prezioso. Gli altri tre ingressi portavano agli appartamenti nobiliari, al giardino e alle sale di rappresentanza, e questo esponeva a un grosso rischio chiunque tentasse di rubare qualcosa là dentro, perché non c'erano vie di fuga sicure.

Tentò di calmarsi, era sulla buona strada e ora doveva pensare bene a come agire nel minor tempo possibile. Prese un grosso respiro e ricordò l'annotazione trovata sul foglio: "li. ott."

Diede una scorsa agli arazzi, ma erano troppo complessi, troppo ricchi di particolari e colori. Riconobbe Sulana da giovane con in braccio il primo Learco, e poi Kharva, il capostipite della famiglia, ma non riusciva a capire che nesso ci potesse essere con quello che cercava lei. Soprattutto un disegno, che rappresentava una battaglia navale, non le diceva nulla. Non si fece prendere dallo sconforto e chiuse gli occhi per non distrarsi. Era lo sguardo d'insieme che contava, solo così poteva trovare l'indizio che mancava. Un rumore di passi interruppe il filo di quei pensieri.

Si voltò e strinse la presa sull'elsa del pugnale. *Questa non ci voleva.*

Si nascose a lato dell'ingresso da cui proveniva il rumore e si preparò ad attaccare. Appena scorse una figura indistinta varcare la soglia, le appoggiò la mano libera sulla bocca, poi la spinse contro il muro, facendole battere la testa. Alzò il pugnale, pronta a colpire con tutta la forza che aveva in corpo, ma a un nulla dalla gola si fermò. Di fronte a lei, con gli occhi grandi di stupore, c'era Learco. Dubhe si sentì trapassare dal suo sguardo e mollò subito la presa.

«Chi va là?»

Una voce tuonò dal fondo delle scale. Poco dopo il suono metallico di una spada sguainata dal fodero riempì la volta del corridoio. Dubhe sentì le gambe farsi molli. Fu Learco a spingerla prontamente fuori dalla sala e a infilarla dietro una porta socchiusa nell'androne di fianco. Le fece segno di stare in silenzio, quindi si rimise a posto le vesti e attese l'arrivo della guardia cercando di darsi un contegno.

«Sono io» disse con calma glaciale quando il soldato comparve dal corridoio.

«Scusate Altezza, non sapevo che foste qui...» La voce del soldato era a un soffio dalla porta. Dubhe sentì il suono della lama che rientrava nel fodero, e subito dopo l'uomo che si inginocchiava.

«Non devi chiedere scusa, soldato. Stavi soltanto facendo il tuo dovere. Ora va'.»

Quando furono soli, il principe la prese per un polso.

«Zitta e seguimi» le intimò.

Lei non reagì. Si lasciò trasportare come un peso morto per i corridoi del palazzo, finché non giunsero a una ripida scaletta di ferro. Dubhe sapeva che portava allo stenditoio, una bassa mansarda che raramente era controllata dalle guardie.

Una volta arrivati, Learco la gettò a terra senza curarsi di farle male. Teneva la mano ferma sull'elsa della spada, ed era serio, terribilmente serio, come Dubhe non l'aveva mai visto.

«Che ci facevi là?»

Non c'era traccia del giovane che lei aveva conosciuto durante i loro incontri segreti. Il suo volto era freddo e ostile.

*Lo devi uccidere*, le disse una voce con dolore. *Avresti dovuto farlo la prima volta, quando eravate nella radura dopo lo scontro con i briganti. Hai preso o no una decisione, ieri sera?*

«Perché sei vestita così?» la incalzò lui.

Dubhe non riusciva a staccargli gli occhi di dosso, senza smettere di pensare che avrebbe dovuto ammazzarlo lì, in quel preciso momento.

«Ti ho portata qui invece di consegnarti alla guardia. Capisci cosa significa?»

Nel tono della sua voce c'era un residuo di tenerezza, ma a Dubhe venne da ridere. Lui non sapeva niente di lei, neppure adesso riusciva a capire. La sua bocca si increspò in un sorriso. Learco la fissava, incapace di definire quella reazione.

«Si può sapere cosa c'è di tanto divertente?»

Dubhe incrociò il suo sguardo, e la sicurezza della sera prima vacillò. Qualcosa in lei continuava contro ogni logica a farle credere che poteva esserci una fine diversa, che lui era davvero la sua ancora di salvezza. «Mi diverte vedere che tu non hai la più pallida idea di chi io sia...» disse con una punta di studiato sarcasmo.

Learco sguainò la spada e gliela puntò alla gola. «Così è meno divertente?»

Lei non si tolse via il sorriso dalle labbra. «Sarei in grado di ucciderti in qualsiasi momento. Non basterebbero tre spade e neppure altri due soldati a fermarmi.»

*I veli stanno per cadere, e con essi tutte le bugie. Finalmente capirai chi sono, e sarà l'ultima cosa che farai prima di morire*, pensò, mentre un'ondata di gelo risaliva dal suo cuore fino alla testa.

Learco non finse la propria delusione. «Chi sei veramente?»

Ci fu un attimo di silenzio, nel quale nessuno dei due ebbe la forza di continuare quella farsa.

«Il mio nome è Dubhe.»

La mano di Learco tremò appena sull'elsa della spada, ma strinse la presa con vigore. «Sei qui per me?»

«No.»

«È per mio padre, allora.»

Una semplice constatazione, che gli uscì dalle labbra quasi con vergogna.

Dubhe chiuse gli occhi, e fu capace solo di annuire.

La severità dello sguardo di Learco cominciava a incrinarsi, e lei riuscì a intravedere dietro quella posa da principe guerriero il ragazzo del torrente che le aveva confidato il suo passato. Qualcosa le infiammò il petto, qualcosa di intollerabile che le faceva salire le lacrime agli occhi.

«Ti manda la Gilda?»

«No.»

«Ido?»

«No.»

Dubhe distolse lo sguardo, incapace di sostenere quell'interrogatorio.

«Mio zio?» chiese lui dopo un attimo di pausa.

«No» rispose sconsolata. Sentiva di non poter scacciare le lacrime più a lungo.

Learco appoggiò la spada sul suo collo, dolcemente ma con fermezza. Dubhe gli leggeva negli occhi la fatica che gli costava quel gesto.

«Voglio la verità, e ti conviene dirmela, altrimenti ti ammazzo.»

Non stava bluffando, perché l'aveva detto con il tono di chi non ha nulla da perdere. Dubhe sentì una lacrima scenderle lungo la guancia. Non sarebbe stato un cattivo momento per morire, soprattutto se la quiete arrivava per mano di Learco.

«Sono venuta qui per uccidere tuo padre, ma non mi ha mandata nessuno. Il mio è un affare personale» disse con un filo di voce.

«È per questo che ti sei fatta salvare da me, e poi mi hai sedotto per entrare a palazzo?»

Qualcosa in lei urlava tanto forte da coprire ogni altra voce, ma come spiegargli? Come dirgli che tutto quello che c'era stato tra loro non aveva nulla a che fare con la sua missione, e che invece costituiva proprio un ostacolo per lei? Come spiegargli quanto lo amava contro ogni logica e buon senso? Come dirgli che forse fino a quel momento non lo aveva mai davvero ammesso nemmeno con se stessa?

«Non è andata così» rispose tutto d'un fiato.

Fu Learco stavolta a ridere. «Tu menti» disse con disprezzo.

«Non è vero. Sono qui perché un anno fa tuo padre si è salvato la vita a costo della mia, e l'unica cosa che ora posso fare per evitare una morte orrenda è ucciderlo.»

Learco non si lasciò impressionare, anzi, aumentò la pressione della spada sul suo collo. «Perché dovrei crederti?»

«Perché non ti ho mai mentito.»

Il principe scoppiò a ridere di nuovo, e lei si sentì sprofondare. «Mi hai raccontato solo bugie. Il tuo nome, chi sei, da dove vieni...»

«No! Quello che ti ho detto del mio passato è vero, è tutto vero!»

Le lacrime scesero inarrestabili lungo le sue guance e giù per le labbra.

Si scoprì il braccio, tanto l'effetto della magia di Theana era ormai al termine; lo sapeva perché sentiva il simbolo pulsare sotto la stoffa della casacca. Glielo mostrò, e tra i singhiozzi gli raccontò di come era stata raggirata. Gli disse del furto, non gli tacque neppure uno degli orrori che aveva compiuto. Gli parlò del suo lungo viaggio per salvarsi la vita, e di quell'unica via che Sennar era stato in grado di indicarle: uccidere chi l'aveva maledetta.

Alla fine di quel racconto, si sentì come svuotata, esausta, stanca del suo stesso dolore, ma in qualche modo anche confortata. Adesso che lui sapeva tutto, non aveva più importanza quello che sarebbe potuto accadere.

Learco abbassò lentamente la spada e si sedette a terra, accanto a lei. Si passò la mano tra i capelli, sospirando. «Cosa devo fare di te?» disse guardandola con un sorriso sconsolato.

Lei rimase immobile. «Uccidimi» disse in un soffio.

«Cosa?»

«O io dovrò uccidere te. Non c'è scelta. Tu devi salvare tuo padre e io devo salvare me stessa.»

Learco la guardò con una tale disperazione che Dubhe si sentì annientare.

«E perché dovrei farlo?» disse infine. «Per proteggere un uomo che vive sulla morte degli altri? No, grazie. Io non ti fermerò» aggiunse gettando la spada lontano. «Vuoi uccidermi? Fallo!» I suoi occhi erano accesi da una smania febbrile. «Se è vero tutto quello che mi hai detto, però, fallo ora» concluse indicando il pugnale che Dubhe teneva ancora in mano.

Lei lo vide luccicare nel buio, come se la lama avesse catturato e imprigionato ogni scheggia di luce dentro la stanza.

Per un istante lo sollevò. Il pugnale che le aveva regalato il Maestro... Poi lo gettò via, e mentre sentiva tintinnare il metallo sul pavimento, si buttò al collo di Learco e si permise di piangere disperatamente. Lui rimase inerte tra le sue braccia, ma a lei bastava poterlo stringere a sé e pensare che niente di tutto quello era accaduto per davvero.

Poi la mano di lui risalì lentamente lungo il profilo della sua schiena e si fermò all'altezza del collo, dove la sua presa calda la fece rabbrividire di piacere. La baciò come la prima volta, e fu un bacio lungo, senza tempo. Dubhe sentì che qualcosa era cambiato irrimediabilmente. Cercare di percorrere una strada diversa, fingere che Learco non ci fosse mai stato e ritornare quella di un anno prima era pura follia.

Finalmente si sentiva libera; il Maestro e Lonerin erano soltanto dolci, lontani ricordi. Esisteva solo la muta promessa di Learco che l'abbracciava e delle sue mani che la accarezzavano, che sfioravano lievi l'ansa della sua gola, la curva del suo seno.

Le sfilò la casacca delicatamente, adagiandola a terra, e lei lo strinse a sé con forza. Forse la bellezza di quel momento sarebbe durata un attimo soltanto, ma Dubhe era certa che quel tempo valeva quanto una vita intera.

# 16
# La decisione di San

La luce era soffusa, sotto il mare. Si posava cangiante sui mantelli marrone, disegnando curiosi giochi di luce. I quattro Assassini, due donne e due uomini, si muovevano rapidi e silenziosi.

Demar, uno dei quattro, si guardò attorno. Erano ormai a Zalenia da una settimana, ma ancora non si era abituato a quel paesaggio per certi versi spettrale e all'aspetto emaciato dei suoi evanescenti abitanti.

Era fiero di sé. Per uno entrato tardi nella Gilda come lui, quella missione significava più di una promozione. Era stato ammesso nella setta dopo aver ucciso sua sorella all'età di quattordici anni, il limite massimo oltre il quale non si era più considerati Bambini della Morte. Durante l'addestramento era stato schernito più volte dai suoi compagni perché era l'ultimo arrivato, anche se le sue qualità erano notevoli e la sua fede totale.

"Non conta quando veniamo scelti. Conta *essere* scelti" aveva detto una volta la Suprema Guardia, e lui in quelle parole aveva riposto tutta la sua fiducia. Pensava che Yeshol fosse l'unico in grado di comprenderlo. In realtà voleva dimostrare la sua devozione e il suo valore.

Per questo si adoperava per portare a termine con quanta più diligenza e spietatezza possibile i compiti che gli venivano affidati. Tuttavia, a ventitré anni, aveva compiuto soltanto due omicidi e qualche furto, e il dubbio che lo stesso Yeshol non lo considerasse davvero un Vittorioso lo tormentava di continuo.

Poi un giorno era stato chiamato al suo cospetto assieme a Fenula, Tess e Jalo. «Ho una missione di assoluta importanza per voi.»

Erano bastate quelle semplici parole perché il cuore di Demar gli saltasse in gola. Le orecchie gli ronzavano, mentre ascoltava la consegna. Si trattava di andare a prendere San, il ragazzino che avrebbe ospitato l'anima di Aster. Era sfuggito alle mani di Sherva, una Guardia, e si era rifugiato nel Mondo Sommerso assieme a Ido, lo gnomo leggendario che si era eretto a suo protettore.

Demar aveva sentito l'eccitazione gonfiargli ogni singola fibra del corpo. Finalmente una missione importante, finalmente l'occasione di dimostrare le sue capacità.

Era partito pieno di entusiasmo, e prima di andare si era prostrato a terra nel tempio per offrire il suo tributo al dio. Non c'era alcuna ragione di farlo: dopotutto era un Vittorioso, non un Postulante qualsiasi, ma era stato più forte di lui. Aveva sfregato le mani sulle colonne di cristallo nero, chiedendo al dio di esaudire i suoi desideri. L'aveva fatto perché ne sentiva il bisogno; Thenaar lo aveva scelto tra tanti per affidargli la propria ascesa al potere, e questo era un dono che ben meritava qualche stilla del suo sangue.

Il viaggio per arrivare a Zalenia era stato lungo e faticoso, ma erano riusciti a sfruttare un antico portale sotterraneo, voluto da Aster in persona. Era stato l'Infedele a ritrovarlo: era così che i Vittoriosi chiamavano Dohor, perché non approvavano che stesse costruendo il suo palazzo proprio sulle rovine di Enawar. Questo privilegio aveva permesso al re di avere accesso al dedalo di passaggi segreti e corridoi che univa numerose zone del Mondo Emerso. Tra di essi c'era anche questo mitico passaggio, evocato all'epoca dal Profeta grazie alla magia. Era stato utilizzato solo una volta per inviare un emissario nel Mondo Sommerso. Questa missione era passata alla storia, perché il prescelto si imbatté nel marito della Meretrice, Sennar, e morì durante la lotta. Quell'uomo divenne un martire, e la sua avventura una leggenda che tutti conoscevano.

Il portale conduceva direttamente sotto il mare, a un canale scavato dai servi di Aster. Era un cunicolo asfittico e abbandonato, che gli abitanti di Zalenia usavano ormai di rado. Soltanto l'ingresso era presidiato, ma Demar e gli altri erano riusciti ugualmente a passare grazie ai trucchi di Fenula.

Per giorni avevano camminato senza sosta, nell'eterna notte che il buio di quel posto offriva loro. Mangiavano in marcia e si fermavano a riposare per pochissime ore, appena il necessario per recuperare le forze.

Demar godeva della sofferenza dei suoi muscoli. Accettava con gioia i crampi che le gambe gli infliggevano, e quando dormiva, accoccolato nel ristretto spazio del cunicolo, pregava a ogni fitta di dolore. La morte per il dio era la migliore delle grazie, e il dolore fisico provato in suo nome era il sigillo che Thenaar imprimeva sui suoi figli più amati.

"Tu hai un posto speciale nel mio cuore. Tu sarai lo strumento per il mio ritorno." Questo gli diceva la sua sofferenza.

Erano usciti alla luce rarefatta del sole sotto il mare

dopo tre settimane di cammino. Si erano camuffati quasi subito. Lunghi mantelli marrone, ma soprattutto filtri per modificare il proprio aspetto. Era stata la nuova Guardia dei Veleni a darglieli, un vecchio arcigno con le mani bruciate dal contatto continuo con veleni e piante tossiche. Grazie alle sue misture, si confondevano tra la folla, uguali in tutto e per tutto agli abitanti di quella città. Capelli bianchi, pelle chiara e inquietanti pupille nere affogate in un'iride talmente candida da sembrare trasparente.

Fenula li fermò con un cenno. Demar si riscosse dai propri pensieri.

«È ora.»

Entrarono in una locanda, i mantelli che sembravano ondeggiare all'unisono.

Fenula, il capo della spedizione in quanto Guardia degli Incantesimi, si scoprì il volto davanti all'oste, mostrando una faccia angelica da ragazzina e un sorriso smagliante. Con dolcezza chiese una stanza, rise con civetteria, e Demar rifletté su come un vero Vittorioso sapesse volgere a proprio vantaggio persino le armi del nemico. Nella Casa le donne venivano incoraggiate ad abbandonare qualsiasi segno di femminilità. I figli di Thenaar non hanno sesso, sono semplici armi nelle mani del dio, ed essere femmine serve solo a produrre nuovi servi del culto. Ma ecco che fuori dalle mura della Casa, la bellezza e gli ammiccamenti di una donna tornavano ad essere utili.

L'oste sorrise, distratto dall'aspetto dolce e invitante della ragazza. Non fece neppure caso alle tre persone che stavano alle sue spalle. Diede loro una stanza e li accompagnò al piano di sopra facendo strada. Ma non appena la porta si chiuse, Fenula cancellò dal proprio volto qualsiasi segno di tenerezza. Il suo viso tornò ad essere la maschera impassibile di sempre.

*È questo l'aspetto di un Vittorioso, l'immagine immutabile di un viso senza espressione, una tela bianca sulla quale Thenaar dipinge le proprie fattezze*, pensò Demar con un brivido di eccitazione.

Si sedettero tutti e quattro a terra, e Fenula estrasse dal mantello alcuni dischi di metallo. Era una delle magie più semplici che si imparavano durante l'addestramento nella Casa, ma molto efficace. Serviva per rintracciare l'aura magica delle persone, e in quel caso specifico, era stata tarata dalla Guardia degli Incantesimi per stanare i Mezzelfi. Era stato seguendo quella traccia che i quattro erano giunti fin lì.

Fenula raccolse i dischetti di metallo nel palmo, li scosse, poi li gettò a terra sussurrando una parola in elfico. I dischetti caddero sul pavimento tintinnando, ma quando i Vittoriosi vi stesero sopra le mani, cominciarono a roteare impazziti quasi fossero vivi. Gli Assassini cantilenarono il nome di San, e allora quel vortice riprese pian piano un ordine, finché non disegnò una punta che indicava una direzione precisa nello spazio.

Demar guardò Fenula, e vide che una vena le si stava gonfiando sulla tempia. «Che vuol dire?» chiese con voce tremante.

«Che siamo vicini. Meno di un giorno di viaggio.»

Il silenzio seguente fu denso di allusioni.

«Io sono pronto» affermò con orgoglio Demar, e Tess lo guardò con un sorriso tra il paterno e il beffardo.

*Non riderai più della mia determinazione quando porterò a Yeshol la sua preda*, pensò il giovane digrignando i denti.

«Agiremo come d'accordo» disse Fenula rompendo il cerchio e raccogliendo i dischetti. «Ido non ci interessa. Se saremo costretti, lo uccideremo, altrimenti sarà meglio aggirarlo.»

Demar annuì rapidamente, quindi guardò fuori: una luce lattea avvolgeva quel posto. Ma ai suoi occhi il paesaggio si tinse del rassicurante rosso del sangue, il colore di Thenaar.

San non riusciva a dormire.

Era reduce dall'ennesimo litigio con Quar, e ormai non ce la faceva più. Il suo maestro era diventato pedante, oltre che noioso, e un po' sadico nei castighi. Da quando Ido gli aveva dato il permesso di decidere come punire le scorribande del suo allievo, la vita di San era andata di male in peggio. Talvolta si trattava di ricopiare lunghissimi brani di storia o di imparare a memoria alcuni passaggi importanti della cultura elfica, ma la cosa peggiore era che quella vecchia mummia non ci aveva messo molto a capire qual era il suo vero punto debole, e sempre più spesso gli proibiva l'accesso alla biblioteca.

«Tutto ma non quello» si lamentava il ragazzino.

«E invece non ci andrai per quattro giorni. Così la prossima volta imparerai a comportarti bene.»

Questa volta Quar gli aveva interdetto la biblioteca per una settimana intera. E San non era nemmeno riuscito a convincere Ido a intercedere.

«Non mi piace la piega che stai prendendo con il tuo maestro» aveva risposto lo gnomo alle sue lamentele.

«Ti ho già spiegato un miliardo di volte che è noioso.»

«E io ti ho spiegato altrettante volte che la magia è anche noia. Una certa dose di sofferenza ci vuole quando si inizia a imparare qualcosa.»

«Anche se fosse vero, perché mi deve proibire la biblioteca? Imparo di più da solo chiudendomi là dentro che restando a sentire lui; e poi i libri sono l'unica cosa che faccia passare il tempo.»

Ido si era tolto la pipa di bocca sospirando. «Lo so che questo posto non è ricco di attrattive per te, ma come puoi pensare di riuscire a distrarti se non studi nemmeno?»

La verità era che Ido non lo capiva più. Le storie che raccontava sul Mondo Emerso erano sempre deprimenti e piene di dolore, e gli unici momenti in cui San riusciva a sgombrare la testa dai cattivi pensieri era quando si allenava al combattimento con la spada. Ma anche lì si stancava in fretta.

Non fare niente di interessante tutto il giorno lo fiaccava, e gli sembrava che la colpa del suo malumore fosse tutta di Ido. Il pensiero della morte dei genitori era diventato ormai un'ossessione. Sentiva chiaramente che l'unico modo per liberarsi di quei fantasmi era agire. Il resto erano tutte chiacchiere, bugie per non affrontare la realtà. Questo pensava, e non capiva perché Ido si comportasse come un codardo.

Tutti si stavano muovendo, tutti nel Mondo Emerso stavano facendo qualcosa, e lui non voleva rimanere con le mani in mano. Per questo ce l'aveva tanto con Quar e i suoi divieti, perché i libri di formule della biblioteca rappresentavano la sua salvezza. Leggeva di continuo, e di notte provava gli incantesimi. Tante cose non gli riuscivano, ma imparava in fretta. E solo con la magia riusciva a staccarsi dal passato.

Girandosi nel letto con rabbia, ora San si chiese cosa avrebbe fatto con un'intera settimana davanti senza quell'unico conforto.

La notte degli abissi occhieggiava fuori dalle finestre, e lui non riusciva a guardare quel buio senza provare un senso opprimente di angoscia.

Quando chiuse gli occhi, sentì una mano premergli la bocca. Li riaprì immediatamente, e urlò tentando di divincolarsi. Con la coda dell'occhio scorse tre figure muoversi intorno a lui. Fuori dalla stanza, la guardia giaceva a terra con la gola tagliata.

L'assalto fu silenzioso e terribile. San non si era accorto di nulla: erano entrati senza fare alcun rumore, come i fantasmi che sembravano. L'aspetto era quello degli abitanti di Zalenia, ma l'espressione dei loro volti era inconfondibile. Al ragazzino bastò meno di un secondo per capire, e subito alla realtà si sovrappose il ricordo.

*Due uomini vestiti da sicari buttano giù la porta di casa. Brandiscono lunghi coltelli e si avventano dapprima su suo padre. Lui scappa nell'altra stanza, e da sotto il letto sente le urla di sua madre mentre tenta di opporsi. Tutto intorno perde consistenza, il suo corpo è come bloccato, vorrebbe intervenire, fare qualcosa, qualsiasi cosa, ma la paura è più forte di tutto. Poi, all'improvviso, c'è solo silenzio, e lui sa di essere stato un codardo.*

La rabbia partì dal cuore.

San cominciò ad agitare gambe e braccia, ma due Assassini lo immobilizzarono subito.

*Ido, dove sei? Ido, perché non sei qui?*

Era solo. Non c'era nessuno, proprio come allora. Qualcosa dentro di lui urlò di dolore, e in un attimo tutto esplose in migliaia di scintille rosse. Un calore terribile gli attraversò il petto, scendendo giù, fino alle mani, infiammandogli le vene; si accumulò sulla punta delle dita, e bruciò la carne viva. Dopo, fu solo fuoco. San sentì il calore lambirgli la carne, ma con spietata precisione seppe che non gli avrebbe fatto alcun male, che non poteva toccarlo davvero. Gli Assassini mollarono la presa, e lui ebbe le mani improvvisamente libere. Attorno c'era un inferno di fuoco. Due dei sicari si contorcevano a terra.

In quel momento la porta si aprì. Le fiamme si spensero immediatamente e San scorse il bagliore di una spada fendere l'aria sugli Assassini rimasti in piedi. Due colpi rapidi: uno cadde subito, trafitto; l'altro rimase a rantolare sul pavimento. Ido non li degnò di uno sguardo, ma volò verso il ragazzo e gli mise le braccia intorno alle spalle. Il suo volto era stravolto.

«Stai bene?»

San non seppe rispondere, guardava la stanza. Le pareti erano annerite, i mobili inceneriti, e a terra c'erano quattro corpi. Uno era sopravvissuto, uno lo aveva ammazzato Ido, altri due erano morti bruciati. I cadaveri di due Assassini. E li aveva uccisi lui.

Ido guardò in volto l'unico Assassino sopravvissuto. Doveva avere una ventina d'anni, non di più. Aveva una bella faccia pulita, da bravo ragazzo. Abbassò lo sguardo sui suoi vestiti. Coltelli da lancio, due pugnali, un laccio per strangolare. Chissà per quali strani giochi del destino era finito in mano alla Gilda.

«Come siete arrivati qua sotto?»

L'Assassino gli piantò in faccia uno sguardo assolutamente neutro. Non c'era nemmeno rammarico per i compagni perduti.

«Ti ammazzo, se non me lo dici.» Una minaccia che gli apparve inutile non appena la pronunciò.

«È come se fossi già morto.»

Finalmente sentiva la sua voce. Erano due ore che provava a interrogarlo, e non aveva emesso neppure un fiato. Il tono era giovane, proprio come il suo aspetto. Ido si fece forza, e provò a tirare fuori un ghigno feroce. Per quel ragazzo provava solo un'orrenda pietà.

«Ti assicuro che la morte vera è tutta un'altra cosa.»

«Se muoio andrò da Thenaar. Ammazzami pure.»

Non c'era modo di lottare con quella gente; la loro unica ragione di vita era la missione. Fallita quella, non c'era altro che li sorreggesse. Avevano abdicato a qualsiasi forma di libero pensiero in cambio di granitiche certezze che li guidassero nel loro cammino.

«Ne verranno altri?» chiese stancamente.

Il giovane si chiuse di nuovo nel mutismo.

Lo gnomo trasse un lungo respiro e si avviò verso la porta. «C'era un mondo intero per te, là fuori, e tu l'hai rifiutato per rinchiuderti come un verme sotto terra. Ti faceva così paura decidere con la tua testa?»

L'Assassino gli indirizzò uno sguardo carico di disprezzo. Fu un lampo. Poi tornò il nulla di prima. Ido si chiuse la porta alle spalle. Marna, il capo delle guardie di palazzo, lo guardò con aria interrogativa.

Lui scosse la testa. «Non parla, e non lo farà mai. Ho vissuto abbastanza da sapere come funziona il cervello di quella gente.»

«E quindi?»

«E quindi sorveglianza triplicata. Voglio una guardia sempre insieme a San, a partire da stanotte stessa.»

Marna annuì convinto. Poi, guardando Ido negli occhi, disse: «Abbiamo scoperto da dove sono entrati. Hanno utilizzato il canale sotterraneo che conduce a Zalenia, quello sotto il mare; evidentemente sono riusciti a eludere il presidio militare con la magia. Credete che tenteranno ancora?»

«È possibile» rispose lo gnomo con un sospiro; quindi si allontanò.

Si sentiva immensamente stanco. Non era più il guerriero leggendario che tutti credevano. E non ne poteva più di tutta quella maledetta follia. La nausea gli era salita la prima volta davanti al corpo di Tarik e di sua moglie, ma solo ora capiva che la guerra l'aveva ormai disgustato. Vedere i giovani dar via la vita e vendersi persino a culti assurdi e sanguinari senza alcuna ragione era qualcosa che non poteva più tollerare.

*Sono stanco di combattere, ecco la verità.*

Davanti alla porta della sua stanza, si trovò di fronte San. La guardia che gli aveva messo alle calcagna si affrettò subito a dire che non era stata un'idea sua. Era stato il ragazzino a insistere per uscire.

«Voglio vedere il prigioniero.» La voce di San era decisa, anche se un po' tremante. Lo gnomo non rispose.

Entrarono, e San si mise al centro della stanza con i pugni chiusi, a fissarlo. Con infinito dolore, Ido ritrovò in quegli occhi il furore e l'eccitazione di chi ha ucciso.

Si passò una mano sulla barba. «Ebbene?» chiese stancamente.

«Fammi vedere l'Assassino.»

«Cosa gli devi dire?»

«Voglio parlargli.»

*Mi sta sfuggendo dalle mani. Non sono stato capace di ascoltarlo, ed ecco cosa ne ho fatto.*

Un'angoscia sorda gli oppresse il petto. «Va' a dormire. È stata una brutta giornata, e hai bisogno di riposo.»

«No, io ho bisogno di parlare con quell'uomo. Anche lui è responsabile della morte dei miei genitori! Dov'è? L'hai interrogato?»

«Non mi ha risposto. Non è uno che risponde. Questo posto non è più sicuro, credo che dovremo spostarci.»

«Ido, io li ho sconfitti.»

Lo gnomo ricordava l'aspetto della stanza di San, i muri carbonizzati, i corpi a terra. C'era un potere immenso racchiuso in quel ragazzino, un potere terribile e pericoloso. «Non c'è nulla di cui vantarsi» rispose in tono duro.

«Ma non possiamo continuare a nasconderci, non serve a niente, tanto loro prima o poi ci raggiungeranno. Io ho i poteri per sconfiggere la Gilda; se stiamo assieme possiamo farcela!» gridò San tutto d'un fiato.

«Senti, quello che è successo è stato un caso» rispose con spietatezza Ido. «Hai immensi poteri, è vero, ma ancora non sai usarli a dovere.»

«Sto imparando sui libri della biblioteca.»

«Ci vogliono anni, per imparare, e non abbiamo tutto questo tempo.»

«Ti ricordo che un mese fa ho abbattuto un drago, ora ho ucciso due uomini. Se questo non è imparare...»

Ido rimase colpito dal suo modo di parlare; era come se andasse fiero del fatto che la sua magia aveva procurato danni e morte.

«San, tu oggi hai ucciso due uomini.»

«Due Assassini.»

«Non fa alcuna differenza.»

«La fa eccome! Loro avevano ucciso mio padre e mio madre, e io ho solo rimesso le cose a posto. Lo rifarei subito!»

A quella affermazione, lo gnomo scattò in piedi. «Ma ti rendi conto? Hai soltanto dodici anni! I bambini non devono ammazzare, né tanto meno provare gioia nel farlo! Chiunque tu uccida, si tratta di una persona, non di un pezzo di carne qualsiasi, una persona con sogni, paure e speranze!»

San sostenne il suo sguardo irato con calma glaciale. «E quelli che hai ammazzato tu in tutti questi anni? Non erano nemici? Perché combattevi?»

«Non c'è stato giorno in cui non me lo sia chiesto. È questo che non vuoi capire» sibilò lo gnomo.

«Io non ho alcun rimorso» disse con freddezza San. «Ho fatto una cosa giusta. E poi tu dov'eri? L'unica cosa che può salvarmi è il mio potere. Dei tuoi sensi di colpa non me ne faccio proprio niente.»

Lo schiaffo fu violento. Era la seconda volta che accadeva. La distanza che Ido sentiva tra sé e San era incolmabile, terribile, un abisso orrido che aveva paura persino a contemplare. Il suo fallimento gli stava davanti in tutta la sua grandezza.

Il ragazzino lo guardò con gli occhi lucidi, ma non pianse. Ido avrebbe tanto voluto sapere cosa dirgli, come fargli capire, ma di fronte all'omicidio siamo sempre soli. «Ora sei agitato, e non riesci a comprendere che hai commesso un atto grave di cui pagherai lo scotto molto presto. Domani vedremo il da farsi, ma adesso va' nella tua stanza con la guardia che ti ho assegnato, senza fare storie. Se scopro che ti sei allontanato, giuro che non ti faccio più uscire.»

San non disse nulla. Si allontanò con passo sicuro, senza guardarlo negli occhi. Ido si gettò sulla sedia e si prese la testa fra le mani. Avrebbe voluto che Soana fosse lì con lui, avrebbe voluto che Vesa, il suo amato drago, fosse fuori dalla finestra. Avrebbe voluto non doversi sentire così maledettamente solo.

San attese il momento opportuno senza chiudere occhio. Per fortuna il libro che gli interessava era nella sua stanza. Aveva preso l'abitudine di portare fuori dalla biblioteca i testi che voleva studiare, e quello era l'ultimo che era riuscito a trafugare, prima che Quar lo mettesse in punizione.

Dopo un po' si alzò e aprì la porta lentamente.

«Che c'è?» La guardia era sveglia e vigile.

San non si premurò neppure di rispondere. Semplicemente mormorò le parole. Il soldato si accasciò contro il muro. Con quello stesso incantesimo suo nonno era riuscito ad attraversare un intero accampamento nemico.

Si mosse veloce per il palazzo, i piedi nudi che volavano sul pavimento. Mormorò le parole magiche un altro paio di volte. Poi trovò la strada per le segrete. Alla guardia tolse dalla cintura le chiavi. C'erano quattro celle, e una era occupata. Si avvicinò alle sbarre con circospezione. Ebbe tutto il tempo di osservare quella figura appena illuminata dalla luce che una torcia gettava all'interno della prigione.

Il giovane era pallido e ferito. Aveva uno sguardo gelido da predatore, e San sentì di odiarlo con tutto se stesso. Era come se fosse stato lui in persona a uccidere i suoi genitori. Rimpianse che la fiamma si fosse estinta prima di consumarlo.

*È stata la mano del destino. Quest'uomo adesso ti serve*, si disse.

«Alzati.»

Il giovane lo guardò beffardo. «Non prendo ordini da chi è destinato ad essere niente più di un contenitore.»

San strinse le mani sulle sbarre. «Come ti chiami?»

«Un Perdente non ha diritto di sapere il nome di un Vittorioso.»

Il ragazzino sollevò una mano e mostrò il mazzo di chiavi. «Dimmelo e ti libero.»

«La libertà non mi interessa. L'unica libertà è in Thenaar.»

«Voglio che tu mi porti alla Gilda.»

L'espressione beffarda sul volto dell'Assassino cambiò in un attimo. Il ragazzino l'aveva spiazzato.

«Come ti chiami?» ripeté San.

«Demar.»

San infilò le chiavi nella serratura, fece forza con una certa difficoltà e infine aprì. L'Assassino venne fuori a stento, tenendosi un braccio.

«Mi porterai alla Gilda?»

L'uomo annuì lentamente. San gli si avvicinò, gli prese il braccio e pose una mano sulla sua ferita. Recitò l'incantesimo, e il largo segno rosso sulla pelle diede immediati segni di miglioramento.

«Portami da dove sei venuto, Demar.»

# 17
# Congiura

La quiete era perfetta. La luna aveva percorso un tratto del suo arco nel cielo e non era più visibile dalle basse finestre. Dubhe sentiva il battito calmo e pacato del cuore di Learco sotto il suo orecchio, e si chiese quando fosse stata l'ultima volta che aveva sperimentato un senso di pace così profondo. Doveva tornare all'infanzia per ricordare qualcosa di simile, a quando Gornar non era ancora morto e lei viveva assieme ai suoi genitori a Selva. Allora il futuro aveva un senso.

«Mi ricordo di te, eravamo nella Terra del Fuoco.»

Dubhe alzò appena la testa e lo guardò. Aveva gli occhi fissi al soffitto.

«Eravamo ancora ragazzini, e tutti e due non riuscivamo a distogliere lo sguardo da Forra mentre uccideva i ribelli superstiti. Eravamo gli unici due della nostra età ad essere ancora vivi, e ricordo che in quell'incubo a occhi aperti ti fissai da sopra il mio cavallo, perché mi sembravi la sola cosa rimasta intatta in quello scempio.»

Dubhe appoggiò il mento sul suo petto. «Allora ero diversa» disse, senza sapere nemmeno lei se si riferisse al suo aspetto esteriore o a qualcosa di più profondo.

«Ma gli occhi sono rimasti gli stessi.»

Sentì una stretta al cuore. Quelle parole le fecero capire che per la prima volta voleva percorrere una strada diversa dall'omicidio. Qualcosa dentro l'aveva portata ad amare invece che a uccidere, e quell'idea la sconvolse.

«È strano che io abbia capito soltanto adesso chi eri in realtà.»

«È normale. In tutto questo tempo ho camuffato il mio aspetto, le mie movenze, anche le espressioni del volto.»

«Quindi in realtà come sei veramente?»

Dubhe si sentì a disagio. Era vero, lui non l'aveva mai vista nelle sue vesti usuali. «Non sono molto diversa dalla bambina che hai conosciuto quel giorno» rispose in maniera evasiva.

Si tirò su. Il cielo fuori iniziava a stingere. Doveva andare, l'attendeva una giornata dura e poi un'altra notte di ricerche.

*E ora?* Aveva fatto di tutto pur di rimandare quel momento. *In fin dei conti è stata solo una notte, una notte di follia*, pensò.

Cominciò a rivestirsi, mentre Learco le sfiorava ogni centimetro di pelle con gli occhi.

«Ti voglio rivedere» disse all'improvviso, e Dubhe dovette sforzarsi per guardarlo in faccia.

«Non credo sia una cosa saggia.»

«E perché?» La sua voce sembrava sinceramente stupita.

«Tra noi due non può nascere nulla. E lo sai anche tu.»

«Non sono d'accordo.» C'era una tale decisione nelle sue parole, che Dubhe per un attimo si lasciò andare alla tenerezza di quel pensiero. Ma fu un istante solo. Si allacciò il corpetto e ritornò alla realtà.

«È stata una pazzia» sibilò.

Learco si tirò su, le prese il mento fra le dita e la costrinse a guardarlo negli occhi. «Dimmelo adesso.»

Sapeva del potere che aveva su di lei, di come non potesse mentirgli quando la fissava a quel modo.

«Non ha importanza quello che è stato per me. Io sono qui per uccidere tuo padre, e questo basta a fare di noi due nemici.»

Lo sguardo di Learco si indurì. «Credi che non sarei capace di tradirlo? Io lo odio.»

«In questi anni però hai combattuto per lui e non ti sei mai opposto. È tuo padre, in fondo, e questo non lo puoi cambiare.»

Il principe, stizzito, si staccò da lei e cambiò discorso. «Indagherò sui documenti che ti servono, li troverò e...»

Ma Dubhe scosse la testa senza lasciarlo finire. «Io non voglio che tu faccia una cosa del genere. Non voglio che tu sia mio complice, perché un giorno so che ti ricrederai.»

«La mia scelta l'ho già fatta entrando in questa stanza assieme a te» replicò lui, deciso. «Veniamo dallo stesso inferno, Dubhe, e se devo essere dannato, che almeno lo sia accanto a te.»

Non le diede il tempo di replicare, e la baciò.

«Domani notte sarò qui. Tu ci sarai?»

Dubhe lo guardò incantata. Poi si alzò di scatto. «Sì.» E prese di corsa la via delle scale.

Learco rimase al centro della soffitta, solo. Non si sentiva più un folle e non aveva più dubbi nel cuore. Conosceva gli abissi di cui era capace suo padre, ma quest'ultimo crimine, gratuito e crudele, per qualche ragione colmava la misura e lo riempiva di nuova rabbia.

Scese le scale e percorse il palazzo che cominciava a svegliarsi. Si diresse senza esitazioni verso la stanza dove sapeva di trovare l'unica persona capace di ascoltare le sue ragioni.

*Mio padre ha infranto l'ultima delle mie illusioni. Dubhe non è un sogno, e non gli permetterò di portarmela via.*

Entrò senza bussare. Neor era già in piedi e si stava vestendo. Mancavano pochi giorni al suo perdono.

«Dimmi cosa devo fare, e la farò.»

Dubhe si mosse per tutto il giorno in uno stato di trance. Le sembrava che il suo corpo non le appartenesse più, come se quel segreto sbocciato tra lei e il figlio di Dohor si fosse stampato sulla sua carne e l'avesse resa diversa agli occhi del mondo. Si sentiva euforica e allo stesso tempo perduta. Era la prima volta che accarezzava l'idea di stare con qualcuno e di essere ricambiata con tanto slancio. A Learco non sembrava importare nulla che fosse un'assassina, e lei aveva finalmente capito cos'era che legava tra loro due anime: un sottile, intimo gioco di equilibri portati avanti assieme, mano nella mano. Era incredibile, ma sentiva che ora c'era posto per il futuro. Learco aveva rotto l'incantesimo e le aveva donato uno scopo per il quale valesse la pena lottare.

«Che hai?»

Dubhe si ritrovò in cucina, una patata sbucciata tra le mani e lo sguardo di Theana che la scrutava. Riprese a tagliare. «Niente.»

«Mi sembri diversa dal solito...»

Lei seppe solo sorridere distrattamente. Sentì il desiderio di dirle la verità, di raccontarle tutto, come quando da piccola si confidava con la sua amica Pat, ma uno strano pudore la trattenne. Era una cosa sua, e voleva coccolarla ancora per un po'.

Quando calò la sera, si precipitò verso la mansarda senza pensarci troppo. In cima alle scale trovò Learco ad aspettarla con un sorriso. Le sembrava impossibile, eppure solo ora si rendeva conto di quanto fosse grande in lei l'esigenza di dividere la sua esistenza con qualcuno. Per anni non aveva fatto altro che raccontarsi bugie.

Gli gettò le braccia al collo e lo lasciò fare, ma fu diverso dalla sera prima, più calmo e naturale. C'erano molti modi di amare, e Dubhe gustò quell'attimo come una rivelazione.

«Ho provato a chiedere dei tuoi documenti» disse lui a un tratto.

«Non ne voglio parlare.»

«Ho scartabellato un po' in biblioteca, ma mio padre non si fida a sufficienza di me per mettermi al corrente di cose tanto delicate. Non sapevo neppure che esistessero documenti segreti sparsi in giro per il palazzo.»

Dubhe lo guardò con un'espressione imbronciata. «Ho detto che non ne voglio parlare.»

«Intendevo solo aiutarti.»

«Lo so» replicò lei accarezzandogli una guancia. «Ma le parole hanno uno strano potere. Se dici una cosa, quella all'improvviso diventa vera. Finché sto qui con te, la Bestia non esiste, e posso illudermi che ci sia un futuro. Ma quando me ne parli, tutto ritorna reale, e lei comincia a tormentarmi. Non ci voglio pensare, non adesso almeno.»

«Esiste un futuro, Dubhe, e io te lo voglio regalare.»

Per un istante il suo volto si sovrappose a quello di Lonerin. In quel discorso c'era la solita, intollerabile pietà.

«Non occorre che tu lo dica per farmi piacere, so qual è il mio destino» ribatté lei, secca.

Learco però non parve offendersi. «Se pensi che la mia sia pietà, ti sbagli. Lo dico per me, perché voglio godere della tua presenza per sempre.»

Dubhe sentì gli occhi velarsi, e si strinse nel suo abbraccio caldo e rassicurante. «Ti prego, non ora. Stiamo qui, in silenzio, e lasciamo fuori tutto il resto.»

Le notti successive furono anche più belle. Si rotolavano sul pavimento giocando come due amanti, dicendosi tra una pausa e l'altra tutto quello che fino ad allora non si erano confidati. La mattina dopo, quando vedeva sul suo corpo i segni di quegli incontri furtivi, Dubhe sorrideva. A Theana non diceva nulla. Quella beatitudine le fece dimenticare presto lo scopo della sua missione. Soltanto la Bestia, di tanto in tanto, tornava a farle visita con i suoi incubi, ma lei tentava di ricacciarla subito indietro, soprattutto se Learco era presente.

Non voleva ammettere che esisteva anche un'altra realtà, voleva fermare il tempo, ma una sera fu proprio il principe ad accoglierla con un bacio meno intenso del solito.

«Abbiamo un appuntamento.»

Dubhe si irrigidì, poi notò che teneva in mano qualcosa.

«Ti fidi di me?» disse lui allungandole un mantello con un ampio cappuccio.

Lo fissò, sospettosa. «Dove mi stai portando?»

Learco sorrise. «In un posto dove con questo sarai a tuo agio.»

Non appena si calò il cappuccio sul viso, Dubhe si sentì immediatamente meglio. Ormai era così tanto tempo che vestiva come una donna che quando sfiorò la superficie ruvida del mantello un brivido le percorse la schiena. Era inutile illudersi: quella era la vera Dubhe, non certo la fanciulla bionda che si ostinava a interpretare a palazzo.

Assieme fecero a ritroso tutta la strada. Dai piani alti, lentamente scesero verso il giardino e si inoltrarono fino a una casetta che Dubhe aveva già notato e che credeva fosse destinata al giardiniere.

«Questo era il mio parco giochi, da bambino. Mia madre la fece costruire per mio fratello, ma lui non ebbe modo di usarla. Allora la diedero a me, almeno fino a quando mio padre non si convinse che ormai ero troppo grande per cose del genere. Ci venivo tutti i giorni, era l'unico posto dove mi sentissi a casa.»

Dubhe la osservò alla luce della luna. Era una piccola costruzione di legno col tetto spiovente e finti mattoni disegnati sulle pareti. Aveva due piani, e dava l'impressione di essere decrepita e abbandonata.

Learco aprì la porta lentamente, e una luce giallastra si proiettò sull'erba del giardino. Varcò la soglia tenendo Dubhe per mano. Lei entrò timorosa, e subito scattò all'indietro divincolandosi.

Nella sala c'erano una decina di persone. Tutte portavano mantelli identici a quello che aveva lei. Soltanto Learco non nascondeva il volto.

Un pensiero le attraversò rapido e terribile la mente. *Mi ha tradita.*

La mano corse automaticamente al pugnale, ma le dita indugiarono sull'elsa. Il principe, davanti a lei, la guardava dritto negli occhi. Quello sguardo non poteva ingannarla, pensò. Alla fine si tirò più giù il cappuccio e attese nella penombra che il mistero si dipanasse.

«Pensavo non venissi più» osservò una voce. Dubhe

la riconobbe all'istante: era Neor, il cugino di Dohor che l'indomani avrebbe ricevuto il perdono ufficiale dal re.

«Ho dovuto attendere la persona che può aiutarci.»

Dubhe percepì senza vederli che gli occhi di tutte quelle persone erano puntati su di lei.

«Immagino ti starai chiedendo chi siamo e cosa vogliamo» disse Neor.

Lei passò uno sguardo guardingo sull'uditorio.

«Sappi che quello che verrà detto qua dentro non uscirà da queste mura.»

Dubhe apprezzò il preambolo e si distese leggermente.

«Noi facciamo parte di quella frangia che si oppone al potere di Dohor. Molti nel regno convengono che la sua politica del terrore dev'essere fermata. Per questo siamo qui. Learco ci ha detto che anche tu hai chiare ragioni di rancore verso il re, ragioni che non ci interessa vagliare. Sappiamo però che, oltre la vendetta, ti lega a lui un ricatto personale.»

Dubhe girò istintivamente la testa verso Learco, che non si voltò, ma continuò a osservare l'uditorio. Non le piaceva quello che stava accadendo.

«Confermi?»

Indugiò un istante, poi annuì.

«Sappiamo che Dohor abbandonerà il palazzo tra due settimane per andare a vedere come procedono le cose nella Terra della Notte. In realtà andrà a incontrarsi con i suoi alleati segreti, i Vittoriosi della Gilda.»

Lei rimase immobile, senza dire nulla.

«Learco resterà qui a palazzo e prenderà il potere... Tu invece ti occuperai del re.»

Il silenzio seguente fu gravido di sottintesi.

Dubhe non lo ruppe, e allora Neor la sollecitò: «Qualche domanda?»

«I miei motivi non hanno nulla a che fare con i vostri» disse lei con la voce che le tremava.

«Sicuramente, ma tutti noi vogliamo la stessa cosa. Ciò che ti chiediamo è di portare a termine quello che farai in ogni caso, ma in modo tale che anche noi potremo trarne beneficio. L'avvicendamento va ben studiato.»

Le mani di Dubhe si strinsero in un pugno. «Ci devo pensare.»

«Ti spaventa fare parte di un complotto?» aggiunse uno degli incappucciati.

«Vuoi denaro?» incalzò un altro.

«Non è questo» rispose lei con voce dura.

«Allora?»

Dubhe indirizzò uno sguardo nervoso verso Learco.

«Possiamo portarlo a termine anche da soli» riprese Neor. «Solo tu, però, puoi farlo sembrare un incidente.»

Dubhe afferrò il mantello, stringendone convulsamente la stoffa fra le mani. «Lasciatemi pensare.»

«Sono diecimila carole, se ce la farai.»

«Lasciatemi pensare» ripeté lei, inflessibile.

I congiurati si guardarono tra loro, e alla fine Neor intervenne: «La risposta è stata data. Ognuno compirà il suo destino.»

L'assemblea si sciolse lentamente e i presenti abbandonarono a uno a uno la casa. Rimasero solo Dubhe e Learco, nel buio pastoso di quel luogo che odorava di muffa. Lei gli aveva tenuto gli occhi piantati addosso per tutto il tempo, mentre gli incappucciati sfilavano fuori silenziosi.

«Cosa ti è venuto in mente?» sibilò.

«Ti ho dimostrato che sei libera di fare ciò che devi.»

La voce di Learco era salda, e la sua calma irritò Dubhe.

«È una questione che riguarda solo me! Perché hai messo in mezzo questa gente?»

Lui sorrise con amarezza. «Io sono uno di loro, Dubhe, sono stanco di abbassare la testa. Devo farlo per me, per questa terra, e per te. Sono anni che mi nascondo dietro il nome di mio padre. Gli ho dato tutto: la mia innocenza, i miei sogni, persino il mio sangue. E ho avuto in cambio solo il suo sguardo gelido e il suo disprezzo. Io sto diventando come lui, e questo non lo voglio. Per tanto tempo mi sono detto che non c'era altra via che ubbidire. Lui sarebbe morto, e io avrei continuato a perpetrare le sue stragi, perché ormai mi ero spinto troppo oltre per tornare ad essere quello che ero. Ma questo non è vero. Me lo hai insegnato tu, e tu sei la ragione per cui mi trovo qui adesso. Voglio che mi aiuti a farlo, Dubhe.»

Lei scosse il capo con orrore. «Ucciderlo non è la strada che hai scelto.»

«Se non lo uccido, tu te ne andrai. Diventerai l'ennesima cosa che ho potuto soltanto sfiorare, e che lui mi ha tolto.»

«Quindi sono questo, per te? Un riscatto su tuo padre?» sputò lei con cattiveria.

«Tu sei la mia unica possibilità di salvezza.»

Dubhe non seppe cosa rispondere. Aveva sempre cercato negli altri il perdono e la salvezza, e adesso qualcuno cercava quelle stesse cose in lei. Gli si avvicinò con cautela, ma alla fine lo strinse forte a sé.

«Non voglio che tu lo faccia uccidere. Non te lo perdoneresti mai, Learco, tu per primo ne sei consapevole.»

Lui si staccò lentamente e le mise qualcosa nel palmo delle mani. Dubhe guardò: era una piccola sacca di pelle.

«Aprila» le disse.

Lei lo guardò interrogativa. Infilò le dita nell'apertura e si ritrovò in mano un pezzo di pergamena consunto e mezzo strappato. Il cuore le balzò in petto, mentre gli occhi le si riempivano di lacrime. Lo girò, e vide sul retro qualcosa che conosceva fin troppo bene. Impressa in rosso e nero, c'era l'immagine di due pentacoli sovrapposti, con al centro due serpenti intrecciati che formavano un cerchio. Il simbolo. Il simbolo della sua maledizione. Era il documento di cui aveva bisogno.

«Era là dove lo cercavi la prima sera, nascosto in uno degli arazzi. Era stato cucito dietro una delle onde del mare che fa da sfondo alla battaglia navale.»

"Li. ott." Linea ottava. L'ottava linea del mare. Dubhe fece il collegamento in un attimo. Guardò la pergamena che teneva tra le mani, la sua salvezza era su quel misero pezzo di budello.

«L'ho preso oggi. Ho pensato di dare un'occhiata mentre nessuno passava, e ho ricordato le scritte di cui mi avevi parlato qualche sera fa. Non è stato poi così difficile.»

Dubhe lo fissò fra le lacrime. Non sapeva cosa dirgli.

«Non mi guardare così. Se tu ti salverai, io mi salverò con te» le disse Learco. «La colpa di quello che farai ricadrà su di me, non su di te. Per questo voglio che tu lo faccia. Fallo per me, Dubhe. Fallo per noi due.»

Lei non rispose. Guardò quell'insignificante pezzo di pergamena e lo strinse con forza.

Quando rientrò nella sua stanza, Theana stava ancora dormendo. Dubhe si avvicinò al suo letto senza fare rumore, si mise a sedere sulla sponda e restò a guardarla per qualche istante. Aveva un disperato bisogno di confidarsi con qualcuno, e lei era l'unica persona alla quale poteva raccontare tutto quello che era accaduto. Dopo un attimo di esitazione la svegliò scuotendola leggermente per una spalla.

«È successo qualcosa?» chiese subito Theana con aria preoccupata. Aveva gli occhi ancora appannati dal sonno, e le ci volle qualche istante per mettere a fuoco la situazione.

«Ti devo parlare» le disse Dubhe semplicemente.

Lei si mise a sedere e si fece attenta. Fu un discorso diretto, senza pause. Dubhe le raccontò ogni particolare di quel mese, rivelando quanto era capitato tra lei e Learco e come questo aveva cambiato le prospettive della missione. Infine aprì il palmo della mano e le mostrò il frammento della pergamena.

Theana sgranò gli occhi. «È quello che cercavi?»

Dubhe si limitò ad annuire. «L'ha trovato Learco.»

La maga sospirò, poi fece un sorriso tirato. «Quindi ci siamo. Io sono pronta» disse con sicurezza. «Il rito lo conosco e...»

«Non lo voglio più fare.»

Dubhe lo disse tutto d'un fiato, senza starci a pensare troppo. Theana la guardò senza capire, e un lampo di paura le attraversò lo sguardo.

«È suo padre, e questo non può cancellarlo. Uno come lui non può pensare di uccidere una persona a cui vuole bene e continuare la sua vita come niente fosse. Uccidere scava un solco, sempre, e ogni volta è come perdere un pezzetto di se stessi.»

«Ma lui lo odia!»

Dubhe la fissò con intensità, e Theana dovette abbassare gli occhi.

«Te lo sta chiedendo perché ti ama» aggiunse sottovoce. «Lui sta passando sopra a ciò in cui crede per te. Se tu non lo fai, morirai, e lui questo lo sa.»

«Ne sono consapevole.»

«E allora?»

«E allora non voglio. Perché dopo morirà anche lui, lentamente, e il mio amore non potrà mai salvarlo. Quando mi guarderà, ricorderà sempre quello che ha fatto, e in me vedrà solo un'assassina.»

Theana le prese una mano e la guardò dritto negli occhi. «Dubhe, tu non hai davvero altra scelta.»

«Uccidimi.»

Quella parola vibrò nella stanza come il suono metallico di una spada sguainata.

«La maledizione mi impedisce di suicidarmi, ci ho già provato. La Bestia mi protegge da chiunque tenti di ammazzarmi, ma forse tu, con la tua magia...»

«No!» gridò Theana sgranando gli occhi per la paura. «Non lo farò mai, non posso, non puoi chiedermelo!»

Dubhe la guardò seria. «In questi mesi abbiamo superato ogni sorta di pericolo, e tu mi hai sempre aiutata, anche quando non lo avrei mai creduto possibile. Nonostante ti abbia insultata e ti abbia reso la vita difficile, sei sempre stata al mio fianco. Tu ora sei mia amica, e io mi fido di te.»

«Ti prego, non me lo chiedere» disse lei con voce sconsolata.

«Allora trova il modo perché possa farlo da sola. Ma aiutami. Se non uccido Dohor, la mia sarà una morte orrenda. Ho bisogno di andarmene a modo mio, e nel momento in cui lo desidero. Ti chiedo molto, lo so, ma finalmente ho trovato qualcosa per cui valga la pena combattere. Una volta mi hai detto che mi porto dietro solo il vuoto, avevi ragione.»

«Ero arrabbiata, e non avevo intenzione...»

«Ma ora non è più così» l'interruppe Dubhe. «Ora ho

qualcosa per cui vivere. Quindi posso anche morire, mi capisci?»

Theana non poté fare a meno di annuire. Nessuno meglio di lei, che aveva sofferto e lottato per quell'unica certezza che aveva, poteva capire. «Troverò il modo di salvarti» disse tra le lacrime. «Ti salverò senza che tu debba uccidere Dohor. Ho un'intera biblioteca a mia disposizione, e mi metterò subito al lavoro.»

Dubhe sorrise tristemente. Aveva vissuto troppe delusioni per poter ancora credere che esistesse una via d'uscita indolore. «Ma giurami che se sarà necessario mi aiuterai a morire.»

«Solo se non ci sarà altra scelta» sussurrò Theana con un singhiozzo.

Dubhe l'abbracciò e lei si lasciò andare a quel gesto d'affetto quasi con disperazione. Fuori, l'alba iniziava a colorare una nuova giornata.

Quello stesso chiarore gettava una pallida luce in una stanza lussuosa, quattro piani più in alto della zona di servizio. Forra, giunto da poche ore a palazzo, sedeva in un ampio scranno. Davanti a lui era inginocchiato un uomo incappucciato.

«Dimmi pure» mormorò il luogotenente di Dohor con un sorriso sornione sulle labbra.

# 18

## Il perdono e la vendetta

Dubhe e Theana si svegliarono all'alba. Era il giorno del perdono di Neor, e il palazzo era in fermento.

Cominciarono col rito. Theana lo applicò a Dubhe in silenzio, con pochi gesti studiati. Ormai tra loro era diventata una consuetudine. Non appena ebbero finito, si vestirono in silenzio senza guardarsi negli occhi, poi si recarono in cucina a prendere gli ordini per i preparativi.

Dubhe era distratta; per quanto si sforzasse, non riusciva a togliersi dalla testa Learco. Tra lei e il principe restava ancora sospesa una domanda sulla cui risposta aveva riflettuto tutta la notte. Più andava avanti, più era convinta che Learco non sarebbe riuscito a sopportare la morte del padre. Uccidere qualcuno non era nella sua natura, nemmeno gli anni di addestramento potevano cambiare la situazione. E lei non lo avrebbe aiutato.

*Morirai prima di vederlo sul trono. Per voi non c'è futuro.*

Un brivido le percorse le braccia e le fece sfuggire di mano la ghirlanda che stava intrecciando in giardino.

«Sanne! Fa' un po' più d'attenzione!» esclamò una compagna non lontana da lei.

Dubhe sorrise. «Scusami, forse è la stanchezza» si schermì, riprendendo subito il lavoro.

Non sapeva davvero cosa fare. Era meglio lasciar andare Learco per la sua strada o seguirlo finché era possibile, finché la maledizione non l'avesse consumata?

Stava tentando di trovare una risposta, quando un luccichio sotto il porticato rapì la sua attenzione. Dietro una colonna intravide il principe che la fissava col volto serio. Indossava l'armatura di rappresentanza, la spada lucida che pendeva su un fianco. Dubhe sentì mancarle il respiro. Era pericoloso incontrarsi così allo scoperto, ma da un lato era anche eccitante. Posò la ghirlanda sul prato; poi, quando fu certa che nessuno guardava in quella direzione, si alzò e corse verso il colonnato tentando di tenere a bada il cuore che le palpitava in petto. Appena arrivò da Learco, lui la spinse contro la colonna e la baciò con trasporto.

«Ci vedono» disse lei staccandosi subito da quell'abbraccio.

Learco sorrise, mentre lei, imbarazzata, si sistemava i capelli. «Domani ci dovrai dare una risposta.» Dubhe deglutì. «Voglio sapere quale sarà.»

«Verrò con te» disse lei dopo qualche istante.

«Quindi lo ucciderai?»

Un rumore di passi fece trasalire entrambi. Si nascosero meglio nell'ombra, ma Learco non mollò la presa. «Allora?»

«Ho detto che verrò con te.»

Il principe sospirò con una punta di delusione nella voce. «Lui morirà in ogni caso, Dubhe. Se sarà per mano tua, però, io e te potremo vivere in pace.»

«Tu menti a te stesso. Non supererai mai la sua morte.»

«Ci sarai tu, e questo mi basterà.»

«Dov'è il principe?» Una voce poco distante li bloccò.

«Devi andare» disse Dubhe in un soffio, e si staccò da lui.

Learco la afferrò per un braccio. «Io ti voglio» le sussurrò.

«Devi andare» insistette lei, e si divincolò tornando al suo posto.

La cerimonia fu salutata da un sole splendente. Il giardino era gremito di gente, tra cui si distinguevano nobili e dignitari di altre terre su cui Dohor aveva esteso il suo potere. Al centro era stato sistemato un palco in legno dove spiccava il trono. Ai suoi piedi, un lungo tappeto rosso. Lì Neor si sarebbe prostrato prima di chiedere perdono al suo re, così che il messaggio di quella cerimonia fosse ben chiaro.

Dubhe scrutava la scena da uno dei porticati. Lei e Theana non avrebbero avuto alcun ruolo fino al pranzo, per cui avevano ricevuto il permesso di seguire la prima parte della cerimonia a debita distanza dai posti nobiliari. Avevano trovato una posizione discreta dalla quale avevano un'ampia visuale della scena.

I soldati furono i primi a fare il proprio ingresso con lancia in resta e abiti scarlatti. Dubhe riusciva a malapena a scorgerne i volti, ma uno le parve stranamente familiare. Gettò uno sguardo inquieto sulla folla e riconobbe altre facce conosciute. Assassini. C'erano parecchi Vittoriosi tra la folla, ed era la prima volta che li vedeva partecipare a un evento di pubblica rappresentanza a palazzo. Che interesse avevano per spingersi fino a quel punto?

I dignitari presero a sfilare tra la folla, bardati negli abiti di broccato. Tra loro c'erano anche Forra e Learco.

Dubhe li seguì con lo sguardo fino a quando si sedettero in prima fila.

Infine arrivò il re. Aveva l'aria severa e terribile del grande condottiero. Dubhe riconosceva quell'espressione; nei giorni che aveva trascorso a palazzo gliel'aveva vista dipinta sul volto in ogni occasione ufficiale. Il regnante severo e giusto, l'uomo che portava sulle spalle la responsabilità della vita del suo popolo, e che per essa era pronto a compiere atti persino crudeli. Era questa la maschera che Dohor amava indossare.

Quando raggiunse il trono, il banditore si alzò tra nuovi squilli di tromba.

«Oggi l'Augusto Sovrano riunisce qui il suo popolo per renderlo partecipe della sua somma clemenza. Egli, terribile nella collera ma magnanimo nel perdono, riammette alla propria corte un suddito che molto ha errato. Sua Maestà emenderà il suo errore, concedendogli di essere riaccolto a palazzo, e quivi tornare a vivere.»

Urla di giubilo assai poco spontanee suggellarono l'annuncio. Quando il pubblico si fu calmato, Neor entrò. Non aveva le sue consuete vesti sgargianti, e i capelli erano stati tagliati. Tutto in lui parlava di penitenza e sobrietà. Portava una casacca di tela, uguale a quella che indossavano i giovani nel primo anno di Accademia.

Dubhe sorrise con sarcasmo. Dohor era certo magnanimo nel concedere il perdono, ma non voleva privarsi del piacere di umiliare chi perdonava.

Il luccichio inconfondibile di una lama catturò la sua attenzione. Stava succedendo qualcosa. Istintivamente guardò verso Learco. Sul palco tutto era tranquillo. Neor era giunto sotto il trono e lentamente si stava prostrando a terra. Quando fu completamente supino, due soldati gli puntarono un paio di lance alla schiena.

Un mormorio insistente percorse l'uditorio.

Dohor si alzò in piedi. «Oggi, cugino caro, sei qui per ricucire uno strappo che si creò tra noi molti anni fa. Prostrato al suolo, mi preghi di riammetterti al mio seguito e di reintegrarti nei tuoi compiti qui a palazzo. E io ne sono lieto. Sei stato un prezioso collaboratore, prima che decidessi di rivoltarti contro di me.» Sorrise sornione. «Ora intendo recuperare un valido alleato e riavere dalla mia le tue doti militari e di ingegno.»

Dubhe osservò che Learco giocherellava nervoso con l'elsa della spada. Anche lei, allora, infilò lentamente una mano sotto la gonna e strinse le dita sul metallo del pugnale. L'aria era carica di tensione.

«Purtroppo però c'è un problema. Ieri è successo qualcosa che non doveva accadere» continuò il re.

Neor provò appena ad alzare la testa, ma uno dei soldati lo costrinse a chinarla di nuovo.

«Ed è giusto che anche il mio popolo sappia.»

Il re fece solo un cenno, e due guardie portarono sul palco un uomo. Lo tenevano per le braccia, mentre i piedi strisciavano inerti a terra. La casacca che indossava era strappata e macchiata di sangue in più punti. La sua faccia tumefatta era irriconoscibile. Le guardie lo costrinsero in ginocchio, dandolo in pasto allo sguardo del pubblico.

Dubhe si mosse. «Tu rimani qui» disse a Theana.

«Cosa...?» provò a chiedere lei, ma Dubhe si era già avviata verso il palco.

Forra, intanto, si era alzato in piedi ordinando ai suoi uomini di mettere mano alla spada. «Avanti, Karno, di' a tutti quello che ci hai confidato stanotte.»

Dubhe sussultò, accostandosi veloce contro il muro per ascoltare. Karno era un alto dignitario, e la folla si agitò inquieta. Dietro di lei, un'ombra sospetta si dileguò tra il pubblico. Qualcuno la stava seguendo, ne era certa.

L'uomo non diede segno di aver capito, e allora Forra lo colpì con un calcio al costato.

«Parla!»

«Da qualche tempo...» iniziò a sussurrare Karno, ma Forra lo afferrò per i capelli e gli strattonò la testa all'indietro.

«Ad alta voce, che tutti sentano!»

L'uomo deglutì e riprese, stavolta più chiaramente. «Da quasi un mese Neor e altri dieci dignitari si incontrano nella Casa dei Giochi, nel giardino del palazzo. Lì hanno complottato per deporre Sua Maestà, e il principe ha partecipato alla congiura.»

La folla proruppe in un grido di stupore. Dubhe aggirò il palco. Doveva raggiungere Learco. Altre lame, altri Assassini. E l'ombra alle sue spalle era ormai incombente.

«Sentito?» urlò Dohor con un ghigno di trionfo. «Mio figlio e mio cugino complottavano per uccidermi!»

La sua voce stentorea ebbe il potere di zittire l'uditorio. Una cappa di terrore coprì il giardino, soffocato dal sole cocente.

«Avete tessuto una fitta rete che ho dipanato con fatica, ma ora è tutto fin troppo chiaro.»

Learco fece per intervenire, ma Forra fu rapido a puntargli la lama alla gola. Dubhe scattò di corsa verso il palco, il pugnale sguainato.

Neor tentò di reagire alzandosi da terra, ma Dohor lo bloccò con la sua spada.

«Volevi decapitare questo regno, vero? E poi prendere tu il potere e diventare re» urlò trionfante. «Ma non sarà la mia testa a cadere oggi» sibilò infine.

La spada roteò nell'aria e si abbassò in un unico colpo,

netto e deciso, sul collo di Neor. La sua testa volò sopra la folla urlante, per poi ricadere sotto il palco. Fu il segnale d'inizio.

Ogni Assassino nascosto tra la folla sguainò la propria arma e si gettò sul congiurato che aveva più vicino, mentre le guardie di Dohor si occupavano dei restanti ribelli. Dubhe tentò di arrivare al palco per dare man forte a Learco, ma fu bloccata all'improvviso da un'ombra che la agguantò alle spalle. L'uomo le si gettò contro di peso, cercando subito il cuore con la lama del coltello. Due serpenti avvinghiati decoravano l'elsa, e Dubhe non ebbe più dubbi su quello che stava accadendo.

Rotolarono a terra, mentre tutto intorno scoppiava il caos. Per qualche minuto ci fu spazio solo per i loro corpi avvinti, per le lame che cercavano di vincere la presa dell'altro e affondare nella carne. Il simbolo sul braccio di Dubhe iniziò a pulsare, e l'urlo della Bestia le riempì la mente. La magia di Theana però teneva, e quel grido ebbe solo il potere di stordirla. Fece appena in tempo a evitare la lama che andava dritta verso la sua spalla. Si divincolò dalla presa e si rimise in piedi, ma il suo nemico era già in posizione d'attacco.

Rimasero immobili per qualche secondo. Attorno a loro grida, cozzare di armi e odore di sangue, forte e penetrante. La testa di Dubhe girava, ma la Bestia non poteva uscire dal suo limbo.

Poi un pensiero: Learco! E finalmente decise di reagire. L'Assassino le lanciò due coltelli, che schivò con un salto. Lui aveva tutte le armi della setta, lei soltanto il pugnale. Partiva in svantaggio, impacciata anche dalle lunghe vesti che indossava. Attaccò per prima per disorientare l'avversario, ma quello parò tutti i colpi che menava alla rinfusa. Alla fine Dubhe abbassò la guardia.

Un sorriso trionfante si disegnò sul volto dell'Assassino, che caricò il colpo verso l'alto. Lei si abbassò, sforzò i legamenti e gli scivolò in mezzo alle gambe risalendo da dietro. Lo prese per il collo e fu un attimo. Il rumore dell'osso che si rompeva la agghiacciò, mentre la Bestia dentro di lei esultava. Poi il corpo inerte dell'uomo si accasciò tra le sue braccia: lo lasciò cadere a terra con un senso di ribrezzo.

Guardò sul palco. Learco non c'era più e Forra neppure. Mancava all'appello anche Theana, mentre la gente scappava da tutte le parti, terrorizzata. Per un attimo si sentì smarrita, poi di nuovo un rumore sibilante alle sue spalle. Si girò di scatto, e affondò il pugnale nella carne di un altro Assassino. L'uomo cadde a terra senza un lamento. Ormai era stata scoperta: doveva agire, e in fretta.

Si mise a correre più che poteva, abbattendo di slancio i nemici che incrociava sulla sua strada. Andò verso l'angolo più nascosto del giardino, dove sapeva che il muro di cinta era più basso. Le guardie tentarono di bloccarla, ma l'immagine di Forra che minacciava con la spada la vita di Learco fu più forte di tutto. Si arrampicò velocissima sull'edera attaccata al muro, mentre le prime frecce già iniziavano a sibilare. Giunta in cima, si calò giù per il minimo indispensabile. A tre braccia da terra si lasciò cadere. Sapeva come atterrare, ma ugualmente le ginocchia urlarono di dolore. Le ignorò, scattò in piedi e con un balzo si dissolse nella confusione di Makrat.

La sala del trono sembrò a Learco più grande del solito. Era inginocchiato sul pavimento di marmo, le mani e i piedi incatenati. L'armatura gliela avevano tolta, e così la spada. Non aveva neppure più gli stivali. Dietro di lui, in fondo alla sala, le due guardie che l'avevano accompagnato lo controllavano a distanza. Nei sotterranei dove c'erano le celle aveva visto i pochi congiurati sopravvissuti piangere e implorare perdono. Aveva cercato con lo sguardo Dubhe, ma non l'aveva vista. Forse era stata portata altrove, o forse era scappata. Sentiva comunque che era ancora viva. La sua compagna, invece, l'avevano sbattuta in prigione assieme a lui. Learco ricordò di aver visto sul suo volto una dignità che lo aveva colpito. Non aveva idea di chi fosse davvero quella donna, ma qualcosa li univa, e quel qualcosa era proprio Dubhe.

«Andrà tutto bene» le aveva mormorato con dolcezza. Lei gli aveva risposto con un cenno del capo. Allora si era fatto coraggio e glielo aveva domandato: «Sai dov'è Dubhe?»

Aveva scosso la testa, e lui per un istante si era sentito perduto, come se qualcuno all'improvviso gli avesse succhiato tutte le forze.

La grande porta di legno si spalancò e Dohor si avvicinò a passi pesanti senza degnarlo di uno sguardo. Quando fu seduto sul trono, lo fissò con quell'espressione gelida e severa che Learco conosceva fin troppo bene. Capì all'istante che Dubhe aveva ragione. Non sarebbe mai riuscito a ucciderlo, né tanto meno a delegare quell'omicidio a qualcun altro. Ogni volta che suo padre lo guardava in quel modo, qualsiasi cosa attorno a lui si dissolveva e perdeva significato. Si vergognò, perché sentì di temere la sua punizione come quando era bambino.

«Volco non c'entra nulla» riuscì a dire soltanto. Nella cella aveva visto il vecchio attendente che piangeva, implorando il re di liberare Learco. Anche in quell'occasione cercava di proteggerlo, incurante della propria sorte.

«Forse non c'entra nulla con questa storia, ma è responsabile di quello che sei diventato» disse suo padre con rabbia. «Domani gli farò tagliare la testa. È ora di fare pulizia, in questo posto.»

Learco strinse i pugni e digrignò i denti. Non poteva tollerare che Volco scontasse una simile pena per colpa sua, eppure non riuscì a protestare.

«Non credevo che questo momento sarebbe mai giunto» iniziò suo padre. «Mi hai stupito, sai? Ti ho sempre considerato un inetto, e mai avrei immaginato che potessi arrivare a tanto. Ordire addirittura un complotto, e mettersi contro di me... Del resto anch'io se avessi dovuto uccidere mio padre per arrivare al trono, probabilmente l'avrei fatto. Ci sono sogni più grandi, che meritano certi sacrifici.»

Contemplò Learco con uno sguardo divertito.

«Quel Karno è davvero un debole, sai? Alla vista degli strumenti di tortura ha iniziato a tremare come una foglia. Ha vuotato il sacco quasi subito, e mettere insieme i tasselli non è stato molto difficile» aggiunse ridacchiando. «Mi sembrava strano però che fossi tu l'artefice di tutto questo, e infatti è venuto fuori che la mente era Neor. Tu non hai fatto altro che attaccarti a lui, perché lo ritenevi vincente. Non ti sei neppure accorto di che complotto da quattro soldi avevate messo insieme. Io al tuo posto sarei andato da solo da mio padre e lo avrei sgozzato nel sonno.»

Learco arrossì, provando disgusto per se stesso. Era tutto vero. Aveva persino esitato, prima di unirsi alla congiura. Chiuse gli occhi, mentre un tremito gli scuoteva le membra.

*Non posso più permettergli di trattarmi così, devo sciogliere il mio legame con lui.*

L'immagine di Dubhe si stagliò nella sua mente.

«Io non sono come te.»

«Cosa?» disse Dohor portandosi una mano all'orecchio. «Se vuoi dirmi qualcosa, ti consiglio di alzare la voce, perché se sussurri non ti sento.»

Sorrideva ancora, nel modo in cui un adulto sorride ai discorsi insensati di un bambino.

Learco sentì fiorire in petto quell'odio che cercava. «Io non sono come te. Io non mi costruisco strade fatte con i cadaveri di gente innocente.»

La perfezione del sorriso di Dohor non si incrinò. «Lo so bene, non c'è bisogno che me lo ripeta tu. Sei sempre stato troppo tenero, e non hai mai capito niente dei meccanismi del potere. Tu non vuoi diventare re, tu vuoi soltanto liberarti di me. Per questo ti sei nascosto dietro Neor.»

Learco sentì il cuore accelerare, ma non volle arrendersi. «Ti sbagli. La tua morte non avrebbe cambiato nulla di ciò che è stato. Mi hai reso un assassino, facendomi terra bruciata intorno e obbligandomi ad assomigliare a tuo figlio.»

L'espressione del re si indurì. «Non osare nominare tuo fratello.»

Stavolta fu Learco a sorridere. «Certo, mio fratello, un modello inavvicinabile. Se fosse cresciuto, sarebbe diventato come me, non ti illudere.»

«Lui non era uno smidollato, lui non mi avrebbe mai deluso.» Le nocche del re si fecero bianche mentre stringevano i pomelli del trono.

«Sarebbe cresciuto, e saresti stato capace di farti odiare anche da lui, perché tu non sai fare altro. Qualsiasi cosa tocchi, la distruggi. L'hai fatto con mia madre, l'hai fatto con me, l'hai fatto con questa terra e vuoi farlo ora con questo mondo.»

«Un re deve mantenere il potere» affermò Dohor.

«Già... ma tu non ti puoi più fidare di nessuno, vero? Tu sei da solo sul quel trono, e pensi che ti stia bene così. Il potere ti basta, sei contento di dormire ogni sera in una stanza diversa, e non ti tocca neppure che tuo cugino abbia tentato di ucciderti. Lui voleva farlo per liberare questa terra dal tuo luridume, ed è per questo che io l'ho appoggiato.»

Dohor rise forte, e l'eco della stanza amplificò il suo verso grottesco. Learco rimase immobile. Il suo cuore ora batteva lento, mentre il flusso ininterrotto di parole che aveva covato nel petto per anni saliva finalmente alle labbra.

«Ah, figlio... Tu sei soltanto un codardo che ammanta di sciocchi ideali la propria paura.»

«*Tu* mi hai fatto vivere nella paura e nel disgusto di me stesso, facendomi massacrare civili innocenti. Questa è la cosa che non ti perdono e non ti perdonerò mai. Ma a differenza di te, che marcirai all'inferno senza più poter tornare indietro, io ho ancora una via, e la seguirò. Io posso salvare il Mondo Emerso.»

«Il Mondo Emerso è una bestia che va domata» disse Dohor con severità. «Se non fossi io a prendere il potere, sarebbe qualcun altro.»

«Ti sbagli. Se io prenderò il trono su cui siedi, restituirò tutte le tue conquiste, e di te non rimarrà neanche il ricordo.»

Dohor si appoggiò allo schienale, facendosi torvo in volto. Poi incurvò gli angoli della bocca in un ghigno feroce. «E tu credi davvero che nessuno ci riproverebbe? Sei davvero patetico, Learco. Primeggiare sugli altri è nella natura dell'uomo, e questo non lo puoi cambiare.»

«Non è vero, perché finché avrò fiato in corpo lo impedirò.»

Il re lo guardò per un istante con aria allucinata, poi si rilassò, come se all'improvviso avesse trovato la soluzione a tutti i problemi. «In ogni caso è finita. Sono stanco di te» disse facendo un gesto con la mano. «È tempo che onori i debiti con i miei amici. Andrai alla Casa, e là verrai immolato a Thenaar, lo stesso dio che a breve mi darà un potere inimmaginabile. Sarai contento, con te ci sarà anche quella ragazzina che hai salvato e che, ti farà piacere saperlo, è un'assassina anche lei. Una traditrice, per la precisione.»

Learco quasi si lasciò sfuggire un sospiro di sollievo. Dubhe era dunque viva. Prigioniera, probabilmente, ma viva. Sorrise. «Adesso sei tu ad essere ingenuo.»

Dohor lo guardò con aria interrogativa.

«La marea sta cambiando, e il tuo tempo è finito. Credi che questa congiura sia nata dal nulla? Credi che ti basterà ammazzare me e gli altri? Sei stato tu stesso a seminare, e a breve raccoglierai. Forse io morirò, ma tu mi seguirai presto.»

Dohor si alzò in piedi e gli si pose di fronte. Learco contò le rughe sulla sua fronte, notò i suoi occhi imbiancati da una cataratta incipiente, considerò il suo fisico ormai flaccido, e non ebbe più paura. Un ometto. Un ometto che forse poteva schiacciarlo, ma che presto avrebbe sofferto la cocente delusione di vedere il suo regno distrutto.

Perché Learco sapeva di Ido, di Sennar e della missione concordata con il Consiglio delle Acque. Glielo aveva detto Dubhe, quando ormai tra di loro non c'era più stato il velo della menzogna.

*È un vecchio. Solo un vecchio. È fatto di carne come tutti, anche per lui basta una lama.*

«Io morirò nel mio letto, tra molti, moltissimi anni, e il Mondo Emerso sarà ai miei piedi. Io riuscirò dove Aster ha fallito... Si ricorderanno di me nei secoli a venire.»

Learco non smise di sorridere. «Ti aspetterò all'inferno assieme a mia madre.»

Lo sguardo sicuro di Dohor si incrinò per un istante; poi fece cenno alle guardie in fondo alla sala. I due soldati avanzarono e presero il principe per le braccia. Se ne andò via sorridendo. Finalmente era libero, libero da suo padre.

# 19
## A un passo dalla meta

«Non ci siamo» sbuffò Sennar.

Lonerin, sudato e ansimante, lo guardava sfinito. In mano teneva il pugnale che il mago gli aveva dato, e ormai da qualche ora stava tentando di trasferirci il proprio spirito.

«Non riesci a dominare l'oggetto abbastanza a lungo.»

Lonerin guardò l'arma, scoraggiato. Era stata forgiata da Livon in persona, e Sennar l'aveva vinta a Nihal in duello, quando erano ancora ragazzini. Stava quindi impugnando un oggetto leggendario, ma per lui, in quel momento, non era altro che un pugnale.

«Io provo a resistere» disse quando riuscì a ritrovare il fiato. «Ma è come se qualcosa mi richiamasse verso l'esterno...»

Sennar rimase glaciale. «Mi sembra ovvio. La natura della tua anima non è certo quella di finire relegata in un pugnale.»

Lonerin sospirò. «Non c'è un qualche trucco che...»

«Avresti già dovuto trovarlo da solo.»

Rimase stupito da quella risposta. Com'era possibile che un mago geniale come Sennar fosse così poco propenso a insegnare? Tutto il contrario di Folwar, che non si arrabbiava mai e cantava spesso le sue lodi con pazienza infinita.

«Sì, ma non l'ho trovato» si impuntò. «Per cui forse un suggerimento potrebbe essere un buon inizio.»

Si pentì quasi subito della durezza delle sue parole, perché gli occhi di Sennar si fecero torvi. «Non ho niente da dirti. Ogni mago deve trovare la sua strada.»

«E se non la trovo?»

«Niente rito.»

Lonerin sentì montare la rabbia. «Il mio maestro cercava di darmi una mano quando avevo qualche problema a capire. Perdonatemi, ma voi non mi siete per niente d'aiuto, e anzi non perdete occasione per sminuire il mio lavoro.»

Sennar assunse un atteggiamento strafottente. «Dubito fortemente che il tuo maestro ti abbia mai dovuto insegnare un incantesimo di questo livello. In ogni caso direi che sei già abbastanza grande da andare avanti senza che qualcuno t'imbocchi. La magia la padroneggi. Ora vedi di trovare una soluzione da solo. Io non ti posso aiutare.» Gli mise davanti agli occhi una mano annerita e rinsecchita. «Ecco cosa mi è rimasto di tutti i miei poteri! Li ho bruciati quasi del tutto in una sola notte, e quando dico bruciati, intendo letteralmente. E oltre questo limite non posso andare. Per cui o ti arrangi, o abbandoni i tuoi sogni di gloria e rinunci a fare l'eroe a tutti i costi. Troveremo un altro mago che apprende più facilmente di te.»

Lui guardò a terra, offeso. Era stanco di tutti quei rimbrotti, di quel modo irritante con cui Sennar gli si rivolgeva da quando erano partiti. «Continueremo domani» tagliò corto, preparandosi per la notte.

Sennar seguì tutta la scena senza smettere di sorridere. «Rinunci facilmente per essere un uomo assetato di vendetta.»

Lonerin si voltò di scatto. «Perché avete detto che andavo bene per la missione, se mi ritenevate un inetto? Avreste potuto portarvi dietro qualcun altro, spiegando al Consiglio che non vi sembravo adatto.»

«Perché tu hai tutte le potenzialità» disse Sennar senza scomporsi. «Hai le capacità, e persino la volontà. Ma sei stato abituato dal tuo maestro a sentirti il migliore del gruppo, e continui a credere che tutto verrà fuori senza fatica, come è stato finora.»

Stava dicendo il vero, ma il suo atteggiamento era intollerabile. Lonerin non reggeva più quella difficile convivenza. Si voltò per dirglielo, quando incrociò il suo sguardo.

Era sarcastico, ma dentro brillava la sfida.

No, non gliel'avrebbe data vinta.

«Ci riprovo» disse con convinzione, stringendo tra le mani il pugnale.

Barahar aveva un grande porto, il più grande di tutto il Mondo Emerso. Sennar ne aveva sentito parlare molto, ma c'era stato una sola volta da bambino. Era la città natale di suo padre, e ricordò che all'epoca lo aveva impressionato. Là c'erano case vere, col tetto di tegole, e ovunque c'era fermento. Era un susseguirsi di vicoli e facce poco raccomandabili, un posto affascinante ma anche pericoloso.

«Barahar è una terra dove circolano un sacco di soldi, e come tutti i posti ricchi è corrotta dall'oro» gli aveva spiegato suo padre.

Da allora non vi era mai più tornato. A quella città erano legati troppi brutti ricordi. Sua madre vi morì quando lui e Nihal non avevano ancora lasciato il Mondo Emerso, mentre sua sorella era semplicemente scomparsa. Un giorno disse che voleva essere lasciata libera di seguire la sua strada, e da quando varcò la soglia, fu come se nessuno l'avesse mai incrociata o conosciuta.

Non appena entrarono nel porto, l'aria di mare gli solleticò il naso. Sennar assaporò ogni sfumatura di quel profumo che sapeva di casa. Le grida dei gabbiani si rincorrevano per le stradine strette e tortuose, e lo invase una nostalgia struggente di quegli anni lontanissimi in cui era ancora un giovane di grandi speranze.

La parte più antica della città si arrampicava per la scogliera, mentre quella più moderna si trovava sull'orlo del precipizio che dava sul mare.

Il porto era laterale e si sviluppava lungo una cala abbastanza ampia nella quale si tuffava la roccia. I vicoli erano sudici e impervi, con il lastricato sconnesso e irregolare. La pendenza era alta, tanto che anche Lonerin dopo un po' ebbe il fiatone. Ma quel caos di facciate colorate, ognuna distinta dall'altra per un dipinto, parlavano a Sennar con un linguaggio noto. Barahar era la città più caratteristica della Terra del Mare. Potevi trovarvi uomini provenienti da ogni angolo del Mondo Emerso. Era tutto quanto di buono e orribile si poteva vedere in quel paese.

Lonerin aumentò il passo, tentando di seguire il vecchio mago più da vicino. Sembrava spaesato in quel posto, e Sennar non poteva dargli torto. Sapeva che veniva dalla Terra della Notte, un posto piuttosto freddo e quieto. A Barahar la gente urlava da una finestra all'altra, i vicoli risuonavano di voci sguaiate e l'aria sapeva di pesce. Erano tutte cose che un vero abitante della Terra del

Mare amava, ma che certo dovevano confondere non poco uno straniero.

Purtroppo anche lui non conosceva più molto bene quella città, e alla fine si trovarono a girovagare nel ghetto vicino al porto, senza una meta precisa. Quando il sole puntò il mezzogiorno, si rifugiarono in una taverna per mangiare qualcosa e decidere sul da farsi.

Dentro c'era puzza di fumo, e Lonerin appariva a disagio.

«Non ti piace questo posto, vero?» gli chiese Sennar con un sorriso.

«Non ci sono abituato» rispose lui.

L'oste non tardò a riconoscere in Sennar un conterraneo. Il mago ne fu lusingato. Aveva creduto che la lunga permanenza in terra straniera gli avesse tolto di dosso ogni traccia delle sue origini, ma evidentemente non era così. Fu un piacere riassaporare il parlare schietto della sua gente, quel modo strano di strascicare le ultime lettere delle parole. E poi l'accoglienza. Fu tutto un darsi pacche sulle spalle, e l'oste finì per offrire loro due Squali, la bevanda del posto.

Lonerin, di fronte al bicchiere colmo di liquido viola, rimase interdetto. Sapeva cos'era, ma non si era mai azzardato a berlo. Gli avevano detto che scendeva lentamente in gola come fuoco vivo. Indugiò sul bicchiere, poi guardò Sennar sperando che cambiasse idea. Il vecchio non lo degnò nemmeno di uno sguardo. Fissava il bicchiere, come incantato.

*Sarò ancora capace?* Ingurgitò tutto in unico sorso, strinse gli occhi e attese. Il fuoco partì dalla gola e scese giù, nel collo, fino a bruciargli il petto. Ottimo.

Indirizzò un sorriso soddisfatto verso Lonerin.

«Se hai letto le mie pessime *Cronache*, saprai qual è

l'usanza. Chi è adulto lo deve buttare giù in un sorso solo, senza esitazioni. È un rito di passaggio.»

Lonerin osservò diffidente il colore scuro del liquido. «È forte...»

«Se non lo fosse, che rito di passaggio sarebbe?»

Il giovane tentennò un po', poi prese il bicchiere e lo vuotò in un colpo solo. Sennar lo vide diventare rosso all'istante, e proruppe in una risata. Era buffo come tentava di nascondere i colpi di tosse senza dare troppo nell'occhio. Riprese a respirare solo dopo qualche secondo, con gli occhi che gli lacrimavano.

«Missione compiuta» disse il mago battendogli una mano sulla spalla.

Lonerin gli indirizzò un sorriso intenerito.

«Be'?» chiese Sennar.

«Si vede che siete a casa.»

Il vecchio mago arrossì. In effetti era tanto tempo che non si sentiva così bene, e la cosa quasi lo infastidì. Erano molti anni che riteneva di non avere più diritto né alla pace né alla serenità. Lo doveva a Nihal, e ora anche a Tarik e a Talya. Il suo dolore era l'eterno tributo che depositava sulle loro tombe, quasi un prezzo che i morti gli chiedevano per riposare in pace.

Cadde il silenzio, e per il resto del pranzo entrambi non proferirono più parola.

Poco prima di alzarsi per andare via, Sennar chiese all'oste qualche informazione su come trovare il collezionista.

«Certo, Ydath! Ma lui non vive qui in mezzo a noi vermi. Lui se ne sta al fresco, sul picco della scogliera, tra i ricchi.»

«Potete dirci esattamente dove?» domandò Lonerin.

L'oste proruppe in una grassa risata. «Non ce n'è bisogno. Appena sarete su, riconoscerete subito la sua casa. È la villa più grande e pomposa di tutta Barahar, impossibile sbagliarsi.»

Cominciò a sparecchiare la tavola accomiatandosi, poi tornò indietro come se avesse dimenticato qualcosa.

«Ah, per salire, grazie agli dei non c'è più bisogno di arrampicarsi per i vicoli.» Diede un'occhiata fugace al bastone di Sennar, e il vecchio mago sostenne con orgoglio il suo sguardo velato di pietà. «Hanno costruito delle carrucole, una meraviglia della tecnica, e una è qua dietro, appena girato il vicolo. Vi consiglio di usarle, sono una delle attrazioni della nostra città!»

Lonerin e Sennar annuirono.

«Compreremo il talismano?» chiese il giovane quando furono soli.

«Gli faremo una proposta.»

«Non credo che abbiamo abbastanza soldi. È un collezionista, e se non accetta la nostra offerta?»

«La nostra missione viene prima degli scrupoli morali.»

«Potremmo provare a spiegargli la situazione...»

«Già, così la notizia arriverebbe subito alle orecchie della Gilda.»

Lonerin sospirò, mentre col dito percorreva il bordo del bicchiere. Poi, senza preavviso, si mise a ridacchiare.

«Che c'è?»

«Il furto sembra essere la costante della mia missione. Prima ho seguito una ladra, adesso ci toccherà fare questo...»

«I mezzi con i quali si realizzano i propri obiettivi spesso non sono commisurati alla nobiltà del fine. Ma in questo caso l'importanza della missione li giustifica» disse solenne Sennar.

«E chi decide fin dove ci si può spingere?»

«La propria coscienza.» Sennar si appoggiò con la schiena alla sedia e contemplò Lonerin con un sorriso appena accennato. «Sei proprio come me alla tua età. Puro e innocente...»

Lui fece una smorfia. «So benissimo che nella vita esistono i compromessi.»

«Già... ma non ci sei mai sceso, giusto?»

Lonerin distolse lo sguardo. Sennar, in compenso, addolcì il proprio. «Se potessi vivere abbastanza da vederti alla mia età, sarei contento di ricredermi nel trovarti ancora puro come adesso. Ma non lo penso, perché la vita ti obbliga ad accettare cose che fino a poco tempo prima erano impensabili. E c'è ben di peggio che un piccolo furto, non credi? In fondo approvi il viaggio della tua amica, anche se sta andando a compiere un omicidio.»

Il rossore di Lonerin si propagò fino alla radice dei capelli. «Ho già resistito a certe forme di tentazione, e alcuni compromessi li ho rifiutati.»

Sennar concentrò il proprio sguardo sul bicchiere. «Beato te» mormorò.

Lo stesso non poteva dirsi di lui. Aveva avuto l'occasione di uccidere, molti anni prima, per vendicare la morte di Laio, lo scudiero di Nihal, e non si era tirato indietro. Ancora oggi ricordava con imbarazzo la gioia folle che gli aveva procurato. Era quella che non riusciva a perdonarsi, neppure dopo tutti quegli anni.

Si riscosse e guardò di nuovo il suo giovane compagno. «Quello che noi stiamo per fare ti pare un compromesso a cui puoi scendere?»

Lonerin tacque per qualche istante, pensieroso. «Sì» disse infine. «Sì» ripeté con più decisione.

La villa di Ydath era uno spettacolo di opulenza. Sospesa tra mare e cielo, godeva di una vista mozzafiato. Il giardino, enorme, era cinto da alte mura di pietra che lo nascondevano allo sguardo di occhi indiscreti. L'unico accesso era un cancello piantonato da una guardia armata, che andava avanti e indietro tra due colonne bianche ornate in cima da leoni di pietra. Sennar riuscì a farsi annunciare al collezionista solo dopo che Lonerin si presentò come mago supremo del Consiglio delle Acque. Aveva mentito controvoglia. Se davvero dovevano rubare il talismano, quella colpa avrebbe ingiustamente infangato i suoi superiori. Un altro compromesso impossibile da rifiutare? Preferì non pensarci.

Ottennero udienza per quella sera stessa, a cena, e il giovane decise di prendersi il pomeriggio per recuperare vestiti adatti per l'occasione. Sennar rimase a riposarsi nella locanda dove avevano pranzato, e Lonerin si mosse per Barahar da solo. Aveva voglia di vedere quel posto che era proprio il contrario della sua terra. Voleva stordirsi in quel caos di profumi e di colori prima di ripartire. Per questo si divertì a salire più volte su quei singolari mezzi di trasporto descritti dall'oste. Erano cabine di metallo tirate su e giù da schiavi Fammin, che mettevano in moto con lo sforzo delle sole braccia i pesanti e complessi meccanismi d'ottone di quella che era davvero una meraviglia della tecnica. Si poteva ammirare tutta la città da lassù.

Davanti al cancello della villa di Ydath, quella sera, i due maghi si presentarono abbigliati di tutto punto, pronti a cominciare la farsa.

«Hai avuto una buona idea con questi abiti» osservò Sennar, guardando il giardino che stavano attraversando. «Il nostro ospite sembra uno che a queste cose ci bada.»

Tutto intorno a loro, infatti, trasudava ricchezza. Animali e uccelli rari camminavano tranquilli tra fontane candide che zampillavano complessi giochi d'acqua. Il parco era immenso e ben curato, puntellato ovunque da statue e decori.

Quando arrivarono dentro, Ydath li accolse già seduto a tavola. Era un uomo di mezza età piuttosto robusto, con indosso una tunica barocca di dubbio gusto ma sicuramente molto costosa. Quando vide Lonerin, abbassò il capo in segno di saluto.

«Per me è un grande onore avere al mio umile desco una personalità così preclara.»

Il giovane lanciò uno sguardo al compagno, e si trattenne dal sorridere per quel linguaggio così forbito.

La cena fu un susseguirsi di portate faraoniche, allietate dal suono di un flauto, suonato da una splendida ragazza seduta in fondo alla sala. Fu solo quando ebbero finito le chiacchiere di convenienza che Lonerin affrontò l'argomento.

«Sappiamo che siete un fine collezionista, e che possedete un oggetto che il Consiglio desidererebbe comprare.»

Ydath prese un sorso di vino e si fece attento. «Voi mi lusingate. Io sono soltanto una persona curiosa, appassionata di antichi cimeli» disse alzandosi da tavola. «Seguitemi, prego.»

Sennar e Lonerin non si fecero pregare e lo accompagnarono in un ampio padiglione, dove erano ammassati i suoi tesori. La maggioranza erano chiaramente copie malfatte che aveva acquistato pensando fossero oggetti autentici. Era incredibile quanta chincaglieria ci fosse là dentro, ma a un certo punto Sennar si bloccò. Lonerin ne seguì lo sguardo e il suo cuore perse un battito.

Era sopra un capitello, in bella mostra, ma quasi irriconoscibile. Il talismano del potere.

Ydath dovette accorgersi della loro reazione, perché allargò la bocca in un sorriso sornione. «Vedo che i vostri occhi hanno riconosciuto il pezzo più pregevole della mia collezione» disse con affettazione. Poi lo prese tra le dita grassocce e lo alzò verso la luce delle candele. «Miei signori, ecco a voi il talismano di Nihal.»

Era ironico che tra tanta chincaglieria quello fosse l'unico pezzo vero, l'unico di cui sarebbe stato meglio che Ydath ignorasse la vera natura. Lonerin sentì una presa ferrea sul braccio: Sennar si stava appoggiando a lui in cerca di un conforto impossibile. Immaginava bene cosa dovesse provare nel rivedere quell'oggetto, e per di più tra le mani di un collezionista.

«Questo è esattamente il pezzo cui accennavo prima.»

Ydath sembrava stupito. «Il nostro nobile Consiglio è davvero interessato a questo?»

Lonerin annuì. «Ha un significato storico, capite?»

Ydath li squadrò entrambi con uno sguardo confuso. «E come sapevate che ero io ad averlo?»

«Lo cercavamo da un po', e alla fine ne abbiamo ricostruito il percorso...»

Ydath lo ghermì tra le dita, come a impedire che glielo portassero via. «Ma io ho elargito molto per averlo, e mi sta oltremodo a cuore...»

«Vi ripagheremo completamente del vostro disturbo.»

Ydath sembrava un bambino a cui stavano per rubare il suo giocattolo preferito. Le labbra gli tremavano e gli occhi si erano fatti grandi.

«Cinquemila carole» azzardò Lonerin, tutto quello che avevano. Non restava loro neppure di che pagare l'oste.

Ydath abbassò lo sguardo, e il giovane non gli diede tempo per riflettere.

«L'intero Mondo Emerso vi sarà eternamente grato.»

L'uomo parve sensibile al richiamo patriottico. Guardò il talismano e si decise. «D'accordo. Ma lasciate che lo tenga fino all'alba...» disse implorante. «Poi vi giuro che sarà vostro.»

Lonerin lanciò uno sguardo a Sennar, che però era ancora assorto nei propri pensieri. Allora annuì, sperando di aver preso la decisione giusta.

«Grazie!» esclamò Ydath con gli occhi lucidi. «Non mancherò, se è per il bene superno del nostro popolo» aggiunse quasi commosso.

I due maghi ridiscesero a piedi verso la locanda. Era tardi, e i montacarichi erano chiusi. Non incontrarono nessuno durante il tragitto, e il giovane si stupì di vedere la città così deserta. Sennar avanzava veloce davanti a lui, come se la sua gamba malferma non esistesse. Lonerin ormai sapeva che faceva così quando era sconvolto. Non era vero che il tempo curava le ferite. Esistevano cose che rimanevano bloccate in un eterno presente, senza possibilità di soluzione.

«Almeno la missione è compiuta» osservò quando furono abbastanza vicini alla locanda.

«Già» rispose in tono cupo Sennar. «Imparerai col tempo che arrivare alla meta lascia solo più vuoti» aggiunse.

Lonerin non riuscì a dire altro.

La campana suonò quando fuori non albeggiava ancora. Sennar balzò fuori dal letto e scosse Lonerin per una spalla. Lui si svegliò di soprassalto, e sentì un vociare provenire dalla finestra.

«Pirati» disse Sennar concitato.

Con indosso solo la casacca, Lonerin si affacciò e guardò verso il porto. Le fiamme lambivano le barche e i magazzini, ma soprattutto era la parte alta della città ad andare a fuoco. Ebbe un tuffo al cuore. «Ydath...» mormorò.

Senza riflettere oltre, corse giù per le scale con foga, deciso a uscire per assicurarsi che il talismano non fosse stato rubato. Doveva fare qualcosa, qualsiasi cosa, ma quando arrivò nella sala della locanda, trovò l'oste a sbarrargli la strada. In camicia da notte e con uno spadone arrugginito tra le mani, gli intimò di non varcare la porta.

«Non è saggio uscire adesso, fuori c'è la guerra, ragazzo!»

«Dannazione, togliti di lì!» urlò Lonerin, ma Sennar lo prese per le spalle.

«Non ha senso fare così. Tanto ormai saranno già arrivati lassù. Non ci resta che aspettare.»

«Ma potremmo intervenire, forse Ydath ha bisogno di aiuto! Potremmo...»

«Farci ammazzare» concluse lugubre Sennar. «Tu sei mai stato in guerra?»

Suo malgrado, Lonerin fu costretto a scuotere la testa.

«Io sì, ma è passato il tempo in cui potevo combattere i mercenari con la magia. Non resta che metterci a sedere.»

Lonerin strinse i pugni, mentre il vecchio risaliva ai piani superiori.

La mattina dopo Barahar era stata letteralmente saccheggiata. La gente piangeva sulle macerie delle case; i superstiti scavalcavano i cadaveri dei soldati che ostruivano il passaggio nei vicoli. L'attacco dei pirati era stato devastante, e anche la villa del collezionista non era stata risparmiata. Quando vi salirono, Lonerin e Sennar trovarono Ydath in giardino, con la faccia annerita dal fumo e la tunica sfilacciata e strappata in più punti, mentre guardava portare fuori i corpi senza vita dei suoi servi. Quando li vide arrivare, sembrò non riconoscerli.

«Era così luminoso che sembrava giorno» mormorò intontito senza aggiungere altro. Era sconvolto, e da lui non avrebbero ottenuto niente, pensò Sennar.

Allora entrarono da soli nella villa, dirigendosi immediatamente verso il padiglione dei tesori.

Molti dei cimeli che avevano visto ordinati sugli scaffali giacevano per terra in mille pezzi. Trovare qualcosa in quel marasma era un'impresa improba, ma entrambi si gettarono sul pavimento, frugando tra la fuliggine e i tizzoni ancora ardenti.

«Maledizione!» urlò Lonerin scagliando lontano una coppa.

Il talismano non c'era più.

# 20
# Segrete

Erano passati tre giorni dal massacro di Makrat. I soldati avevano battuto l'intera città per stanare chiunque fosse implicato nella congiura, e i segni di quella devastazione erano ancora evidenti. Vigeva il coprifuoco, e ovunque l'odore di sangue e di carne in putrefazione era opprimente.

Nascosta nell'ombra, Dubhe osservò il cadavere di Volco ondeggiare al vento della sera. La sua testa era infissa su una picca assicurata al muro di cinta, mentre il corpo penzolava appeso per i piedi. Era quello il trattamento riservato ai traditori. Dohor aveva dato ordine che i loro cadaveri venissero esposti in vari punti della città, per lanciare un macabro monito a chi volesse ancora opporsi.

Ma lei non si lasciò impressionare. Gettò un rampino oltre il muro che aveva scavalcato quando era fuggita dal palazzo e si arrampicò silenziosa. Una volta dall'altra parte, si nascose dietro un cespuglio in attesa che la guardia di ronda terminasse il suo giro. Lì dentro tutti i segni della ribellione erano stati cancellati. Perfino l'erba era stata lavata per togliere via il sangue che aveva macchiato il terreno. Dubhe rabbrividì. Temeva di scorgere su quel muro i corpi di Theana e Learco orribilmente mutilati. Era per questo, infatti, che aveva deciso di agire. Sapeva che non sarebbe riuscita a sopravvivere a quel dolore.

Le ci era voluto un po' prima di scoprire le informazioni che le interessavano. In città la gente mormorava che i prigionieri più importanti erano stati trasferiti nelle celle dell'Accademia. A palazzo non ce n'erano a sufficienza, e prima di ucciderli il re aveva dato l'ordine di interrogarli. Dubhe però non conosceva l'Accademia, e aveva quindi bisogno di una mappa per non vagare alla cieca una volta entrata. Per quello si era di nuovo intrufolata a corte, per trovarla.

Non appena la guardia si allontanò, scivolò silenziosa per il giardino e raggiunse il porticato. Aspettò il momento opportuno, poi forzò la porta e fu dentro. Quello era stato l'ultimo posto in cui aveva incrociato lo sguardo di Learco, e subito le si strinse il cuore. Prese un grosso respiro, cercando di non pensarci. Doveva rimanere concentrata, se non voleva farsi scoprire mandando tutto all'aria.

La luce fioca delle torce rischiarava appena il corridoio. La quiete era perfetta, e lei sapeva che Dohor dormiva tranquillo ai piani superiori. Quel pensiero le provocò un capogiro, assottigliando il confine tra la sua mente e la Bestia. Strano, perché erano passati soltanto quattro giorni dall'ultimo rito, ma evidentemente anche quel palliativo stava cedendo. Doveva salvare Theana a tutti costi per implorarla di trovare un'altra soluzione. E doveva anche ripetere il camuffamento: ormai i capelli si erano fatti più scuri e corti.

Con quel pensiero che le martellava le tempie, si diresse a passo deciso verso gli alloggi signorili. Quella notte il carceriere dell'Accademia era ritornato a palazzo per prendere ordini dal re, Dubhe lo sapeva. Dohor voleva che altri condannati fossero trasferiti in gran segreto nei sotterranei per torturarli. Il carceriere aveva annuito, prendendo appunti su una pergamena che descriveva in maniera dettagliata la disposizione delle celle e dei prigionieri. Poi si era accomiatato e ora si stava dirigendo verso la sua stanza. Lei lo attese dietro un angolo.

Quello stesso pomeriggio si era procurata ciò che le serviva. Prima di tutto una copia dei suoi antichi attrezzi da ladra. Con quelli sarebbe potuta evadere da qualsiasi prigione. Ma adesso doveva entrarci.

Poi aveva fatto un salto dal suo vecchio fornitore, Tori. Lo gnomo, non appena aveva capito chi era nonostante il camuffamento, era stato svelto a barricare il negozio perché nessuno la vedesse. Del resto era una ricercata, e lui sapeva che poteva essere accusato di complicità.

«Ascolta, Dubhe, io non voglio guai» le aveva detto prima ancora che lei potesse proferire parola. «Finora le guardie mi hanno lasciato in pace perché sono rimasto neutrale; sai bene che non dovresti essere qui.»

Lei non si era fatta impressionare e gli aveva messo sul bancone una lista. «Ce le hai queste cose?»

Dopo una scorsa veloce al foglio, Tori aveva sospirato. «Qualcuno ti ha vista entrare?»

«Per chi mi hai presa?» aveva risposto Dubhe con un sorriso.

«D'accordo. Ma a un patto: tu qua dentro non ci sei mai stata.»

Lo gnomo l'aveva accontentata, e ora teneva tra le mani una delle boccette che lui gli aveva dato. Prese una pezzuola e la intinse nel liquido chiaro, stando bene attenta a non annusarne l'odore acre. Il carceriere entrò nella stanza e lei lo seguì nel buio. L'uomo era già pronto con l'acciarino in mano per accendere la candela, quando Dubhe lo sorprese da dietro premendogli sulla bocca la pezzuola. Bastarono pochi secondi, e il suo corpo tozzo si accasciò sul pavimento senza un lamento. La Bestia pretendeva il suo tributo di sangue, ma lei resistette a quel richiamo così dolce e appagante.

Frugò tra le vesti dell'uomo e, non appena trovò la mappa e il mazzo di chiavi delle celle, uscì silenziosa.

Entrare all'Accademia non fu facile. Dohor l'aveva trasformata in una specie di caserma personale, dove addestrava le sue fedeli milizie. Dubhe si chiese cosa ne pensasse Ido, che a quel posto aveva consacrato molti anni della propria vita.

L'edificio era un parallelepipedo dall'aria solida e impenetrabile, sorvegliato da guardie a ogni ingresso. Solo l'accesso alle cucine non era piantonato a dovere, e Dubhe decise di iniziare da lì. La fortuna fu dalla sua, perché il chiavistello che serrava la porta era vecchio e arrugginito. Una volta entrata, srotolò la mappa sul tavolo che stava al centro del locale e l'analizzò alla luce della luna. Le prigioni erano disposte su più livelli. Molti detenuti erano ammassati in celle sovraffollate, e in una di esse Dubhe riconobbe il nome di Theana.

Solo una cella faceva eccezione. Era piccola, distante dalle altre e difficile da raggiungere. "Learco" era scritto accanto. Dubhe fu percorsa da una vampata di odio per Dohor. Ma doveva controllare la rabbia se voleva riuscire nel suo intento. Ecco, era questo che le aveva insegnato il principe durante i loro incontri: trovare la speranza anche sul fondo dell'inferno più nero.

Ricontrollò la mappa per stamparsi bene nella memoria il percorso che avrebbe dovuto seguire. Non c'erano indicazioni su quante guardie piantonavano le diverse porte, erano segnate solo le guardiole principali. Improvvisamente capì che con ogni probabilità avrebbe dovuto uccidere, ma non si lasciò turbare. Anche se avesse dovuto perdere la propria anima per salvare Learco, l'avrebbe fatto. Se lui fosse sopravvissuto, lei non sarebbe mai morta per davvero.

Arrotolò la mappa e se la infilò in tasca. Poi avvolse il mazzo di chiavi nella stoffa, e fu pronta ad andare.

I primi corridoi erano semivuoti. Si trovava nel livello superiore delle prigioni, dove erano detenuti i criminali comuni. La sorveglianza era scarsa, e quando Dubhe si trovò di fronte al primo ingresso, ebbe tutto il tempo di trovare la chiave giusta e aprire.

Una volta superato quello, si mosse con circospezione stando ben attenta a non fare rumore. Il gabbiotto delle guardie era poco distante. Ce n'erano due, ma le torce illuminavano a malapena il corridoio. Strisciò sinuosa lungo l'ombra che il muro della guardiola gettava sul pavimento, e solo quando fu sicura che i soldati non si erano accorti di nulla, si alzò. Il cuore le batteva forte. Rimase in attesa; poi, al momento buono, corse verso la prima diramazione. Appena girato l'angolo, però, si bloccò. Un'altra guardia. Era davanti a lei e le dava le spalle. Senza riflettere troppo, prese la pezzuola che aveva usato per il carceriere e la usò per stordire il soldato. Aprì una cella che sapeva vuota e vi mise dentro il corpo inerte. Poi scartò dal mazzo le chiavi utilizzate fino ad allora e si diresse verso la porta che dava sulle scale.

Quando l'aprì e fu dentro, capì subito che adesso veniva il difficile.

Quella parte delle prigioni pullulava di guardie che facevano regolarmente la ronda. Erano attente a ogni ombra e movimento. Dubhe avrebbe dovuto fare affidamento su tutti gli insegnamenti di Sherva per passare, perché c'erano pochi posti in cui nascondersi. Le torce erano tante e illuminavano bene ogni anfratto. L'unica cosa che le faceva gioco era il rumore. Da ogni cella proveniva un brusio continuo, lamenti e grida di dolore. Era agghiacciante, e i soldati dovevano pensarla allo stesso modo. Avevano lineamenti tesi, facce scure e, quando si incontravano, si scambiavano sguardi carichi d'insofferenza.

Dubhe cercò di mantenere la calma, concentrandosi sui movimenti da fare per rimanere invisibile. Ci mise parecchio per arrivare alla porta che le interessava, e questo la innervosì. Da un momento all'altro qualcuno si sarebbe accorto del carceriere e della guardia privi di sensi, e allora sarebbe stato il caos.

All'ultima svolta trovò un ragazzo dall'aria stanca a piantonare l'ingresso con un compagno. Decise di giocare d'astuzia. Non poteva ucciderli entrambi e lasciarli lì. Ritornò in un corridoio attiguo e fece quanto più rumore possibile.

«Chi è là?» disse la guardia.

Dubhe si appiattì contro l'ombra del muro, trattenendo il respiro. Stava facendo uno sforzo sovrumano per rimanere contratta in quella posizione, e sperò che i due abboccassero in fretta. Dopo poco li vide svoltare nel corridoio e allontanarsi per controllare che tutto fosse a posto. Non indugiò oltre. Scivolò fuori dal suo nascondiglio con il mazzo di chiavi pronto in mano.

Il cuore le batteva impazzito e il sudore rendeva la sua presa più scivolosa. Rumore di passi. Le guardie stavano già tornando indietro. Scartò le chiavi a una a una, provandole frenetica.

*Apriti, apriti, apriti!*

Lo scatto fu lieve e felpato, e a Dubhe parve il suono

più bello del mondo. Aprì la porta, si infilò nel sottile spazio che si venne a creare e fu di là. I passi erano ormai vicinissimi. Dovette usare tutta la prudenza possibile per riuscire a richiuderla senza che le guardie se ne accorgessero.

Quando capì che era fatta, si concesse un attimo di respiro. Le facevano male tutti i muscoli, ma non doveva fermarsi. Laggiù, in fondo alla scala buia, Learco l'aspettava.

Si mosse rapida per il dedalo di gallerie. Rispetto al piano superiore, questo era più intricato. I corridoi erano particolarmente angusti, e le porte delle celle massicce. Il soffitto era basso e le dava un senso di claustrofobia. E poi faceva un caldo soffocante. Sembrava di stare in un girone infernale, tra dannati che si lamentavano e fiamme eterne.

Non si scoraggiò e, spinta dall'urgenza, in breve riuscì a individuare la cella di Learco.

Si fermò in un angolo, la porta a qualche braccio da lei: non aveva idea di cosa gli fosse capitato. Forse l'avevano torturato, o forse era già morto. L'angoscia la prese alla gola, ma si trattenne dal fare mosse avventate. Due guardie armate, dall'aria massiccia ed esperta, sorvegliavano la cella. Dubhe pensò a come agire. Il corpo a corpo in un posto così angusto era impossibile, anche se la Bestia dentro di lei fremeva. Allora frugò nella bisaccia e prese le due fiaschette che le aveva dato Tori. Le stappò, avendo cura anche stavolta di non respirare, e le fece rotolare silenziosamente tra i piedi dei soldati. Poi attese.

Non fecero in tempo nemmeno a dire una parola. Entrambi si accasciarono sul pavimento, privi di sensi. Dubhe ne approfittò per spegnere le due torce che illuminavano la porta della cella: aveva con sé degli stracci imbevuti d'acqua, un vecchio trucco che aveva usato parecchie volte. Bastava usarli per coprire le torce, e la fiamma si spegneva. Rapido ed efficace.

Non appena fu buio, si avvicinò alla porta.

*Fa' che stia bene*, pensò, e un sorriso disperato le si disegnò sul volto.

La serratura scattò con un rumore sordo. Dubhe spinse la porta in avanti. Era pesante, e il cigolio la preoccupò. Trascinò i corpi dei due soldati dentro la cella, prima di richiudere.

«Be'? È già l'alba?»

Quella voce la fece sussultare. Si voltò lentamente. La prigione era piccola e asfittica. In un angolo, una sola candela rischiarava a malapena quel tugurio.

Lui era appeso per le mani alla parete. Stava in ginocchio, e portava solo i pantaloni. Il petto nudo era attraversato da striature rosse e violacee. Aveva la barba lunga, i capelli incrostati di sangue e sudiciume. Ma i suoi occhi erano ancora vivi e presenti, e la guardavano pieni di stupore.

«Dubhe.»

Gli corse accanto e lo baciò con disperazione. Aveva le lacrime agli occhi nel vederlo in quello stato. L'avevano massacrato e torturato. Le ferite erano profonde, e ogni suo gemito accresceva in lei una rabbia cieca.

Subito armeggiò con il mazzo per aprire i ceppi che lo tenevano legato alla parete, ma ben presto si accorse che nessuna chiave funzionava. Allora prese i suoi attrezzi e con pochi gesti esperti riuscì a liberarlo. Poi lo aiutò a distendere le braccia irrigidite.

Learco le fece un sorriso. La fissava in maniera strana, come se la vedesse per la prima volta. Con una certa difficoltà le prese tra le mani una ciocca di capelli. «Allora è questo il tuo vero colore...» disse con un sospiro.

Dubhe non sapeva cosa rispondere. Restò in silenzio e lo aiutò ad alzarsi: era debole, e da troppo tempo non stava in piedi. Barcollò qualche istante, poi decise di fare da solo. Sfilò la spada a uno dei guardiani svenuti, e con il volto dolorante si appoggiò all'elsa per rimanere in equilibrio. Dubhe non intervenne. Loro due erano uguali in questo: orgogliosi, indipendenti e intolleranti agli sguardi di pietà.

«Non c'è bisogno che ti armi, basto io a difenderci» disse.

«Non mi sottovalutare» replicò lui con un sorriso di scherno. «Qual è il piano?»

«Prima dobbiamo liberare Theana.»

Learco la guardò con aria interrogativa, e solo allora Dubhe si ricordò che non conosceva il vero nome della maga.

«È Lea, la mia compagna di viaggio.»

Lui annuì, ma la sua espressione divenne seria. «L'hanno portata via, ieri notte. Ho riconosciuto la sua voce.»

Dubhe deglutì, raggelata. Si ricordò delle voci sugli interrogatori, e il suo cuore prese a battere freneticamente. «Pensi che l'abbiano torturata per sapere qualcosa?»

«È una tua complice, quindi è molto probabile. Io però so dove possono averla portata. Andiamo» disse Learco avviandosi verso la porta.

Era stato addestrato molto bene. Sebbene i suoi muscoli fossero ancora indolenziti, si muoveva agile e silenzioso per i sotterranei. Dubhe lo osservava ammirata. Riusciva a nascondersi tra le ombre quasi quanto lei.

Non dovettero girare molto. La cella delle torture si trovava in uno stretto corridoio laterale. A Dubhe bastò vedere la porta per sentirsi male. Davanti non c'era nessuno, neppure una torcia a illuminare il pertugio. Il buio era spesso e maleodorante.

Non aveva un piano preciso. Sulla cartina quel posto non era indicato, e adesso dovevano procedere alla cieca. Tirò fuori il pugnale e avanzò seguita da Learco.

Non appena furono vicini, un urlo acuto squarciò il silenzio. Dubhe sentì il cuore balzarle in petto. Era una donna. Estrasse veloce il mazzo e provò a trovare la chiave giusta. I mormorii all'interno si fecero soffocati, dolenti. Era la voce di Theana, non aveva dubbi. Poi un suono lacerante riempì l'aria, e la maga urlò ancora una volta.

Dubhe avvertì che la Bestia era pronta a uscire. Il mondo perse i suoi contorni, l'odore del sangue cambiò il volto alle cose. Come in un sogno, vide Learco prenderle dalle mani il mazzo, trovare la chiave giusta e aprire la porta. Dentro, l'inferno.

Ampi bracieri illuminavano una sala bassa e lunga. In un angolo, una vergine di ferro – il terribile sarcofago di forma femminile – mostrava le due ante aperte e l'interno ricoperto da punte acuminate. Ovunque erano appese pinze, tenaglie e lame. Una donna con la schiena scoperta era legata a un ceppo di legno; dietro, un piccolo uomo laido teneva in mano un gatto a nove code.

Era come stare nella Casa. L'orrore si mescolò alla rabbia, e la maledizione ruppe definitivamente il sigillo. Dubhe sentì la Bestia urlare.

Non riuscì a fermarsi, o più ancora, non lo volle. L'ultima cosa che vide fu l'ometto che si voltava stupito.

Learco rimase inorridito. Vide Dubhe scattare in avanti con un balzo ferino e gettarsi sul torturatore col pugnale tra le mani. Il suo volto era irriconoscibile, i suoi muscoli guizzanti sembravano esplodere sotto il velo della pelle. Non era più lei.

Il pugnale affondò nella carne più volte, mentre la vittima si dibatteva disperata. Il sangue era ovunque, gli schizzi arrivarono fino alla parete della cella. Learco era come paralizzato. Ogni pensiero era volato via dalla sua mente, e ora c'era posto solo per quello che i suoi occhi stavano contemplando. Poi il ricordo del racconto di Dubhe gli fece capire tutto.

«Fermati!» urlò gettandosi su di lei.

Dubhe si dimenava tra le sue braccia con una forza incredibile. Alla fine riuscì a divincolarsi e lo atterrò. Sopra di lui, Learco vide due pozzi neri che lo guardavano come voragini, mentre il pugnale era già alzato per sferrare il colpo.

*Mi uccide*, pensò senza paura. Era una constatazione, nulla di più, perché tutto era stato troppo veloce.

Invece Dubhe si bloccò. L'ira svaporò in pochi, lunghissimi istanti, e i suoi occhi tornarono normali. Si accasciò di colpo, svenendo sul petto di Learco.

«Dubhe, Dubhe!» gridò lui, scuotendola per le spalle.

Dovette ripeterlo un paio di volte prima che lei riaprisse lentamente gli occhi e lo guardasse.

«Di nuovo» mormorò con le lacrime agli occhi. «L'ho fatto di nuovo» ripeté con un singhiozzo.

Fu un pianto disperato, e lui la strinse a sé, sussurrandole all'orecchio che tutto era a posto. Quando si fu calmata, l'appoggiò al muro e andò da Theana.

La giovane maga ansimava con gli occhi chiusi.

«Theana?»

Lei girò appena gli occhi verso Learco. «E Dubhe?»

«È qui accanto a me, siamo venuti a prenderti.»

Sfilò le chiavi dal corpo informe del torturatore mentre Dubhe, in un angolo, respirava affannosamente.

Liberò Theana con delicatezza, e la sostenne. La ragazza si guardò attorno, indugiando un attimo appena sul cadavere a terra.

«È stata lei?» chiese, fissando gli occhi in quelli di Learco. Lui annuì.

«Dannazione, il sigillo non ha retto.»

«Dobbiamo andarcene di qui» disse Dubhe con un filo di voce. Aveva il volto rigato di lacrime e le mani viscide di sangue, ma cercava di riprendere il controllo della situazione. Era evidente che le costava un'immensa fatica.

«Un'evasione di massa... dalle guardiole è possibile aprire tutte le celle... solo così potremo uscire» disse tra un rantolo e l'altro.

«Guardaci! Non siamo abbastanza in forze per combattere» obiettò Learco.

«Forse però non sarà necessario.» Era stata Theana stavolta a intervenire. «Posso farlo io con un incantesimo, senza muoverci da qui.»

Dubhe la squadrò. Non avevano scelta, come sempre, ma per una volta si fidò. Se Theana l'aveva detto, era perché poteva farlo. «D'accordo» disse semplicemente.

Learco si domandò chi fossero in realtà quelle due donne. Erano senza dubbio diverse, ma in qualche modo c'era tra loro un grande affiatamento.

Theana prese un grosso respiro. Era pallida e stanca, e non appena iniziò a mormorare alcune parole a bassa voce, il suo viso si fece di un colore terreo, e le sue gambe cominciarono a cedere. Learco la sorresse ancora, ma lei non si fermò. I ceppi a cui era stata legata avevano annullato i suoi poteri, e ora le servivano tutte le sue energie per richiamarli. Con gli occhi serrati e una smorfia di dolore sul volto, terminò la formula. Il rumore simultaneo di molti lucchetti che scattavano all'unisono riempì lo spazio della cella, poi il corridoio e il piano intero. Theana cadde a terra.

Dubhe tese l'orecchio. Oltre la porta chiusa il frastuono non tardò a farsi sentire. Prima ci fu il cigolio delle porte e lo scalpiccio di piedi nudi, poi il rumore pesante degli scarponi chiodati dei soldati che gridavano. Nel giro di poco, urla di gioia e ordini militari si confusero in uno strepito terribile.

«Ora!» sentenziò.

Uscirono di corsa. Learco era in testa con la spada sguainata, mentre Dubhe teneva sulle spalle il corpo molle di Theana. La confusione era al massimo. I più vigorosi tra i prigionieri avevano già preso in mano le armi e stavano combattendo; i più deboli arrivavano da dietro per dare manforte. Il loro numero era soverchiante, e già si contavano i primi morti tra le guardie.

Learco si fece largo tra gli evasi. Cadde a terra un paio di volte, e rialzarsi fu sempre più difficile.

«Ce la faccio» diceva a Dubhe che gli porgeva la mano.

Tutto intorno era scoppiato l'allarme. L'insurrezione aveva svegliato l'intera Accademia, e dagli altri piani decine di soldati scendevano ai livelli inferiori per lanciarsi nella mischia.

La calca rischiava di sommergerli, ma allo stesso tempo offriva un riparo.

Così, invisibili in quella moltitudine caotica, Dubhe, Theana e Learco riuscirono a sgattaiolare nelle cucine senza essere visti.

«Di qua!» urlò Dubhe, dirigendosi verso la porta che sapeva aperta.

Il buio di Makrat e l'aria fresca della notte li accolsero.

## 21
## Fuga

Forra guardò i bastioni del palazzo. Le teste dei congiurati erano puntini neri sul blu assoluto del cielo estivo. Da quando erano state esposte, la città era avvolta in un silenzio di tomba. Di fronte a lui, Dohor aveva il volto stanco e provato. Lo avevano svegliato non appena la notizia della fuga era stata diramata a palazzo, e da quel momento non aveva smesso di dare ordini per normalizzare la situazione.

«Perdono, signore» disse Forra con voce tremante, mentre si inginocchiava ai suoi piedi. «So che è tutta colpa mia.» Il re rimase immobile senza dire una parola, godendosi quell'atto di sottomissione. Era così che aveva guadagnato il potere, con il pugno di ferro, e ora anche il più temibile tra i suoi condottieri doveva subire.

«Alzati» gli intimò dopo qualche istante.

Notò l'espressione supplice di Forra e ripensò a quando l'aveva incontrato la prima volta. Allora era un ragazzino grande e grosso, considerato dai suoi coetanei uno stupido dalla forza sovrumana. Faceva lo sguattero all'Accademia e sognava di diventare cavaliere, pur sapendo che per un figlio illegittimo del re quello era un sogno inaccessibile. Nessuno aveva mai visto in lui altro che il suo sguardo ottuso. Dohor, al contrario, aveva trovato in quegli occhi la luce dell'odio. Forra era una spada che aspettava soltanto di trovare un padrone, era un macellaio, e fomentò il suo desiderio di rivalsa. Lo crebbe al proprio fianco come si faceva con i cani, bastonandolo quando necessario, ma anche lodandolo se lo meritava. Non appena era diventato re, lo aveva scelto come suo luogotenente, permettendogli di riscattarsi sul campo di battaglia, e i risultati non avevano tardato ad arrivare. Forra in poco tempo era diventato un mercenario letale e sanguinario, ma ubbidiente al suo padrone. Non aveva mai rifiutato una missione, e anche questa volta Dohor sapeva che non avrebbe fatto eccezione.

«È fuggito» disse semplicemente.

Forra si fece attento, e raddrizzò le spalle in attesa di sentire il resto.

«Mio figlio è un traditore» continuò Dohor. «So che hai fatto del tuo meglio per riportarlo sulla retta via, ma tu l'hai creato e tu lo distruggerai.»

Un lampo omicida passò negli occhi del suo sottoposto, e il re sorrise tra sé pregustando la vendetta. Da quell'ultima volta nella sala del trono, non riusciva a togliersi di mente lo sguardo deciso e combattivo di suo figlio. Si era ribellato, e nel suo regno retto dal terrore, chi non lo temeva era pericoloso, perché era un uomo libero. Learco doveva pagare quell'affronto.

«Dovrai riportarmelo vivo» aggiunse scandendo bene le parole. «Voglio essere in prima fila quando i nostri alleati lo dissangueranno nel tempio. Ho promesso loro anche la maga, ma l'assassina no. Lei deve morire e basta. Fa' quello che vuoi, non mi interessa, purché mi porti la sua testa.»

Forra indugiò un istante e poi chinò il capo. «Non vi deluderò» disse in tono feroce. Poi si congedò.

Il re lo guardò allontanarsi, mentre il silenzio di Makrat avvolgeva ogni cosa. *Ecco il mio potere*, pensò. La sola idea che tutto poteva sgretolarsi sotto i suoi piedi riaccendeva in lui una paura folle, mai provata.

Soltanto immaginando le urla di dolore di Learco riusciva a calmarsi. Avrebbe latrato come un animale chiedendo pietà, ne era convinto, e lui non gliela avrebbe concessa. Alla fine avrebbe vinto su tutto: su suo figlio e sull'intero Mondo Emerso. Solo così riuscì a dimenticare il fuoco negli occhi di Learco la sera in cui aveva smesso di temere suo padre.

Dubhe tuffò il viso nell'acqua gelata della Fonte Scura. Sentiva il bisogno di purificarsi, di cancellare dalla sua memoria le immagini terribili di quanto era accaduto nella prigione. Stavolta non era stata solo la Bestia. Stavolta parte di quella collera le apparteneva, lo sapeva. Si tirò su di scatto, e con gesti convulsi tentò di pulirsi il corpetto e le mani macchiati di sangue. Non c'era nulla da fare, gli odori sembravano impressi sulla sua pelle per sempre.

«Finiscila.»

Dubhe si girò. Learco aveva appoggiato una mano sulla sua spalla e ora la guardava dritto negli occhi. Era esausto, ma ugualmente cercava di trasmetterle calma e serenità. Dubhe sapeva che anche lui doveva essere agitato da pensieri cupi, ma gli fu grata per quella finzione. Aveva bisogno del suo appoggio, e la sua assoluzione era tutto ciò che desiderava, da sempre, soprattutto ora che si trovavano in quel posto che le parlava del suo passato.

Si erano rifugiati nel suo vecchio nascondiglio, una grotta nel folto della foresta subito fuori Makrat, e là avevano lasciato Theana, ancora provata dalle torture.

Non appena aveva messo piede nella grotta, Dubhe era stata sopraffatta da un senso di desolazione. Non sembrava cambiato nulla dall'ultima volta che c'era stata, come se tutta la strada fin lì percorsa non fosse servita a niente. Era un eterno ritorno, un destino da cui non si poteva sfuggire. Dopo tanto vagare, dopo tanta sofferenza, era di nuovo là.

Poi aveva guardato Learco. No, non era vero, erano cambiate molte cose, perché ora c'era lui a dare un senso nuovo al tempo, e a liberarla dalla sua solitudine.

Un gemito la fece tornare alla realtà. Learco aveva cominciato a detergersi le ferite imbevendo una pezzuola nell'acqua nera come pece, e il senso di fragilità che comunicava le strinse il cuore.

«Lascia, faccio io» gli disse, prendendogli di mano la pezzuola. La intinse nella fonte e gli toccò la pelle, cercando di rendere il tocco leggero.

Lui le sollevò il volto, la baciò, e per un attimo non ci fu posto per altro sotto le fronde degli alberi.

«Dove andremo, ora?» le chiese, staccandosi appena dalle sue labbra.

Dubhe si sentì come se una zavorra la stesse riportando a terra a velocità vertiginosa. Strinse la pezzuola tra le mani e ritornò presente a se stessa. «Theana deve riposarsi almeno un giorno, o non andremo da nessuna parte» rispose. La fuga le aveva prosciugato tutte le forze, e nemmeno loro erano in grado di continuare. Erano riusciti ad attraversare i vicoli malfamati della città coperti da lunghi mantelli, ma gli ultimi passi nella foresta erano stati un supplizio.

«I soldati batteranno i boschi per trovarci» obiettò Learco.

«Soltanto quando avranno sedato l'evasione. Abbiamo un po' di vantaggio; o hai qualche altra idea?».

Il giovane scosse la testa con un sospiro. «No, certo che no.»

Sopra di loro, il cielo stava schiarendo in una nuova giornata torrida e afosa.

«Voglio fermare mio padre a tutti costi. Dobbiamo unirci agli altri e sostenere un'offensiva.»

Dubhe si stupì nel sentire la sua voce ferma e decisa. Doveva essere successo qualcosa, perché non c'era più paura nelle sue parole. «Credo che la cosa migliore sia raggiungere Laodamea e consultare il Consiglio delle Acque. Ido e Lonerin di certo saranno già tornati a fare rapporto.» Pronunciare quel nome davanti a Learco le fece uno strano effetto, e senza volerlo arrossì.

Era buffo. Delle molte cose che gli aveva detto di sé, non gli aveva mai parlato di Lonerin. Gli spiegò per sommi capi, ma non ci fu bisogno di dilungarsi troppo.

Lui capì quello che c'era da capire. «Perfetto. Mi unirò a loro» disse con sicurezza.

Dubhe fece un sorriso dolente. Già. E lei? Che posto avrebbe avuto lei?

*Nessuno. Tu morirai presto.*

Un lungo brivido le percorse la schiena, e Learco parve accorgersene. «Tu sarai con me e combatteremo assieme» affermò deciso. «E alla fine farai quello che è necessario» aggiunse.

Dubhe distolse lo sguardo.

«Guardami. So quello che hai deciso, ma non permetterò che accada. Io non posso stare senza di te.»

Dubhe non seppe replicare. Quelle parole avrebbe potuto dirle lei. C'era qualcosa che la spaventava in quella corrispondenza di sentimenti così profonda e perfetta. Era qualcosa di troppo bello e intenso per durare.

«Mio padre mi avrà anche dato la vita, Dubhe, ma lo ha fatto per mero interesse. Voleva una copia di mio fratello da ammaestrare per sfidare la morte; io però sono diverso, solo ora lo capisco. La mia terra ha bisogno del suo sangue, e tu hai bisogno della sua testa.»

Dubhe non reagì. Cosa doveva fare? Morire, e preservare la perfezione del suo rapporto con Learco, o uccidere suo padre, e rischiare che quel cadavere restasse per sempre tra loro, separandoli giorno dopo giorno?

«Giurami che lo farai...» mormorò Learco.

Lei per un attimo immaginò la loro vita assieme, e si sentì felice. Fu l'illusione di un istante: in fondo al cuore sapeva che era una fantasia che non si sarebbe mai avverata.

Tornarono indietro verso la grotta e, dopo averne camuffato l'ingresso, riposarono per il resto del giorno. Erano esausti, e le ferite di Learco si facevano sentire. Anche Dubhe non era al meglio della sua forma. La Bestia aveva continuato a tormentarla, mantenendola in uno stato perenne di tensione.

A notte fonda decisero che era arrivato il momento.

«Ce la fai a marciare?» chiese Dubhe a Theana. Lei si limitò ad annuire. Da quando era stata liberata, parlava poco, e nella sua voce c'era qualcosa di diverso. Dubhe non aveva idea di cosa fosse accaduto in quella cella prima del loro arrivo, e si rendeva conto di non volerlo neppure sapere.

Theana si tirò su a fatica, ma riuscì a mettersi in piedi. «Tu, piuttosto, come stai?» le domandò.

«Ce la faccio.»

La maga le prese il polso e controllò il simbolo. Pulsava più vivo che mai. Fece una smorfia. «Dobbiamo rifare il rito. La maledizione sta procedendo troppo rapidamente.»

«Ora non sei in grado» replicò Dubhe, sottraendole il braccio. «In ogni caso non abbiamo tempo. La cosa più importante è scappare; siamo braccati, e non ci vorrà molto prima che si mettano sulle nostre tracce.»

«Credevo che il mio ruolo in questa spedizione fosse quello di salvare te, non il contrario.»

Dubhe la guardò stupita. Non si aspettava una risposta così diretta. Fece finta di non aver sentito e si avviò verso l'uscita.

Fuori il buio era denso e silenzioso. D'ora innanzi si sarebbero mossi soltanto con il favore delle tenebre. Non avevano cavalli ed erano malmessi tutti e tre, ma dovevano farcela.

«Forse non posso ripetere il rito, ma per questo ho ancora energie sufficienti.»

Dubhe si voltò e vide il volto pallido della maga stirato in un sorriso. Teneva in mano alcune pietre colorate e gliele stava mostrando.

«Le ho trovate mentre voi eravate alla fonte e vi ho applicato un incantesimo. Ci permetteranno di comunicare col Consiglio delle Acque. Li avviserò del nostro arrivo, così ci attenderanno al confine con la Terra del Mare.»

Dubhe la guardò con gratitudine.

«Ce la faremo, vedrai» le sussurrò Theana.

Lei sorrise debolmente. Si sforzò di crederci. Improvvisamente sentiva di non poter fare a meno di sperare.

La seconda sera decisero di procurarsi un mezzo di trasporto.

Deviarono per un sentiero e rubarono tre cavalli nella stalla di una casa isolata. Furono Dubhe e Learco a occuparsene, mentre Theana li attendeva nel bosco. Il principe si stava rivelando il migliore dei compagni. Era sempre calmo, sebbene sapesse meglio di chiunque altro che la morte poteva attenderli dietro ogni angolo. Dubhe si aggrappò a lui con disperazione, smettendo persino di chiedersi quanto sarebbe durata quell'illusione.

Non passò molto, però, che sentirono le ronde. Dapprima fu un battito sordo e lontano, che faceva vibrare il terreno; poi i cavalli presero a scalpicciare nervosi. Infine un'ombra nera e immensa oscurò la luce della luna. Draghi.

«Siamo nei guai» disse Learco. «Ci cercano con i draghi. Significa che Forra è vicino.»

Dubhe impallidì. Dovevano accelerare la marcia. Nelle condizioni in cui si trovavano, era impensabile affrontare lo zio di Learco e il contingente di soldati che si era portato dietro.

Alle prime luci dell'alba si accamparono. Legarono gli animali a un albero e stabilirono dei turni di guardia per riposare. Erano troppo lenti, così non ce l'avrebbero fatta.

Ma la speranza rifiorì d'improvviso, una sera.

Si erano appena rimessi in sella, quando un fumo azzurrino circonfuse la figura di Theana.

La maga si affrettò a scendere da cavallo e ordinò in circolo le pietre colorate mormorando una formula. La sua fronte si coprì rapidamente di sudore, mentre il fumo si condensava in una sfera. Theana vi pose sotto un pezzo di stoffa, strappandolo dal proprio vestito. Le rune andarono a disegnarsi sul tessuto a una a una, nitide e precise.

"Al confine vi attenderà un drappello armato. Appuntamento tra quattro giorni."

Tra loro e la salvezza c'erano soltanto poche leghe di cammino.

L'ostacolo si presentò inatteso a un nulla dalla meta. Gli alberi si aprirono come sipari di un teatro, e davanti a loro apparve una radura. Non era molto vasta, una notte di viaggio, non di più. Ma erano allo scoperto.

Si fermarono sul limitare, i cavalli che brucavano l'erba rorida di rugiada. Era una notte illuminata da una splendida luna piena.

«E ora?» chiese Theana.

Né Dubhe né Learco sapevano cosa rispondere. Forse potevano aggirare la pianura, ma quanto tempo ci avrebbero impiegato? Non potevano tardare all'appuntamento ed erano allo stremo. Theana, seduta sul suo cavallo, sembrava un fantasma, la pelle del volto tirata e le mani che le tremavano. Era riuscita a convincere Dubhe a rifare il rito, ma le poche forze che aveva recuperato non erano state sufficienti per portarlo a termine con profitto. Sarebbe durato meno questa volta, e adesso lei non riusciva più a muovere un muscolo.

«Si va» disse a sorpresa Learco.

Dubhe scorse nei suoi occhi la consueta sicurezza. «D'accordo, ma facciamo in fretta» rispose, spronando il cavallo.

Si gettarono nella radura al galoppo, con la luna che sembrava un enorme occhio luminoso pronto a indicare a tutti la loro posizione.

Il rumore pesante degli zoccoli dei cavalli che pestavano la terra coprì il battere ritmico e sordo che da giorni faceva vibrare il terreno. L'ansimare delle bestie impedì di udire il cozzare metallico delle armature, e fu così che l'ombra apparve davanti a loro improvvisa e terribile.

Nera nel nero della notte, immensa, tagliò la corsa del cavallo di Theana, gettandolo a terra. Dubhe e Learco la sentirono urlare, la videro rotolare sull'erba, finché all'improvviso una zampa squamosa non l'afferrò per la vita.

Dubhe gridò.

*Non ora, non ora!* si trovò a pregare con disperazione.

Il drago calò ancora, ma stavolta su Learco. Lui si difese abbassandosi e brandendo la spada. Fece cambiare direzione al cavallo, ne aumentò la corsa precipitosa per disorientare l'aggressore, e per un attimo sembrò riuscirci.

«Corri, corri!» urlò verso Dubhe, ma lei non sentì. La sua mente era vuota di ogni pensiero.

Davanti a lei comparve una schiera di soldati che inesorabilmente si avvicinava, intrappolandoli. Cercò di calmare il cavallo, ma quello continuò a scalciare impazzito, finché non le fece perdere l'equilibrio. Il mondo si dissolse in un dolore sordo che le riempì la testa e, quando si riebbe, la prima cosa che vide fu la luna, bella e spietata, brillare sopra di lei.

Sentiva la testa girare e la Bestia grattarle nel petto, vorace. Guardò verso il drago; Learco si difendeva dagli artigli parando i colpi con la spada, ma era una lotta impari. Stava per intervenire, quando il suo collo incontrò il freddo di una lama.

«Quanta fretta» disse una voce volgare. Un soldato la sovrastava, la spada in pugno. «Goditi lo spettacolo, piuttosto.»

Dubhe guardò dietro di lui. C'erano altri dieci uomini, tutti armati e pronti ad attaccare, ma non si fece impressionare. Con un gesto rapido piantò il pugnale nel petto del tizio che aveva davanti e passò oltre.

Ma il numero era soverchiante, e presto la immobilizzarono a terra.

«Hai smesso di sputare veleno, eh, brutta serpe!» le urlò in un orecchio uno dei soldati.

Dubhe non sapeva cosa fare. Il drago aveva appena dilaniato il cavallo di Learco con un morso, e lui era caduto a terra ruzzolando per la radura. Lo vide alzarsi in piedi con la spada ancora in pugno; tre soldati lo attaccarono senza dargli il tempo di recuperare. Si batté con furia, ma i nemici erano troppi, e infine cadde a terra, braccato e senza forze.

Dubhe tentò di divincolarsi sfruttando i trucchi di Sherva: i soldati però prevennero ogni sua mossa. Un senso di impotenza devastante l'annientò.

Tra le lacrime di dolore e di rabbia, scorse il drago posarsi a terra e far scendere il suo cavaliere. L'uomo si avvicinò a Learco, ma era troppo distante per capire chi fosse. Vide i soldati legare il principe e Theana e piazzarli sulla sella dell'animale. Poi il drago si alzò in volo, e il suo ruggito riempì la pianura.

L'uomo avanzò verso di lei, e alla luce della luna Dubhe vide i suoi lineamenti schiarirsi a poco a poco. Il suo volto feroce, la sua corporatura massiccia svelarono una figura che conosceva bene.

«E ora veniamo a te» disse Forra con un ghigno feroce.

# 22
# Determinazione

Sherva fissò la luna sopra di sé. Cosa avrebbe pensato di lui sua madre, se l'avesse visto ora?

Aveva sbagliato, solo adesso lo capiva. La Gilda gli aveva succhiato via tutto; Yeshol gli aveva estorto anni di vita, carpendogli i segreti del suo corpo agile e flessuoso, e non gli aveva lasciato nemmeno un'ambizione, come una pianta tenuta troppo tempo al buio. Aveva tradito sua madre, mancando la sua vendetta e scavandosi la fossa da solo. Si era lasciato intrappolare da quella setta di invasati. Quel viaggio era l'ultima occasione per riscattare il suo onore offeso, l'ultimo modo che aveva per ritrovare se stesso.

La notizia era arrivata verso pranzo, e in un attimo la mensa si era trasformata in un mormorio continuo. San stava per arrivare alla Gilda, per di più di sua spontanea volontà.

«E Ido?» aveva chiesto Sherva, quando lo aveva saputo.

«Gli ordini erano di lasciarlo stare. Del resto, dopo quel che è successo a te, era comprensibile...»

Due Assassini al suo fianco soffocarono a stento una

risatina di scherno. Sherva si sentì ribollire d'ira. Come si permettevano? Si alzò dalla sedia di scatto e zittì tutti con uno sguardo. La rabbia che si sentiva in corpo era devastante e, senza pensarci troppo, si diresse dalla Suprema Guardia.

«Mi avete impedito di andare a cercare di nuovo San e ho ubbidito» disse con voce tremante. «Ho anche ricominciato a lavorare come un Assassino qualsiasi senza oppormi, ma non posso più tollerare il sarcasmo degli altri sottoposti. Io sono secondo solo a voi, qui dentro.»

Si chiese se fosse vero, ma lo disse come se ci credesse, e un lieve sorriso increspò le labbra di Yeshol. Sherva capì di odiarlo profondamente. Lui e quel suo culto infernale dovevano scomparire dalla faccia del Mondo Emerso.

«Dovresti essere superiore a queste sciocchezze.»

«L'onore è sempre stato una cosa fondamentale, per me.»

Yeshol lo guardò di sbieco. «Che cosa mi stai chiedendo, Sherva?»

«Voglio avere la possibilità di vendicarmi.»

«Ti è già stata negata.»

«Voglio andare incontro allo gnomo e fermarlo. Di sicuro sta venendo qui anche lui.»

Nel silenzio attonito che seguì, Yeshol ebbe il tempo di sfilarsi gli occhiali d'oro e massaggiarsi la radice del naso. Persino quei gesti così semplici nauseavano Sherva.

«Non è una cosa che ci interessa» disse la Suprema Guardia alzandosi in piedi. «San verrà a noi, e questo ci basta.»

«Lo gnomo non permetterà che il ragazzino vi cada tra le braccia.»

«Non ci raggiungerà mai, e lo sai.»

«Ormai la notizia avrà fatto il giro del Mondo Emerso,

e lo gnomo è a capo della resistenza. Prima che si congiunga ai suoi amici, bisogna fermarlo.»

Yeshol lo guardò di nuovo senza dire una parola. Era lo sguardo di un re che si rivolgeva a un suddito insignificante. «Hai fallito. Se la tua fede fosse grande, Thenaar esaudirebbe la tua richiesta, ma tu continui a rifiutarlo. In tutto questo tempo ti sei sempre tenuto al margine del culto, e hai espiato la tua colpa soltanto rinunciando al tuo grado. Io ti conosco, Sherva, perché ho creduto in te. Sei venuto tu a bussare alla nostra porta molti anni fa, e per quanto questo sia un fatto insolito, ti abbiamo accolto con piacere, perché eri un Bambino della Morte tra i più dotati. Qui dentro l'onore di cui parli non esiste, è sempre stato questo il tuo problema: chiunque entra nella Gilda rinuncia alla sua vita e al suo passato, e questo tu non l'hai mai fatto.»

Sherva digrignò i denti. «Mandatemi da Ido.»

«No. Piuttosto sottomettiti al dio. Tu pensi ancora a tua madre e alle tue origini. Qui dentro, invece, siamo un solo corpo e un solo spirito. Questo è l'unico modo di essere Vittoriosi che Thenaar permette.»

«Già, però per voi non è così.»

Gli era sfuggito. Non aveva intenzione di dirlo davvero, ma non era riuscito a trattenersi.

«Cosa hai detto?» La voce di Yeshol vibrava di collera repressa.

«Voi siete la testa di questo corpo. Lasciate che gli altri si annullino nella fede, ma voi mantenete integra la vostra individualità, e comandate quelli che sono a tutti gli effetti vostri servi personali.»

Yeshol lo afferrò per il bavero della casacca. Aveva una forza incredibile, che il suo aspetto non tradiva in alcun modo. «Stai mettendo in dubbio la mia fede, verme? È questo che stai dicendo?»

I suoi occhi bruciavano, e Sherva riuscì a sostenere quello sguardo solo con un certo sforzo.

«Tutto quello che faccio è per la gloria di Thenaar. Io vivo in sua funzione, al di fuori di questo luogo io non esisto.»

Lo lasciò andare con uno spintone, gettandolo a terra, in ginocchio. Sherva riprese a respirare a fatica.

«Dovrei ammazzarti qui e subito, spero che tu ne sia consapevole. Non tollero questo genere di insolenze.»

Sherva si sentì umiliato. Yeshol lo trattava come un padre che redarguiva un figlio indisciplinato.

«Fa' come credi. Uccidi lo gnomo, te lo concedo, ma perché voglio essere magnanimo, nient'altro, e tienilo bene a mente. Non ti permetterò mai più di cedere alle tue sciocche idee di bastardo mezzo sangue. Dopo che avrai terminato la tua missione, dovrai cambiare, o il prossimo a dissanguarsi sotto la statua di Thenaar sarai tu.»

Sherva rise alla notte mentre ricordava quell'episodio. Yeshol lo aveva completamente annullato. Quel loro ultimo incontro era stato emblematico. Lui era un sottoposto, uno tra i tanti, un'arma forse più affilata di altre, ma nient'altro che uno strumento. Yeshol ne era sempre stato il padrone, e la cosa non sarebbe mai cambiata. Al contrario di lui, la Suprema Guardia era riuscita ad andare fino in fondo alla propria missione, aveva dedicato anima e corpo a ciò in cui credeva, fino alle estreme conseguenze, fino ad annullarsi. Per questo era più forte.

*Ora non posso fare altro che salvare il salvabile.*

Si affacciò dalla scogliera. Il vento tirava forte, mentre più sotto il mare muggiva contro la roccia. Ben presto le onde gli avrebbero portato l'unico nemico che sperava essere alla sua altezza: un vecchio disilluso e stanco, reduce di un mondo che ormai non esisteva più. La luna scivolava verso il mare, e Sherva non poté fare a meno di pensare di essere caduto davvero in basso. Adesso gli davano solo da spolpare carcasse già decomposte dal tempo.

Avevano frugato il palazzo da cima a fondo. Si era mobilitato Quar, ancora in papalina e veste da notte, e persino Ondine era andata in giro scarmigliata. Ido aveva cercato in ogni anfratto, aveva percorso scale su scale, si era infilato dappertutto, ma di San neanche l'ombra. Ormai era chiaro che se n'era andato.

«Forse il prigioniero è riuscito a liberarsi e l'ha rapito. Ma era ferito, e in questo caso li ritroveremo presto. Ho già diramato ordini alle guardie, e i messaggeri stanno diffondendo tra le altre contee un ritratto di entrambi. Tutte le strade sono sorvegliate, è solo questione di tempo.» Ondine sembrava sicura del fatto suo, sebbene il volto tradisse la tensione per quello che era accaduto.

Ido fumava nervosamente la pipa, e le nuvolette di fumo si susseguivano rapidissime, compatte. Le mani gli tremavano e si sentiva addosso una smania terribile, un misto di rabbia, frustrazione e impotenza, con un tremendo senso di colpa in sottofondo.

Scosse la testa.

«Cerca di ragionare, non ci sono alternative...» obiettò Ondine.

«No!» La contessa sobbalzò, e Ido quasi si pentì del proprio tono di voce tanto brusco e perentorio. «Quell'idiota non aveva modo di fuggire, e poi le guardie erano addormentate.»

«Era un sicario, avrà usato qualche sonnifero.»

«Nella stanza di San non c'erano segni di colluttazione.»

«Avrà addormentato anche lui e...»

«Se n'è andato» la interruppe Ido. Era la prima volta che lo diceva. Fino a quel momento aveva tenuto quel pensiero ai margini della coscienza, ma ora non poteva fare altro che capitolare. «Ha liberato il prigioniero e se n'è andato.»

«Ma per quale motivo l'avrebbe fatto?.»

«È convinto di poter sconfiggere la Gilda, e vuole andare da loro per vendicarsi. Ho parlato con lui, lo conosco, so che è così.»

Si passò una mano sulla faccia. Ecco il suo bel risultato: Tarik e sua moglie morti, e San che gli sfuggiva da sotto il naso, spinto per di più dal suo comportamento. Perché era solo e soltanto colpa sua, questo era ovvio. Non aveva saputo curarlo, non aveva saputo rispondere al suo dolore, né aveva tentato di lenirlo. L'unica cosa di cui era stato capace era stato di riempirgli la testa di storie vecchie e ammuffite.

*La vecchiaia ti ha reso cieco e sordo. Lui è come Nihal, e tu hai fatto lo stesso errore di allora.*

Sentì il bisogno di sfasciare quella stanza e urlare, ma non poteva. «Dove credi siano andati?»

Ondine si guardò attorno, sperduta, cercando di fare mente locale. «Forse si sono diretti al sentiero che avete fatto voi per arrivare qui.»

Ido la fissò. «Ci sono strade più rapide?»

Lei non seppe cosa rispondere. C'erano tante possibilità da vagliare, ma così su due piedi non riusciva a riflettere. «Possiamo provare a chiedere alle nostre guide...» azzardò con un filo di voce.

«Li devo precedere. Non c'è altro modo, ormai. Ho bisogno del tuo aiuto.»

Partì quello stesso pomeriggio. Aveva chiesto a Ondine di diramare per tutto il regno un lasciapassare speciale per lui, in modo che la burocrazia di frontiera non lo rallentasse nella sua corsa.

«E se ne avete notizie, informatemi all'istante. Soana mi ha insegnato la magia per comunicare a distanza. Devo essere qui se San farà ritorno.»

Ondine annuì, ancora confusa. «Quando lascerai il Mondo Sommerso e tornerai in superficie, troverai una nave, la più veloce della flotta. Mi sono già assicurata che sia a tua completa disposizione.»

Ido annuì brevemente, mentre caricava le sue cose su un cavallo.

Ondine lo guardò con tristezza. «Mi spiace che debba finire così. Avrei dovuto scegliere per lui un maestro migliore...»

«Non è colpa tua» la interruppe Ido. «L'unico responsabile sono io.»

Si salutarono su quelle parole, sapendo che probabilmente non si sarebbero mai più rivisti. Ma non c'era tempo per addii più lunghi. Ido doveva cercare di riparare almeno in parte al suo enorme errore. Così spronò il cavallo e cominciò a macinare leghe su leghe sotto il mare.

Le Scogliere Ascose gli apparvero irte e impervie come quando le aveva abbandonate. Allora tutto sembrava a posto: il dolore del ragazzo era il suo dolore, e lui era certo che San sarebbe stato la Nihal della sua vecchiaia.

Si arrampicò con foga su per la stradina che dalla rada conduceva al picco, e ai marinai chiese se avesse attraccato una nave con a bordo un giovane vestito di nero e un ragazzino dalle orecchie a punta.

«Da quando siete partito voi è passato solo un cargo merci. Non aveva passeggeri.»

Ido imprecò. Forse avevano seguito un'altra rotta e non erano ancora arrivati, o forse nessuno li aveva notati ed erano già ripartiti.

Giunto in cima alla scogliera, si guardò attorno. Potevano essere ovunque, e non c'era neppure modo di rintracciarli. Perché doveva sempre pagare un prezzo così alto per i suoi errori? Prima c'era stata la carriera di Cavaliere di Drago sotto il Tiranno, e poi l'amore, arrivato così tardi. Alla fine aveva sottovalutato Dohor e aveva permesso che Tarik gli morisse davanti agli occhi.

Fu l'istinto a salvarlo, qualcosa che neppure la vecchiaia e la disperazione potevano sopire. Scartò di lato, appena in tempo per vedere un pugnale che si perdeva verso l'abisso.

*Sono loro!* pensò irragionevolmente, e si volse sguainando la spada. Ma davanti a lui c'era soltanto una figura magra e dinoccolata. Ido lo riconobbe quasi subito: era l'Assassino che aveva rapito San e ucciso Tarik.

«Ce ne hai messo di tempo...» disse il sicario con un sorriso viscido.

«Dov'è San?»

«Ti aspetto da oltre una settimana. Hai idea di quanto siano lunghi sette giorni trascorsi a guardare il mare?»

Ido digrignò i denti. Era tempo di farla finita. «Dimmi dov'è.»

L'uomo scrollò le spalle. «Probabilmente a quest'ora sarà già nella Terra della Notte, a meno di una settimana di cammino dal tempio. Ma potrei anche sbagliarmi, ormai il suo destino non mi riguarda.»

Ido non capiva. Era impossibile: avrebbero dovuto volare. «Levati di mezzo. Questa non è una guerra tra me e te. La persona che hai davanti adesso non ha niente a che fare con quella con cui hai combattuto tre mesi fa.»

«Neppure io sono lo stesso» replicò Sherva sogghignando.

Non aveva ancora finito di parlare, che già gli aveva lanciato due coltelli a un soffio dalla faccia. Ido ne intercettò uno con la spada, ma il secondo lo vide solo all'ultimo istante e scartò di lato abbassando la guardia. Il tempo di rialzarsi, e si ritrovò quel demone alle spalle.

«Preso» disse l'Assassino con un tono di sfida, stringendo le braccia attorno al suo collo.

Ido sentì immediatamente l'aria mancargli, ma non si fece prendere dal panico. Gli era bastato uno sguardo per sapere esattamente cosa aveva indosso il suo nemico. La mano procedette alla cieca verso la lama che l'uomo portava alla cintola. Raggiunse l'elsa e la sfilò dalla custodia. Gli piantò il pugnale in un braccio, ma l'altro non urlò. Mollò la presa all'istante e riguadagnò la distanza di sicurezza.

Sherva divelse l'arma senza emettere un lamento, e subito la usò contro lo gnomo. Ido stavolta era pronto. Parò tutti i colpi, e intanto imparò il ritmo con cui l'Assassino si batteva. Era fuori di sé, glielo leggeva negli occhi, e per questo finiva per ripetere gli stessi schemi d'attacco.

Gli fece condurre il gioco, lasciandogli credere di essere in vantaggio; poi, quando lesse nel suo sguardo il lampo del trionfo, lo prese in contropiede. Colpì il pugnale sull'elsa e approfittò del contraccolpo per trafiggergli anche l'altro braccio. La ferita era profonda, e il sangue iniziò a scorrere veloce.

«Maledetto...» sibilò Sherva allontanandosi un po'.

«Non mi importa niente di te. Vattene e vivrai» gli disse Ido con il fiato corto.

«Vivere senza onore non mi interessa! Mi sono inginocchiato a sufficienza in questi dannati anni, e non me ne andrò senza aver lavato l'onta della mia sconfitta!» urlò Sherva.

Gli saltò al collo, tirando fuori chissà da dove un laccio per strangolare. Ido fu rapido a mettere una mano tra il collo e la corda, ma ugualmente gli mancò il fiato. Sherva però perdeva molto sangue, e la sua presa non era salda a sufficienza. Quando sentì un attimo di cedimento, Ido ne approfittò per fargli leva sul braccio e liberarsi. Con un unico movimento lo gettò a terra, poi lo inchiodò al suolo con la spada. Colpì appositamente la spalla, perché potesse parlare prima di morire. Non se ne sarebbe andato di lì senza aver saputo quello che voleva.

«Ammazzami!» urlò Sherva sbavando. «Ho fallito anche questa missione, merito la morte!»

Ido non provò nulla di fronte a quello sfogo. Un ostacolo in più sulla strada della sua missione, un ulteriore ritardo: quell'uomo non rappresentava altro. «È vero quello che mi hai detto?» gli chiese appoggiandosi all'elsa della spada.

«Ti ho detto di ammazzarmi» sibilò l'altro in risposta. «La mia vita è stata un fallimento, mi sono venduto per nulla, e alla fine mi sono ritrovato a strisciare come un verme, io che volevo essere il più forte.»

Ido lo guardò come si guarda una bestia al macello. Era un'ennesima vittima della Gilda, ma era anche l'assassino di Tarik. «Prima dimmi se è vero quel che mi hai detto, e poi ti tolgo la vita.»

L'uomo annuì debolmente. «Hanno preso un passaggio sotterraneo che usò il Tiranno quando mandò i suoi emissari nel Mondo Sommerso, ai tempi della Battaglia d'Inverno. Per questo ti hanno superato.»

«Dannazione!»

Sherva rise, tra un rantolo e l'altro. «Ci ha fregati entrambi. Lo sapeva che non ti avrei battuto, e mi ha mandato qua. Fino alla fine mi ha trattato solo come uno strumento.» Si girò verso lo gnomo. «Anche tu sei stato solo un'arma nelle sue mani, come le molteplici schiere di schiavi che si è allevato sotto terra e con i quali distruggerà questo mondo.»

Ido lo guardò annientato. «Di chi parli?»

«Yeshol, la Suprema Guardia. L'uomo per uccidere il quale entrai nella Gilda, e che alla fine invece mi ha tolto tutto.»

Ido gli si avvicinò minaccioso. «Quando ci sarà il rito?»

Sherva lo guardò esitante per un attimo appena, poi la sua smorfia di dolore divenne un terribile ghigno. «Fra due settimane. Una settimana perché il ragazzino arrivi da lui, una settimana per organizzare il tutto.»

«Perché una settimana?»

«Perché la rinascita di Aster sarà salutata da un'ecatombe di Postulanti, che saranno sacrificati sotto la statua di Thenaar, nella Casa. E tra loro ci saranno anche due ospiti speciali che Yeshol deve ancora catturare: una maga di nome Theana e il figlio di Dohor.»

Ido sentì un lungo brivido percorrergli la schiena. La giovane maga che gli aveva salvato la vita e il ragazzo triste contro il quale si era scontrato poco tempo prima, il principe che non sarebbe mai diventato re.

Tolse la spada dalla spalla dell'uomo con violenza, strappandogli un alto grido. Poi la pulì con uno straccio che prese dalla bisaccia. Il sangue di quell'Assassino aveva una strana consistenza e un colore pallido. Non sembrava sangue umano.

«Mi hai dato la tua parola» disse l'uomo tirandosi su.

Ido lo guardò. «Non uccido chi non può più nuocermi.»

«Se non mi uccidi, ti seguirò in capo al mondo e ti impedirò di salvare il ragazzo.»

Ido indicò la sua spalla. «Con quella ferita? E in ogni caso non hai ragione di farlo, me lo hai appena confessato.»

L'uomo guardò a terra con angoscia. «La mia vita non ha più un senso. Se tu fossi un vero guerriero, avresti pietà di me.»

«Hai ancora un nemico» replicò Ido. Poi rinfoderò la spada e prese la sua strada.

Dietro di lui, Sherva rimase attonito a guardarlo allontanarsi. Lo stupore ben presto lasciò il posto a una selvaggia determinazione: una sensazione che non provava più da molti anni. L'accolse come una vecchia amica, perché finalmente gli dava il coraggio di fare ciò che fino a quel momento aveva temuto.

Adesso era pronto a tutto per raggiungere il suo obiettivo.

# 23
# Il cadavere della Foresta

Il vento gemeva tra i tronchi secchi degli alberi. L'estate mostrava il suo lato peggiore; la terra era screpolata e la polvere si infilava negli occhi facendoli bruciare.

Lonerin non aveva mai visto prima di allora la Foresta. Si era limitato a immaginarla da quanto aveva letto nelle *Cronache*, ma nei suoi sogni quel nome richiamava un luogo lussureggiante, ombroso e fresco; nulla a che vedere col panorama desolante che si ritrovava davanti agli occhi.

Sennar, accanto a lui, si avvolse più strettamente nel mantello. «Sei sicuro che sia qui?»

Lonerin annuì. «Ho riprovato due volte ieri sera, e il risultato è stato sempre questo. Il talismano si trova nella Foresta.»

Sennar sospirò.

Da quando avevano messo piede a Salazar fino a quel ritorno alla Terra del Vento, il loro viaggio non era stato altro che un penoso cammino tra le rovine della sua vita. Quei luoghi sembravano chiamarlo, erano una trappola a cui non poteva sfuggire.

«Ha un senso» disse il vecchio mago facendo qualche

passo controvento. «Non ho idea di come sia finito qui, ma ha un senso che si trovi in questo luogo.»

Subito dopo l'assalto dei pirati, si erano fatti prendere dallo sconforto. Ancora una volta erano a un passo dall'obiettivo, e tutto era andato in fumo. Ma mentre Sennar sembrava essersi fatto una ragione del fallimento, Lonerin non voleva darsi per vinto. Cercare ancora, frugare, insistere: era questo che chiedeva. Davanti al rifiuto ostinato del vecchio, si era sentito quasi preso in giro.

Erano tornati alla locanda, cercando di riflettere.

«Perché siete sempre così pronto ad arrendervi?» aveva sbottato a un certo punto Lonerin. «Il vostro fatalismo non ci aiuta. Se non vi interessava nulla della missione, potevate fare a meno di venire.»

Era ingiusto, lo sapeva, ma il desiderio di sfogarsi era superiore a tutto.

«E tu perché non vuoi mai accettare la realtà? Perché non vuoi mai fare i conti col fallimento?»

Lonerin spalancò gli occhi. «Ma avete idea di cosa significhi la nostra missione? Sapete che senza il talismano perdiamo molte delle speranze che abbiamo di fermare Dohor e la Gilda?»

Sennar non si scompose. «E tu ti rendi conto che negare lo stato delle cose non serve a niente?»

Lonerin si sedette sul letto, prendendosi la testa fra le mani. Aveva bisogno di far svaporare l'ira.

«E ora?» chiese infine con un filo di voce.

«A mali estremi, estremi rimedi» aveva risposto Sennar.

La magia Lonerin la conosceva. Era una cosa da neofiti: individuazione del magico. Aveva imparato a farla durante il suo primo anno presso Folwar.

«È una via praticabile?» chiese dubbioso. «Insomma, credevo che dopo la morte di Nihal ogni magia fosse scomparsa dal talismano...»

«Infatti è così. Tuttavia è rimasto a contatto talmente a lungo con mia moglie da aver assorbito una piccola parte del suo spirito.»

Era la prima volta che Sennar si riferiva a lei in sua presenza senza chiamarla per nome.

«Anche se si tratta di una traccia debole, in teoria è possibile individuarla con questo incantesimo. Sarò sincero. Se avessi davvero creduto che potesse funzionare, lo avrei usato fin dall'inizio, piuttosto che andarmene in giro con te per i quattro angoli del Mondo Emerso. Ci vuole molta capacità per una cosa del genere, e molta forza interiore. Che io non ho» concluse dopo un attimo di pausa.

Lonerin gli lesse negli occhi il resto del discorso. Si sentì quasi fiero di sé. Sennar lo guardava con sicurezza, come se davvero credesse di poter contare su di lui; ed era la prima volta da quando erano partiti che si lasciava andare a un apprezzamento per le sue doti.

«Non correre troppo, non credere che sia così semplice» disse il vecchio mago, vedendo il suo sguardo di soddisfazione.

«Imparerò.»

«Voglio che tu sappia ancor prima di cominciare che non mi attendo risultati. È una prova, nient'altro.»

«Lo so. Ma è l'unica speranza che ci resta» disse Lonerin.

Sennar annuì. «Già, è la nostra ultima speranza.»

Erano rimasti alla locanda una settimana intera. I primi due giorni Lonerin li aveva trascorsi a esercitarsi. L'incantesimo che doveva compiere era leggermente diverso da quello che aveva imparato quando era ancora un ragazzino.

«L'ho modificato io» aveva detto Sennar di sfuggita. «Tu sei giovane, ma presto o tardi verrà anche a te la voglia di sperimentare con la magia. I grandi maghi ci passano tutti. Alcuni attraversano la fase indenni, altri si montano la testa. I più sfortunati fanno la fine di Aster.»

Un sottile brivido aveva attraversato la schiena di Lonerin, e da quel momento si era applicato con tutto se stesso. Imparare non era stato difficile, il problema però era che sembrava non funzionare.

«Faccio tutto quello che mi avete detto... Perché non va?» aveva esclamato un giorno, scoraggiato.

«Forse sei troppo debole, o forse l'oggetto è troppo lontano» gli aveva risposto rudemente Sennar. «In realtà è la traccia che è troppo flebile» aveva concluso scuotendo la testa.

Al terzo giorno di insuccessi, Sennar prese il bastone e cinse il mantello.

«Non ha senso che resti qui con le mani in mano. Vado in giro a cercare notizie.»

«Vengo con voi.»

«No, devi continuare a provare. Ti ho spiegato come si fa, ora sei tu che devi trovare il modo.»

La porta si era chiusa, e Lonerin era rimasto nel silenzio ovattato della stanza. Davanti a lui, dieci piccoli dischi d'argento ruotavano a mezz'aria. Erano gli stessi che Sennar aveva usato per cercare l'emissario di Aster tra la folla di Zalenia. Lonerin aveva osservato le rune elfiche incise sopra. Alcune erano nuove, segno che il vecchio aveva detto il vero. Le aveva scritte lui quando aveva modificato il rito.

Poi si era seduto sul pavimento e aveva chiuso gli occhi, cominciando a mormorare la formula. Aveva continuato così per ore, con ostinazione, senza fermarsi nemmeno quando la voce gli era diventata roca. La stanza della locanda sembrava richiudersi su di lui come una bara. Non c'era altro, al di fuori di quel posto, e l'incantesimo era tutto, l'alfa e l'omega, l'inizio e la fine.

A sera Sennar era ritornato con la faccia scura. Aveva lanciato con rabbia il bastone in un angolo, si era tolto il mantello e si era gettato sul letto, gli occhi fissi al soffitto.

«Niente?»

«Niente.»

Era andata avanti così per una settimana intera, una settimana durante la quale lo scorrere dei minuti segnava solo lo sgranarsi di un tempo immobile e stagnante.

E poi, una sera, quel disco che improvvisamente ruota più veloce degli altri, che quasi sembra danzare nell'aria. Lonerin l'aveva guardato a bocca aperta mentre si sollevava a mezz'aria. La runa si era tinta di un rosso purpureo. Lo stesso simbolo si era andato disegnando lentamente sugli altri dischi, finché tutti erano apparsi marchiati dalla stessa identica runa: sud.

Dovevano andare a sud.

Si erano messi in marcia la mattina dopo. Avevano preso due cavalli e parecchie provviste.

Lonerin non riusciva ancora a spiegarsi come fosse riuscito a far funzionare l'incantesimo. Non capiva se fosse merito delle sue doti o del caso. Sennar gli aveva detto che la magia cercava di tradurre il mondo in parole comprensibili agli esseri senzienti, ma che l'universo era un libro scritto con caratteri troppo complessi perché fosse possibile capire tutto. Un concetto difficile da accettare. Fin dall'addestramento presso Folwar, aveva sempre pensato che per un mago potente non esistessero segreti inviolabili. Per la prima volta si scontrava contro un limite, un'idea che non aveva mai preso in considerazione.

Avevano abbandonato Barahar al galoppo e si erano diretti verso il Piccolo Mare, costeggiandolo per sei giorni.

«Mia madre era di queste parti» aveva osservato Sennar con un sorriso amaro. «È per questo che non sono mai voluto tornare nel Mondo Emerso. Non c'è sentiero di questa terra maledetta che non abbia battuto, non c'è pietra che non mi parli di tutto quello che ho perso.»

Poi erano arrivate le montagne, e le foreste della Marca dei Boschi. Avevano continuato senza sosta, i dischi d'argento che insistevano a indicare il Sud.

Avevano presto capito che si trattava di tornare di nuovo nella Terra del Vento.

Sennar aveva dato segni di insofferenza, ma ormai sembrava essersi rassegnato. «La gente pensa sempre che la vita sia una strada dritta, ma sbaglia. La vita è un circolo, un maledetto cerchio che gira in tondo. Alla fine ti trovi in mano esattamente quello che avevi all'inizio, e finisci per tornare al luogo da cui sei venuto» aveva sentenziato.

Erano già nella Terra del Vento quando le rune avevano di nuovo parlato. Foresta. Un nome scritto a chiare lettere su ciascuno dei dischi. Sennar li aveva guardati ipnotizzato, incapace di staccarne gli occhi. Lonerin aveva pensato a tante cose: nella Foresta c'era la casa di Soana, nella Foresta Nihal aveva ricevuto la sua iniziazione alla magia e aveva trovato l'ultima pietra del talismano. Era un luogo denso di significato, un posto magico.

Sennar aveva avuto ragione: c'era un senso, in quel ritorno all'origine.

Attraversarono quello che rimaneva della Foresta in completo silenzio. Le truppe avevano abbattuto gli alberi per le picche e i fuochi notturni; poi era arrivata la carestia, e i contadini avevano bruciato quanto rimaneva nel tentativo di strappare alla terra qualche campo da coltivare. Ora, intorno a loro, si stendeva soltanto una piana smembrata con pochi arbusti malati.

Lonerin conosceva la storia. Quel posto aveva smesso di vivere nel momento in cui Nihal aveva preso l'ultima pietra dall'albero che proteggeva il bosco, il Padre della Foresta. Senza di lui, le piante erano state esposte a ogni tipo di rischio, e presto non ne era rimasta più traccia. Erano secoli che la steppa e la Foresta si disputavano quella terra: tutti i vecchi del posto ne parlavano. Un tempo la vegetazione si stendeva fino alla Terra dell'Acqua, e Lonerin si sorprese a pensare con dolore che le cose belle non erano mai eterne. Di esse rimaneva soltanto il pallido ricordo nelle storie lette attorno al fuoco.

La caducità delle cose. Ecco la scoperta di quel lungo viaggio assieme a Sennar. Gli eroi invecchiano e perdono la speranza, le foreste si disseccano, e tutto prima o poi scompare.

La notte bivaccarono in una stretta radura alla luce di un pallido fuoco magico. L'erba era talmente secca da pungere la pelle oltre i vestiti. Sennar fissava il vuoto senza dire una parola, mentre Lonerin continuava a esercitarsi per il rito.

«Io so dove stiamo andando» disse all'improvviso il vecchio mago alzando gli occhi. «E non voglio andarci.»

Lonerin lo guardò.

«Mi è rimasto così poco cui aggrapparmi… E non voglio che mi venga tolto.»

«I ricordi non può toglierceli nessuno» disse Lonerin con un sorriso triste.

«Ti sbagli. La realtà ce li strappa a uno a uno.»

L'indomani mattina Lonerin fu svegliato da un tintinnio insistente. Stava sognando di trovarsi a Laodamea, sotto le cascate, e il frastuono dell'acqua lo rendeva nervoso. Aprì gli occhi, e un sole pallido e malato lo salutò tra i rami contorti degli alberi. Il caldo era afoso, ma il cielo era velato. Il tintinnio continuava. Non era un sogno.

Si girò e vide i dischi d'argento scontrarsi tra loro e formare una freccia. Saltò in piedi e svegliò subito Sennar. Non era mai capitata una cosa del genere: era di certo un segnale, e non dovevano perdere tempo. Il vecchio mago scrutò verso la direzione che indicavano e, senza dire nulla, preparò i bagagli.

Camminarono a passo svelto tra i resti della Foresta, i dischi che continuavano a tintinnare dentro la sacca che Sennar teneva legata alla vita.

«Forse dovremmo controllare cosa ci dicono…» osservò Lonerin.

«Non ce n'è bisogno. So dove andare.»

Il giovane lo seguì senza più proferire parola. Davanti a lui, il bastone di Sennar lasciava solchi profondi nella terra riarsa dal sole. A un tratto vide la schiena dritta del mago fermarsi e tremare leggermente. Allora alzò gli occhi e capì.

Davanti a loro c'erano i resti di un tronco maestoso,

certamente appartenuto a un albero centenario. Doveva essere stato tagliato dalle accette molto tempo prima, perché il bordo del legno era già marcio e la corteccia rimasta era consunta. Sopra, Lonerin notò decine d'incisioni e motteggi volgari: evidentemente i soldati di passaggio non gli avevano risparmiato neppure quell'ultima offesa. A terra, l'unico segno di un'eredità vilipesa: una foglia dorata che sembrava appena caduta dall'albero era incastonata tra le zolle spaccate dal sole e brillava di luce propria.

Eccolo l'antico Padre della Foresta, l'albero il cui cuore aveva costituito l'ultima pietra del talismano del potere, quella della Terra del Vento. Lonerin provò a convincersi che il suo sacrificio aveva salvato il Mondo Emerso dalla distruzione, ma ugualmente di fronte a quello scempio provò un'infinita tristezza.

La risata di Sennar lo sorprese. Si girò e vide il volto del vecchio mago contratto in un ghigno rassegnato. «Gli dei hanno un curioso senso dell'umorismo.» Guardò verso il cielo bianco d'afa, in cui il sole si confondeva nella luminosità diffusa. Allargò le braccia. «Volevate che arrivassi fin qua? Eccomi. Non c'è nulla di sacro su questa terra, l'ho capito da tempo. Ho abbandonato anche i ricordi più dolci, non credete che sia arrivato il momento di finirla? Ne ho abbastanza di questa vita, dov'è lo scopo di tutto ciò?»

Una lieve brezza si alzò all'improvviso e un tintinnio catturò l'attenzione dei due maghi. Si girarono verso il tronco, e sul bordo trovarono seduta una piccola figura luminosa che li fissava con occhi blu senza pupilla. Aveva i capelli arruffati e lunghe orecchie appuntite. Un paio di diafane ali si aprivano sulla sua schiena, e il volto liscio ricordava quello di un bambino. Lonerin non capiva da dove potesse essere apparsa quella creatura, eppure si era distratto soltanto un attimo.

«Non prendertela con gli dei, è colpa mia» disse il folletto.

Gli occhi di Sennar erano grandi di stupore; nel Mondo Emerso era opinione comune che i folletti si fossero ormai estinti da molto tempo. Nessuno aveva saputo spiegare esattamente quel fenomeno, ma l'unica cosa certa era che, da quando le foreste erano state violentate dalla guerra e dagli uomini, loro erano scomparsi nel nulla.

Sennar abbassò la testa e sorrise. «Finalmente ci incontriamo. Tu sei Phos, vero?»

Il folletto non rispose, limitandosi a sorridere a sua volta.

«Sei stato tu a condurci qui, giusto? Ed è merito tuo se la magia di Lonerin ha funzionato.»

«Precisamente» rispose Phos annuendo.

Lonerin pensò che la sua voce era indecifrabile; sembrava allo stesso tempo quella di bambino e di un uomo. Era come il suo aspetto: indefinibile e senza età.

Ci fu un attimo di silenzio, poi Sennar disse: «Nihal è morta.»

Phos non si scompose, ma il suo sguardo si velò di tristezza. «Lo so.»

«A volte penso che avresti dovuto prendere la pietra e rimetterla al suo posto. Se doveva finire così» disse il mago indicando tutto ciò che li circondava «allora avresti fatto meglio a non riportare Nihal in vita.»

Phos continuò a guardarli sorridendo. Un sorriso triste e spento, ma *vero*. Era al di sopra di quella desolazione, ma non come chi non se ne sente partecipe. Lui *sapeva*, ma *aveva accettato*.

«Ti sei fatto piegare dal peso delle cose, Sennar» replicò il folletto. «Alla fine hai fatto come tutti gli altri, hai abbassato le armi credendo che arrendersi fosse l'unico gesto che rimaneva per capire il senso della vita. Ma in realtà hai soltanto smesso di lottare.»

Lonerin fece un passo indietro, completamente spiazzato da quel discorso. Sennar rimase immobile; forse nemmeno lui si aspettava un rimprovero del genere.

«Tu non hai il diritto di dirmi questo» sibilò. «Tu non hai perso quel che ho perso io, non hai affrontato tutto quello che ho dovuto affrontare io.»

«Davvero lo credi?» rispose in tono tranquillo il folletto. «La mia specie si è estinta. Non ho più una casa né un santuario su cui vegliare» aggiunse, sfiorando con una mano il legno secco del tronco. «Eppure mi trovo ancora qui, e resterò legato a questo posto per l'eternità. Vedrò generazioni intere annientarsi per guerre fratricide, poi ne vedrò nascere altre che altrettanto in fretta cadranno nell'oblio. Sarò sempre più solo e non invecchierò nemmeno di un anno, mentre tutto intorno a me si sgretolerà.»

Le sue parole affondarono in un silenzio irreale. Il vento aveva smesso di fischiare tra i rami, non c'era alcun suono intorno a loro, come se il mondo circostante non potesse o non volesse penetrare la fitta cortina di dolore di quel discorso.

Sennar si era seduto su un tronco poco distante e si guardava le mani strette in pugno.

Phos lo fissò con il suo sguardo liquido e implacabile. «Ho qualcosa da darti» aggiunse, tirando su una catenella che teneva legata al polso.

Dalla cavità dell'albero, Lonerin e il vecchio mago videro comparire il talismano del potere, impolverato e ossidato com'era nella villa di Ydath.

«L'ho sentito quando l'uomo che lo aveva rubato ha messo piede nella Terra del Vento» disse rigirandolo tra le sue mani piccole e affusolate. «Grazie ai poteri che mi sono rimasti, ho fatto in modo che tornasse da me. In fondo sono l'unico che poteva prendersene cura. Ora è vostro, per questo vi ho chiamato fin qui, per darlo a voi che ne avete bisogno.»

«Come sapevi che lo stavamo cercando?» chiese Lonerin stupito.

Phos lo guardò, sorridendo comprensivo. «Noi Custodi sappiamo tante cose, forse troppe, e i segreti su cui vegliamo non li trovi nella letteratura di chi ha soltanto sbirciato per un attimo nel nostro mondo.»

Si alzò in volo tenendo a fatica il talismano per la catenella. Lo porse a Sennar, mettendoglielo nel palmo, e gli si pose di fronte.

«Conosco la tua stanchezza e, credimi, sono stanco almeno quanto te. Ma non è un buon motivo per arrendersi.»

Lonerin vide gli occhi del mago farsi lucidi. «Da quando lei è morta, tutto mi è sembrato inutile.»

Phos appoggiò le mani minute sul palmo di Sennar e lo guardò accorato. Quel dolore era anche il suo. «Il senso della nostra esistenza supera il tempo della vita. La condanna degli esseri mortali, o forse il loro dono, è questo: bisogna vivere senza capire. La speranza è l'unica linfa che ci permette di andare avanti. Ci saranno ancora guerra e disperazione, e poi pace e speranza, e poi ancora buio. È in questo eterno circolo che risiede il significato, l'unico a cui da mortali possiamo aspirare.»

Sennar scattò in piedi. «Perché mi hai portato qui? Che cosa vuoi che faccia? Sono vecchio, la mia vita mi sta alle spalle. Cosa vuoi da me?»

Phos si alzò in volo e lo guardò negli occhi. «Volevo solo ricordarti che lei aveva accettato, io ho accettato, e puoi farlo anche tu, se lo vuoi. Questo mondo ha ancora bisogno di te, perché questa storia non giungerà a compimento senza il tuo intervento. Ancora una volta, come in passato. E se è vero che gran parte della tua vita è trascorsa, c'è spazio ancora per un'ultima cosa: una buona fine. Una buona fine può riscattare anche il più insanabile dei dolori» aggiunse indicando il talismano con un sorriso. «Fanne buon uso.»

Poi sparì come era venuto.

# 24
# Vendette

Forra fissò a lungo Dubhe. Aveva lo sguardo del cacciatore che guarda una preda indifesa. Lei tentava di divincolarsi, ma i due soldati che la tenevano ferma avevano una presa salda.

Le appoggiò la punta della spada sul petto, quel tanto che bastava per pungerle la pelle. Poi scese lentamente, lacerandole il corpetto.

«Non avevo idea che fossi così carina...»

Dubhe sentì l'odore acre del suo fiato e agì all'improvviso, colpendo con un calcio la spada, che volò via ferendogli la guancia.

«Maledetta!»

Il colpo alla mascella di uno dei soldati fu durissimo. Le parve che tutti i denti si spostassero e volassero via dalla bocca. Il sapore metallico del sangue le bagnò la lingua.

«Calma, signori, calma» disse Forra, mentre si puliva la ferita con il dorso della mano. «Non c'è bisogno di usare la violenza con le donne.» Gli altri commilitoni sogghignarono ambigui. «La Gilda non ci aveva detto che sei una tale vipera.»

Dubhe immaginò la scena: Yeshol, Forra e Dohor attorno a un tavolo della Casa, sotto lo sguardo di qualche statua di Thenaar. Li vide contrattare il prezzo della sua vita, e il simbolo cominciò a pulsare con violenza sul suo braccio. «Io ti ammazzo...» disse tra i denti.

Forra rise di gusto, poi indicò i soldati dietro di lei e la radura che si perdeva a vista d'occhio. «Forse non hai ben chiara la situazione, ragazzina. Sei in netta minoranza, e io non sono caritatevole come il tuo amante. Non me ne frega niente di conquistarmi la vittoria con l'inganno; mi basta averla in pugno.»

Estrasse dallo stivale un lungo pugnale. Dubhe guardò la lama brillare alla luce della luna. Non poteva permettere che finisse così, non per mano di quell'uomo. Per un attimo pregò con tutta se stessa che la Bestia uscisse allo scoperto e facesse scempio di quegli uomini. Ma il suo ringhio era lontano, ancora sedato dal rito di Theana: questa volta non l'avrebbe aiutata.

Forra alzò la lama, e Dubhe si rifiutò di chiudere gli occhi e rassegnarsi. Urlò digrignando i denti, mentre le lacrime le affioravano alle ciglia, e fu proprio allora che lo sentì. Qualcosa fece vibrare il terreno, e un rumore ritmico e possente si propagò per il suolo. Forra si fermò con il braccio a mezz'aria, e il sorriso scomparve dal suo volto. Uomini a cavallo.

Dubhe sogghignò, gustando la sua occasione di riscatto. «Credevi davvero che fossi rimasta sola?»

Forra serrò la mascella e la guardò per un istante, poi ordinò ai soldati di mettersi in formazione d'attacco. Con un gesto indicò a uno dei due che la tenevano di portarla via. «Con te me la vedo dopo, non ti illudere» le sibilò tra i denti.

Dall'altro lato della radura, intanto, erano apparsi sei uomini. La scorta inviata dal Consiglio doveva aver visto il drago sorvolare la piana ed era andata in avanscoperta. Forse non pensavano di trovare tanti soldati; per Dubhe poteva essere l'occasione giusta.

Appena vide Forra voltarsi per recuperare la spada, contrasse le spalle e riuscì a sfuggire alla presa del soldato che stava tentando di legarla. Si liberò girando su se stessa, afferrò il collo dell'uomo con entrambe le mani e lo ruotò. Il rumore delle ossa infrante fu inghiottito dal rombo degli zoccoli dei cavalli sull'erba. Dubhe non indugiò oltre, prese il pugnale dalla cinta e con uno scatto in avanti si frappose tra Forra e la sua spada, bloccandolo. «Sono io il tuo nemico, non te lo dimenticare.»

Non c'era ragione di farlo. Era debole e stanca, e i cavalieri che l'avrebbero scortata potevano cavarsela da soli. Ma lei voleva Forra a tutti i costi, per se stessa, e per Learco. Quell'uomo lo aveva costretto a diventare un assassino contro la sua volontà, lo aveva torturato e assieme a suo padre aveva tramato contro di lui fin da bambino. Doveva, *voleva* vendicarlo.

Forra si passò il pugnale da una mano all'altra un paio di volte. Dubhe non si fece impressionare né distrarre. Era lucida e calma, il suo cuore batteva con tranquillità. Era da tempo che non combatteva più in quella condizione. Era così abituata a sentirsi le orecchie piene dell'urlo della Bestia che per un attimo si chiese se ce l'avrebbe fatta anche senza. Non ci fu neppure bisogno di rispondere.

Scattò in avanti e provò ad affondare. Forra rispose subito, nonostante fosse stato preso alla sprovvista. Ma Dubhe continuò ad attaccare, costringendolo a indietreggiare. Quell'uomo era pesante e grosso, e quanto ad agilità non poteva certo competere con lei. Però aveva il senso del ritmo, e soprattutto aveva intuito. Era un animale, e come tale combatteva. Non aveva tecnica né premeditazione, era guidato soltanto dal desiderio di uccidere. Non c'era studio nelle sue mosse, ma puro istinto. Poi un lampo squarciò la notte, e Dubhe sentì la lama penetrarle nel fianco. Si tirò indietro appena in tempo, zoppicando. Forra l'aveva ingannata: invece di indietreggiare, si era mosso in cerchio per recuperare la spada che lei gli aveva tolto poco prima.

«Cosa credi, che abbia passato una vita sui campi di battaglia senza aver imparato qualche trucchetto? Io sono un macellaio, ragazzina, ho ucciso un'infinità di volte, e so tutto della guerra e della morte.»

Dubhe si portò una mano alla ferita. Non era profonda, ma perdeva sangue. Bisognava concludere alla svelta. «Ti sbagli, hai ancora molto da imparare» replicò con freddezza, tentando di colpirlo alla spalla per immobilizzarlo. Chiese al proprio corpo di sforzarsi fino al limite, usando le tecniche che le aveva insegnato Sherva.

Forra, però, rispose con colpi semplici e violenti. Dubhe si sentì mancare; il suo corpo aveva raggiunto il limite. Tentò un'ultima mossa. Alzò il braccio sinistro e cominciò a parare le offensive con quello. Forra la teneva a distanza con la spada e, quando voleva colpirla, usava il pugnale; lei aveva soltanto un bracciale di cuoio a difenderla, ma se si muoveva con accortezza poteva bastare. Così fece. Al primo colpo sentì le ossa del braccio scricchiolare, i capillari rompersi, i nervi formicolare stremati. Il cuoio si scheggiava lentamente, e presto sarebbe arrivato il colpo fatale.

*Un braccio è un prezzo equo, pur di ucciderlo*, si sorprese a pensare con mente tranquilla. La Bestia aveva alzato il grido, però si agitava invano. Adesso il desiderio di morte era davvero soltanto suo.

Il bracciale andò in pezzi al terzo colpo, ma Dubhe riuscì a ritrarre il braccio prima che fosse troppo tardi. Un largo graffio rosso si disegnò sulla sua pelle. La testa le girò per qualche istante, e dovette fare appello a tutta la sua concentrazione per rimanere in piedi. Le ferite cominciavano a farsi sentire.

«Vuoi che ti prenda un pezzo per volta?» rise Forra. «È proprio quello che mi ha chiesto Sua Maestà, e ti assicuro che ho una voglia matta di ubbidirgli.»

Dubhe non ascoltò le sue parole. Per qualche istante non ci fu altro che la consapevolezza dolorosa del proprio corpo, e la percezione precisa di quanto stava accadendo. Comprese in un lampo la mossa successiva di Forra – un attacco frontale, a testa bassa e spada tesa – e scattò in avanti per precederlo.

Si appiattì al massimo delle sue possibilità, sentendo il morso dell'acciaio che le sfiorava la spalla e i capelli. Non si fermò neppure quando avvertì il metallo morderle la carne. Ma affondò la lama che teneva con entrambe le mani nell'incavo della spalla di Forra. Spinse finché non sentì il duro dell'osso, poi con una capriola estrasse il pugnale e si ritrovò in piedi dall'altra parte.

Lo stomaco le si rivoltò, aveva perso troppo sangue e la giravolta era stata uno sforzo eccessivo. Con la coda dell'occhio le era parso di veder cadere Forra, ma quando sentì il suo fiato sul collo, capì che aveva sbagliato ad abbassare la guardia. Fece appena in tempo a girarsi e a colpire di nuovo, stavolta all'addome, ma lui incespicò soltanto per un attimo, poi ritornò all'attacco. Era davvero una macchina da guerra: perdeva molto sangue, ma era ancora in piedi, ancora follemente determinato a ucciderla. «Tu non mi batterai!» urlò al vento prima di caricare il colpo.

Dubhe parò la sua offensiva e, sfruttando lo slancio

dell'avversario, riuscì a penetrare nella sua guardia. Lo colpì in pieno petto, affondando la lama nella carne più che poté. Forra cadde all'indietro, con le braccia alzate e un lamento soffocato. Il suo corpo massiccio provocò un tonfo sordo quando toccò terra, e Dubhe sorrise maligna alla luna che brillava sopra di loro. Si sentiva malissimo. La nausea montava e il sangue le scivolava copioso giù per le gambe. Non aveva importanza. Raccolse da terra la spada di Forra e avanzò lentamente verso di lui. Era ancora vivo. Il suo petto si alzava e si abbassava affannosamente.

Lo sovrastò e lo guardò con odio. Lo immaginò mentre costringeva Learco a uccidere il vecchio nella Terra del Vento, e la rabbia traboccò, spazzando via ogni rimorso. Alzò la spada e fissò i suoi occhi da moribondo.

«Learco e Theana... li stai portando alla Casa?»

Forra allargò la bocca in un ghigno tirato. «Ammazzami e non farla lunga» disse con difficoltà. «Non crederai davvero che mi abbassi a tanto.»

Dubhe pensò agli altri omicidi che aveva compiuto in passato: al terrore, all'angoscia, al disgusto che infinite volte l'avevano tormentata. Si era ripromessa di non sporcarsi più le mani, ma ora quel voto non aveva più importanza. Valeva la pena perdersi definitivamente per una speranza.

«Questo è per Learco» disse a mezza voce, e affondò la spada nel cuore di Forra.

Il buio della notte parve a San una coperta calda e opprimente. Aveva sempre associato all'oscurità il concetto di freschezza, ma adesso era costretto ad ammettere che il buio poteva essere più soffocante di una giornata di sole. L'Assassino davanti a lui cavalcava in silenzio.

Per tutta la durata del viaggio non si erano scambiati che poche parole. Per i primi tempi San lo aveva curato usando la magia, e aveva notato con stizza che non sempre era in grado di evocare i propri poteri. Le volte che ci riusciva, le ferite guarivano rapidamente, quasi a vista d'occhio, ma spesso era un fallimento completo.

Si era portato dalla biblioteca di Ondine il libro con le Formule Proibite per studiare l'attacco migliore da sferrare alla Gilda. L'avrebbe distrutta a ogni costo, anche se avesse dovuto dannarsi. In fondo avrebbe salvato il Mondo Emerso, le città avrebbero ospitato le sue statue e le genti a venire si sarebbero tramandate il suo nome di generazione in generazione. Lo avrebbero ricordato come il giovane eroe che aveva sacrificato se stesso per la salvezza di un mondo intero. Era più di quanto avesse fatto sua nonna in un lontano passato.

Nonostante gli studi, però, il potere fluiva indocile attraverso il suo corpo e, come ogni forza che non è ancora stata sottoposta a una disciplina, veniva fuori quando e come desiderava. Possente e inarrestabile, oppure risicato e a singhiozzo.

In quest'ultimo caso, San smetteva con ira di esercitarsi e si ripeteva che avrebbe funzionato comunque. Non era riuscito forse ad abbattere i quattro Assassini, sotto il mare? Bastava che lasciasse libero corso alla rabbia, e tutto sarebbe andato per il meglio. Di rabbia nella Casa ne avrebbe provata tanta.

A Ido pensava poco. Lo gnomo lo aveva deluso, ma soprattutto non riusciva ad ammettere che gli dava fastidio avergli disubbidito. Una voce dentro di lui continuava a chiedergli se stesse facendo la cosa giusta, ma preferiva non ascoltarla. Gli eroi non hanno dubbi e vanno sempre dritti alla meta, pensava.

Demar, intanto, lo osservava silenzioso. San cercava di non farci caso, in particolar modo quando di sera bivaccavano e lui tirava fuori il libro per allenarsi.

*Che guardi pure. Tanto non può avvisare nessuno.*

«Il *Libro dei Saggi Oscuri*» aveva detto l'Assassino, la prima volta che lo aveva visto sfilare il volume dalla sacca.

«Lo conosci?»

«L'originale scritto da Aster si trova nella biblioteca della Casa.»

San aveva pensato con colpevole desiderio a quelle pagine vergate da un mago così potente. Avrebbe tanto voluto darci un'occhiata.

Una notte, sentendo Demar pregare il suo dio con i pugni stretti al petto e il capo chino, si era lasciato incantare dalla nenia melodiosa che mormorava. Alla fine persino il nome di quel dio terribile, quel dio che aveva ucciso i suoi genitori, aveva assunto un suono quasi familiare, gradito.

*Lo spazzerò via dalla faccia della terra, e sarò il primo a farlo,* si ripeteva con sgomento, il cuore in subbuglio.

Thenaar, Thenaar, Thenaar. Era quello il mantra del suo odio, la preghiera della sua missione.

Quando raggiunsero finalmente la Terra della Notte, San fu preso dall'angoscia.

Il tramonto era arrivato poco dopo l'alba, e nel giro di qualche istante l'oscurità aveva inghiottito ogni cosa. Era uno spettacolo agghiacciante, quasi surreale.

Demar si accorse del suo sgomento e lo guardò ridendo. «Questo è l'incantesimo gettato sulla nostra terra. Ai suoi confini c'è un tramonto infinito, e nel centro la notte eterna.»

San cercò di assumere un'aria decisa. «Non mi faccio spaventare da un po' di buio.»

Demar ridacchiò. «L'oscurità tempra lo spirito, ragazzino: o riesci a conviverci oppure impazzisci.»

San aveva cominciato a capire presto il significato di quelle parole. Faceva ancora caldo, nonostante l'estate volgesse al termine, e il contrasto con quel buio che sapeva di fresco e refrigerio disturbava fino allo sfinimento. La mancanza di luce era opprimente, e gli occhi faticavano ad abituarsi a quella condizione estrema. Il cielo scuro restava luminoso, e i frutti di Lattescentia, la pianta che brillava ovunque in quella notte perenne, sembravano spettri vivi.

Aveva paura. Paura del buio, come quando bambino andava in camera dei suoi genitori.

*«Che c'è, San?» La voce dolce e impastata di sua madre.*

*«Ho paura.»*

*«Perché?»*

*«C'è qualcosa nel buio.»*

*Un sorriso appena accennato, la voce che si fa tenera. «Vieni qua.»*

*Braccia attorno al suo corpo, il fruscio di lenzuola pulite.*

*«Non c'è niente nel buio. È solo il sole che va a riposare, come te. Tra qualche ora tornerà. Dormi e vedrai che quel momento arriverà in un baleno. E poi ci sono io a proteggerti.»*

«Siamo vicini» disse Demar dopo tre giorni di marcia, e San sentì il cuore saltargli in gola.

«Quanto manca?»

«Stasera saremo davanti al tempio.»

Una ridda di pensieri impazziti invase la mente del ragazzino. E adesso? Qual era il piano? Che avrebbe fatto? Non lo sapeva. Non ci aveva pensato. Aveva immaginato di entrare e lasciare che i suoi poteri facessero il resto. Ma sarebbe bastato? Non aveva neppure chiesto all'Assassino come fosse fatta la Casa; stava andando allo sbaraglio, e la consapevolezza della sua inesperienza per la prima volta lo spaventò.

Stranamente si ritrovò a pensare a Ido.

*Mi starà cercando? Certo, ma sarà ancora lontano.*

Scosse la testa.

*Non provare a sperare che arrivi in tempo. Farai quello che devi o morirai, tanto vivere non ha più senso. Entrerai e lascerai che la rabbia si sfoghi, come quando sei stato attaccato. Tu hai ucciso un drago, ricordatelo, cosa vuoi che sia la Gilda? Al peggio, porterai nella tomba assieme a te qualche Assassino.*

Una volta di fronte al tempio, comunque, rimase quasi deluso. Aveva pensato di trovare una costruzione immensa e imponente, invece non era altro che un rettangolo di cristallo nero, che rifletteva la luce trasparente della notte. Le uniche due cose davvero impressionanti erano l'altezza delle tre guglie di cui era composto il tetto e il rosone centrale. Ne fluiva una luce di un rosso intenso che sembrava sangue appena sgorgato da una ferita.

«Così è questa la vostra Casa?» disse sforzandosi di assumere un tono beffardo. Demar annuì con gravità.

San avanzò lentamente. La rabbia ribolliva dentro di lui, e si accorse che in certe situazioni l'odio e la paura si assomigliavano molto.

Ricordò le urla di quella notte e gli uomini vestiti di nero. I suoi nemici si trovavano dietro quella porta, e fra poco avrebbe finalmente gustato la vendetta. La sua collera li avrebbe spazzati via tutti, e pensò che nulla, neppure la morte, avrebbe potuto fermarlo. Mise le mani sul freddo cristallo nero della porta e premette. I battenti si dischiusero come petali di un fiore velenoso.

Dentro era freddo, e l'odore del sangue fortissimo. L'interno era diviso in tre navate separate da due ordini di colonne appena sbozzate. San avanzò, poggiando la mano su una di esse. Si ferì quasi subito, e il sangue dal palmo gocciolò a terra.

Alzò gli occhi. In fondo c'era una statua, enorme e terribile. Rappresentava un uomo con un ghigno feroce e la chioma scomposta dal vento. Per lui era semplicemente il volto dell'assassino dei suoi genitori. Sentì le mani riscaldarsi, farsi quasi bollenti, e con un sorriso accolse il potere che gli fluiva attraverso il corpo.

*Non c'è più ragione di avere paura. Brucerò tutto in un istante, e finalmente ci sarà la pace.*

Poi una voce ruppe il silenzio attonito di quel luogo, e il flusso del suo potere s'interruppe improvvisamente. Rimase intontito, non ebbe neppure il tempo di stupirsi che un paio di mani lo afferrarono per le braccia e lo gettarono a terra. Sbatté la mascella contro il pavimento, e per un istante il dolore gli impedì di pensare qualsiasi cosa.

«Ottimo lavoro» sentì dire.

«Per Thenaar questo e altro» rispose Demar.

San provò ad alzare lo sguardo. Nel suo campo visivo c'erano un paio di piedi che spuntavano da una tonaca.

«Ho sempre pensato che avresti servito bene Thenaar, un giorno, e la mia fiducia è stata ampiamente ripagata.»

San vide Demar inginocchiarsi e lo sentì dire con voce rotta dal pianto: «Grazie, Vostra Eccellenza, grazie!»

«Ringrazia Thenaar che ti ha dato la forza.»

Provò a divincolarsi, provò a rendere di nuovo calde le mani, ma non ci riuscì, sebbene il suo furore fosse più grande di prima.

L'uomo con la tonaca si piegò su un ginocchio e lo guardò. I due soldati che lo tenevano lo alzarono quel tanto che bastava per permettergli di parlare. San vide di fronte a sé un uomo di mezza età, dalla pelle lattea e gli occhi chiarissimi; indossava un paio d'occhiali d'oro e sorrideva ammirato. Aveva uno sguardo penetrante e gelido, che incuteva rispetto. «Benvenuto nella Casa, San» disse portandosi le mani al petto e incrociando i pugni.

Lui si divincolò. «Lasciatemi, maledetti! Mi avete ingannato!»

L'uomo non smise di sorridere. «Sai, non avrei mai creduto che saresti venuto da me di tua spontanea volontà. Devo confessare che ho peccato di scarsa fede. Colpa mia» disse chinando il capo.

San strinse e rilasciò i pugni, cercando disperatamente di evocare i propri poteri. Si sentiva svuotato.

L'uomo se ne accorse e non si risparmiò la soddisfazione di far paura a un ragazzino. «È inutile che ti sforzi in quel modo. Ho annullato i tuoi poteri con un semplice incantesimo.» Scosse la testa e ridacchiò. «Io sono la Suprema Guardia della Gilda. Mi chiamo Yeshol. Mi dispiace, ma non puoi nulla contro di me.»

San capì in un lampo tutta la propria follia, l'inutile superbia che lo aveva spinto nella tana del lupo, proprio là dove la Gilda lo voleva. Come poteva aver anche solo accarezzato l'idea di poter sconfiggere da solo un nemico come quello?

«Pensa, il nipote della persona che distrusse il sogno di Aster lo aiuterà a tornare su questa terra. Che mirabile coincidenza, non trovi? O forse è solo il volere di Thenaar.»

San sentì le lacrime solcargli le guance. Pensò a Ido, alla loro ultima discussione, e capì che era tutto finito. «Io non ti permetterò di usarmi, a costo di morire!»

«Non ne dubito. La vostra razza è fatta di inguaribili testardi, pronti a ogni sciocco sacrificio. Ma non morirai prima di aver ospitato in te Aster. Allora, per un istante, vedrai attraverso i suoi occhi i Perdenti che cadranno a centinaia, e saprai che è stato merito tuo. Il regno di Thenaar scenderà sul Mondo Emerso con tutta la sua ira, soltanto perché ti sei offerto a noi.»

San urlò con tutto il fiato che aveva nei polmoni.

«Portatelo via» ordinò Yeshol, alzandosi.

I soldati gli calarono sul viso un cappuccio e lo trascinarono scalciante verso le viscere della Casa.

# Terza Parte

*Quando si ha a che fare con Formule Proibite di tale potenza, è lecito combatterle tramite incantesimi che traggono forza dai metodi dei nostri stessi nemici. Così per la liberazione di spiriti richiamati a forza alla vita e sospesi tra questo mondo e l'altro. L'incantesimo che vado ora a illustrare è infatti stato creato a partire da Formule Proibite di natura elfica. Il mago non inorridisca di fronte a questa consapevolezza. A volte occorre mettere in gioco persino la propria anima, pur di sconfiggere il male. D'altronde il rito è così complesso e richiede tanta forza che spesso il mago consuma tutta la propria vita in esso. In tal modo colui che evoca l'incantesimo paga il fio per aver usato magie così prossime alle Formule Proibite, ristabilendo l'ordine naturale.*

DAL *COMPENDIO DELLA LOTTA ALLE FORZE OSCURE*

# 25
## L'arma del nemico

La prima cosa che Dubhe percepì appena sveglia fu un rumore basso e ossessivo. La memoria tornò frammentata, ma l'immagine di Learco che veniva portato via dal drago ben presto riempì del tutto la sua mente.

«Learco!»

Si tirò su di scatto, e le coperte scivolarono da un lato. Una forte fitta all'addome la costrinse a piegarsi su se stessa.

Era in una stanza di pietra, coricata in un letto morbido e candido. Oltre la finestra, il panorama spettacolare di una cascata che si gettava sui bastioni di un grande palazzo, per poi percorrerne a perdifiato le pareti. Laodamea.

«Va tutto bene, non è molto grave.»

Dubhe si voltò, e su una sedia accanto al letto notò la figura piccola e tozza di uno gnomo che la fissava.

Ido.

«Hanno preso Learco» disse Dubhe guardandolo con disperazione.

Ido si permise una smorfia sarcastica. «Hanno anche San, se è per questo.»

«Vogliono sacrificarlo a Thenaar, dobbiamo andare a salvarlo!»

Fece per scendere dal letto, ma lo gnomo la fermò. «Le tue ferite necessitano di riposo. Combinata così, non andrai da nessuna parte.»

«Ma io devo farlo, c'è anche Theana con lui!»

Ido sospirò. «Cominciamo dall'inizio. Raccontami tutto.»

Non fu affatto facile. Erano accadute troppe cose in quei mesi, e uno strano pudore la frenava dal confessare i risvolti più intimi.

Quale senso poteva avere agli occhi di un estraneo il legame che era nato tra lei e il principe? Eppure doveva farlo, altrimenti Ido non avrebbe capito il ruolo che Learco aveva avuto in quella complicata partita che si stava giocando nella Terra del Sole.

Lo gnomo rimase ad ascoltare in silenzio, fumando lentamente la pipa. Non c'era giudizio nel suo sguardo, semmai una cruda lucidità.

«Il giorno del complotto Dohor doveva aver già messo in allerta tutti gli alleati per porre fine alla congiura con una carneficina» concluse Dubhe. Avvertiva dentro di sé una smania inarrestabile che la divorava, eppure in quel momento non c'era nulla che potesse fare.

Dov'era Learco? Era già arrivato alla Casa? Quanto tempo le restava per andare a salvarlo? L'idea di non poter avere sue notizie, di essere completamente all'oscuro della sua sorte, la faceva impazzire.

«Dohor non sta facendo piazza pulita solo sul suo territorio. Ci sono stati omicidi anche fuori dalla Terra del Sole» replicò Ido.

Dubhe lo guardò distratta.

Lui posò la pipa. «Lo so cosa provi, e io mi sento allo stesso modo. San è andato alla Gilda di sua spontanea volontà, dopo aver litigato con me. E questo non riesco ancora a perdonarmelo» le confidò con un sorriso amaro.

Dubhe avrebbe voluto partecipare al suo dolore, ma non ci riusciva. Non poteva fare a meno di pensare che la cosa più preziosa che avesse mai posseduto adesso si trovava da qualche parte indifesa e in pericolo.

«In ogni caso abbiamo ancora una settimana» aggiunse Ido.

Dubhe gli rivolse uno sguardo interrogativo.

«Il rito durante il quale Aster risorgerà, e il principe e la tua amica verranno sacrificati, non avrà luogo prima di sette giorni.»

«Come fate a saperlo?»

«Diciamo che ho incontrato uno della Gilda, un tipo strano, viscido come una serpe. Lo conosci?»

Sherva. Non poteva essere nessun altro.

«Ve l'ha detto lui?»

«Sì.»

«Intendete dire che ha tradito la setta?»

Non era una cosa così incredibile, in fondo. Già al tempo in cui lei aveva abbandonato la Casa, Sherva non faceva mistero del suo odio verso Yeshol; stava soltanto aspettando una buona occasione per ucciderlo.

«In un certo senso. A quanto pare i suoi motivi di rancore verso la Gilda sono stati sufficienti per passarmi la soffiata.»

«Potrebbe essere una menzogna.»

«Tuttavia collima perfettamente col tuo racconto. È stato lui a dirmi che Learco e Theana facevano parte del piano.»

Dubhe rimase incredula. «Lo sapevate e non avete fatto niente? Avete già mandato qualcuno sulle tracce degli Assassini che li hanno presi?»

Ido si infilò di nuovo la pipa in bocca. «Saggia idea. Prendiamo un drappello e li spediamo a bussare alla porta del tempio. Se lo chiediamo con gentilezza, forse ci ridanno indietro anche San con tante scuse.»

Dubhe strinse le lenzuola tra i pugni. «Dunque li lascerete morire?»

«No, sto dicendo soltanto che occorre pianificare l'attacco nei minimi dettagli. E per farlo abbiamo bisogno di valutare fino in fondo la nostra situazione. Occorre attaccare in forze una volta per tutte, e spazzare via la Gilda.»

La ragazza si abbandonò sul cuscino. Sentiva che il corpo aveva bisogno di riposo, ma la mente continuava a lavorare e il cuore pompava disperato.

«E adesso sapete come posizionare le pedine?»

«Ora sì. Sennar e il tuo amico sono tornati.»

Al sentire accennare a Lonerin, al saperlo in salvo, Dubhe provò solo un vago sollievo. Era ormai una persona che apparteneva al passato.

«Stasera riuniremo il Consiglio e vedremo di trovare una strategia opportuna. Poi, quando saremo pronti, ci muoveremo.»

«Voglio partecipare.»

Ido si passò una mano sugli occhi. «Tu non hai mai fatto davvero parte di questa storia. I tuoi obiettivi erano altri, non c'è ragione che tu assista.»

«La mia missione ne ha sempre fatto parte, se non sbaglio...»

«Hai avuto la tua occasione, e hai fallito. Adesso tocca a noi.»

«Ora però ho un buon motivo per cui combattere.» Guardò Ido intensamente.

«Hai trovato quello che cercavi, vero?»

Dubhe arrossì. Non si era dimenticato quindi del loro incontro di mesi prima.

«Quella sera sui bastioni sapevo che un giorno avrei trovato nel tuo sguardo la decisione che allora ti mancava. Chi è perduto come te alla fine trova sempre la sua strada.»

Dubhe sentì le lacrime salirle agli occhi, e non provò neppure a trattenerle. «Devo andarmi a riprendere quanto mi è stato tolto.»

«Ti unirai a noi solo se le ferite te lo permetteranno.»

«Io devo venire a ogni costo.»

Ido si alzò con fatica. In quei mesi sembrava invecchiato, e ora le appariva come uno che combatte l'ultima battaglia della sua vita quasi controvoglia.

«Non farmi questo, Ido, ti scongiuro» disse afferrandogli un braccio. Sapeva che non poteva parlargli in quel modo, lei che non era nessuno al suo confronto.

«Il Consiglio non sapeva della tua missione. Solo io ne ero a conoscenza. Cosa potresti dire stasera per cambiare la situazione? È inutile, ora devi fidarti di noi.»

Lonerin era furioso. Percorreva a passo svelto i corridoi con il cuore gonfio e le mani che gli formicolavano.

«Andarci a parlare non ti servirà a niente» aveva detto Sennar.

«Voglio solo sapere.»

«Per l'appunto. Non troverai risposta alle tue domande.»

Non gli aveva dato ascolto. L'inattività lo stava distruggendo, e la mancanza di notizie lo faceva impazzire.

Lui e Sennar avevano raggiunto Laodamea per primi. Ido era arrivato una settimana dopo, ma di Theana nessuna traccia. Lonerin, però, era assolutamente certo che sarebbe tornata presto.

*È insieme a Dubhe, e lei è inarrestabile*, si era ripetuto per tutti quei giorni di attesa.

Lo stillicidio di notizie lo aveva torturato fino all'ultimo. Nessuno sapeva cosa fosse successo, gli imprevisti avevano sgretolato il piano di partenza, e ora che Dubhe era tornata da sola, i suoi peggiori timori si erano trasformati in certezze.

Ido, infine, gli aveva raccontato per sommi capi quello che sapeva dell'avventura delle due giovani.

«Perché lei?» aveva chiesto Lonerin con disperazione, ma la risposta gli era salita alle labbra da sola. Theana era la figlia dell'eretico. Condivideva con la Gilda la stessa fede, ma più pura e nobile. Un peccato intollerabile per i Vittoriosi.

«È una traditrice, e Dohor vuole una punizione esemplare: sono questi i suoi metodi» aveva risposto Ido.

Ancora una volta la Gilda provava a sottrargli la vita delle persone che amava. Prima sua madre, poi Dubhe e ora Theana.

Girò nel corridoio, e la porta dietro la quale riposava Dubhe gli si stagliò davanti. Pensò a quanto era accaduto tra loro nelle Terre Ignote, a quanto l'aveva desiderata e alla sofferenza che aveva provato quando lei lo aveva rifiutato. Ora in lui non c'era più posto per nessuno di quei sentimenti.

Non bussò neppure. Aprì la porta e basta.

Dubhe era seduta vicino alla finestra, a contemplare il tramonto che colorava la cascata di riflessi sanguigni. Non era cambiata, aveva soltanto l'incarnato più pallido e i capelli più lunghi. Solo quando si voltò verso di lui, notò la luce diversa dei suoi occhi. Non più pozzi d'oscurità, ma labirinti traboccanti di una smania simile a quella che lui stesso sentiva in corpo.

Scese un repentino imbarazzo su entrambi. Quei pochi mesi di lontananza sembravano aver spazzato via tutto quello che c'era stato tra loro, persino quella confidenza che avevano conquistato con tanta fatica. Lonerin si chiese con sgomento se fosse quella la ragazza per cui aveva messo a repentaglio tutto di sé durante il suo precedente viaggio.

«Mi hanno detto che sei tornata» mormorò, senza trovare qualcosa di meglio da dire.

«Già» rispose lei, toccandosi per un attimo i capelli. Erano ormai i suoi; i filtri di Theana avevano cessato il loro effetto.

Si guardarono per qualche istante, e lui finalmente trovò risposta alla domanda che lo aveva perseguitato durante l'attesa di quei giorni: sì, tra lui e Dubhe era finita da molto tempo, forse non era mai neppure davvero cominciata.

«Dimmi cos'è successo a Theana.»

Dubhe non parve stupita da quella richiesta. Lo guardò con comprensione. «Siamo stati attaccati. Eravamo a un passo dal confine, ed è arrivato Forra con i suoi, a cavallo di un drago. È stato l'animale a rapirla, afferrandola con gli artigli.»

Lonerin non riuscì a frenare il tremito delle mani.

«L'hanno legata e l'hanno portata via assieme a Learco.»

Lonerin guardò a terra. Si sentì meschino. Perché non gli interessava nulla della sofferenza di Dubhe, né di ciò che le era accaduto in quei mesi. Avevano condiviso una notte d'amore e lui l'aveva amata, ma adesso provava soltanto rabbia, perché aveva dato per scontato che lei non avrebbe permesso che accadesse qualcosa di male a Theana.

«Avresti dovuto proteggerla!» Non era riuscito a trattenersi.

Dubhe non si meravigliò. «Fuggivamo da un complotto fallito, penso te ne sia giunta voce. E lei non era venuta con me per farmi compagnia.»

Lonerin si portò le mani alla faccia e scivolò lungo la porta, finendo seduto. «Perdonami» mormorò, ma Dubhe non ascoltò neppure le sue parole.

«È stata una valida alleata. Mi ha salvato la vita in più di un'occasione e mi ha sostenuto nei momenti peggiori. Mi dispiace, Lonerin, davvero.»

Rimase seduta a guardarlo.

Lui si teneva la testa tra le mani. «Non avrei dovuto lasciarla andare...» si rimproverò a bassa voce.

«Theana non è una ragazzina indifesa. La decisione di seguirmi era stata ben ponderata.»

Quelle parole lo ferirono. Dubhe sembrava capire Theana più di quanto avesse mai fatto lui durante gli anni di addestramento presso Folwar. Tutto il mondo sembrava sapere la verità tranne lui, che da sempre si dibatteva in dubbi assurdi, incapace di accettare la semplice realtà di ciò che aveva sotto gli occhi. «Ho rovinato tutto...»

Sentì Dubhe che si alzava, i suoi passi pesanti e faticosi. Si chinò di fronte a lui, e nel suo sguardo non c'era alcuna condanna, solo compassione.

«Anch'io ho perso qualcuno che ora è nella Casa assieme a Theana, e che farà la sua stessa fine se non andiamo a salvarli.»

Lonerin sapeva di Learco, il figlio traditore di Dohor, che dopo una vita dedicata ai massacri aveva deciso di passare dall'altra parte della barricata. Un personaggio oggetto di polemiche, di cui a corte si parlava in modo contraddittorio.

«Stasera parteciperai al Consiglio?»

Lonerin annuì.

«Io no» disse Dubhe, mordendosi un labbro. «Non me lo permettono, ma io devo esserci, capisci? Io non posso stare qui ad attendere che Learco venga salvato. Io devo andare da lui, perché lì è il mio posto.»

Lonerin si chiese se dovesse essere geloso, visto che quell'uomo era riuscito dove lui aveva fallito. Con stupore si ritrovò a non pensare nulla. Era davvero finita, e la cosa gli provocava una strana sensazione di vuoto.

«Cosa vuoi da me?» chiese infine.

«Che tu mi faccia assistere.»

«Dubhe, non credo di essere in grado.»

«Intanto guariscimi. Lo so che non lo merito, ma tu fallo. Te lo chiedo come favore personale.» I suoi occhi esprimevano una preghiera disperata.

«E poi?»

«E poi trova un modo perché possa partecipare al Consiglio. Quando la missione partirà, io dovrò esserci.»

Si guardarono, e per la prima volta da quando quella discussione era iniziata si sentirono come nelle Terre Ignote. Le vestigia del loro legame avevano lasciato un'eredità quieta e preziosa, da cui poteva nascere qualcosa di diverso.

«Posso dire che Folwar ha bisogno di un assistente.»

Gli occhi di Dubhe si schiarirono come il cielo estivo dopo un temporale. Lonerin le sorrise debolmente, quindi si tirò su le maniche.

«Mettiti a letto e scopriti le ferite.»

Dubhe lo guardò con gratitudine e gli accarezzò la guancia con dolcezza infinita.

La sala del Consiglio era mezzo vuota. I fuochi di due tripodi gettavano ombre tremule e funeree sulle pareti. Solo la prima fila dell'emiciclo era piena, per lo più di generali della Marca dei Boschi. Dalle altre terre erano arrivate poche persone: Ido, Sennar e qualche alto vertice militare che si trovava nei dintorni. Uomini che forse in condizioni normali non sarebbero neppure stati ammessi a quel consesso, ma il tempo stringeva.

Ido aveva la faccia tirata e fece il punto della situazione a voce bassa. Non lesinò neppure una parola sul suo fallimento. Nascondersi sotto il mare non era servito a nulla.

«Avevo la responsabilità di quel ragazzo e me lo sono lasciato sfuggire. Cercherò di emendare il mio errore in tutti i modi» concluse con rammarico.

Dubhe, nascosta sotto il cappuccio del mantello, indirizzò una rapida occhiata verso Sennar. Era impassibile, eppure San era tutto ciò che gli restava al mondo. Il suo volto era una maschera di cera che aveva bandito ogni sentimento.

*Come me prima di Learco*, si disse, e il solito dolore insinuante le morse il petto.

Ido sospirò. «Tra una settimana ci sarà la cerimonia. Parteciperanno tutti: i vertici della Gilda, ovviamente, ma soprattutto Dohor. E per allora dovremo colpire.»

Un silenzio gravido soffocò i pochi astanti. Dubhe nascose più a fondo la testa nel cappuccio, avvicinandosi a Folwar.

«La soluzione mi sembra ovvia: attaccheremo in forze la Gilda e ci riprenderemo gli ostaggi» disse Lonerin con foga.

Ido scosse la testa. «Quanti generali vedi qui? Non ce la faremo a radunare le truppe in tempo.»

«Voi siete riuscito a percorrere la strada tra la Terra del Mare a qui in breve tempo. Se c'è la volontà, si può.»

«Si tratta di mettere insieme un esercito, cioè migliaia di uomini. Non parlare come uno stupido, cosa che non sei» intervenne Sennar, fulminandolo con uno sguardo.

Dubhe vide le nocche delle mani di Lonerin sbiancare dalla rabbia.

«Le truppe di Dohor sono già al confine, abbiamo poche speranze di superare indenni lo sbarramento» osservò Ido.

«E con un piccolo drappello?» osservò Dafne, l'unica regnante presente al Consiglio.

«Può essere una soluzione, ma dev'essere un drappello piuttosto forte, in grado di battersi contro l'intera Gilda e di eludere la sorveglianza delle truppe.»

Sennar prese la parola. «È tassativo fermare la Gilda, e questo possiamo ancora farlo. Io e Lonerin ci siamo già mossi nella zona sotto il controllo di Dohor, e l'abbiamo fatto senza alcun problema. Lo faremo di nuovo. Il talismano è in mano nostra, il nostro giovane mago è quasi pronto per il rito. Noi andremo alla Gilda e faremo quel che dobbiamo: libereremo Aster, moriremo nel tentativo se necessario, e il Mondo Emerso sarà salvo.»

Ido chiuse gli occhi, sospirando. «Per ora. Ma Yeshol non si arrenderà, e Dohor rimarrà libero di fare ciò che vuole del Mondo Emerso. Questa non è una soluzione.»

«Questo è quanto di meglio possiamo fare» replicò Sennar con disappunto.

«E i prigionieri? E San?» domandò Lonerin disperato.

«La nostra priorità, al momento, è fermare Yeshol.»

Fu come se il tempo si fosse bloccato. Dubhe dovette chiudere gli occhi per fermare la stanza che le girava intorno. Nessuno sarebbe andato a cercarli, ma la cosa peggiore era che sembrava impossibile farlo.

Una disperazione profonda le salì dal fondo del cuore; era quella, dunque, la fine di tutto? Non riusciva ad accettarlo, sembrava uno scherzo del destino. La risposta le giunse dal profondo delle sue viscere, là dove la Bestia viveva. Aprì gli occhi e capì.

«Se non abbiamo altra alternativa...» disse Dafne con tristezza.

«Ce l'ho io.»

Dubhe si scoprì la testa e ignorò lo sguardo stupito di Ido e degli altri presenti. Si sentiva la gola secca e il cuore in tumulto, ma improvvisamente sapeva cosa fare, e quella decisione la riempiva di un nuovo vigore.

«Abbiamo un'arma che nessuno finora ha considerato.»

«Tu non dovresti essere qui» osservò Ido con voce ferma.

Dubhe sostenne il suo sguardo. «Io sono un'arma che bisogna sfruttare» ripeté con fermezza.

Un brusio percorse la sala, mettendo in agitazione tutti i partecipanti.

«Io sono maledetta, dentro di me vive una Bestia dotata di una forza sovrumana, un animale assetato di sangue ben più forte di un drappello di uomini.»

Ido la fissò impassibile.

Lonerin scattò in piedi. «La Bestia è incontrollabile, lo sai bene. La tua proposta è un azzardo.»

«Qual è esattamente la natura di questa maledizione?» chiese uno dei generali.

Dubhe raccontò tutto in un sol fiato. La consapevolezza di aver preso finalmente una decisione la sostenne durante quel supplizio.

Spiegò del ragazzo che gliel'aveva inoculata, del complesso meccanismo con cui Dohor aveva sviato su di lei una maledizione destinata a lui e della potenza incredibile che poteva scatenare.

«Io sono già morta, in ogni caso» disse con spietata freddezza. «Finora sono rimasta in vita solo perché Lonerin prima e Theana poi mi hanno fornito pozioni e riti che rallentano l'effetto della maledizione. Ma sta crescendo. E nulla può fermarla. Allora perché non rivolgere le arti del nemico contro di lui?»

«Quello che dici è una sciocchezza!» urlò Lonerin. «Non è vero che la tua fine è già stata scritta, esiste un rito che ti può salvare!»

«Ho fallito» replicò Dubhe voltandosi nella sua direzione. «Sono stata alla corte di Dohor per cercare di ucciderlo, ma non ci sono riuscita. Ormai ho poco tempo, e più nessuna possibilità di salvezza.»

«Mi oppongo, dannazione!» gridò Lonerin fuori di sé, battendo il pugno sul piano di legno davanti al suo scranno.

«Voi lo sapete che ho ragione» insistette Dubhe fissando i propri occhi in quelli dei Consiglieri. «Io so di potercela fare. Basteremo noi: io, Ido, Lonerin e Sennar. La vecchia generazione e la nuova. Quattro persone. E distruggeremo la Gilda.»

La sala si riempì di mormorii dubbiosi. La decisione non era facile.

«Occorre votare...» disse Ido, cercando di riportare l'ordine.

«Non abbiamo tempo!» protestò Dubhe con concitazione. Adesso che aveva deciso, voleva che tutto si concludesse il prima possibile.

«Non ora!» La voce di Ido sapeva ancora essere stentorea come un tempo, e richiamò tutti all'ordine. «All'alba. Che ciascuno torni alle proprie stanze e rifletta. Al sorgere del sole ognuno dovrà aver maturato la propria decisione. La seduta è sospesa.»

La sala cominciò a svuotarsi lentamente.

Dubhe vide Lonerin avanzare verso di lei a grandi passi, fuori di sé.

«Sei pazza!» disse, afferrandola per un braccio. «È la morte che hai sempre temuto, una morte insopportabile! È l'unica ragione per cui hai fatto quel che hai fatto nell'ultimo anno!»

Dubhe rimase impassibile. Fu stupita di quanta calma le dava conoscere finalmente il suo destino. «Adesso c'è qualcos'altro che mi spinge.»

«Morirai, lo capisci? Morirai!»

«Se Learco muore, sarò morta lo stesso. E allora tanto vale morire per salvarlo.»

Lonerin la guardò attonito. «Non starai dicendo sul serio...»

«Tu moriresti per lei? Non partiresti anche adesso per andarla a salvare, non affronteresti la Gilda con le tue sole mani? Non lo volevi fare da ragazzino per tua madre?»

La presa della mano di Lonerin si allentò.

«Allora puoi capirmi.»

Lui abbandonò le braccia lungo il corpo e chinò la testa. «Ti divorerà, come quando hai ucciso Rekla.» La sua voce sapeva di pianto.

«Lo so.»

La guardò. Dubhe ne ebbe pietà un attimo soltanto. «Dimmi che voterai a favore.»

Lui scosse la testa.

Dubhe gli afferrò le mani. «Se mai mi hai voluto bene, fallo.»

«Non mi puoi chiedere questo...»

«Prima che Theana venisse catturata, la supplicai di trovare un modo per uccidermi. Sapevo già che non mi sarei salvata, e volevo avere una scappatoia. Lei mi disse di sì. Non essere da meno.»

Lo guardò negli occhi, ma lui sfuggì il suo sguardo.

Allora gli strinse le mani. «Te ne prego.»

Lonerin scosse la testa, si divincolò e si avviò verso la porta.

L'alba si annunciò con una corte di nubi di un giallo acido. L'estate volgeva al termine, e la prima giornata che sapeva d'autunno era alle porte.

I Consiglieri entrarono in silenzio, Dubhe dietro di loro. Non aveva paura, solo voglia di agire. Sarebbe partita anche subito. Capì la fede cieca degli Assassini, la loro determinazione. Forse si sentivano come lei, prima di una missione. Forse era così che si era sentito il ragazzo che era andato a inocularle la maledizione, e che sapeva di essere morto già quando aveva messo piede fuori dalla Casa. Ma se lei fosse morta, Learco si sarebbe salvato, e da quel bagno di sangue sarebbe nato un nuovo mondo. Bastò questo a darle forza.

Tutti si sedettero, e Dubhe notò Lonerin in un angolo assieme a Folwar. Pregò che facesse la cosa giusta.

«È tempo di votare» tagliò corto Ido. «La proposta è di far partire un drappello composto da me, Dubhe, Lonerin e Sennar, oggi stesso. Prenderemo Oarf con noi. Andremo alla Casa e lì attaccheremo usando la maledizione di Dubhe. Sgomineremo la Gilda, liberemo i prigionieri e io ucciderò Dohor. Alzi la mano chi è d'accordo.»

Un lieve mormorio percorse la sala.

Ido alzò la sua quasi subito, fissando Dubhe. C'era dolore, nel suo sguardo, ma anche comprensione. La mano di Sennar si alzò immediatamente dopo, e così quella di altri generali. Dafne tenne la sua abbassata, Folwar no.

Dubhe contò col cuore in gola. Erano in quindici là dentro, nessuna parità possibile. L'ultima mano ad alzarsi fu quella di Lonerin, a testa bassa. Otto.

Dubhe chiuse gli occhi.

«Partiremo immediatamente» concluse Ido.

# 26
## Verso la fine di ogni cosa

Ido fece preparare tutto in fretta.

«Non possiamo muoverci a dorso di drago, ci vedranno» obiettò Sennar.

«Voleremo alti. E faremo soltanto tre soste.»

«Mi stai dicendo che vuoi volare giorno e notte? Fermarsi tre volte significa fare tappe da almeno due giorni di volo. È una follia!»

Ido lo guardò negli occhi. «Hai qualcosa di meglio da suggerire?»

«Non ce la faremo mai.»

«Ce la faremo. Mi sono scelto un drago azzurro piuttosto giovane e allenato, e Oarf è un bell'animale, forte e possente» replicò lo gnomo. «A meno che tu non me l'abbia rammollito in questi anni.»

Neppure l'ombra di un sorriso passò sul volto di Sennar. «Non voglio che tu lo uccida» disse dopo un attimo di esitazione.

«Credi davvero che ne sarei capace?»

Il silenzio che seguì fu più eloquente di qualsiasi risposta.

In un'altra ala del palazzo, intanto, Dubhe era intenta a

raccogliere le poche cose che aveva scelto di portare con sé. Indossò le proprie vesti e si cinse alla cintura nuove armi. Era una mera precauzione, visto che una volta che avesse fatto uscire la Bestia non ne avrebbe avuto bisogno; ma la traversata era lunga, e i suoi compagni sfiniti e provati quanto lei.

A ogni gesto, sentiva le ferite tirarle la pelle. Era ancora troppo debole, e si rese conto che, se voleva davvero arrivare fino in fondo, doveva chiedere aiuto a qualcuno. Sapeva che Sennar non aveva più i poteri di un tempo, per cui non aveva altre soluzioni.

Doveva andare da lui e chiederglielo di persona.

Lonerin era nella sua stanza, intento agli ultimi preparativi. Ido aveva dato loro soltanto un'ora. Nella foga aveva lasciato la porta aperta, e Dubhe lo stava osservando dalla soglia. Quando la sentì bussare, si voltò di scatto.

«Che vuoi?»

«Dobbiamo parlare.»

Dubhe notò il talismano che spuntava da un panno gettato sul letto.

Lonerin lo afferrò e lo infilò nella sacca. «Non ne ho voglia.»

Lei entrò, si chiuse la porta alle spalle e gli afferrò un polso. «Invece dobbiamo.»

«Ho fatto quello che volevi, non sei contenta?» replicò il mago divincolandosi con stizza. «Adesso lasciami in pace.»

«Non sto facendo un affronto a te. Ho solo preso una decisione.»

«Che io non approvo. E ricordati quella mano alzata, perché mi hai costretto a fare qualcosa che è completamente contro la mia volontà. Io ho chiuso i miei debiti con te!» Legò il fagotto e si guardò attorno per controllare di non aver dimenticato nulla.

«Ho bisogno che tu mi curi per la durata del viaggio» proseguì Dubhe, ma lui fece finta di non sentire. «Le ferite non si sono ancora rimarginate, e ho bisogno del tuo aiuto per sintetizzare una pozione che stimoli la maledizione.»

A quelle parole Lonerin si voltò e la guardò con un'espressione tra la sorpresa e il dolore. Si avviò alla porta, ma Dubhe si frappose.

«Ho saputo che mi hanno dato la pozione ieri, mentre ero ancora incosciente. Io devo poter controllare la Bestia, altrimenti questa missione non avrà esito.»

«Perfetto! Basterà che tu non prenda la prossima dose, e sarai pronta per il tuo eroico sacrificio.»

Lonerin cercò di mettere una mano sulla maniglia, ma Dubhe gliela bloccò.

«Non ho più intenzione di assecondare i tuoi istinti suicidi» sputò lui tra i denti.

«Voglio solo che la potenza della Bestia si sviluppi quando sarò nella Casa, non prima. Non posso evocarla a mio piacimento, lo sai.»

Lo sguardo di Lonerin, da duro che era, si fece angoscioso. «Io non voglio ucciderti, perché non riesci a capirlo?» mormorò fissando il pavimento.

Dubhe cercò di rimanere calma. Non doveva perdere quella lucidità che l'aveva animata fino a quel momento. Non era vero che non capiva, ma non poteva assecondarlo. La sua era una scelta che non lasciava margini per la compassione.

«Saresti in grado di trovare un incantesimo adatto?» disse alla fine con voce secca.

Lonerin rimase a capo chino per qualche secondo, senza rispondere. Poi annuì con aria rassegnata.

«Allora fallo. Io sono l'unica che può aprirvi la strada tra le schiere nemiche.»

Il giovane tirò su la testa di scatto, in un rigurgito di orgoglio. «Tu non sei un'arma, non lo sei mai stata. Tu sei la donna che ho amato in quella caverna, Dubhe!»

Lei deglutì. «È un tempo che non ci appartiene più, e lo sai.»

«D'accordo, ma non mi puoi chiedere di passare sopra a quei ricordi. Un incendio lascia sempre delle ceneri.»

Dubhe sentì le lacrime pungerle gli occhi, ma le ricacciò indietro con violenza. Aveva ragione, ma le cose erano cambiate.

«Tu hai un futuro, Lonerin, e devi guardare a quello. Non lasciare che questo dono vada sprecato, o il mio sacrificio non avrà alcun senso» disse, prendendogli il viso tra le mani.

Lui spostò lo sguardo altrove, incapace di parlare.

«Promesso?»

«Promesso» rispose, trovando infine il coraggio di guardarla.

«Allora prendi quanto ti serve e raggiungici.»

Dubhe aprì la porta e uscì prima che lui potesse aggiungere altro.

L'aria nel corridoio sapeva di umido, e il capogiro arrivò improvviso. Si appoggiò al muro, stordita dall'abisso di ciò che avrebbe perduto di lì a sette giorni. Al centro di quel vortice di desideri destinati a perire c'era l'immagine di Learco.

*Vivrà,* pensò. E quella consapevolezza le diede la forza di incamminarsi verso i bastioni.

«Voleremo alti. L'aria è rarefatta in quota, e non sarà un bel viaggio. Finché saremo in territorio amico, saliremo lentamente per dare il tempo ai nostri corpi di abituarsi; poi, non appena avremo varcato il confine, proseguiremo più veloci.»

Ido era sicuro, e parlava con voce alta e chiara. Non contavano né la vecchiaia né la stanchezza. Era il suo ultimo guizzo, l'ultima missione prima della meritata pace. Non gli importava delle conseguenze, tanto in un modo o nell'altro la sua storia come Cavaliere di Drago sarebbe finita comunque.

«Mentre noi passeremo il confine, le truppe che abbiamo radunato attaccheranno sul fronte della Terra del Mare. Abbiamo già diramato gli ordini. Sarà una manovra diversiva per impedire al nemico di aggregarsi in un blocco unico e nello stesso tempo permettere a noi di intrufolarci indisturbati nelle retrovie. Per quel che riguarda il viaggio, ci fermeremo la prima volta al confine con la Grande Terra dopo tre giorni di volo. Quando ci saremo riposati a sufficienza, ripartiremo alla volta del deserto che si trova nella Terra della Notte» disse indicando un punto preciso sulla mappa che aveva steso perché anche gli altri potessero capire. «Lì non ci sono città né avamposti. Non dovremmo avere problemi. Poi faremo un'unica tirata fino al tempio.»

Nessuno trovò nulla da obiettare. I due maghi e la ragazza ascoltavano attenti e pendevano dalle sue labbra.

«Ho saputo poco fa che il convoglio di Dohor è già stato visto procedere verso la Casa. Vi rimarrà fino al momento della cerimonia, ed è importante che attacchiamo quando anche lui sarà presente per il rito, altrimenti falliremo. Se non troviamo imprevisti, il mio piano di viaggio ci permetterà di arrivare in tempo.»

Gli altri continuavano a guardarlo in silenzio. Era strano tornare a fare il condottiero. L'ultima volta che gli era capitato era stato durante l'attacco alla roccaforte dei ribelli, nella Terra del Fuoco. Era stato un disastro, e scacciò via quel pensiero il prima possibile. Stavolta *doveva* andare tutto liscio.

Arrotolò la mappa. «Osservazioni?»

I suoi occhi vagarono sui compagni d'avventura. Era un'impresa disperata, e tutti lo sapevano. Probabilmente non sarebbero tornati indietro per raccontarla. Ido per un attimo rimpianse quella mano alzata con tanta sicurezza un'ora prima. Di fronte a lui c'erano due giovani che andavano incontro alla morte. Ne aveva già visti troppi perire per le cause più disparate, e non riusciva più a trovare nemmeno una giustificazione valida. Anche adesso la vittoria doveva passare attraverso la morte di una ragazza a cui la vita aveva già portato via tutto.

«Perfetto. Se siete d'accordo, andiamo» concluse con fare risoluto.

Sui bastioni l'alba si era tramutata in una mattina fresca e malinconica. Nubi alte e spesse oscuravano il cielo grigio.

I draghi erano già pronti. Uno era azzurro, col corpo sottile e nervoso; l'altro invece era un esemplare imponente, dalla pelle spessa e gli occhi di brace: Oarf. Quest'ultimo li guardò arrivare con le narici che fremevano e i muscoli già contratti, pronti a spiccare il volo. Ido lo guardò con ammirazione. Gli avevano detto che aveva fatto il diavolo a quattro durante l'assenza del suo padrone, tanto che avevano dovuto sistemarlo nelle segrete, in ampie stalle sotterranee in cui nessuno metteva piede.

Sorrise soddisfatto. Quel drago non era cambiato di una virgola. Scorbutico e indomabile come sempre. Lo gnomo ne percorse con lo sguardo il corpo fremente, e pian piano nella sua mente si tramutò in quello magro e nervoso di Vesa, il suo amato destriero. I due draghi avevano combattuto fianco a fianco in più di una battaglia, e forse Oarf sentiva ancora l'odore dell'antico compagno sulla sua armatura da soldato.

Ido si avvicinò alla bestia possente. Oarf si limitò a fissarlo, due sottili fili di fumo che gli uscivano dalle narici, uno sguardo che lentamente si addolciva.

«Ti ricordi di me, vero?»

Si fermò a pochi passi dalla sua testa e gli accarezzò il muso. Toccare le squame fredde di un drago lo commuoveva sempre, gli ricordava i tempi migliori della sua vita, quando ancora solcava i cieli di guerra. Salì con un solo balzo. Era la prima volta che cavalcava a pelle, e la cosa gli dava una strana sensazione.

Sennar, intanto, si arrampicava con una certa difficoltà sul secondo drago.

«Io dove vado?» chiese Dubhe. La sua voce era calma, il suo sguardo sereno.

Fu Lonerin a rispondere. Si mise dietro Sennar e Dubhe guardò Oarf.

«Hai mai cavalcato un drago?» le chiese Ido. Lei scosse la testa. Quante cose quella ragazza non aveva mai fatto, e mai avrebbe potuto fare.

Le porse una mano, e quando l'afferrò sentì che era gelida. Avvertì la sua paura passargli la pelle, e gli si strinse il cuore.

Lei salì agilmente e gli pose le braccia attorno ai fianchi. Lo gnomo guardò il cielo. Era passato un tempo infinito dall'ultima volta che l'aveva solcato per andare in battaglia.

«È ora» mormorò soltanto.

Le ampie ali di Oarf si dispiegarono fendendo l'aria fresca del mattino. Ido avvertì i muscoli del petto del drago contrarsi sotto le sue cosce. Era la sensazione più bella del mondo. Poi quel vuoto allo stomaco così familiare, e un balzo, unico e possente, che li staccava da terra.

Dohor si sentiva spaesato. Era la prima volta che entrava nelle viscere della Casa; fino a quel momento aveva visto solo il tempio, nel quale era solito incontrare Yeshol. Tra le ombre lunghe di quel luogo asfittico, era sempre stato lui a comandare. La Suprema Guardia gli sembrava soltanto uno dei suoi servi. Ma nella Casa era tutto diverso.

C'era qualcosa in quel posto che lo prendeva alla gola. Yeshol si muoveva sicuro tra i cunicoli, e gli Assassini si portavano le mani al petto e chinavano la testa al suo passaggio. Lì era Yeshol il sovrano, e lui soltanto un ospite passeggero.

Quello che però l'aveva più impressionato era che dentro la Casa c'era un'atmosfera lugubre, dove la sofferenza era lo scopo, non il mezzo. La crudeltà con cui lui aveva instaurato il suo regno era sempre stata una regola da seguire per ottenere il successo, ma mai la base di partenza delle sue azioni. La paura era un'arma come un'altra, come potevano esserlo il denaro, o l'adulazione. Lì sotto, invece, la crudeltà era fine a se stessa, era il culmine del progetto. Trasudava dalle pareti, ammorbava l'aria, toglieva il respiro. La morte era celebrata in tutte le sue forme; l'annullamento dell'individuo – della sua carne e del suo spirito – veniva perseguito con lucida pervicacia. Questo era qualcosa che Dohor non riusciva a comprendere.

*Fanatici, nient'altro. Quando il rito sarà compiuto, e finalmente sarò invincibile, li spazzerò via dal primo all'ultimo.*

Così si diceva, tentando di tenere a freno il disagio che aveva sentito non appena aveva messo piede lì. Era difficile ammetterlo, ma per la prima volta era lui ad avere paura. Il mondo gli si stava rivoltando contro; prima suo figlio che non lo temeva più, e ora l'apparizione di qualcosa capace di inquietarlo nel profondo. Si chiese se fosse stata una scelta saggia affidarsi a quella pericolosa alleanza.

Quando arrivarono alla statua di Thenaar e vide le piscine colme di sangue, Dohor sentì lo stomaco sotto sopra. Persino per lui, che aveva combattuto mille battaglie e versato il sangue di interi popoli, era troppo.

Yeshol lo osservò vomitare in un angolo. «È normale che faccia questo effetto, la prima volta» disse con un sorriso di sufficienza.

Dohor lo fissò con odio. *Radere al suolo questo posto, ecco la prima cosa da fare*, si ripeté.

Gli diedero una stanza piuttosto grande, arredata con un letto ampio, una cassapanca e un tavolo. In un angolo, alambicchi e uno scaffale pieno di strani barattoli.

«Era la stanza della Guardia dei Veleni uccisa da Dubhe» spiegò Yeshol. «La nuova Guardia non l'ha occupata per mia volontà: tenevo molto a quella Vittoriosa, forse la più fedele che abbia mai attraversato questi cunicoli.»

Dohor alzò gli occhi su di lui. «Che dicono le tue spie?»

La Suprema Guardia sollevò un sopracciglio. «Le truppe si stanno ammassando verso la Terra del Mare.»

«Questo lo so, gli scontri sono già iniziati. È altro che voglio sapere.»

Yeshol sorrise. «Ido non è stato visto.»

«Sta venendo qui» constatò Dohor con un mesto sorriso.

«Non lo sappiamo con certezza.»

Il re sghignazzò, scuotendo la testa. «Ho passato buona parte della mia vita a combattere contro quel maledetto, e lo conosco bene. Verrà. Abbiamo il ragazzino, e lui non è tipo da rimanere fermo quando il Mondo Emerso ha bisogno del suo intervento... E poi mi odia.»

«In ogni caso, se arriverà lo fermeremo.»

«Davvero credi che non avrà compagnia? Verrà, e si porterà dietro la vostra traditrice» disse il re in tono grave. «Lei è stata la sgualdrina di mio figlio, ed è riuscita a liberarlo dalle prigioni dell'Accademia. Seguirà di sicuro quell'odioso gnomo.»

Yeshol alzò le spalle. «Uno o due non fa differenza. Una vostra parola e i miei uomini saranno pronti a togliervi di torno questo fastidio.»

Dohor scosse la testa. «Nonostante abbia smesso di lottare sul campo di battaglia da molti anni, resto un soldato, e come un soldato ragiono. Falli venire qui. Dubhe è tutta tua, ma Ido è mio. Voglio vedermela personalmente con lui, e mettere la parola fine a questa farsa che dura da troppo tempo, ormai.»

Yeshol lo guardò per qualche istante. «Come desiderate» concesse alla fine.

Poi fece un breve inchino e uscì dalla stanza. Fuori, un suo attendente lo aspettava. Chinò il capo e la Suprema Guardia lo trascinò con sé, alcuni corridoi più avanti.

«Voglio che tu lo faccia durante la cerimonia, non appena Aster sarà tornato. Un uomo per ciascuno dei suoi, e tu ti occuperai di Dohor. Li voglio tutti morti.»

L'Assassino annuì, poi scomparve nel buio della Casa.

Nella Grande Terra sembrava che l'autunno fosse già arrivato, e Ido si strinse nella coperta, contemplando il nero della notte.

Niente fuochi. Avrebbero fatto luce, e già avevano difficoltà a nascondere due draghi. Certo, da quelle parti non c'era nessuno a fare la ronda, ma non si poteva mai sapere.

Davanti a lui, Oarf dormiva di un sonno profondissimo. Era sfinito. Volare in quota, per di più portando in groppa due persone, aveva spossato entrambi gli animali. Il drago azzurro dava chiari segni di cedimento, ma a Ido bastava che durasse fino alla Terra della Notte. In altre occasioni si sarebbe vergognato di quel pensiero meschino: non c'era nulla di più sacro per un cavaliere del proprio drago. Ma adesso non c'era tempo per gli scrupoli di coscienza.

Volare in quelle condizioni era stato un inferno. La mancanza di ossigeno e la velocità avevano tolto loro il respiro, e i muscoli delle gambe erano rimasti intirizziti dal freddo e dalle lunghe ore passate in groppa.

*Quando arriveremo, saremo ancora in grado di combattere?*

Ido scacciò quel pensiero. Avrebbe lottato fino al suo ultimo respiro, sputando sangue se necessario. Era tempo di chiudere i conti in sospeso, di mettere le cose a posto. Dopo anni trascorsi a rincorrersi, finalmente avrebbe fronteggiato Dohor. E non l'avrebbero preso vivo, questo era certo.

«Non dormi?»

Lo gnomo si riscosse. La figura di Sennar si disegnò nel buio.

«No, ma nemmeno tu, mi sembra» sorrise Ido.

«La pace non fa più parte della mia vita da molto tempo. Non ho diritto neppure a quella del sonno.» Il mago si sedette al suo fianco, tenendo in grembo un panno con cui aveva avvolto qualcosa.

Ido drizzò la schiena e appoggiò le mani sull'erba. «Mi spiace» disse in un soffio. «Non sono stato capace di trattare con tuo nipote, e mi rendo conto che se non fosse stato per me, ora non ci troveremmo in questa situazione.»

Sennar fissò il vuoto di fronte a sé, e carezzò il panno con una mano. «Io non sarei stato in grado di fare meglio, Ido» disse amaramente.

«Chissà, ma non credo.»

«Lui è come Nihal» aggiunse il vecchio mago. «Gliel'ho letto negli occhi quando ci siamo parlati. Stessa ansia di agire e di consumarsi, perfino stesso dolore. È curioso come la vita giri in tondo e torni sui propri passi, non trovi?»

«Già. Io sbagliai anche con lei» rispose lo gnomo, lo sguardo perso nei ricordi.

Sennar gli mise una mano sulla spalla. «Lo sai che non è vero.»

Ido la rivide nel buio della notte: una ragazzina magra e tormentata, le orecchie a punta e i capelli blu arruffati. Aveva gli occhi viola pieni di tutta la sofferenza del mondo. Avrebbe dato qualsiasi cosa per rivederla.

«Parlavamo spesso di te. Impazziva di gioia ogni volta che le arrivava una tua lettera. Poi si chiudeva in camera e ti scriveva. Non voleva che neppure io mi avvicinassi. Era una cosa tra te e lei. Ero diventato quasi geloso, sai?» Sennar sorrise con dolcezza. «Ho trovato questa, in viaggio» disse porgendo l'involto all'amico.

Lo gnomo guardò il panno e il cuore gli balzò in gola: aveva una forma inequivocabile. Vi strinse sopra le mani, e sentì il taglio di una lama e la forma di un'elsa. Si voltò verso il mago con aria interrogativa, ma lui rimase in attesa.

Ido prese allora un lembo e lo sollevò con delicatezza. Il nero della lama rifletté la luce e quasi lo accecò. La spada di Nihal.

«È tua» disse Sennar.

Il cuore di Ido si sciolse, ma aveva la sensazione di compiere un sacrilegio. Allontanò da sé l'arma. «Non posso. Le ho già usurpato il drago.»

«Tu devi» disse il mago scuotendo la testa. «La storia di Nihal è un racconto interrotto. Sta a te completare l'opera.»

La prima lacrima scese lungo la guancia di Ido quasi con lentezza.

«La prendo solo in prestito» disse alla fine con sguardo deciso. Lo doveva a Nihal, a Tarik, ma soprattutto a San.

«Non credo che ci rivedremo alla fine di questa storia, amico mio» osservò Sennar con un sorriso.

Ido lo guardò negli occhi, e vi lesse tutta la stanchezza che lui per primo sentiva. Forse aveva ragione, ma quello che contava in quel momento era essere di nuovo assieme per combattere l'ultima battaglia. Il cerchio si chiudeva: eccolo, l'ultimo regalo prima di appendere le armi a un chiodo. Ora era pronto.

Prese la spada e se la infilò nel cinturone accanto alla sua.

«Può darsi» disse, posando una mano sulla spalla di Sennar. «Ma almeno ci gusteremo insieme l'ultimo atto.»

All'inizio era stato terribile. In groppa a Oarf le mancava l'aria. Le ferite le dolevano e la testa le pulsava. Ma dopo un po' Dubhe si era abituata, e Lonerin aveva mantenuto la parola. L'aveva curata a lungo, approfittando di ogni momento di veglia. Era quasi guarita del tutto.

Era stato durante la seconda sosta che l'amico gliel'aveva data. «Qui c'è quello di cui hai bisogno» aveva detto, porgendole una boccetta con mano tremante. «Nell'ultima pozione che ti ho dato gli ingredienti erano mescolati in proporzioni diverse. In questo modo, quando arriveremo, la Bestia sarà sul punto di emergere. Allora prenderai questa e la farai uscire del tutto.»

Dubhe aveva guardato l'ampolla intensamente, e quando aveva alzato gli occhi, Lonerin la stava fissando con tristezza.

«Non farlo. Sei ancora in tempo. Io e Sennar ci intrufoleremo nella Casa e fermeremo il rito. Learco sarà ugualmente salvo.»

Dubhe aveva sorriso con aria rassegnata. «Sai che non è vero» aveva risposto, riponendo la boccetta nella bisaccia. «Ma grazie lo stesso» aveva aggiunto con un filo di voce.

Adesso erano di nuovo fermi. Si trovavano già nella Terra della Notte, a due giorni dalla Casa. Là il suo destino si sarebbe compiuto. La Bestia era ormai una presenza incombente; la sentiva premerle costantemente sotto lo sterno, le acuiva i sensi e in ogni momento la sentiva gridare nella sua testa. Aveva paura, inutile negarlo.

Era sicura che Learco avrebbe sofferto per la sua scelta, ma alla fine avrebbe capito. Gli anni avrebbero portato via il dolore, e un giorno anche lui avrebbe lasciato il suo ultimo ricordo in qualche capanna dimenticata, proprio come lei aveva fatto con la lettera del Maestro. La vita sarebbe ricominciata, avrebbe avuto una sua famiglia...

Estrasse l'ampolla dal tascapane e la rigirò fra le dita. Se ci fosse stata Theana, le avrebbe detto qualcosa, l'avrebbe consolata col suo dio misericordioso.

Dubhe capì che le dispiaceva non poterle dire addio.

Staccò gli occhi dall'ampolla e guardò davanti a sé. Era il turno di Ido a fare la guardia. Seduto poco distante, la spada nera di Nihal tra le mani, scrutava la notte.

Dovette mettergli una mano sulla spalla perché si accorgesse della sua presenza. Anche adesso che era alla fine, si muoveva come una perfetta assassina.

Lo gnomo sussultò. «Diamine, se sei silenziosa!» esclamò per schernirsi.

«Devo parlarti.»

Ido le fece cenno di sedersi. Dubhe si mise a scrutare il buio davanti a loro. Ai suoi occhi era una penombra appena abbozzata, tanto la Bestia aveva acuito i suoi sensi.

«Se sopravviverò a questa storia» esordì Ido «farò in modo che il Mondo Emerso possa ricordare il tuo nome. Il tuo è un gesto davvero nobile.»

Dubhe scrollò le spalle. «Non mi interessa la gloria. Da te voglio un altro favore.»

Ido la guardò stupito. Probabilmente non se lo aspettava.

«Non lo sto facendo per il Mondo Emerso. Lo sto facendo per una sola persona» disse Dubhe guardandolo negli occhi. «Mi devi promettere che lo salverai.»

Lo gnomo sospirò, come se le parole che stava per dire gli fossero estorte a forza. «La mia missione ha la massima priorità, lo sai anche tu.»

«Lo farai prima di cominciare a combattere. Lo devi mettere in salvo, o tutto ciò che farò sarà inutile. Me lo devi giurare.»

Ido guardò a terra. «Lo farò» disse infine.

«Dovrai salvarlo anche da me, se necessario» aggiunse lei dopo qualche istante. «Quando la Bestia uscirà, io non sarò più me stessa. So che tu puoi uccidermi e dovrai farlo, se la mia sete di sangue minaccerà la vostra incolumità. Io non avrò alcun potere per fermarla.»

Lo gnomo deglutì, immaginando l'inferno che si sarebbe scatenato. «Sei sicura? Di quello che stai per fare, intendo.»

Dubhe annuì. «Mai stata più sicura.»

Lui la guardò con tenerezza, uno sguardo che quasi stonava sulla sua faccia di guerriero stanco. «Ti giuro che farò quello che mi hai chiesto.»

La Casa apparve loro come una macchia nera nel buio eterno. Erano pronti. Ido avrebbe aperto la strada assieme a Dubhe e sarebbe penetrato all'interno alla ricerca dei prigionieri e di Dohor. Lonerin e Sennar si sarebbero intrufolati approfittando della confusione. Fuori, Oarf e l'altro drago avrebbero scatenato l'inferno con le loro fiamme.

Non c'era nessuno ad attenderli, come se quelli della Gilda non prevedessero alcun attacco. Quella sera ci sarebbe stato il rito, e loro lo avrebbero impedito.

Dubhe sentì il cuore battere impazzito, come se volesse bucarle il petto. Vide Ido sguainare la spada, e sentì il cristallo nero gemere contro il cuoio del cinturone.

«Sono pronto» disse, e lei annuì.

Dietro di loro, il drago azzurro iniziò una manovra di avvicinamento per grandi cerchi.

Oarf si accostò a terra.

Dubhe estrasse l'ampolla dalla bisaccia. Si versò in gola tutto il contenuto, quasi con rabbia. Era amaro, e le colò in parte lungo il mento e giù fino al seno. Un calore intenso le prese tutto il corpo. Era terrorizzata, ma non aveva più importanza.

*Sono morta*, pensò con sgomento. *Non devo avere paura perché sono già morta.*

Sentì appena Oarf che si poggiava a terra con un tonfo, e rumore di voci. Poi giunse la pazzia, devastante e terribile. E tutto divenne bianco.

# 27
## La Casa

Accadde tutto all'improvviso. Un boato scosse il tempio fin nelle fondamenta, e la volta della Casa tremò. Yeshol contemplò la polvere cadere dal soffitto del suo studio, mentre il corridoio si riempiva del vociare dei suoi uomini che correvano impazziti.

Uscì e bloccò il primo Assassino che passava. «Che succede?»

Quello gli rispose scuotendo la testa, incapace di proferire parola. Il suo volto era una maschera di paura.

Yeshol tremò. *Non ora, non ora che tutto è pronto.*

Aveva passato l'intera mattinata davanti alla sfera in cui era custodita l'anima di Aster. Aveva contemplato la sua figura farsi e disfarsi in volute viola, e aveva pregato fino a perdere la voce. Il momento tanto atteso era arrivato. Quella notte avrebbe pianto lacrime di gioia. Aster sarebbe tornato e avrebbe fatto giustizia, tutto stava procedendo nel migliore dei modi. Anche Thenaar gliene aveva dato conferma. La macchina si era messa in moto, e nessuno avrebbe più potuto fermarla. Il suo cuore era un tripudio di determinazione e di fede.

Un Vittorioso gli si inchinò davanti, il pugno che toccava terra, la schiena che si alzava e si abbassava in un respirare affannoso. Yeshol non dovette neppure chiedere.

«Fuori dal tempio ci sono due draghi, e stanno distruggendo ogni cosa. È stato un attacco improvviso, non siamo riusciti a fare nulla.»

«Quanti uomini?» La voce di Yeshol, a differenza di quella del Vittorioso, non tradiva alcuna ansia.

«Difficile dirlo, non abbiamo ancora visto nessuno.»

«Stolto! Due draghi non possono essere arrivati fin qui da soli!»

Il Vittorioso lo guardò con aria sperduta. «Vostra Eccellenza, c'è *qualcos'altro* nella Casa che sta mietendo vittime tra i nostri. Non siamo ancora riusciti a bloccarla, è una belva disumana, non abbiamo mai visto niente del genere.»

Un goccia di sudore scese lungo la tempia di Yeshol. «Fermatela!»

«Mio signore, noi non siamo...»

Un nuovo boato, e un ruggito tonante. Il cuore della Suprema Guardia accelerò i battiti, e le parole di Dohor si stamparono nella sua mente.

"Ido... si porterà dietro la vostra traditrice."

Capì di aver trascurato qualcosa, di non aver pensato l'impensabile. La Perdente pavida e tremante, che pur di aver salva la vita era venuta a genuflettersi al suo cospetto, aveva trovato il coraggio di affrontare la peggiore delle morti. E tutto questo soltanto per distruggere lui. Deglutì. La Bestia era cosa di Thenaar, una sua figlia prediletta, com'era possibile che si rivoltasse contro di loro?

«Da' ordine a tutti gli uomini di convergere alle scale. La Bestia non deve arrivare alle piscine prima che il rito sia concluso. Manda un gruppo a prelevare il ragazzino e gli altri due prigionieri, poi portali qui da a me. Corri!»

Rientrò nello studio, appoggiò le mani alla scrivania e guardò la statua di Aster che gli stava davanti. Aveva sbagliato. Doveva trovare una soluzione senza farsi prendere dal panico. Fissò il sorriso di pietra e quegli occhi giovani e al tempo stesso seri, da uomo, e capì.

*Non ci fermeranno. Non importa se dovrò agire da solo, ma non permetterò che il tuo popolo non possa gioire della tua presenza, te lo prometto.*

Non c'era nulla da temere. Thenaar era con lui.

Bianco. E la sensazione di non avere più un corpo. Niente mani, né bocca. Neppure polmoni.

La morte era diversa da come Dubhe se l'era immaginata. Era quasi piacevole poter gustare quel lento svanire nella perfezione di un tutto che non ammetteva differenze.

Il dolore affiorò alla sua coscienza per gradi. Prima furono le dita, le mani, le braccia, i muscoli. Poi tutto si disegnò in quel bianco abbacinante come un inferno di fuoco. Sentì le vene pompare oltre misura, il cuore che si gonfiava nel petto fino a farlo esplodere. Non c'era aria. Soltanto la sensazione di un cuneo doloroso nell'anima, un peso che le si insinuava nel cervello, tra un pensiero e l'altro, distruggendo, dilaniando, disperdendo.

Sete di sangue. Fame di morte. Un desiderio impellente e devastante, intollerabile.

*No, non voglio!*

Ma resistere non aveva alcun senso. A un certo punto tutto si tinse di rosso. Gocce di sangue si mescolarono in complicati arabeschi in quel lago di latte. Il vagito della Bestia le spaccò la mente in due, riempiendogliela di orrore. Il corpo divenne una certezza dolorosa, e più struggente ancora era non poterlo comandare. Dubhe sentì di essere soltanto una spettatrice impotente di quello che stava accadendo. E quella certezza cancellò anche l'ultima speranza di poter fare ritorno.

*Mi hai negato a lungo, schiacciandomi tra cuore e diaframma. Ho dovuto respirare l'aria mefitica dei luoghi oscuri in cui mi hai confinata, ma io ci sono sempre stata. Ero il tuo piacere quando hai ucciso Gornar, ero la tua follia quando ti sei vendicata. Ora sono tornata, e non potrai più incatenarmi. Sono la tua essenza più profonda, il volto vero delle cose, spogliato delle scuse di cui ti ammanti quando ti muovi tra gli altri esseri umani. Resto solo io. La tua anima nera, la vera Dubhe.*

Si sentì risucchiata verso il basso, e i suoi occhi si spalancarono di colpo. Davanti a lei, il buio in cui era immerso il tempio era squarciato dal bagliore degli incendi. Sulla piana, i draghi si battevano con tutta la forza del loro fuoco, mentre con gli artigli e le zanne riducevano a brandelli i muri di cristallo nero. A terra, come patetiche formiche, piccoli uomini si agitavano scomposti correndo da tutte le parti.

Carne. Carne per la sua fame. Sangue per la sua sete.

La Bestia si abbatté su di loro senza pietà.

*Non gioisci con me? Non percepisci la magnificenza di tutto ciò? È per questo che sei nata, e lo sai.*

Dubhe urlò, ma non aveva bocca. La sua disperazione non trovava sfogo alcuno, e non aveva fine, lo sapeva. Solo la morte, troppo distante ancora, poteva far cessare quel tormento.

*Devo resistere, devo farlo per Learco. Lui vivrà.*

Ido rimase senza parole. Sotto i suoi occhi, la ragazza minuta che aveva portato in groppa a Oarf si trasformò. Il suo volto si deformò in un ghigno disumano, le sue membra si gonfiarono, la pelle si ricoprì di peli irsuti. Ogni traccia dei suoi occhi neri e profondi fu inghiottita da una furia senza fine, e al suo posto comparve un mostro, senza nome né coscienza di sé. Un aborto di natura, lo scherzo malvagio di un dio scellerato. Ruggì, la bocca aperta su una chiostra di denti acuminati come lame, le dita armate di artigli lunghi e taglienti. Quando i primi Assassini uscirono dal tempio, la Bestia si gettò nella mischia e fece scempio di qualsiasi cosa le si parasse davanti. Li divorava convulsa, senza fermarsi nemmeno per un istante.

Ido, pur avendo assistito a tanti massacri in vita sua, per la prima volta ebbe paura. La nausea gli attanagliò lo stomaco, e sentì l'impulso di fuggire lontano. Poi strinse la mano sull'elsa della spada, quella di Nihal, e la estrasse. Guardò il campo di battaglia con l'occhio del guerriero. Il drago azzurro colpiva sul retro del tempio, Oarf sull'ingresso principale. Sennar e Lonerin erano dietro di lui. La Bestia si era già fatta strada, e adesso toccava a loro intervenire.

«Seguitemi. Entreremo assieme e faremo quello che dobbiamo fare.»

Sennar lo guardò spaurito. Lonerin tremava.

«Avanti!» gridò Ido con tutta l'aria che aveva nei polmoni.

Il suo urlo riscosse entrambi. Corsero tra le fiamme gettandosi nel caos della Casa. Con sollievo Ido si accorse che la situazione era così confusa che nessuno faceva caso a lui. Con in mente quanto gli aveva detto Dubhe, si gettò giù per le segrete abbattendo chiunque gli sbarrasse il cammino. Ogni paura era scomparsa, non c'era più posto per l'esitazione. Era la sua ultima battaglia, e il gelo che l'aveva sempre contraddistinto in guerra era tornato a prendere possesso del suo cuore. Era di nuovo quello di un tempo.

*Per l'ultima volta*, si disse con un sorriso feroce.

«Va tutto bene, non avere paura.»

A Learco la sua stessa voce parve un sussurro. Il ragazzino che sedeva accanto a lui non riusciva a smettere di piangere. L'aveva riconosciuto non appena l'avevano buttato dentro la cella assieme a lui e a Theana, quasi una settimana prima. Era quello che stava con Ido quando si era battuto con lui, il Mezzelfo che la Gilda cercava per mari e monti.

«Sono venuto qui di mia spontanea volontà. È solo colpa mia.»

Non aveva fatto altro che ripeterlo in continuazione, tra un singhiozzo e l'altro. Learco sentiva la testa scoppiargli. Stava perdendo la calma, e tutto quel rumore là fuori non lasciava presagire nulla di buono.

Theana, invece, restava in silenzio e fissava il vuoto. Era spaventata, ma si sforzava di mantenersi vigile.

Non era facile, dopo quello che avevano passato. Una volta arrivati, li avevano bendati e condotti per i cunicoli della Casa, finché non erano stati buttati in cella e legati alle pareti con grosse catene. Da allora non avevano più visto nessuno. Una volta al giorno si apriva una feritoia nella pesante porta di metallo e qualcuno metteva dentro un piatto da cui dovevano mangiare in tre, e una brocca d'acqua che doveva durare un giorno intero.

Learco sapeva. Da un momento all'altro sarebbero entrati e li avrebbero portati fuori per suggellare il delirio del più terribile degli alleati di suo padre.

Aveva provato a liberarsi, ma le catene erano troppo spesse. Theana non aveva potuto aiutarlo: i ceppi a cui era legata erano stati fatti apposta per annullare i suoi poteri. Poi, a un tratto, le viscere di quel posto infame avevano tremato, e i boati avevano spezzato il silenzio della cella. San aveva alzato la testa con gli occhi grandi di paura, e Theana si era guardata attorno.

Learco aveva cercato di spiare i rumori, di studiare il silenzio che era sceso subito dopo quel primo colpo. Passi concitati appena fuori dalla porta, voci che si rincorrevano. Un altro boato, un ruggito.

«Un attacco» aveva detto a bassa voce, con timore.

«Ci vengono a prendere, Ido è tornato!» aveva esclamato San.

Learco non sapeva cosa pensare. Una parte di lui vagliava prudentemente l'ipotesi di un intervento del Consiglio, ma gli sembrava del tutto prematuro. Allora cos'era?

La porta si aprì di scatto. La luce penetrò con violenza, accecando i tre prigionieri. Non riuscirono a vedere nessuno, ma udirono una voce.

«In piedi, forza!»

Qualcuno prese San per la cintola. Learco sentì i suoi ceppi staccarsi da terra, e un paio di mani che lo afferravano con violenza per tirarlo su.

«Sta' fermo, dannazione!» urlò l'uomo che tratteneva il ragazzino. Poi il rumore di uno schiaffo, e il tonfo di un corpo leggero che cadeva a terra. Learco capì che era il momento. Non ci sarebbe stata un'altra occasione. La porta della cella era aperta e la confusione giocava a suo favore.

Si divincolò con uno strattone e si avventò sull'Assassino che aveva colpito San. Gli mise le catene attorno al collo e strinse. L'uomo rantolò sotto la sua presa ferrea.

«Mollalo o ammazzo la ragazza!»

L'altro Assassino aveva rapidamente estratto un lungo

pugnale e l'aveva appoggiato alla gola di Theana. Le prime gocce di sangue già luccicavano sulla lama. Learco la guardò. Sotto di lui, sentì i piedi dell'uomo che aveva catturato scalciare come un animale. Era in trappola.

«Ti ho detto di mollarlo» ringhiò l'Assassino, premendo più a fondo. Theana gemette, ma in quel momento una lama nera entrò nel torace del suo aguzzino.

«Tu non ammazzi nessuno» disse qualcuno nel buio. Il corpo senza vita dell'Assassino cadde sul pavimento con un tonfo sordo. Dietro di lui uno gnomo con capelli e barba bianchi reggeva una spada di cristallo nero. Learco non indugiò. Strinse con violenza la presa e soffocò la guardia che teneva tra le mani. Per qualche istante un silenzio irreale inghiottì le segrete.

«Ido!» urlò San, e gli si gettò al collo, piangendo di gioia.

«Piano, piano...» disse lo gnomo sbilanciandosi all'indietro.

Ma il ragazzino non ascoltò: Ido lo aveva raggiunto anche dopo quella brutta litigata. Si era sbagliato sul suo conto e doveva dirglielo, ora, tutto d'un fiato. «Sono stato uno stupido, ed è stata tutta colpa mia! Pensavo di essere invincibile, ma devo ancora imparare un sacco di cose. Avevi ragione Ido, giuro che adesso ho capito!»

Lo gnomo lo strinse a sé, poi gli mise una mano sulla testa e gli arruffò i capelli. «Va tutto bene» mormorò, mentre lo posava a terra.

Con due pesanti colpi di spada liberò tutti e tre dal giogo delle catene, poi lanciò un'arma a Learco e prese respiro. «Scappate più in fretta che potete. Fuori si è scatenato l'inferno»

«È arrivato l'esercito?» chiese il principe.

Ido scosse la testa, ma non aggiunse altro.

«Cosa sta succedendo?»

«Non c'è tempo per le spiegazioni, scappate e basta. Ce la fai a combattere?»

Learco lasciò cadere la spada e prese Ido per le spalle, fissandolo negli occhi.

Lo gnomo sfuggì il suo sguardo. «Sennar e Lonerin stanno andando a liberare Aster, io ammazzerò tuo padre. Voi dovrete cavarvela da soli.»

«Dov'è Dubhe?» urlò il principe al colmo della disperazione. Sapeva già la risposta, ma doveva sentirla dalla bocca di Ido.

«L'ha lasciata libera... La Bestia...»

Learco sentì il mondo girargli attorno.

«Non c'è più scampo per lei. Lo sta facendo per te, lo capisci? Mi ha chiesto di salvarti mentre se la vede con la Gilda. Quindi prendi la donna e il ragazzino e scappa, o lei sarà morta invano» rispose Ido, divincolandosi con forza.

Learco non reagì, incapace persino di pensare. Alla fine Dubhe aveva deciso di intraprendere la strada più difficile, e nessuno si era opposto.

«Vi voglio fuori di qui al più presto. E soprattutto porta il ragazzo in un posto sicuro.»

Theana raccolse la spada da terra e la porse al principe. Aveva un'espressione serena, sembrava quasi che gli chiedesse di avere fiducia.

Learco, senza sapere realmente perché, prese l'arma e annuì.

«No!» L'urlo agghiacciante di San riportò tutti alla realtà. Il ragazzino si era frapposto tra loro e lo gnomo. «Io voglio stare con te! Non mi abbandonare, per favore. Solo tu mi puoi proteggere!»

Ido lo guardò con gli occhi colmi di una tristezza infinita. Era incredibile la forza che c'era in quel ragazzo, e per un attimo accarezzò l'idea di un futuro assieme a lui. Ma ora la cosa fondamentale era portarlo fuori di lì.

«Tornerò, te lo giuro. Saremo una famiglia. E non permetterò che ti accada nulla di male, mai più. Ma ora devo andare.»

San piangeva, e Ido gli asciugò le lacrime.

«Fidati di me. Learco è un ottimo guerriero, e ti difenderà a costo della vita.»

Il principe annuì.

Ido sorrise, si alzò e fece qualche passo indietro. «Ci vediamo dopo» disse con la mano alzata, prima di scomparire di corsa tra i corridoi.

Yeshol pestò il piede a terra. Teneva per il bavero un Assassino dalla faccia sporca di sangue e terrorizzata.

«È entrata nella sala delle piscine, mio signore.»

«Non mi importa! Il ragazzino, dov'è il ragazzino? Ho mandato i miei uomini più di dieci minuti fa, ma non si vede ancora nessuno!»

L'Assassino scosse le testa.

Yeshol lo sbatté contro il muro e gli urlò in faccia: «Perdente!» Poi lo gettò a terra, tremante.

Entrò nel suo studio come una furia, prese un libro dalla scrivania e premette il pulsante che apriva il passaggio segreto. La parete ruotò su se stessa e svelò una scala che si snodava verso il basso. Yeshol si gettò giù quasi correndo, senza preoccuparsi di lasciar aperto il varco. Solo quando fu davanti al globo azzurrino riuscì a calmarsi.

«Lo so, mio Signore» disse sedendosi a terra, le pergamene spiegate innanzi a sé, il libro aperto a cercare la pagina giusta. «Ma presto sarete libero, e avrò l'onore di essere io il mezzo. Non c'è il ragazzino? Non importa!

Prenderete me!» disse battendosi il petto e guardando il volto nel globo. «Certo, il vostro spirito resisterà poco nel mio corpo, lo so, ma basterà perché apriate la strada a Thenaar. E allora tornerete in questo mondo, e non ci sarà più posto per i Perdenti, ma solo per i Vittoriosi. Sarà il vostro Tempo, e il mondo raggiungerà quella perfezione cui anela fin dal principio, fin da quando il nostro Dio lo creò.»

Trovò la pagina giusta. «Sì, ecco, ecco» disse concitato.

E lesse declamando ad alta voce.

Guardò un'ultima volta il globo, allargò le braccia e fu pronto.

# 28
# Tra i due mondi

Lonerin cercò di calmarsi, allontanando da sé la visione di Dubhe. Era terrificante, e ancora più atroce il pensiero di non essere riuscito a debellare la maledizione che la incatenava.

*Non sei stato capace di salvarla, ma il Mondo Emerso ha ancora bisogno di te,* si era detto per farsi coraggio.

Per un primo tratto di strada avevano seguito Ido. Le urla di Dubhe, dietro di loro, erano sempre più alte, segno che la Bestia avanzava inesorabile.

Lo gnomo li aveva lasciati davanti a un bivio. «Voi andate, io devo cercare i prigionieri.»

Lonerin aveva sentito un nodo stringergli la gola. «Salvala.»

Ido aveva annuito, poi era scappato via per i cunicoli.

«Andiamo» aveva ordinato Sennar.

Avevano ripreso la loro corsa.

«Conosco io la strada» disse Lonerin con sicurezza. Rammentava ogni parola che Dubhe gli aveva detto circa quel luogo, e lui stesso ricordava fin troppo bene quei meandri.

Vedere tutto quel caos lo rese euforico. Era come aveva

sempre sognato: la Gilda che cadeva e lui che si muoveva tra le macerie. I volti dei Vittoriosi, trasfigurati dal terrore, erano esattamente come se li era immaginati molte volte. Erano immersi nell'incubo che da sempre aveva voluto che vivessero. Ripassò mentalmente ogni parola dell'incantesimo, ogni gesto che doveva compiere.

Riconobbe la zona in cui si trovavano, fece mente locale e trascinò Sennar nel dedalo dei corridoi.

Nessuno li ostacolò. La Casa si stava svuotando a mano a mano che i Vittoriosi confluivano nelle sale dove imperversava la Bestia. Lonerin si sorprese a pensare che Dubhe aveva avuto ragione: senza di lei a fare da diversivo, non ce l'avrebbero mai fatta.

Quando giunse davanti alla stanza, sentì il cuore balzargli in petto. Afferrò Sennar per la tunica. «È qui.»

La porta era aperta. L'interno era una baraonda di libri gettati a terra e pergamene ammassate ovunque. I due maghi entrarono insieme, lentamente. Cosa significava quella confusione? Dovevano gioire o preoccuparsi?

Fu Sennar a vedere il passaggio segreto. «Di là!»

Lonerin si gettò verso le scale senza esitare. Percorse i gradini a due a due, mentre Sennar arrancava dietro di lui. Non appena entrò nel locale, però, si bloccò.

Erano in uno stanzino cilindrico, dove aleggiava un'aria stantia. La muffa aveva disegnato arabeschi verdi sulle pareti. Al centro, una specie di piccolo altare, e sopra un globo celeste, la cui luce lattiginosa rischiarava funerea le pareti. Dal globo – dentro il quale galleggiava un volto indistinto – usciva una specie di lievissimo filo di vapore, che andava verso un uomo, inginocchiato a braccia aperte. La testa era rivolta verso il soffitto, il viso atteggiato a un'espressione di intensa beatitudine. Yeshol. Stava accadendo qualcosa, qualcosa di terribile.

*Siamo arrivati troppo tardi*, pensò Lonerin.

Ma poi vide Sennar gettarsi con un balzo sull'uomo e bloccarlo sul pavimento. Il sottile filo di fumo si disperse e il vecchio mago urlò: «Fallo! Ora!»

Lonerin estrasse dalla tasca della tunica il talismano e lo strinse tra le mani. Chiuse gli occhi, lasciò che ogni rumore fluisse fuori dal proprio corpo. Si concentrò come aveva imparato a fare durante l'addestramento assieme a Sennar. La sua voce ruppe il silenzio. Una litania, bassa e musicale, riempì la stanza. Parole elfiche che lo strappavano a se stesso per portarlo altrove, sospeso in quel limbo dove avrebbe incontrato la nemesi del Mondo Emerso.

*Prima lui*, gli ricordò una voce interiore, e allora fermò la corsa della sua anima e pronunciò l'incantesimo. Sentì la mano che stringeva il talismano farsi di fuoco, e seppe che lui era lì. L'uomo che aveva terrorizzato il Mondo Emerso, colui che aveva cercato di distruggere ogni cosa, era stato strappato dal sonno inquieto della morte e ora era stretto nel suo palmo. Aster.

*E ora tu*, scandì ancora la voce. Gli restava forza solo per un'ultima parola. La pronunciò. Sentì qualcosa risucchiarlo al di fuori di se stesso, perse la consapevolezza del proprio corpo e in un attimo si ritrovò in un nulla animato unicamente dalla coscienza di sé. Attorno, solo calma e luce accecante.

*Sono nel talismano?* si chiese. Forse era morto. Sennar gli aveva detto che c'era anche quella possibilità, forse non aveva resistito alla potenza del rito.

*No, non prima di aver compiuto quel che devo!*

Scrutò lo spazio attorno a sé. Non c'era nulla, e non sentiva né freddo né caldo. Solo un tutto indistinto, e una vaga percezione dei sensi.

*E adesso?*

Non lo sapeva. Forse doveva cercare Aster. Se davvero aveva richiamato il suo spirito, lui doveva essere lì. E non c'era. Un'angoscia sorda si fece strada nel suo cuore. Morire così non aveva senso. Dove aveva sbagliato?

Poi vide finalmente disegnarsi qualcosa nel nulla accecante che lo circondava. Era una forma indistinta e confusa, che riusciva a percepire più che a vedere per davvero.

«Sei stato bravo.»

Una voce, che non aveva consistenza e che non proveniva da alcun luogo. Una voce infantile, che Lonerin sentiva direttamente nella propria testa.

«Non è cosa da poco, quella che ti è riuscita.»

Aveva un tono rassegnato, pieno di dolore.

«Chi sei?»

Sapeva di non aver pronunciato neppure una parola, eppure aveva parlato.

«Come, mi hai chiamato e non lo sai?»

Lonerin avvertì un moto d'esultanza. Lo vide. Emergeva dal nulla, dalla luce bianca; avanzava con passi lenti e studiati, e la consapevolezza che quello poteva essere *davvero* il messia lo lasciò senza fiato. Per un istante pensò che la Gilda avesse ragione, e che per quarant'anni i Perdenti avessero infangato la memoria di un eroe. Non poteva che essere un dio quello che stava per incontrare, un dio sofferente e incompreso, ripudiato dai suoi stessi fedeli.

Aveva l'aspetto di un bambino di dodici anni, e indossava una lunga tunica nera con un alto colletto. Il suo volto era di straziante bellezza. Era triste, e lo guardava con occhi di un verde folgorante. Non poteva esistere al mondo un tale verde: quello che Lonerin stava vedendo era il colore nella sua essenza, così come l'avevano concepito gli dei quando avevano creato il Mondo Emerso. I capelli, ricci e lunghi fino al collo, gli incorniciavano il volto con un blu cupo, mentre le orecchie leggermente a punta ricordarono a Lonerin la sua storia.

Rimase senza parole. Eccolo, il Tiranno. Il Distruttore e il Salvatore. Era impossibile stabilire chi fosse per davvero, se un essere di straordinaria malvagità o d'incredibile clemenza. Forse era entrambi, e Lonerin sentì l'impulso di inginocchiarsi e venerarlo. C'era altro che poteva fare al suo cospetto?

*Stai attento, perché lui è il Tiranno. L'apparenza non ha valore, perché è uno dei suoi innumerevoli inganni. Non farti avvincere dalle sue malie.*

Lonerin provò a spezzare quell'incantesimo. Un tempo Aster era stato un uomo, nient'altro. Un uomo che aveva ucciso migliaia di innocenti. Era così che doveva guardarlo. Doveva spogliarlo del velo di onnipotenza con cui ora gli si stava proponendo, andare oltre la sua bellezza e il suo sguardo triste. Doveva vederlo per quello che era: un bambino morto da quarant'anni; anzi, un vecchio giustamente ucciso anni prima. E lui doveva riportarlo alle ombre da cui proveniva.

«Chi sei?»

Lonerin cercò di resistere alla dolcezza della sua voce. «Non ha importanza» disse, ma il suo tono era insicuro, tremante. «Sono colui che ti impedirà di portare a termine i tuoi piani.»

Un sorriso amaro illuminò quel volto di sovrumana bellezza. «E quali sarebbero i miei piani?» chiese senza ombra di sarcasmo.

Lonerin rimase spiazzato. Solo con difficoltà riuscì a riprendere il controllo e a trovare la cosa giusta da dire.

«Hai sfruttato la fede cieca dei tuoi servi per farti resuscitare. Ma tu appartieni al passato, e la Gilda non ha più ragione di esistere in questo mondo. Io la distruggerò, e darò finalmente pace alle migliaia di vittime che tu assieme a loro hai trucidato.»

Aster sorrise dolcemente. «Intendi Yeshol, vero, e gli Assassini?»

«Non provare a ingannarmi» replicò Lonerin quasi disorientato. «Io ti conosco. Ho letto di te.»

«Si parla ancora di me?» chiese Aster, stupito. «Il mio ricordo non è stato ancora cancellato dalla Terra?»

«Sai che non è così.»

Gli occhi di Aster lo guardavano con una sincerità disarmante, e Lonerin si disse che erano infiniti gli inganni di quell'essere, che davvero doveva essere stata un'impresa difficile per Nihal fare i conti con lui.

«So che Yeshol e i suoi adepti mi adorano» proseguì Aster. «Quando ero ancora in vita, lui mi guardava come si venera un dio, e pendeva dalle mie labbra. Era un servo fedele, forte, per questo alimentavo la sua fede, e gli facevo credere che fossi ciò di cui parlavano le loro profezie. Il bisogno di certezze spinge gli uomini a gesti estremi, e quando trovano qualcosa in cui aver fede, non permettono neppure alla morte di contraddirli. Così Yeshol continua a disturbare persino il mio spirito, e non si è mai rassegnato alla mia scomparsa.»

Lonerin non capiva. «Devi tornare tra i morti, a cui appartieni.»

Aster fissò lo sguardo su di lui, e il mago se ne sentì trafitto. «Credi davvero che io non lo voglia? Credi che io sia contento di vagare in questo limbo senza senso?»

«Io credo che tu voglia tornare nel nostro mondo per terminare quanto hai iniziato. Per farlo hai piegato al tuo volere la volontà di uomini deboli, per i quali sapevi di essere stato l'unica ragione di vita» disse Lonerin con certezza.

«Hai una strana concezione della morte, la concezione che ne hanno tutti i vivi» replicò Aster. «Pensi sul serio che tua madre dall'oltretomba voglia che tu distrugga la Gilda per darle pace?»

Lonerin si sentì colpito al cuore. «Che ne sai di mia madre?» rispose tra i denti.

«So che Yeshol l'ha uccisa. Fu la sua lama a penetrarle il cuore. E so che tua madre morì contenta, perché era certa che tu saresti sopravvissuto. Morire per qualcuno che ami è la migliore delle morti.»

Lonerin si sentì perduto. L'immagine di sua madre, com'era da viva e come l'aveva vista nella fossa comune, gli dilaniò lo spirito.

«Non devi soffrire. Ti ho detto la verità. Lei ha trovato la sua pace quando è morta.»

«Non parlare di lei! Non usare neanche per un istante il suo ricordo per farmi vacillare!» urlò il mago.

Aster non si lasciò turbare. «Non lo sto facendo. Ti sto solo spiegando. I vivi conoscono le faccende dei vivi, i morti conoscono la morte.»

«Basta!»

Ma Aster continuò imperterrito il suo discorso. «C'è stato un tempo in cui ero mosso da un solo desiderio, e il mio scopo era l'unica cosa a mantenermi in vita.»

Lonerin non riusciva a smettere di ascoltarlo. Ne aveva letto fino alla nausea. Quando era bambino, Folwar gli evocava di continuo il suo fantasma. "Non lasciarti affascinare troppo dalle Formule Proibite. Studiale, ma non permettere che ti ossessionino, se non vuoi fare la fine del Tiranno. Anche l'amore eccessivo può portare a esiti tragici." Da quel giorno il Tiranno era diventato per lui una figura ambigua: lo attraeva e lo respingeva al tempo stesso, lo incuriosiva e lo terrorizzava.

«Lo scopo era tutto» riprese Aster fissando su Lonerin il suo sguardo liquido e bruciante. «Neppure la morte ha spento le braci di quel sogno sanguinoso. Per me non esisteva altro. Era una fantasia grandiosa, che mi ripetevo fino alla pazzia nella solitudine del mio palazzo. Ero solo, e in questo stava la grandezza del progetto. Soltanto Yeshol sapeva cosa avrei fatto. Era il volto che avevo deciso di mostrargli, l'unico cui avrebbe ubbidito. Lui sapeva, ma non poteva capire. Solo io ero in grado di vedere il disegno magnifico che sorreggeva quel sogno.»

Lonerin tentò di sfuggire alla musica suadente che era la sua voce. «La tua era pura e semplice follia, nient'altro.»

«Credi?» disse Aster. «E la tua cos'è? Io conosco la magia che hai applicato, e morirai. Ne sei consapevole?»

Uno strano gelo si irradiò attorno a Lonerin. Ebbe paura, ma cercò di riemergere dal pozzo di terrore in cui quelle parole volevano gettarlo. «Non ha importanza. L'importante è che io termini la mia missione.»

Aster sorrise. «E tu questa non la chiami follia?»

«Io sacrifico solo me stesso.»

«E salverai assai poco. Io avrei sacrificato un mondo intero, e avrei salvato tutti.»

*Discorsi già fatti, parole già dette. Ricordati le* Cronache, *ricordati Nihal, e non vacillare*, disse una voce dal profondo.

Aster però non gli diede tempo di controbattere. «Di quel sogno grandioso, ormai, restano solo le ceneri. Peccato, ma come sempre gli dei resteranno in silenzio, si limiteranno a guardarci dall'alto.»

Lonerin sentì improvvisamente la stanchezza assediarlo; continuava a non avere consapevolezza del proprio corpo, eppure si sentiva spossato, e *distante*. Era come mollare gli ormeggi e allontanarsi, svanire lentamente nella luce che lo avvolgeva. Provò a distogliere lo sguardo da Aster, a guardarsi le mani che non sentiva. Aveva la pelle pallida, quasi trasparente.

«Sono stanco. Stanco del Mondo Emerso, di me e di tutto il resto. Quando Nihal mi colpì con la spada, capii molte cose. Il mio sogno era morto prima ancora di nascere, e in quel momento fui contento che qualcuno mi stesse fermando.»

Lonerin osservò stupito quel volto circonfuso di luce. C'era una tale sincerità in quello sguardo da risultare disarmante. Non c'erano trucchi, nessun tentativo di confondere l'avversario: solo verità. E la stanchezza di cui Aster parlava, Lonerin poteva percepirla in ogni piega della propria pelle.

«Yeshol mi ha richiamato a forza, strappandomi alla pace di un mondo senza luce e senza tenebre. Mi ha costretto a recitare di nuovo un ruolo che avevo abbandonato da molti anni. Sai dirmi che ci faccio io qui? Perché la mia anima deve tornare ad essere gravata dal peso della carne, se io non lo voglio?»

Lonerin richiamò tutte le proprie forze per restare presente a se stesso. Si sentiva svanire, in un modo che non aveva mai sperimentato prima. Da qualche parte percepì il battito del suo cuore che si faceva sempre più lento.

«Io non sono qui per mia volontà. Non so che farmene del Mondo Emerso. Io non sono più l'uomo di allora. Non ho più aspirazioni né sogni. Non ho scopi nobili né meschini che mi muovano. Quelle sono cose da vivi, e io sono morto nella carne e nello spirito. Voglio solo la pace, la *mia* pace.»

«Davvero non è opera tua tutto questo?»

Aster lo fissò dritto negli occhi. «Con dolore sono stato strappato al mio riposo, e con disgusto ho rivisto la faccia del mio servo più fedele. La sua adorazione mi infastidisce, le sue preghiere mi disturbano. Cerca ancora in me conferma alla sua fede, vuole usarmi per scopi che ormai sono solo suoi. Io voglio essere liberato dalla sua presenza, voglio tornare ad essere nulla.

La sua era una disperata richiesta di aiuto, e Lonerin si sforzò di ritrovare se stesso. Capiva cosa stava succedendo. Era stanco. L'incantesimo gli stava risucchiando tutte le energie. Stava morendo. Doveva far presto.

«Se vuoi la pace, allora consegnati a me» disse.

«Lo sto già facendo.» Aster tacque per qualche istante; poi rispose alla tacita domanda che aleggiava fra loro. «Io non posso liberarmi da solo. Solo tu puoi farlo. Non posso neppure aiutarti. Io non sono nulla, qui dentro. In un corpo, forse, ma qui non esisto.»

Allargò le braccia, e il suo fu un sorriso puro e infantile.

«Fallo, Lonerin. È così che ti chiami, giusto? Era questo il nome che urlava tua madre. Fallo. Te ne prego.»

Lonerin si sentì svenire, ma capì che se davvero faceva appello a tutta la sua forza di volontà, ce l'avrebbe fatta.

Guardò quella figura evanescente davanti a lui, si chiese ancora se stesse dicendo la verità. Forse non aveva importanza. L'importante era ricordare cosa andava fatto ora, e trovare l'energia per farlo. Si concentrò su stesso, sul proprio spirito disperso in quella luce, e sentì una strana tristezza. Pietà. Il sentimento che più di ogni altro aveva caratterizzato la sua vita, e soprattutto quel lungo viaggio che lo aveva condotto fin lì. Pietà, pietà per tutto, anche per il suo nemico.

Scacciò via ogni pensiero e raccolse in sé tutta la magia che si sentiva scorrere dentro. Il battito del suo cuore, intanto, si faceva sempre più flebile.

Sennar immobilizzò Yeshol per qualche istante. Sapeva che la magia non avrebbe avuto alcun effetto su di lui. Aveva impiegato tutti i suoi poteri per rivedere Nihal, e quelli che gli restavano erano insufficienti per sconfiggere una Suprema Guardia. Ma non aveva importanza. Avrebbe fatto di tutto, comunque, perché quello era sempre stato un viaggio senza ritorno. Per questo strinse le mani ossute e cercò il collo dell'avversario. Tentò di coglierlo di sorpresa, ma lo sentì sgusciare via. Fece appena in tempo a vederlo mentre scattava verso Lonerin.

Sennar gridò, la mano protesa in avanti. Erano passati anni dall'ultima volta che aveva lanciato un incantesimo in battaglia. Allora la sua mano era nervosa e forte, il suo braccio possente. Adesso la manica della tunica si sollevava su un rettangolo di pelle sottile, che copriva il muscolo tremulo del suo braccio come un guanto troppo grande. Eppure non fallì.

Una barriera argentea si disegnò attorno al corpo inerte di Lonerin. Sennar ricordò Aires, il viaggio nel Gorgo, e i tempi in cui aveva protetto con quell'incantesimo una nave intera. Ora anche solo quella mossa gli costava una fatica immensa.

Le mani di Yeshol si gettarono avide sulla barriera, che al contatto esplose in una miriade di scintille. La Suprema Guardia urlò. Al di là di quel guscio sottile, Lonerin sembrava morto: era pallido, e le sue dita stringevano convulsamente il talismano. Aveva lo stesso abbandono languido dei cadaveri. Il suo spirito non era lì. C'era riuscito.

Sennar cercò di rialzarsi più in fretta che poteva, gettando al contempo uno sguardo preoccupato al globo che fino a poco prima era occupato dallo spirito di Aster. Adesso non era altro che una sfera di vetro qualsiasi.

Appena si fu tirato su, vide Yeshol alzare le mani bruciate, pronto a lanciare un incantesimo. Sarebbe bastato un nulla, e tutto sarebbe finito. Non poteva competere con la sua potenza. Allora lo prese alle spalle e gli mise una mano sulla bocca. Con l'altra gli strinse la gola fino allo spasimo. Yeshol provò a reagire. Urtarono contro le pareti, fecero cadere a terra la sfera di vetro che si infranse in mille pezzi, rotolarono sul pavimento avvinti come due bestie. Poi Sennar sentì i denti del nemico affondargli nella carne, e fu sopraffatto dal dolore. Mollò la presa e Yeshol ne approfittò per liberarsi e sfilare da sotto la tunica un pugnale. Si voltò, prese il mago in contropiede e lo gettò a terra puntandogli l'arma alla gola.

«Nessuno mi può fermare!» sbraitò con gli occhi iniettati di sangue, la mano che gli tremava. «È Thenaar che lo vuole!»

Sennar sentì la lama incidergli la pelle. Forse aveva dato a Lonerin tempo a sufficienza, forse non era stato inutile quello che aveva fatto. Allora chiuse gli occhi e pensò serenamente che era un buon momento per morire.

Un sibilo sinistro tagliò in due l'aria rarefatta della stanza, e il suo cuore perse un colpo. *È finita,* pensò. Ma avvertì soltanto la presa sul collo allentarsi. Riaprì gli occhi e vide che un uomo sovrastava Yeshol con un ghigno feroce. Aveva un aspetto viscido, e il suo volto era deformato dal piacere della vendetta.

Yeshol guardava stupito una lama grondante di sangue che gli usciva dalla spalla destra. Il suo volto non mostrava dolore, solo incredulità. «Sherva...» mormorò.

L'Assassino, dietro di lui, si lasciò andare a una risata sguaiata. Estrasse la lama e gettò il corpo di Yeshol sul pavimento con un calcio.

Sennar ne approfittò per scivolare verso Lonerin.

«Non te l'aspettavi che il tuo bravo e fedele servo si ribellasse, vero?» si mise a sbraitare Sherva. «Ma io ci sputo sopra al tuo dio! Non credo a Thenaar e neppure a te! Mi sono inchinato per anni al tuo cospetto, convinto che mi avresti reso il più potente Assassino di tutti i tempi. Ero sicuro che un giorno ti avrei ammazzato e sarei stato l'unico. Invece mi hai depredato di tutto ciò che avevo, hai fatto di me un lurido verme, mi hai costretto a calpestare i miei dei, trattandomi come l'ultimo dei tuoi tirapiedi.»

Gli tirò un violento calcio sulla ferita, e Yeshol si contrasse, ma neppure un verso uscì dalla sua bocca. Strinse gli occhi e, quando li riaprì, il suo sguardo era pieno di livore.

Sherva si chinò su di lui e gli affondò di nuovo la lama nella carne, rigirandola con crudeltà. «Fammi la grazia di un grido, avanti, è per la gloria» sorrise truce.

Il riso, però, gli morì in gola. Con uno scatto, una lama nascosta di Yeshol gli aveva trapassato il petto.

«Sei anche tu un traditore» sputò tra i denti la Suprema Guardia. Sherva cadde all'indietro, seduto contro il muro. Respirava a fatica.

Yeshol si alzò tentando di premere la mano sulla ferita all'addome. Quando fu vicino al servo, gli regalò uno sguardo gelido.

Sherva alzò gli occhi già velati dalla morte e sorrise. «Sei morto» rantolò. «E io ti ho ucciso.»

«No, non è vero! Io e Thenaar avremo ai nostri piedi il Mondo Emerso, ma tu non ci sarai.» Yeshol fece un ampio movimento col braccio e sulla gola di Sherva si disegnò un taglio rosso. Poi cadde di lato, sbilanciato dal peso del proprio colpo. Rimase a terra pochi secondi. Quindi, con difficoltà, tirò su la testa e allungò un braccio.

Sennar, rannicchiato in un angolo, lo vide trascinarsi sul pavimento lasciando dietro di sé una scia di sangue. I suoi occhi erano iniettati di odio, e dentro c'era tutta la determinazione del mondo.

«Non sono ancora morto» sibilò sottovoce.

# 29
## Fuoco e acciaio

Non appena la terra tremò sulla sua testa, Dohor capì che finalmente il momento era giunto. Sentì la Casa cadere preda del panico; le urla, i passi concitati, ma soprattutto i ruggiti non lasciavano ombra di dubbio su quello che stava accadendo.

Scese dal letto lentamente, prese l'armatura e la indossò. Poi impugnò la spada che era stata di suo padre. Era pronto.

Tutto era cominciato all'Accademia. Ido a quel tempo era un insegnante come gli altri, alla ricerca di giovani apprendisti da chiamare per le sue truppe personali. Era stato proprio lo gnomo a scartarlo, e lui si era lamentato pubblicamente. Ido lo aveva sfidato a duello davanti a tutti, e lo aveva umiliato. Era il ricordo più vivido e bruciante di tutta la sua vita. Fino a quel momento non aveva mai subito smacchi: figlio di un generale piuttosto in vista, si muoveva tra l'ammirazione e l'invidia dei suoi compagni. Primeggiava in qualsiasi arte del combattimento, era vezzeggiato da chiunque e trattato con deferenza dai suoi stessi insegnanti. La sua era sempre stata una vita costellata di successi, e non c'era ragione di credere che non sarebbe stato così anche in seguito. Ido era stato il suo primo fallimento, aveva osato mettere in dubbio le sue capacità davanti a tutti, proprio lui che era un traditore della sua terra, e per di più apparteneva alla razza che Dohor considerava ignobile per eccellenza: gli gnomi.

Aveva covato negli anni un odio profondo e aveva alimentato il proprio riscatto soggiogando con il terrore e la violenza chiunque osasse opporsi alla sua autorità. Voleva diventare Supremo Generale all'Accademia, un passo obbligato della sua scalata al potere, e per farlo doveva spodestare Ido. In ogni impresa che aveva affrontato per conquistare il Mondo Emerso, si era sempre ritrovato contro lo gnomo. Fu con suprema delizia che lo vide inerte come un verme davanti al Consiglio quando lo accusò di tradimento. Ai suoi occhi era rimasto il borioso insegnante dell'Accademia che l'aveva gettato a terra in tre assalti su tre.

Adesso stava a lui annientarlo. Era buffo pensare che il destino si era deciso una buona volta a farli scontrare. Non avevano mai combattuto l'uno contro l'altro sul campo di battaglia. Ora voleva il suo sangue. Lo aveva annientato con ostinazione ogni giorno della sua vita; gli aveva tolto le cariche, la casa, gli amici e persino la sua donna, ma non l'aveva mai gettato nella polvere. Ido era ancora il più forte nella sua testa, e questo Dohor non poteva più tollerarlo.

Si avviò con calma per i corridoi. Gli Assassini gli sfilavano accanto impazziti, ma per lui era come se non esistessero. La sua personale battaglia era più importante di tutto il resto.

Un boato sovrastò il caos circostante, e un ruggito fece tremare le pareti.

Dohor riconobbe il verso dei draghi, e sorrise maligno. Sapeva che Ido aveva perso Vesa in battaglia; questo significava soltanto una cosa: lo gnomo aveva tradito il tacito patto che ogni cavaliere sente verso il proprio destriero.

*Mi odi così tanto che hai sputato sulla memoria del tuo drago? Trema, perché io non sarò da meno.*

Si avviò verso il passaggio che conosceva. Quando era arrivato qualche giorno prima, Yeshol gli aveva mostrato un'altra uscita che conduceva a una zona del bosco piuttosto fitta. Là aveva fatto costruire una capanna.

«Solo per voi» aveva detto con un sorriso untuoso. «E per il vostro drago.»

Più andava verso l'esterno, più le urla degli uomini si facevano ovattate e distanti. Dohor ripensò agli avvenimenti di quei giorni, e capì che le piccole crepe che si erano andate aprendo nella fortezza del suo potere derivavano da quell'unica, minuscola falla che ancora non aveva chiuso. Fintanto che Ido respirava, ci sarebbe stato sempre posto per la paura. Lui era il principio e la fine di ogni cosa, era la macchia che non aveva ancora lavato via. Aveva accumulato cadaveri su cadaveri, era passato sopra al corpo di sua moglie e avrebbe fatto lo stesso con quello di suo figlio. Aveva venduto l'anima al diavolo, legandosi a doppio filo a Yeshol e alla sua congrega di pazzi. Ora gli restava un ultimo nemico, il più importante.

L'aria, fuori, puzzava di bruciato. Dohor inspirò a piene narici l'odore del campo di battaglia, poi entrò nella capanna. Il suo drago giaceva vigile, le ali ripiegate sotto il corpo, le catene tese tra le zampe posteriori e i due ceppi che le trattenevano a terra. Lo scudiero di guardia era bianco di paura.

«Liberalo» ordinò il re.

Il ragazzo ubbidì seduta stante e prese ad armeggiare

con le catene tremando come una foglia. Non appena Dohor era diventato re, aveva deciso di cambiare destriero. Il drago che aveva dai tempi dell'Accademia non era certo adatto per la sua figura di regnante. Era un drago verde qualsiasi, e presto l'aveva ceduto a Yeshol.

«Noi possediamo il segreto che permetteva ad Aster di creare i draghi neri. Lasciatemi fare e sarete contento del vostro destriero» aveva detto lui in risposta.

Aveva fatto bene a credergli. Il suo drago, ora, era un animale di terrificante bellezza. La schiena era irta di aculei neri, e il muso allungato incuteva spavento. Aveva ali possenti che brillavano innaturali alla luce dei frutti di Lattescentia che filtrava dalle finestre.

Appena il ragazzo liberò le zampe posteriori, il drago spalancò gli occhi: tizzoni di brace rossa nel buio della notte. Aprì le ali con violenza, ruggì, e la capanna tremò fin nelle fondamenta. Il pavido scudiero si rannicchiò con la schiena contro la parete, e Dohor rise di gusto sguainando la spada.

«Ti darò da mangiare carne di gnomo, stasera!» esclamò con un ghigno. Poi saltò in groppa e sentì di nuovo l'ebbrezza della battaglia, una sensazione euforica che da troppo tempo non assaporava.

Ido percorse tutti i corridoi spada alla mano. Era strano, ma l'elsa dell'arma di Nihal sembrava fatta apposta per lui. Era come se l'avesse maneggiata da sempre, nonostante fosse tanto diversa dalla sua.

Non incontrò particolari resistenze. Dubhe, trasfigurata dalla Bestia, stava tenendo a bada tutta la Gilda, e gli Assassini che incontrava non gli prestavano alcuna attenzione. Del resto neppure lui era interessato a loro. Una sola era la preda che cercava.

Si gettò in ogni stanza, frugò ovunque, proseguendo alla cieca guidato solo dall'istinto del cacciatore. Per qualche istante si chiese se avesse fatto bene a lasciare San con Learco e Theana. Erano entrambi provati, e il principe era evidentemente sconvolto per quanto era accaduto a Dubhe. La ragione gli diceva con chiarezza che c'era qualcosa di sbagliato in quello che stava facendo; non doveva andare a rincorrere i fantasmi del passato, il suo posto era accanto al giovane che un giorno avrebbe ereditato il mondo uscito da quella battaglia. Ma in realtà non aveva mai dato molto ascolto alla ragione. Per tutta la vita si era mosso spinto solo dalla foga di combattere, perché nel fondo del cuore non era altro che un soldato. Ricordava Aires e la sua morte, Soana, e tutti i giovani a cui aveva tenuto la mano mentre morivano nel fiore degli anni. Tutto iniziava e finiva con Dohor, non c'era alternativa. Il suo posto era lì dove il suo cuore batteva, nel mezzo della battaglia, l'unico luogo in cui si fosse mai trovato a proprio agio.

Alla fine sbucò in un corridoio più buio degli altri e intravide qualcuno che correva. Lo fermò per il collo, lo sbatté contro il muro e gli puntò la spada alla gola.

«Dov'è Dohor?»

Era una ragazza, e lo guardava spaurita senza capire, come se la sua voce non le fosse nemmeno giunta alle orecchie. «Io...»

Lo gnomo fece pressione e la lama le graffiò la pelle morbida del collo. «Limitati a rispondere.»

«Fuori» mormorò lei con voce soffocata.

Ido imprecò. «Fuori non si esce, è tutto bloccato. Non mentirmi!»

La ragazza indicò una direzione alla sua destra. «C'è un'altra via...»

Ido la lasciò andare con violenza e corse verso il corridoio. Dentro, puzza di bruciato e ruggiti.

*È arrivato con il suo drago, possibile?* si chiese, mentre il cuore gli martellava il petto.

Una volta all'esterno, guardò la terra che ribolliva di fiamme. Il tempio era un moncone di mura annerite contro il cielo rosso, e in alto volavano due draghi. Il primo era Oarf, che continuava a vomitare fuoco sulla piana, e l'altro era un drago piuttosto massiccio, i fianchi di un verde cupo e le ali, immense, nere.

Era lui. Dohor con il suo animale. Ido cercò traccia del piccolo drago azzurro che li aveva condotti fin lì. In un angolo inquadrò una carcassa distesa su un fianco. Allora alzò la spada e gridò. Oarf lo sentì subito e si lanciò in picchiata. Aprì le ali a pochi passi da lui, investendolo con una folata d'aria bollente. Ruggì, gli occhi pieni di sfida e di rabbia. Poi chinò il capo, e Ido gli balzò in groppa. Si sentiva dominato da una calma glaciale. Era arrivato il momento.

Sollevato in aria, chiuse gli occhi un istante e fu come tornare indietro negli anni, a quando non si sentiva così solo, e alla fine di ogni battaglia c'era Soana ad attenderlo. Pensò alla sua giovinezza, ai molti ideali che lo avevano accompagnato durante la sua vita, e si accorse con commozione che erano ancora tutti lì, con lui. Era stanco, ma non domato, e sapeva che gli anni non l'avevano ancora avuta vinta, che c'era spazio per combattere fino alla fine.

Una nuova folata di vento caldo lo avvolse, e un ruggito violento, lacerante, gli attraversò la testa. Oarf si voltò, e Ido con lui.

Davanti a loro, le ali spalancate e trafitte dal bagliore del fuoco, la bocca aperta su una chiostra di zanne acuminate, c'era il drago. Era alto almeno due braccia più di

Oarf, e i muscoli, sotto la pelle coriacea, erano guizzanti, così tesi che sembravano sul punto di scoppiare. Era un animale immenso e terribile, dalla ferocia innaturale, di certo un rigurgito della scienza blasfema del Tiranno. Dohor gli stava seduto in groppa e tirava il morso con violenza, mostrando al cielo la sua spada.

Ido la riconobbe; era la stessa che portava quella sera all'Accademia, la prima volta che i loro destini si erano incrociati.

Il re lo guardò con scherno. «Finalmente ci ritroviamo.»

«Finalmente» rispose Ido con voce dura.

La consapevolezza che ora, tra lui e il suo nemico, non c'era differenza, lo intristì. Spartire un odio talmente profondo e per così tanto tempo lo privava di qualsiasi scusa di giustizia.

«Ho già vinto, Ido, e lo sai. Guardati» disse Dohor. «Non hai più nulla, neppure il tuo drago. Ti ho tolto tutto, non ti rimane niente.»

«Se credi di avermi già sconfitto, per quale motivo sei qui?»

Dohor digrignò i denti. «Per pronunciare la parola fine.»

Ido sorrise. «Non sei cambiato da allora. Sei ancora un ragazzino borioso che si sopravvaluta. Non sei fatto per le grandi imprese, e il tuo nome non se lo ricorderà nessuno. La tua storia termina qua.»

«Sta' zitto! È tempo che parlino le spade» disse il re puntandogli contro la propria lama.

Ido portò la spada di Nihal in verticale davanti al volto, in segno di saluto. Poi chiuse gli occhi, una mano appoggiata sulla pelle di Oarf.

*Un'ultima volta, amico mio; stasera io e te combatteremo insieme per le nostre vite.*

Un istante ancora ad assaporare il rumore del vento, l'odore del campo di battaglia. Poi Ido e Oarf si lanciarono in cielo.

Lo gnomo ricordava perfettamente il modo di duellare impetuoso e violento che aveva Dohor. Guidava il suo drago sempre all'assalto, instancabile, animato solo dal desiderio di annientare, sopprimere, distruggere.

Così fu da subito guerra aperta. I draghi presero a lanciarsi bordate di fiamme, mentre i duellanti si colpivano ogni volta che si trovavano a tiro.

Ido era calmo. Era molto che non combatteva in quel modo. Gli anni sembravano volati via dalle sue membra stanche, e aveva di nuovo i riflessi di un tempo. Duellava di polso, muovendo soltanto la mano destra. La lama nera di Nihal fendeva l'aria, disegnando arabeschi nella cortina di fumo che avvolgeva tutto.

Dohor invece combatteva di potenza. Menava principalmente fendenti dall'alto, e lo faceva a due mani, con tutta la forza. Ido sentiva le giunture scricchiolare a ogni parata, nonostante cercasse di smorzare i colpi muovendo la propria arma.

*Ce la posso fare*, si diceva a ogni colpo. *Ce la faremo*.

Poi un fendente vigoroso penetrò la sua guardia e si diresse al cuore. Fu l'istinto a reagire per lui. La mano sinistra corse là dove sapeva, si strinse su un'elsa di legno ed estrasse la spada, la *sua* spada, quella che lo aveva accompagnato in tutte le battaglie della sua vita. Fu con quella che parò. Quindi riguadagnò la distanza di sicurezza.

«Ti sei ridotto a barare, per vincere?» urlò Dohor col fiato grosso.

Ido sorrise ferocemente. Alzò entrambe le lame, e il fuoco sotto di lui le accese di bagliori sinistri. Una lama bianca e una nera, l'acciaio e il cristallo che riassumevano la sua vita. «Anche il passato congiura per spedirti all'altro mondo» gridò. «La mia lama la conosci già, l'altra dovresti sapere cos'è. Eri un ragazzino all'epoca, ma non puoi aver dimenticato Nihal.»

Gli occhi di Dohor furono attraversati da un lampo di terrore, e lo gnomo si lanciò di nuovo all'attacco.

Il fraseggiare delle spade si fece fitto, i colpi proiettavano scintille nel cielo infuocato. Ido mantenne la calma, il cuore che pompava al solito ritmo, il respiro appena affannoso. Vide chiaramente Dohor spazientirsi, e sorrise. Fu suo il primo colpo ad andare a segno. Nulla più di un graffio su una coscia, ma sentì la vittoria più vicina. Provò a insistere; Dohor però guadagnò la distanza di sicurezza e scese in picchiata verso il suolo. Ido lo inseguì. Non capiva. Lo vide planare e prendere al volo una spada con la sinistra e poi voltarsi di scatto verso di lui.

«Non sei l'unico capace di certe prodezze!» sbraitò il re, e stavolta il colpo giunse da sinistra. Ido lo parò a malapena. Erano di nuovo pari. Due lame contro due lame. Le quattro spade si incrociarono; i draghi per un istante si affiancarono.

«Non ti vergogni a impugnare una spada senza storia? Pensavo non ti sentissi a tuo agio con armi che non fossero opera di fini artigiani» lo schernì lo gnomo.

«È questo il tuo errore. Mi credi ancora un ragazzino viziato. Ma io sono arrivato in cima, e se ci sono riuscito è perché in fondo sono un soldato, il migliore.»

Ido non rispose e gli si gettò contro. Ma la stanchezza iniziava a farsi sentire. I colpi di Dohor restavano potenti, mentre lui aveva i polsi indolenziti.

Poi avvertì i muscoli di Oarf contrarsi sotto le sue gambe. Un ruggito riempì il cielo. Una fiammata aveva colpito una delle zampe del drago. Una ferita superficiale, ma dolorosa.

Subito dopo arrivò lo spostamento d'aria. Ido fece appena in tempo ad accorgersene e a mettere in mezzo la spada. Dohor gliela chiuse tra le sue due lame e fece leva. Il rumore fu stridulo, lacerante. La spada di Ido si spezzò. Gli rimase in mano soltanto l'elsa, dove ormai da tempo aveva cancellato il giuramento che Aster gli aveva imposto di seguire.

Dohor non perse tempo: continuò l'offensiva e gli lacerò i legacci della corazza, cercando spasmodicamente la sua carne. Ido fece allontanare Oarf, mentre la risata dell'avversario riempì la piana.

«Uno a zero» urlò il re mostrando al cielo le due spade.

Ido lasciò andare l'elsa. Dopo il suo drago, anche la sua spada lo abbandonava. Le vestigia del passato scivolavano verso l'oblio, e tutto si contraeva nel presente. La sua vita era ormai solo quel campo di battaglia. Non c'era posto per altro. Allora si decise e la impugnò di nuovo. *La spada di Nihal.*

Il cristallo nero brillò tra le sue mani, e lui si sentì nuovamente in gioco. «Adesso viene il bello» gridò, ritornando alla carica.

Smise di combattere solo di polso e passò alla forza bruta. I muscoli delle braccia gli dolevano, ma non aveva importanza. Raddoppiò il ritmo e mirò alla seconda lama del suo nemico. Finalmente riuscì ad andare a segno. Fu un solo colpo, ma si infilò sotto l'ascella del braccio sinistro. Dohor gridò per il dolore e lasciò scivolare via la spada.

«Parità» disse piano lo gnomo.

Non poteva esserci più spazio per la tregua, bisognava lottare fino all'ultimo respiro, perché la vecchiaia tornava a reclamarlo, e gli erano rimaste poche energie. Le avrebbe spese tutte.

La forza dei colpi di Dohor diminuì, e Ido ne approfittò. Mirò al drago. Si allontanò e lanciò Oarf contro una delle sue ali. I due animali si avvitarono in aria, le fiamme avvolsero i due combattenti. Fu un balletto di morsi e schivate, un avvolgersi mortale di corpi frementi. Poi le zanne di Oarf finalmente trovarono il bersaglio. Il grosso drago nero ruggì e, per difendersi, morse la coda dell'avversario. Entrambi precipitarono verso terra. Si staccarono, frenando come poterono la loro discesa.

Ido saltò giù a poche braccia dal suolo, ruzzolò, ma scattò subito in piedi. Il drago di Dohor, invece, atterrò malamente e il re ci mise qualche istante a tornare alla lotta. Le lame si incrociarono con ferocia, mentre i draghi sputavano fuoco e fiamme a qualche passo da loro.

«A terra, da soli, come quella volta all'Accademia, tanti anni fa» disse Dohor minaccioso.

«Così sia» rispose Ido.

Si separarono, squadrandosi per qualche secondo. Era finita. Uno di loro non si sarebbe mai più rialzato.

Ido prese un grosso respiro. Sentì l'urlo di Oarf alle sue spalle, e il battito sordo delle sue zampe che pestavano il terreno. Assaporò l'aria che sapeva di fuoco e si disse che non poteva sperare di meglio che morire in un posto tanto simile a casa sua.

Si lanciò per l'ultimo affondo. Parata, attacco, scintille, dolore. Al fianco destro, la sensazione della lama del re che penetrava pelle e muscoli. Si scansò, cercò con tutte le forze di restare in piedi, barcollò. Il sangue cominciò a scorrere violento. Dovette puntellarsi sull'elsa.

«Sei finito» disse Dohor sorridendo, la faccia da bambino viziato.

Fu quella visione a dargli la forza. Con uno sforzo sovrumano Ido tirò su la spada, ignorò il sangue caldo che dal fianco colava a terra, strinse i denti e urlando per il dolore attaccò. La lama colpì a vuoto, sfiorando il terreno.

Non si diede per vinto e la rialzò con tutta l'energia che gli rimaneva. Finalmente sentì la spada rompere le cinghie di cuoio dell'armatura e affondare nella carne.

Il colpo lo sbilanciò all'indietro. Cadere sarebbe stato facile, e bello. Una liberazione.

*Finché lui sarà vivo, tu non potrai avere pace!* gridò una voce nel suo animo.

Si puntellò allora di nuovo sull'elsa, poi riprese con affanno la distanza di sicurezza, e aspettò.

La corazza di Dohor era volata via, e uno squarcio rosso si apriva sul suo petto. Il re aveva messo una mano sulla ferita, che riluceva al bagliore dell'incendio che li circondava. Il suo volto era distorto in una smorfia di sofferenza. Ido sapeva che era il momento giusto e che non ce ne sarebbero stati altri.

Alzò la spada pesante come il marmo, la tenne tra le mani tremanti e corse. Le sue corte gambe non lo sorreggevano più, e allora si lasciò trasportare dallo slancio iniziale.

Non vide Dohor, ma sentì soltanto la spada di Nihal affondare fino all'elsa. L'aria gli mancò all'improvviso e, senza neppure rendersi conto di quanto stava accadendo, si trovò spalla a spalla col nemico. Tossì, e la bocca gli si riempì di sangue. I suoi occhi videro la lama nera sporgere per tre palmi buoni dalla schiena di Dohor. Ce l'aveva fatta.

Un dolore sordo, lacerante, gli invase il centro dello stomaco, ma non aveva importanza. Sentì il corpo di Dohor contrarsi nello spasmo della morte e scivolare via, verso il basso, trascinando con sé la spada. Quella stessa spada che Ido vide uscire lentamente dal proprio corpo. Il dolore fu minore di quello che avrebbe immaginato. Sentì un colpo soltanto quando l'acciaio fu completamente fuori, poi anche lui cadde in avanti, e tutto divenne calmo, lento.

La testa gli girava. Riusciva solo a fissare le mani appoggiate al terreno. Rosse di sangue, tremanti. Sotto di lui si apriva un'ampia macchia rossa. Sollevò il capo. Dohor giaceva supino, la spada di Nihal con la caduta non si era estratta del tutto, e gli spuntava per metà fuori dal petto. Aveva gli occhi spalancati, e guardava il cielo senza vederlo. Ido l'aveva colpito esattamente al cuore.

*Alzati, idiota,* si disse. *Ti stai dimenticando il tuo drago.*

Provò a tirarsi su un paio di volte, ma solo al terzo tentativo ci riuscì. Terra e cielo si confusero all'istante, e il silenzio che avvolgeva ora ogni cosa lo stordì.

Avanzò sulla piana, provò a chiamare Oarf, ma non seppe dire se ci fosse riuscito o meno. Le orecchie gli ronzavano, e quel rumore copriva ogni altro suono.

Poi lo vide. Indistinto, sfocato. Procedeva lentamente, trascinando una zampa. Ido gli cadde addosso, premendo la mano sulla sua pelle coriacea.

«Vedo che ce l'hai fatta anche tu...» provò a dire, ma le parole gli morirono in bocca. Si appoggiò al ventre dell'animale e scivolò a terra, mentre Oarf gli si stringeva accanto.

Ido guardò i suoi occhi di brace. Non c'erano pietà né dolore, in quello sguardo. Soltanto rispetto, e un addio. Lo gnomo sorrise.

Chiuse gli occhi, ma non vide oscurità. Sentiva il sangue fluire dalla ferita, sempre più lento. Dietro la sua schiena, il respiro possente di Oarf dettava il ritmo al suo cuore sempre più debole. Rimpianse di non avere con sé la sua pipa. Avrebbe voluto farsi un'ultima fumata. Pensò con un sorriso alla frase che Sennar gli aveva scritto anni addietro: "Tu morirai con la tua spada in mano." Dov'era la sua spada? Non riusciva neppure a ricordarlo.

Provò a riaprire gli occhi, ma fuori ormai non c'era nulla da vedere. Tutto era luce, una luce calda e rassicurante.

Pensò a quante cose c'erano ancora da fare: dare man forte a Lonerin e Sennar, per cominciare. Poi c'era San da salvare, da addestrare. Ne avrebbe fatto un re. Sarebbe stato il suo successore sulla Terra del Fuoco. C'era tutto il Mondo Emerso da ricostruire, di nuovo. Fu quel pensiero a fargli capire quanto stanco fosse. C'era stato un tempo in cui cose del genere l'avrebbero trattenuto, in cui davvero sarebbe stato suo dovere vivere ancora, e immergersi nel caos ribollente di quel mondo che non ne voleva sapere di stare in pace. Ma ora non più. Ora era tempo di riposare. Che ci pensassero gli altri, al Mondo Emerso. Lui aveva voglia di rivedere Soana, di riprendersi tutto quello che gli era stato tolto in quegli anni di lotte furibonde.

Sospirò, e fu per l'ultima volta. Sì, era un bel posto e un buon momento per morire. La luce dissolse tutto.

# 30
# Ritorni

Tra i due mondi regnava la quiete. Aster non si muoveva più, e neppure parlava. Aveva detto tutto ciò che gli premeva, ora aveva solo voglia di andare. Era immerso in quel nulla accecante, le braccia aperte e lo sguardo sereno di chi ha fatto tutto ciò che doveva senza rimpianti.

Lonerin si sentiva confuso. Non percepiva più il proprio corpo, e persino la mente iniziava a svanire. A tratti faticava a ricordare dove fosse, ma soprattutto perché fosse lì. Quali erano le parole che doveva dire adesso? Le sapeva, le aveva ripetute come un mantra ogni notte, tanto che alla fine erano diventate parte del suo spirito. Aveva imparato quella cantilena ancor prima di riuscire a chiamare fuori dal corpo l'anima degli oggetti. Le parole erano venute prima di tutto, e ora erano fuggite via.

Frugò nella mente, aggrappandosi ferocemente alla consapevolezza di sé. Era tutto ciò che gli rimaneva. Poi le vide emergere lentamente, a una a una, confuse, come inchiostro sbiadito su una vecchia pergamena. Riaffioravano alla sua coscienza in ordine sparso, ma sapeva che non doveva farsi prendere dal panico: Sennar glielo aveva detto.

"Per un'impresa del genere la calma è tassativa. È come in battaglia. Ido è sempre stato uno straordinario guerriero proprio per questo: perché manteneva uno spirito di ghiaccio mentre combatteva, e lo ha insegnato a Nihal. Lo stesso vale per un mago. Se lasci che il panico prenda possesso di te, sarà impossibile ricordare la giusta sequenza delle formule e il corretto bilanciamento dei poteri che dovrai usare. Gli spiriti sentiranno il tuo turbamento, e ti sfuggiranno, non si lasceranno convincere ad assecondare le tue preghiere."

Ma come fare a mantenere la calma? Il suo corpo era perduto chissà dove, in mezzo al caos della Casa, e non aveva idea di ciò che gli stesse accadendo. E poi c'era la morte. Ne percepiva l'alito, in quel luogo che di minuto in minuto si faceva più freddo. E se non gli fossero bastate le energie per uscire di là? E se il suo destino fosse di finire la vita in quel limbo?

*Calmo. Non pensare alla tua sorte ora, non sei qui per questo. Quello che stai facendo non lo fai per te, e probabilmente questo ti spaventa. Ma ricordati che stai lottando per un bene superiore, lo stai facendo per tutto il Mondo Emerso.*

La quiete scese sul suo cuore. Era come essere già morti, si disse, per questo non c'era da avere paura. Che andasse come doveva andare, tanto ormai era in gioco. Doveva solo fare il proprio dovere. Il resto non aveva importanza.

Le parole si misero nel giusto ordine, stavolta chiare e limpide. Lonerin le pronunciò scandendo bene le sillabe. E quando ebbe finito, si sentì svuotato, di nuovo libero e tranquillo. Aprì gli occhi e guardò Aster.

Il bambino stava sorridendo, pacificato. «Grazie» disse semplicemente. Poi il bianco iniziò a penetrare la sua essenza, e la sua figura sbiadì a poco a poco, come fumo che si disperde in una stanza.

Lonerin guardò i suoi occhi, e in un attimo comprese il significato della morte. Non gli fece paura, e riuscì ad accettarla per quel che era. Ne capì il fascino e la tristezza, e ne fece propria la pace.

Era finita, per sempre. Fuori di lì il mondo poteva crollare e distruggersi, ma Aster non avrebbe più fatto ritorno. Il suo oscuro fantasma non avrebbe più minacciato il Mondo Emerso. C'era riuscito. Lonerin ricordò le parole di Sennar: ci sarebbe stato spazio per altro dolore, in futuro, ma adesso era tempo di quiete. Poteva anche finire così, per quanto lo riguardava. C'era qualcosa di dolce nello svanire lentamente, qualcosa che lo ammaliava.

E alla fine, quando fu solo in quel bianco accecante, sorrise.

Learco, Theana e San si diedero immediatamente alla fuga. I corridoi che percorrevano erano vuoti, abitati solo da urla disumane. Ogni volta che ne sentiva uno, il cuore di Learco sembrava volergli scoppiare in petto.

*Non posso, non posso, non posso!*

Si fermò di colpo, entrando in una cella lasciata aperta. Spinse dentro i due compagni e chiuse la porta.

«Restate qua» disse con voce tremante. «Io devo andare da Dubhe.» Stava facendo un torto a Ido, lo sapeva, ma lì erano al sicuro. La Gilda era troppo impegnata a combattere la Bestia per fare caso a loro. Stava per girarsi, quando una mano gli afferrò il polso, trattenendolo.

«Non ce n'è bisogno» disse Theana. Era stanca, ma aveva uno sguardo deciso. «Io so come salvarla.»

Learco sentì una fitta al cuore. La maga parlò rapidamente, e per il principe fu difficile seguirla.

«So che esiste una lancia magica capace di rompere i sigilli. È qui nella Casa, da qualche parte, probabilmente vicino a dove è confinata l'anima di Aster. Credo che l'abbiano usata per evocarlo, ed è l'unica cosa in grado di salvare Dubhe.»

«Dimmi dov'è, andrò a cercarla mentre voi due starete qui, al sicuro» disse Learco.

Theana scosse la testa. «Non so dove sia di preciso, ma in ogni caso tu non puoi attivarla.»

«Serve un mago?»

Gli occhi della ragazza vagarono intorno, imbarazzati. «Serve un Consacrato a Thenaar» disse infine.

Lui la guardò. «Ma tu non sei una Consacrata, non ce la farai mai!»

«Neppure tu, e non sei neanche un mago. Tra noi due, sono l'unica che ha qualche speranza di farla funzionare.»

Learco non sapeva cosa decidere. «Almeno San deve rimanere qui» disse voltandosi verso il ragazzino.

Lui scosse immediatamente la testa e si aggrappò alle vesti della maga. «Non potete chiedermi di restare a guardare, e neppure di rimanere da solo» disse con un tono sospeso tra la paura e l'orgoglio. «Avete fatto una promessa, e io ho il diritto di venire. In fondo sono stato la causa di tutto questo.»

Learco indugiò ancora qualche istante, poi aprì di nuovo la porta e uscì nel corridoio deserto. «E allora andiamo.»

Corsero a perdifiato. Non c'era più nessuno. Learco sentiva la testa che gli scoppiava. Ogni minuto passato là sotto era vita che colava via dal corpo di Dubhe. Immaginava la sua mente sfaldarsi pezzo per pezzo, scivolando nella pazzia, e si rese conto che era più di quanto potesse tollerare. Stava impazzendo anche lui, percepiva nella propria carne il suo dolore, e non voleva una libertà pagata a un prezzo tanto alto. Il regno di cui sarebbe stato sovrano doveva basarsi su altri presupposti, diversi da quella strage insensata che si stava consumando là sotto.

Frugarono in tutte le stanze aperte, dividendosi, ma non trovarono nulla. Quando si rincontrarono nel corridoio, si guardarono senza più sapere che fare. Learco aveva voglia di urlare. Non riuscire a trovare una soluzione lo rendeva folle.

«C'è un modo» disse all'improvviso Theana. Chiuse gli occhi e distese il palmo della mano. «In genere si usano delle pietre; forse non funzionerà altrettanto bene, ma speriamo che i miei poteri bastino.»

La fronte le si imperlò di sudore. Le palpebre le tremavano, come durante un sogno. Ci vollero un tempo che sembrò infinito e un enorme sforzo di concentrazione, ma alla fine si riebbe. Riaprì gli occhi. «Di là» disse.

Si misero a correre.

«Che hai fatto?» le chiese Learco.

«Rivelazione del magico» rispose lei avanzando a fatica. «Se stessi meglio, ci avrei messo molto meno.»

Percorsero corridoi in cui erano già stati, girarono tra alloggi deserti, poi si infilarono in uno studio.

«È qua» disse Theana fermandosi. Era piegata in due dallo sforzo.

Il piccolo ambiente era rischiarato dalla luce di due bracieri di bronzo. Sul disordine della scrivania, c'erano diversi libri macchiati di sangue. Accanto, il cadavere scomposto di una Vittoriosa.

All'improvviso, in qualche ala della Casa riecheggiò l'urlo della Bestia. Learco si premette le mani sulle orecchie, disperato, ma Theana non si fece fermare. Cominciò a frugare ovunque, frenetica. «Aiutatemi, avanti!» urlò rivolta a Learco e San.

Il ragazzino rimase immobile in un angolo, come ipnotizzato dal grido della Bestia, ma Learco si riscosse. Doveva reagire, comportarsi da uomo. Con le dita percorse il profilo di una statua raffigurante un bambino, alla ricerca di qualche leva che aprisse un vano nascosto o un passaggio segreto. A rigor di logica un oggetto tanto importante non poteva stare in bella vista. Non appena incontrò un'asperità, la spinse e uno degli scaffali a parete scattò in avanti. Theana si infilò subito dentro, e lui la seguì. In una nicchia scavata nella pietra, appoggiata tra due morbide volute di tessuto, c'era una lancia.

Era splendente. La punta acuminata e candida, il fusto decorato col motivo di foglie e rampicanti rilucevano di vita propria. Nel punto in cui toccava il pavimento erano nati germogli di Lattescentia che, crescendo, l'avevano avvolta tutta. L'aura che traspirava da quell'oggetto era di una potenza incredibile. Anche Learco se ne sentì pervaso, tanto che non ebbe più dubbi che fosse quella la lancia magica che stavano cercando.

Theana la guardava con gli occhi pieni di meraviglia, le mani che tremavano protese in avanti. Poi una scossa terribile fece tuonare le mura. Trasalì, prese la lancia e tirò verso di sé. Le piante fecero resistenza, e Learco le vide chiaramente risalire per il fusto per tenerlo ancorato alla nicchia. Non ci pensò un istante e posò anche lui le mani sulla lancia, tirando con forza.

Fu come toccare il fuoco vivo. Si sentì risucchiato dalla sua potenza, e percepì un calore insopportabile al palmo delle mani. Strinse i denti per il dolore, ma non cedette e la strappò dal suo alveo. Theana cadde a terra per il contraccolpo. Learco si trovò a maneggiarla da solo. Una stanchezza mortale gli attanagliò le membra, la vista gli si annebbiò.

*Dannazione,* pensò barcollando. Poi Theana gli prese la lancia di mano, e subito gli tornarono le forze e la vista si schiarì. Guardò verso la nicchia, e notò che le piante erano morte, trasformandosi in bulbi atrofizzati.

La maga era a terra con il fiato grosso, e lui le si inginocchiò davanti. «Ce la fai?» chiese preoccupato. Vide le sue mani strette convulsamente sull'asta della lancia, e attorno ad esse la Lattescentia che pulsava di vita.

Lei annuì con convinzione, ma era mortalmente pallida. Accettò la sua mano per rialzarsi, poi cercò un precario equilibrio sulle gambe.

«Falla portare a me, almeno fino a quando saremo da Dubhe.»

Theana lo guardò indecisa.

«Per risparmiare le forze» aggiunse Learco, e lei si lasciò convincere.

Afferrò la lancia con decisione, e di nuovo sentì le gambe farsi molli e la vista vacillare. Ma non si fece sopraffare, mandò avanti gli altri e li seguì stringendo i denti. La testa gli girava terribilmente, ma non volle arrendersi. Alle orecchie continuava a giungergli il suono disperato delle urla di Dubhe.

Seguirono i corridoi e andarono verso il cuore pulsante di quel putiferio, là dove gli Assassini stavano giocando la loro ultima partita. Il puzzo della morte li assalì prepotentemente. In fondo, una luce rossa e l'immagine indistinta di un corpo enorme.

Quando arrivarono, si trovarono in una sala immensa, dal soffitto altissimo. Su una parete, una statua raffigurante un uomo dal ghigno feroce brandiva in una mano una saetta, mentre nell'altra teneva una spada. I suoi piedi si bagnavano sul fondo di due piscine stracolme di sangue, che nel frattempo era tracimato ovunque. A terra, un tappeto di cadaveri. Il pavimento ne era ricoperto, e su di loro si ergeva, trionfante e orribile, la Bestia.

Zanne smisurate e affilate, mani e piedi artigliati, muscoli possenti che guizzavano impazziti sotto il velo della pelle.

Dubhe.

Learco si sentì mancare. Non era pronto per quello spettacolo. Come aveva potuto pensare di poterla salvare? Non c'era ritorno da quell'abisso. Si poteva soltanto morire.

Ma fu la disperazione di un istante. Doveva provarci. La vita aveva smesso di essere per lui un destino immutabile. Per questo ricacciò indietro la paura e porse la lancia a Theana. Era pallida e immobile, e dovette scuoterla per richiamarla. «Prendi, e fa' quel che devi.» La sua voce non tremava più. La sua presa, ora, era salda.

Theana lo guardò, annuì e afferrò la lancia tra le sue mani. Learco recuperò un'altra arma da terra e guardò verso la Bestia. Gli Assassini rimasti in piedi tentavano di colpirla con i pugnali, ma erano goffi e patetici di fronte a quel mostro che li dilaniava inesorabile, uno dopo l'altro.

Prese San sottobraccio e lo strinse a sé. Il ragazzino era scosso da tremiti violenti. «Non permetterò che ti accada nulla di male. Morirò per difenderti» disse con decisione. Poi attese, e pregò.

Sennar osservò con orrore Yeshol avanzare. Era ridotto all'ombra di se stesso, un fantoccio che si trascinava a terra senza forze, ma non si era ancora arreso. I suoi occhi erano colmi di odio, e il mago seppe che nulla l'avrebbe fermato, neppure la morte. Quello sguardo lo teneva inchiodato a terra, incapace di intervenire in alcun modo.

Yeshol raggiunse il muro e a fatica si tirò su.

Dietro di lui, la tenue barriera che difendeva Lonerin stava svanendo.

«Non sono ancora morto» disse, un rivolo di sangue che gli colava giù dal mento. «E finché non morirò, Aster potrà sempre tornare!»

Alzò il pugnale e si gettò contro Lonerin con violenza. Fu allora che il talismano esplose in una luce accecante. Stretto nella mano del giovane mago, sembrò vibrare di un potere inimmaginabile. Il bianco invase la stanza, e un calore confortante avvolse ogni cosa. Sennar portò istintivamente un braccio agli occhi. Nel fulgore di quella luce, intravide il volto di un bambino bellissimo, e il suo cuore ebbe un colpo. Ricordava bene il loro ultimo incontro, come se non fosse passato neppure un giorno. Era stato in una cella buia tanto tempo prima, e i suoi occhi di un verde indescrivibile erano stati l'ultima cosa che aveva visto prima di perdere coscienza. Aveva conosciuto l'angoscia che abitava la sua mente, e allora Aster aveva smesso di essere per lui un nemico.

Vederlo di nuovo lo commosse, ormai tra loro non c'era più alcuna differenza. Non era rimasto nulla di ciò che li aveva contrapposti, da quando Nihal era morta. «Aster...» mormorò il vecchio mago.

Il bambino guardava al cielo, sul volto un'espressione di beatitudine che faceva una strana impressione su di lui. Sennar era certo che in vita non gli fosse mai stata concessa una simile pace. Il bambino abbassò gli occhi non appena sentì mormorare il suo nome e fissò Sennar. Il mago vi vide passare un lampo di comprensione, e seppe che il sorriso che seguì era indirizzato a lui. Rispose con tristezza, e in quello sguardo che si scambiarono c'era tutto ciò che Sennar aveva passato in quegli anni, la stessa via dolente che Aster aveva percorso prima di lui. Durò un attimo, ma fu lungo una vita intera. Perché esisteva il dolore, dove conduceva e che senso aveva lottare? L'unica domanda che valesse davvero la pena farsi, e l'unica per la quale non c'erano risposte, solo un'eterna ricerca.

Poi un grido lacerò la perfezione di quel manto bianco.

«No!»

Yeshol urlò con tutto il fiato dei propri polmoni, il pugnale stretto tra le dita. L'arma cadde a terra tintinnando, e lui stese entrambe le mani verso l'apparizione. «Non mi abbandonate, mio Signore, non ora, ve ne prego! Prendete me e regnate di nuovo, tornate a far tremare questo mondo di Perdenti!»

Le sue guance erano rigate di lacrime, ma Aster non lo degnò neppure di uno sguardo. Lentamente si dissolse nell'aria, e la luce scurì, ritirandosi là da dove era venuta. Il talismano brillò per qualche secondo ancora, poi un buio desolante scese nella stanza.

«È finita» disse Sennar appoggiandosi al muro.

Yeshol crollò a terra. Guardava là dove Aster era scomparso, e sembrava non rendersi conto di quanto era accaduto. Poi gridò, disperato, come il giorno in cui la Rocca era venuta giù in un colpo solo. Ma gli dei tacquero, e Thenaar non rispose a quella preghiera.

Ai suoi piedi si apriva un ampio fiore di sangue, e le sue grida si facevano via più flebili. La vita gli sfuggiva.

Sennar lo lasciò al suo destino e si diresse verso Lonerin. La barriera magica si era dissolta, e il giovane era steso a terra.

«Lonerin» lo chiamò, prendendogli una mano. Era gelida. «Non puoi mollare adesso, torna indietro, avanti...» mormorò.

La morte è ammaliante per uno spirito stanco, e le lusinghe che sa mostrare avvincono. Sennar sapeva che era questa l'ultima prova che il giovane mago doveva affrontare. Superare quella tentazione, tornare a vestire il peso della carne e accettare la sofferenza che ne derivava. Strinse la mano sul talismano, e con un brivido percepì il calore che vi pulsava all'interno. Lonerin era ancora intrappolato lì dentro. Il talismano diventava freddo e spento soltanto quando non ospitava più alcuna forza vitale al proprio interno. Era così che aveva capito che Nihal se n'era andata per sempre. Forse per Lonerin c'era ancora una speranza. Poteva illuminargli la strada, richiamarlo alla realtà della vita.

«Ce l'hai fatta, mi senti? Se non torni indietro, nulla di tutto questo avrà avuto senso, Lonerin.»

Sentì la propria mano infondere un lieve potere nel talismano, ma il suo calore non accennava a scemare.

«Quello che nascerà dalle ceneri di questo posto sarà un mondo nuovo, un mondo che non può reggersi sul sacrificio dei giovani. È maledetto quel paese in cui i figli sono costretti a morire prima dei padri!»

Gli poggiò una mano sul petto, provò con l'unico incantesimo curativo che era ancora in grado di evocare: una formula blanda che aveva imparato da ragazzino. Sotto il suo palmo il cuore di Lonerin taceva.

«Sta a noi vecchi sacrificarci» continuò a voce sempre più alta. «Noi non abbiamo la forza per ricostruire il Mondo Emerso, ma quelli come te ce l'hanno. Per questo devi tornare. Non è tempo di cercare questa pace, Lonerin, non devi sottrarti alla lotta!»

Il giovane rimaneva steso a terra, freddo e inerte. Il talismano invece bruciava. Sennar si sentì invaso da un lacerante senso di impotenza. Pensò a Laio, che era morto tanti anni prima, pensò a Nihal, pensò a tutti i sacrifici che di generazione in generazione il Mondo Emerso esigeva per tornare a respirare, per liberarsi dai miasmi che su di lui evocava il tiranno di turno. E sentì che era ingiusto, che non l'avrebbe mai più tollerato.

«Maledizione, Lonerin!» urlò con tutto il fiato che aveva in corpo.

Una fiammella. Nera. Un'oscurità che gettava luce. Un magnifico paradosso, pensò Lonerin, e riemerse alla coscienza. Si sentiva distante, e stanco. Era in viaggio da una vita, però sapeva che ne valeva la pena, perché alla fine c'era la pace. Ma in tutto quel bianco era apparsa una fiammella nera. Dolore. Un dolore fisico. Dolore al petto. Ora sentiva di averne uno, lo percepiva, e percepiva tutta la fatica che gli sarebbe costata alzarlo e abbassarlo nel ritmo incessante del respiro. Valeva la pena soffrire così tanto? E per cosa?

La fiammella attraeva la sua attenzione. In quel bianco era l'unica cosa su cui poter appuntare lo sguardo. Sentì di avere gambe, braccia, mani e vene: un corpo intero nel quale il sangue attendeva, immobile. Faceva male. Poteva decidere se perdersi in quel nulla bianco e smettere di soffrire, o affrontare il dolore e continuare a lottare. Sarebbe stato magnifico cullarsi ancora in quella pace eterna. Eppure... non poteva. Non *voleva*. Perché la fiammella era diventata un incendio nero, e pur con tutto il dolore che irradiava, lo chiamava inesorabile. Valeva la pena? Sì, valeva la pena.

Una scintilla di potere passò dalle mani di Sennar al petto immobile di Lonerin. Sennar l'avvertì come un'oppressione dolorosa al petto, ma durò un solo istante. Poi, sotto il palmo, percepì un battito lento, debole. Fissò gli occhi sul volto del giovane e lo vide lentamente colorarsi, mentre sotto le sue dita il talismano si faceva sempre più freddo. Sentì la gioia dilagare, espandersi incontenibile in ogni singola fibra del suo corpo vecchio e stanco. Quando lo vide aprire gli occhi, lo abbracciò senza freni.

«Lo sapevo, lo sapevo che ce l'avresti fatta!»

Lonerin rimase abbandonato tra le sue braccia per qualche secondo, poi il vecchio mago si staccò. «Come ti senti?»

Lui si guardò attorno, confuso. «Male» disse con sincerità. Si fissò le mani, le mosse lentamente, poi sorrise. Sennar lo abbracciò di nuovo.

«Ci sono riuscito?»

«L'hai liberato. L'ho visto andarsene. Non c'è più, Lonerin, Aster non c'è più.»

Il giovane si fece serio, e Sennar capì. C'era passato anche lui. Di sicuro Lonerin aveva *sentito* le ragioni e il dolore di Aster, e dopo che si è conosciuto un simile abisso, non si è più gli stessi.

«Dobbiamo andare via di qua» disse sostenendolo con una spalla. Nel farlo, gettò uno sguardo sulla stanza. Yeshol era accasciato in un angolo; aveva la bocca spalancata in una disperata preghiera ormai muta. Ne ebbe pietà. Era morto avvolto dall'angoscia più cupa, nel silenzio ostinato del suo dio.

Lonerin lo guardò e pensò altrettanto.

Fecero solo pochi passi incerti, poi entrambi si voltarono.

«Cos'è?» chiese Lonerin con voce stanca.

Sennar tremò. Qualcuno stava usando una sconfinata forza magica. Potere elfico. «Siamo gli unici maghi qua dentro» osservò.

Lonerin scosse la testa. «Theana!» esclamò con voce roca.

# 31
## Assoluzione e senso di colpa

Sennar e Lonerin corsero a perdifiato. Erano guidati dalla stessa percezione di un potere smisurato, talmente grande da essere distruttivo e impossibile da confinare.

La Casa apparve come un dedalo deserto di corridoi che sapevano di sangue. Su ciascuno si aprivano come bocche spalancate porte di stanze abbandonate in fretta. Lonerin si guardò intorno, sgomento. Dubhe stava riuscendo in ciò che lui aveva sempre sognato: distruggere la Gilda fino alle fondamenta.

Eppure la visione di quella devastazione ora non gli procurava alcun piacere. Aveva vissuto col desiderio di vendetta per così tanti anni che alla fine era arrivato a considerarlo un qualcosa di insopprimibile. Ma adesso semplicemente era scomparso. Yeshol era morto, e così la maggior parte degli Assassini. La Gilda era in ginocchio. Solo questo contava.

E poi c'era Theana, una presenza tanto importante nella sua vita che l'aveva data quasi per scontata. Pensare a lei gli riempiva il cuore d'angoscia e rendeva insignificante qualsiasi rivalsa.

Era stremato, senza neppure più una goccia di potere,

ma il desiderio di salvarla continuava a tenerlo in piedi.

Varcarono l'ennesimo corridoio e sentirono di essere vicini. In fondo, una luce rossa e urla sempre più forti.

Si trascinarono come meglio poterono fino all'ingresso di un'enorme sala, e videro: la Bestia imperversava su un gruppo sparuto di Assassini terrorizzati. Un giovane male in arnese, i capelli così chiari da sembrare bianchi e una spada in mano, difendeva San tenendolo stretto a sé. Davanti c'era lei. In piedi. Bellissima e perduta. Theana stringeva una lancia avvolta da rampicanti di Lattescentia. Il potere proveniva da lì. Le mani le tremavano, il suo volto era pallido ed emaciato.

Lonerin la chiamò con tutto il fiato che aveva in corpo.

Theana non sentiva nulla. Le urla, che appena entrata avevano rischiato di farla impazzire, erano scemate dopo pochi minuti. Teneva gli occhi chiusi, in un disperato sforzo di concentrazione. Non percepiva neppure i passi pesanti della Bestia e lo spostamento d'aria che provocava non appena si muoveva. Sentiva soltanto la lancia stretta tra le mani e il potere che dalle sue braccia fluiva verso di essa.

Non aveva la più pallida idea di come usarla, non conosceva il rito: si era semplicemente affidata all'istinto. In fondo, lei era l'ultima sacerdotessa di Thenaar, e sperava che il dio capisse il suo gesto.

Ricordò la prima preghiera che le aveva insegnato suo padre, quando l'aveva portata nella piccola stanza dove officiava il culto. Le sue parole le erano rimaste stampate nella memoria: "Mio Signore, dammi la forza di onorarti, illumina il mio giorno e concedimi di portare la tua luce tra gli eretici."

La ripeté a bassa voce, con tutta la partecipazione di cui era capace. Scandì le parole con la fede della sua infanzia, pensando a suo padre e al suo coraggio. Aveva bisogno della stessa forza d'animo, della stessa abnegazione. Pensò tra le lacrime che sarebbe stato fiero del suo gesto, se mai avesse potuto vederla.

"Un giorno porteremo davvero la luce nella Gilda, e mostreremo al mondo tutta l'assurdità delle loro bugie. Allora Thenaar sarà di nuovo il dio di tutti, e il suo nome significherà speranza." Ed era proprio quello che lei stava facendo in quel momento.

La lancia si attivò tra le sue mani, il suo immenso potere risuonò attraverso le sue braccia e vibrò nell'aria circostante. Per un attimo Theana si permise di sperare e brandì l'arma, indirizzandola verso Dubhe. Qualcosa però andò storto fin da subito. Il potere era rimasto confinato tra le sue mani, incapace di superare la barriera invisibile che lo ostruiva. La lancia aveva smesso di vibrare e aveva cominciato a risucchiarle tutte le energie.

*No, no, no!*

Cercò di resistere, aggrappandosi alla sua fede con ostinazione, ma si rivelò tutto inutile.

*So di non essere la Consacrata, ma ha davvero importanza? Dammi la forza, Thenaar, ti scongiuro!*

Il mondo intorno a lei cominciò a svanire. Theana sentì la vita fluire via dal suo corpo, ma non si arrese. Aveva fatto una promessa, aveva giurato che ci avrebbe provato e ce l'avrebbe fatta. Dubhe era per lei un'amica, e finché avesse avuto forze sufficienti per resistere, non avrebbe mai rinunciato.

«Cosa sta facendo?»

Lonerin stava per intervenire, ma Sennar lo bloccò contro il muro. Il giovane afferrò la tunica del mago e lo scosse in preda al panico. «Dimmi cosa diavolo sta facendo!»

Sennar lo guardò con occhi di ghiaccio. «Sta tentando di utilizzare un manufatto elfico» rispose cupo. «Ma non ci riuscirà.»

Lonerin si sentì pervadere da una nausea incontrollabile. «Perché? Cosa significa?»

Sennar lo prese per le spalle e gli si fece vicino. «Solo chi ha sangue elfico può maneggiare oggetti del genere, e se quella è la lancia che credo, allora neppure un elfo può attivarla.»

Il giovane lo guardò con disperazione.

Sennar continuò, imperterrito: «La lancia di Dessar è un'arma leggendaria. Esistono poche informazioni in merito, tanto che anch'io la ritenevo scomparsa. Ha enormi poteri, e si dice che possa addirittura infrangere i sigilli.»

Un lampo di comprensione squarciò la mente di Lonerin. Gemette, senza neppure rendersene conto.

«Solo un Consacrato può usarla, almeno così narrano le *Cronache*. Solo una come Nihal.»

Lonerin chiuse gli occhi. Si fece forza. Cercò di staccarsi dal muro, di andare da lei. Le gambe non gli risposero, e Sennar dovette di nuovo intervenire per impedirgli di cadere.

«Lasciami!»

«Dove credi di andare? Non vedi come sei ridotto?»

«La devo fermare!»

Sennar lo tenne inchiodato alla parete con una mano, lo sguardo che vagava da lui a Theana, ritta alle sue spalle. La ragazza vacillò, e a stento riuscì a restare in piedi.

«Io devo salvarla, non capisci? Lei è tutto per me, tutto!» urlò Lonerin.

Sennar lo guardò per qualche secondo, poi i suoi occhi si riempirono di decisione. «Il talismano.»

Lonerin gli rivolse uno sguardo interrogativo.

«Vuoi salvare la tua amica? Dammi il talismano.»

Lui lo tirò fuori a fatica. L'aveva lasciato scivolare in una tasca appena avevano abbandonato la stanza in cui Aster era tenuto prigioniero.

Sennar lo strinse tra le dita. «Qualunque cosa accada, non muoverti da qui» gli intimò. Poi scattò verso Theana.

L'idea gli era balenata improvvisa. Non stette a rimuginare sulle conseguenze, non avevano alcuna importanza. Il talismano nelle sue mani era freddo come quel giorno, e il cuore gli si strinse. A breve sarebbe finita.

Si accostò a Theana, afferrò assieme a lei la lancia, e subito sentì un potere smisurato prosciugargli ogni forza. Ben presto il suo spirito ne fu attratto. Anche se non aveva quasi più magia in corpo, l'esperienza giocava a suo favore. Riuscì a trattenere quel poco d'energia residua per infonderla nel talismano. Da solo non ce l'avrebbe mai fatta, ma era consapevole che quel manufatto avrebbe amplificato i poteri per chi sapeva farne buon uso. Bastava trasformare la propria debolezza in un'arma, e così fece.

Fu come creare un ponte. Il talismano risuonò all'unisono con la lancia, e Sennar sfruttò quella scintilla di potere che gli veniva concessa per ripetere l'incantesimo più rapidamente che poteva. Le parole erano le stesse che aveva pronunciato quel pomeriggio per vedere Nihal un'ultima volta, ma in questa occasione non si sarebbero incontrati a metà tra i mondi: sarebbe stata lei a venirgli incontro.

La luce si spense, e il buio gli fece capire che ci era riuscito.

*Perché?*

Bastò quella semplice domanda a farlo impazzire. Era la sua voce. Nihal era di nuovo lì, con lui.

*Ecco cosa dovevo ancora fare, vero? Per questo avevi detto che ci sarebbe stato bisogno di me...* mormorò.

Sentì tutta la quieta tristezza di lei pervadere quel limbo in cui si trovava.

*Lonerin, San e il Mondo Emerso avrebbero richiesto il tuo intervento*, gli rispose.

Sennar deglutì. La sua forza sarebbe svanita di lì a poco, e tutto si sarebbe spento per sempre, lo sapeva. Ma adesso avrebbe potuto volare via senza rimpianti.

*Ora abbiamo bisogno di te, Nihal, abbiamo bisogno del potere di una Consacrata.*

La sentiva vicina e irraggiungibile, così prossima da scatenare in lui un desiderio incontenibile di vederla ancora, di toccarla.

Lei non rispose alla sua invocazione, e lui continuò: *La ragazza che ci ha permesso di arrivare fin qua, che a costo della sua vita ci ha spianato la strada, sta per morire, e io sono stanco di questo mondo che divora carne giovane per sostenersi. Un'altra ragazza sta cercando di salvarla. Altro sangue fresco, un altro sacrificio intollerabile.*

Sennar sentì le forze scemare e una debolezza mortale attanagliargli le membra. Strinse i denti.

*Tu sola puoi usare la lancia di Dessar. Tu sola puoi salvare Dubhe e Theana.*

Non poteva vederla, ma percepì che Nihal stava sorridendo. *Ricordi quando non volevo essere l'eletta? Ricordi quanto mi pesava il mio destino?*

Una lacrima scese lenta lungo la guancia secca di Sennar, e fu la sua unica risposta.

*Ma ho imparato a capire che il mio fato non è una maledizione, che anche nel solco di una strada già tracciata c'è libertà di scelta.*

Sennar capì quanto tempo fosse passato, e anelò a quella pace che sentiva spirare da lei. Seppe che presto sarebbe stata anche la sua beatitudine. *Voglio rivederti...*

*A breve accadrà.*

*No. Voglio vederti qui e ora, com'eri, come se questi lunghi anni senza di te non fossero mai esistiti. Voglio vederti in carne e ossa...*

Sennar trovò la forza di aprire gli occhi. C'era molta luce, e la lancia tremava. Theana aveva smesso di vacillare e sembrava trasfigurata. C'era qualcosa di nuovo e saldo nella sua figura, qualcosa che Sennar riconosceva. Una gioia dilaniante lo commosse fin nel profondo. I capelli biondi e ricci della maga divennero corti e azzurri. Il suo corpo, dolce e morbido, si fece nervoso e scattante. La sua tunica scomparve, sostituita da vesti da battaglia di cuoio nero.

Sennar sorrise beato.

Nihal si voltò verso di lui. Era la stessa ragazzina da poco sbocciata in donna. Non era passato un giorno da allora: il suo corpo era come a quel tempo; la decisione e la tristezza nel suo sguardo altrettanto nitide e immutabili. Non più un fantasma evocato tramite una Formula Proibita, ma una giovane donna in carne e ossa, una guerriera determinata a condurre a termine la propria missione.

Stringeva la lancia con sicurezza, la schiena dritta, le braccia tese in avanti. Guardò Sennar un istante, gli sorrise, poi il suo volto prese un cipiglio deciso. Parlò in elfico, e Sennar riuscì a capire le parole che stava pronunciando: «La Consacrata ti chiama, Shevraar, e implora il tuo potere per dissipare i demoni e infrangere oscuri sortilegi. Che il potere degli impuri sigilli venga spezzato, che l'ordine sia ristabilito. Disperdi la Bestia e libera i tuoi figli.»

L'aria si riempì di un calore strano, piacevole, che sapeva di vita e primavera. La lancia risuonò, quasi un canto, e Sennar si sentì libero, felice, come non gli accadeva da molti, moltissimi anni.

Tutto fu inondato da una luce abbagliante, e quel luogo per un istante mutò. Niente più sangue sulle pareti, niente più corpi dilaniati a terra. Le piscine scomparvero e la statua di Thenaar perse il suo aspetto truce. La saetta tra le sue mani brillò di vera luce assieme alla spada, e sul suo volto si disegnò un'espressione severa e giusta. Nessun bambino tra i suoi piedi, nessuna opprimente volta di roccia a sfiorare la sua testa, solo l'immensità di uno spazio senza confini.

La Bestia si fermò, bloccata nell'atto di dilaniare e distruggere. Gemette, urlò, ma la sua voce non giunse alle orecchie di Sennar. Perché lì tutto era pace, non c'era spazio per la rabbia e l'odio. Invano il mostro si contorse. Sottili spire di fumo nero uscirono dalla sua pelle irsuta, e il suo corpo sembrò disfarsi nell'aria. Le contrazioni convulse divennero pian piano meno violente, mentre la sua furia si sedava in un verso soffocato. Le zanne si accorciarono, gli artigli sfrigolarono consumandosi lentamente. Le proporzioni immense di quel corpo si ridussero tramutandosi di nuovo in quelle di una giovane donna, e Sennar vide di nuovo Dubhe, la ragazza triste con la quale aveva condiviso il viaggio fino a quel luogo maledetto. Fu l'ultima cosa che riuscì a scorgere.

Si sentì cadere all'indietro, ma non si accorse di colpire

il pavimento. L'immagine di Nihal riempiva il suo campo visivo. Sorrideva tranquilla, la lancia stretta in mano.

Sennar la contemplò, allungò una mano verso di lei. A differenza di quel pomeriggio in cui l'aveva evocata e l'aveva incontrata a metà strada tra i due mondi, le sue dita toccarono carne calda e morbida. Pianse lacrime di gioia.

«Posso venire, adesso?» disse in un soffio.

Nihal si portò la sua mano al viso, e abbandonò la propria guancia nel suo palmo, fremendo a quel contatto. «Sì» rispose con gli occhi lucidi. «Ora sì.»

Lonerin assistette alla scena ammutolito. Non riuscì a distinguere molto. Solo una luce accecante, accompagnata da una strana sensazione di benessere. Theana era appena visibile in tutto quel bianco, una figurina in piedi, la lancia stretta tra le mani e puntata in direzione della Bestia.

Poi la luce si spense di colpo. Tutto intorno gli parve ci fosse un buio infinito. Avanzò carponi, le braccia che gli tremavano e le ginocchia che a malapena lo sorreggevano. «Theana, Theana...»

Riuscì a scorgerla, a terra, e si gettò su di lei, prendendole la testa tra le mani. La chiamò con disperazione.

Lei aprì gli occhi lentamente. «Nihal...» mormorò.

Lonerin la strinse a sé quasi con violenza, sfogando nelle lacrime tutta la tensione e l'ansia che aveva provato al pensiero di perderla. Theana lo abbracciò debolmente, e rimasero così, stretti l'uno all'altra, in mezzo a quella sala distrutta che sapeva già di passato.

Quando la lancia sprigionò il suo potere, Learco strinse San a sé con tutte le forze. Le pareti si dissolsero, e anche le figure grottesche dei pochi Assassini rimasti si dispersero in quel fulgore abbacinante.

Teneva gli occhi socchiusi: era come guardare il sole, ma in mezzo scorse la figura della Bestia contorcersi in spasmi dolorosi.

Poi accadde il miracolo.

Learco capì, ma stentò a credere. Da quando era entrato lì, non era mai riuscito a sperare davvero. Aveva lottato, perché la battaglia prescinde persino dalla speranza, ma in fondo al cuore sentiva che sarebbe finita, che il breve sogno che aveva vissuto era morto ancora prima di iniziare davvero.

E invece l'evidenza lo stordì. A poco a poco riconobbe le fattezze di Dubhe risorgere dal corpo della Bestia, e il senso di sollievo gli sembrò intollerabile. La chiamò: un urlo che lacerò quel silenzio surreale. Poi la luce si spense.

San tremava contro il suo petto; lo sentiva stringergli le braccia con le sue piccole mani. «Cos'era, cos'era?» chiedeva con tono impaurito.

La quiete scese innaturale su di loro. Il buio si disperse, e Learco notò a terra due corpi abbracciati, da cui proveniva il suono di un pianto liberatorio. Un vecchio steso supino vestiva una palandrana da mago e sembrava quasi dormire. Accanto a lui, una figura raccolta in posizione fetale ansimava con fatica. Eccola.

Learco si divincolò dall'abbraccio di San e scattò in avanti.

Dubhe aveva il volto pallido, ma pervaso da una pace che non le aveva mai visto. La loro era stata una lunga storia di angosce e travagli. Ora forse c'era la possibilità di rinascere, di godere di una vita in cui il senso di colpa non fosse più una condanna eterna. Forse, adesso, il loro amore avrebbe potuto prendere l'andamento piano e tranquillo dei sentimenti più profondi.

Le appoggiò una mano sulla spalla, la girò dolcemente e la vide aggrottare un po' le sopracciglia. Le scostò dalla fronte i capelli sudati e la vide per come era davvero. Il filtro che aveva preso durante la sua permanenza a corte aveva cessato il proprio effetto, e i suoi capelli erano tornati quelli di sempre. Era esattamente come la ricordava, come quando l'aveva vista, ancora bambina, assistere a una strage di cui lui stesso era stato complice. Pensò che era bellissima, più di quanto ricordasse.

Lei aprì gli occhi lentamente, occhi neri e profondi. L'abisso non sarebbe mai scomparso da quello sguardo, perché il tempo non cura tutte le ferite, ma ci sarebbe stato modo, negli anni a venire, di riempire quei pozzi di molte altre cose, di far germogliare il dolore e permettergli di dare frutti.

Dubhe lo riconobbe dopo qualche istante, e gli occhi le si riempirono di lacrime. Si tirò su con difficoltà, gli strinse le braccia attorno alle spalle con disperazione, come aveva fatto nella soffitta del palazzo. «Siamo morti?» chiese.

Learco affondò il volto sul suo collo, respirando l'odore dolce amaro della sua pelle, un odore che aveva creduto di non poter più assaporare. «No, grazie a te.»

«Non voglio perderti mai più» disse lei, piangendo come una bambina. «Io senza di te non esisto.»

Learco la strinse tra le sue braccia. «Non accadrà» le sussurrò all'orecchio.

San si mosse solo dopo qualche tempo. Nessuno badava a lui, e la luce accecante si era spenta. Aveva avuto paura. Prima per la visione di quel mostro immenso, poi per quella specie di terribile incantesimo che la ragazza bionda aveva evocato. Si era stretto a Learco, mentre un solo pensiero gli martellava la mente. *È colpa mia, è solo colpa mia!*

Ora, di fronte alla carneficina di quella stanza, sentì un conato attanagliargli lo stomaco. Erano tutti Assassini. Era un'immagine che durante il viaggio assieme a Demar aveva evocato molte volte nella sua mente. La Gilda distrutta dall'opera della sua magia. Ma nel sogno non c'era quell'odore acre e insopportabile. Non c'era tutto quel sangue, non c'era tutto quell'orrore. Non gli derivava alcuna soddisfazione da quella visione. Capì in un lampo tutta la propria follia; l'errore non era stato solo di essere andato fin là senza avere la piena consapevolezza dei suoi poteri, senza avere la capacità per portare a termine quanto si era prefisso. L'errore era stato aver desiderato di compiere una strage, aver bramato così tanto intensamente la vendetta. Finalmente comprendeva le parole di Ido. Si sentiva meglio ora che la Gilda non esisteva più? Quei corpi dilaniati davano davvero requie ai suoi genitori?

Il nodo di dolore che gli occludeva la gola dal giorno in cui i due Assassini erano entrati nella sua casa era ancora lì, insopprimibile, e nessuna di quelle vittime riusciva a mitigarlo. Non era quella la via da percorrere per giungere alla pace.

Si sentì disperato. Aveva solo complicato le cose. La sua ferita non sarebbe mai guarita, e c'era altro con cui fare i conti, adesso: il senso di colpa per quanto aveva fatto e pensato.

Si imbatté nel corpo di suo nonno. Aveva le braccia aperte, e il pallore del suo volto era indescrivibile. Tuttavia la sua espressione era beata, come di chi finalmente ha trovato la propria la strada.

*La mia unica famiglia...* pensò San. Ricordò le ultime parole che gli aveva sentito pronunciare, il giorno stesso in cui si erano conosciuti a Laodamea. Gli aveva detto che, finita quella storia, loro due avrebbero vissuto insieme.

Si chiese se dovesse sentirsi triste, ma non riuscì a provare nulla. Solo un sordo rimpianto per ciò che avrebbe potuto essere e che non sarebbe mai stato.

Adesso era davvero solo.

Percorse le macerie imbambolato. I pochi superstiti si aggiravano come demoni senza spirito, ma li ignorò. Aveva bisogno di aria, aveva bisogno di uscire.

*Ido.*

Era lui che voleva trovare. Sapeva che se avesse diviso con lui quel momento, non sarebbe stato così terribile. Lui poteva prendere sulle proprie spalle il suo dolore, lui avrebbe detto la cosa giusta per trasformare l'oppressione che gli gravava il petto in un peso sopportabile. Il suo perdono avrebbe alleviato quella sofferenza.

Uscì attraverso una scala e si ritrovò nel tempio sventrato. La costruzione che aveva percorso solo pochi giorni prima non esisteva più. Il buio assoluto di quella terra era punteggiato dalle fiamme, e l'odore acre di bruciato lo fece tossire. Camminò lungo la navata principale, tra colonne abbattute che si levavano verso il cielo senza avere più nulla da sorreggere. Anche la statua di Thenaar era stata abbattuta: il corpo si ergeva tra i detriti, mentre la testa era andata in pezzi.

*Ido.*

San passò sotto il portone centrale e si ritrovò sulla piana. Il cadavere di un drago giaceva poco distante, quasi del tutto consumato dalle fiamme. Gli alberi erano bruciati, e anche lì i corpi inerti degli Assassini costituivano l'atroce bottino di quella battaglia.

*Ido.*

Un ruggito si levò nell'aria resa spessa dal fumo. San corse nella direzione da cui proveniva, convinto che dove c'era un drago per forza doveva esserci anche lo gnomo. Quando intravide il profilo dell'animale, il suo cuore perse un colpo.

*È lui, l'ho trovato!*

Si concesse la speranza, il più prezioso dei lussi.

«Ido!» strillò correndo. Lo vide, seduto, la schiena appoggiata al ventre di Oarf. Era stanco, e si stava riposando, pensò.

Si inginocchiò con foga davanti a lui, gli pose di slancio le braccia sulle spalle. «Perdonami, Ido, perdonami!»

Non gli giunse nessuna risposta. Il crepitio del fuoco morente riempiva la piana, e il vento spazzava l'aria in pigre volute il fumo.

«Ido...»

Lo seppe col cuore, prima ancora di vedere la larga ferita sul suo addome, prima di notare il suo pallore mortale. Si staccò da lui lentamente, appoggiò le mani a terra, tra la cenere. Cenere, ecco tutto ciò che gli era rimasto. Ed era stato lui stesso ad appiccare il fuoco che aveva consumato ogni cosa nella sua vita.

«Mi avevi giurato che saresti tornato!» urlò con rabbia sconfinata, ma sapeva che non era colpa di Ido, che non era colpa di nessuna delle persone che erano arrivate fin lì per lui. Si maledisse con tutto il suo spirito, e sperò di morire, di sprofondare nella terra e lasciarsi andare alla beatitudine del nulla.

Urlò fino a perdere la voce. Quante morti per un istante di follia. Quanto dolore e quanto sangue per un unico errore.

La solitudine coagulò davanti a lui diventando una certezza. Sarebbe stata una realtà che non si sarebbe mai più scrollato di dosso. Doveva soffrire per espiare, doveva farlo in memoria di Ido e di tutti quelli che avevano sacrificato la vita a causa della sua superbia.

Le lacrime scesero sul suo volto, copiose.

Poi si sentì toccare una spalla, e trasalì. Per un attimo pensò irragionevolmente che fosse Ido. Forse si era sbagliato, forse tutto quello non era nient'altro che un incubo. Aprì gli occhi con speranza, già pronto a sorridere. Davanti alla sua faccia, trovò solo gli occhi rossi del drago.

Lo guardavano con comprensione, con saggezza. Condividevano lo stesso dolore, un dolore che l'animale aveva già provato troppe volte durante la sua esistenza.

«Non voglio la tua pietà» sputò San tra i singhiozzi. «Non la merito.»

Il drago continuò a guardarlo, paziente. San scorse nel suo sguardo una domanda silenziosa, e alla fine comprese.

*Perché no? Forse è l'unica cosa che mi resta da fare.*

Tremando, prese tra le braccia il corpo di Ido e lo distese a terra. Cercò la sua spada, e la vide spuntare dal petto di un uomo che giaceva supino a terra. La divelse con una certa difficoltà, e la riconobbe. Era la spada di sua nonna. La spada di cristallo nero. Si girò verso Oarf e ogni dubbio sparì.

Si infilò la spada nella cintura, guardò Ido con occhi umidi, poi si inginocchiò. «Perdonami» disse. «Non vale nulla dirlo adesso, ma ho capito.»

Si asciugò il volto con il dorso della mano e salì in groppa al drago. Oarf si distese il più possibile per aiutarlo. Era diverso dalla prima volta, e non riuscì a non pensare che allora era assieme a Ido... Per un istante si chiese se sarebbe stato in grado di cavalcare. Fu Oarf a rispondere alla sua muta richiesta. Si impennò, aprì le ali nell'aria gravida di fumo e ruggì con violenza. Poi spiccò un balzo verso il cielo nero, ignorando le ferite ricevute durante il combattimento. La sua figura si dissolse rapidamente nel buio della notte.

# Epilogo

Lo specchio era enorme e pesante. La cornice era d'oro massiccio lavorato. Fin da quando se l'era trovato in stanza, Dubhe l'aveva odiato.

«È un vecchio specchio, un regalo di nozze di un dignitario a mia madre» le aveva spiegato Learco, credendo di renderglielo più gradito.

«Non credi sia di malaugurio?» aveva osservato lei.

Il principe aveva scrollato le spalle. «Il destino ce lo costruiamo noi. Quello è solo uno specchio.»

Aveva ragione, ma lei non era abituata a trovarselo sempre davanti, pronto a rimandare in eterno la sua immagine. Aveva smesso di specchiarsi a Selva, da quando aveva ucciso Gornar. Non sopportava di vedere riflessa la sua colpa. Era come avere un mostro appollaiato sulla schiena.

Anche se molte cose erano cambiate da allora, il disagio era comunque rimasto. Tutte le volte temeva di veder ricomparire la Bestia. Era davvero bastato l'intervento di Theana e Nihal per dissipare le ombre, per estirparle dal petto la maledizione che per tanto tempo l'aveva segnata? Learco ogni sera le diceva di sì, e le baciava la fronte.

Lei apprezzava quella fiducia, e sapeva che giorno dopo giorno le stava diventando sempre più indispensabile. Ma sapeva pure che il passato non si cancella, al massimo si supera. Nessuna vittoria è definitiva. La Bestia non avrebbe mai smesso di tormentarla: lo capiva la notte, quando si tirava su dal letto sudata. La sognava in continuazione, e assieme a lei tornavano a popolare i suoi incubi tutte le persone che aveva ucciso. Solo adesso che quel mostro era lontano ne comprendeva la vera essenza. La Bestia rappresentava tutto ciò che non aveva mai accettato di se stessa: per metà era bruciante senso di colpa e per l'altra metà magma oscuro, ribollire di pulsioni che non avrebbe mai scacciato del tutto dal suo cuore. Perché la morte chiamava sempre, e il sangue aveva un sapore seducente. Per questo Dubhe non poteva guardarsi allo specchio: la paura che il tempo della vittoria fosse già finito era troppa.

«Tu sai che io e te condividiamo lo stesso passato. Anch'io ho assaggiato il sangue, anch'io ne sento la tentazione. Siamo in due a non poterci liberare, a dover lottare in eterno contro quanto c'è in noi di oscuro. Per questo possiamo farcela, perché non siamo soli» diceva Learco guardandola negli occhi. Erano fermi davanti allo specchio, e si guardavano. Solo allora Dubhe riusciva a far pace con la propria immagine riflessa. Learco aveva il potere di scacciare via i demoni, e quando lui c'era, la Bestia si nascondeva.

Ma quella mattina era sola, Learco non lo vedeva da due giorni, e la Bestia poteva essersi nascosta ovunque.

La cameriera aveva spazzato via le ombre aprendo la finestra. Una splendida giornata di sole aveva inondato la camera di luce, proprio come il giorno in cui Learco era stato presentato al popolo, e sua madre era rimasta chiusa in quella stessa stanza, le finestre sbarrate, la testa sotto le coltri.

Poi erano entrate altre ancelle; due portavano l'abito. Nuovo. La tradizione avrebbe voluto che indossasse quello della madre del principe, ma lei e Learco lo avevano bruciato assieme, una delle prime notti che avevano trascorso a palazzo. Pizzi e trine ingiallite dal tempo, tutto aveva preso fuoco con veemenza, quasi con ansia di distruzione. Si erano abbracciati mentre le fiamme spargevano scintille ovunque, in quello stesso giardino in cui si erano incontrati quasi ogni sera per un mese.

L'avevano vestita con calma, acconciando i suoi capelli lunghi in una crocchia elegante e raffinata. Per un attimo Dubhe aveva rimpianto la coda fluente che portava quando faceva ancora la ladra. Non era abituata a indossare i panni femminili di una donna di rango.

Poi, quando in due la trascinarono delicatamente verso lo specchio prendendola per le mani, trattenne il respiro. Avanzò con gli occhi bassi, quasi timorosa di vivere fino in fondo quel sogno. Era il più bel giorno della sua vita. La Bestia sarebbe uscita dal suo nascondiglio e le sarebbe saltata alla gola? L'avrebbe accompagnata fino all'altare, e poi l'avrebbe uccisa?

«Avanti, mia signora, non siate timida... Siete bellissima!» disse una delle ancelle.

Dubhe ebbe il coraggio di alzare lo sguardo.

Una ragazza. Abbigliata come la regina che sarebbe diventata a breve. Ma pur sempre una ragazza come tante. Il rossore delle gote che faceva capolino sotto lo strato compatto di cipria, l'aria smarrita, le mani tenute in grembo. Ecco cosa le rimandò indietro lo specchio. E si trovò bella, bella davvero. L'abito bianco e il diadema che le brillava sulla fronte la circondavano di luce, e in tutto quel lucore non c'era spazio per la maledizione. Fu in quel momento che comprese che non l'avrebbe più rivista. Era libera, libera di vivere. Sorrise con timidezza e portò una mano alla bocca. C'era qualcosa di infantile nella sua risata. Era ritornata di nuovo bambina, attendeva con ansia il primo giorno d'estate, sicura che le avrebbe portato cose fantastiche. Era come riprendere un discorso interrotto, come respirare di nuovo dopo una lunga apnea. Si sentiva finalmente leggera, dopo aver sopportato pesi enormi dei quali era riuscita a liberarsi. O forse aveva trovato semplicemente qualcuno che sapeva davvero dividerli con lei.

Il suo riso fu contagioso, e le ancelle, dopo un primo istante di smarrimento, presero a ridere anche loro. Sembravano un gruppo di ragazzine che si erano appena confidate un segreto.

Dubhe si lisciò la gonna. «Andiamo» disse tornando seria.

Dopo la sconfitta della Gilda, aveva pensato che tutto sarebbe andato per il meglio. Era certa che senza più la Bestia, e con Learco al suo fianco, sarebbe stato facile. Dovette ricredersi in fretta.

Prima il cordoglio per i morti; i solenni funerali di Ido e Sennar, la ricerca dei pochi Assassini che si erano salvati dalla strage, e il ricordo della Bestia, il peso della colpa.

Ma la cosa peggiore era stata la solitudine. Theana e Lonerin avevano il loro da fare. Si erano gettati anima e corpo nella ricostruzione, entrando a pieno diritto nel Consiglio. Gli scagnozzi che Dohor aveva sistemato in ciascuna delle terre sotto il suo dominio avevano alzato la testa e avevano cominciato a darsi battaglia per spartirsi ciò che restava del sogno del defunto re. La guerra aveva continuato a imperversare per un anno intero, ma lei aveva deciso di restarne fuori. Per sua volontà aveva fatto in modo che nessuno sapesse il ruolo che aveva giocato nella distruzione della setta. Passò l'idea che Sennar avesse evocato con la propria magia una terribile bestia mitologica che aveva permesso di capovolgere le sorti della battaglia. Theana e Lonerin avevano protestato, mentre Learco aveva accettato di buon grado la sua richiesta.

«Perché non mi dici anche tu che dovrei dire a tutti quello che ho fatto?» gli chiese una sera.

«Perché so che non ne vai orgogliosa.»

Gli occhi di Dubhe si erano riempiti di lacrime. «E tu che ne pensi?»

«Penso che sono vivo solo grazie a te, e che il Mondo Emerso non esisterebbe se tu non ti fossi sacrificata. Ma capisco perfettamente il tuo orrore.»

Il giovane principe aveva immediatamente preso in mano le redini del comando. Aveva fatto ritirare le truppe dai fronti ancora aperti, aveva stipulato la pace con il Consiglio delle Acque, aveva passato un anno intero a combattere per spegnere gli ultimi focolai di guerra.

Dubhe si era sentita estranea a quella fase della sua vita. Eppure era sempre al suo fianco. Fin dalla sconfitta della Gilda, aveva iniziato a seguirlo ovunque andasse, dormendo nella sua stessa tenda quando era in battaglia e vivendo con lui a palazzo quando c'era la pace, tra i pettegolezzi maligni della corte.

Vedeva Learco spendersi completamente per il Mondo Emerso, lo vedeva rifiorire mentre lottava per ristabilire una difficile pace, e più lo vedeva impegnarsi più lo amava. Ma era la *sua* missione, il *suo* modo di espiare. Lei non ne faceva parte, e ne restava tagliata fuori per sua stessa volontà.

La verità era che non sapeva cosa fare della propria vita. Learco aveva il suo regno e la sua guerra; e lei? Lei aveva soltanto Learco. Non si stancava mai di appoggiarlo, né di confortarlo quando la sera tornava affranto e sfinito dopo qualche riunione a palazzo. Ma la sua vita era tutta lì. Non c'era altro. Le mancava la possibilità di fare lei stessa qualcosa, di riscattare quanto era accaduto in passato. In che modo stava pagando le proprie colpe? Come le stava scontando?

Theana e Lonerin erano andati a vivere assieme quasi subito, e avevano deciso di sposarsi non molto dopo. Una cerimonia sobria, sotto lo sguardo vigile di una statua di Thenaar, che finalmente Dubhe era riuscita a guardare senza timore né sospetto.

Poi, un giorno, Learco aveva deciso di condividere quei pensieri. «Sai già cosa farai adesso?» le aveva chiesto. «Intendo dire, in questo mondo finalmente in pace...»

Lei aveva scosso le spalle.

«Non dirmi che non ci hai pensato, perché so che non è vero. Fremi e stai male, lo capisco fin troppo bene.»

Dubhe non aveva risposto, e lui allora aveva continuato: «La prima cosa che farò quando la guerra sarà finita, sarà insediarmi come re. Mi farò investire dal Consiglio dei Dignitari, se lo vorranno. A quel punto lascerò che ogni popolo si scelga il proprio sovrano.»

«Come Nammen» aveva detto Dubhe con un sorriso.

«Come Nammen» aveva replicato Learco con serietà. «E lo stesso giorno ti sposerò.»

Il cuore di Dubhe aveva fatto un balzo. Sapeva che non stava scherzando.

«Io credo che questa sia la risposta che cerchi. Io non voglio che tu sia la mia concubina, non voglio che la gente ti parli dietro mentre ti muovi a palazzo.»

Dubhe si era guardata intorno, spaventata. «Stiamo bene così, io...»

«Tu ti senti inutile, non trovi il tuo posto in questo nuovo mondo, non capisci il tuo ruolo. Hai distrutto la Gilda, ma adesso hai voglia di costruire.»

Dubhe aveva sentito gli occhi riempirsi di lacrime, e non era stata capace di negare.

«La risposta è questa: diventerai regina, e regneremo assieme.»

«Io non posso, sono stata un'assassina.»

«Anch'io lo sono stato, e tuttora continuo a uccidere in battaglia. Credi davvero di essere peggiore di me? Condividiamo gli stessi peccati, ricordatelo» le aveva detto lui, prendendole le mani tra le sue.

Le lacrime le erano scese lente lungo le guance. «Io non so che fare di me stessa, come potrei addirittura guidare un popolo?»

«Tu credi che uno stato abbia bisogno di certezze? Pensi che un buon re sia quello che non ha mai dubbi? Io invece ritengo che non ci sia regnante migliore di chi conosce a fondo il tormento, di chi sa cosa sia il peccato. Un popolo e il suo re cercano assieme la strada, crescono l'uno al fianco dell'altro. È questo quello di cui tu hai bisogno. Hai salvato me, adesso è ora che salvi anche il mio popolo.»

«Non posso» insistette Dubhe. «Non posso.»

Erano seguiti giorni di indecisione, di dubbio. Learco le era apparso all'improvviso distante, e aveva capito che alla fine era giunta di fronte a una decisione che non poteva prendere con l'aiuto di altri.

Durante il viaggio nelle Terre Ignote aveva imparato ad avere fede, assieme a Learco aveva imparato cos'era il futuro, e aveva desiderato averne uno. Adesso doveva camminare con le proprie gambe, e decidere. Era pronta per muoversi da sola?

Perché diventare regina significava non appoggiarsi più a nessuno, significava guidare gli altri ed essere il timone della nave. Non sarebbe stata consolata, ma avrebbe dovuto consolare; non sarebbe più stata figlia, ma madre. E capì che non si trattava solo del suo rapporto col resto del mondo; c'era anche Learco.

Fino a quel momento sentiva di essersi appoggiata a lui totalmente. Il sacrificio che aveva compiuto nella Casa, lo sapeva, era solo e soltanto un atto d'amore nei suoi confronti. Ma non aveva fatto lo stesso anche con Sarnek, e con Lonerin? Non aveva sempre cercato un'ancora di salvezza? Learco era di più. Learco era un *compagno*. Learco era qualcuno con cui dividere tutto. Era tempo di dare, e non solo di prendere.

Andò sulla tomba di Ido. Niente mausolei imponenti, nessun monumento. Una lapide spoglia, sulla quale qualche visitatore misterioso lasciava sempre fiori freschi.

Non l'aveva mai conosciuto a fondo, ma non riusciva a dimenticare quel breve dialogo che avevano avuto sui bastioni del palazzo di Laodamea. Lui era stato il primo a darle fiducia. Per questo la sua morte le aveva lasciato uno strano vuoto nel cuore, un malinconico rimpianto per ciò che non era stato.

Guardò la lapide, pensò alla domanda che Ido le aveva fatto al suo ritorno dalle Terre Ignote, quando gli era andata a dire dell'intenzione di uccidere Dohor. "Hai trovato ciò che cercavi?"

Chiuse gli occhi e indagò il suo cuore a fondo. Pensò alla sua vita: al passato, al presente e al futuro. E trovò la risposta.

Depose il fiore, nient'altro che una margherita di campo che aveva raccolto lungo la strada. «Grazie.» Sorrise, e andò incontro alla propria decisione.

La folla, nel giardino, applaudì non appena la coppia regale si affacciò dal parapetto. Dubhe pensò che proprio lì, tempo prima, Dohor aveva celebrato il suo trionfo. L'uccisione di Neor, nelle sue intenzioni, era il modo per sbaragliare tutti i nemici interni. Invece era stato l'inizio della sua fine.

Strinse la mano del marito e sorrise raggiante. Guardò Learco, lui ricambiò la sua stretta e fece un passo avanti. Dubhe rimase indietro a osservare la folla. Il suo popolo. Le vite di quelle persone ora dipendevano anche da lei. Avvertì una morsa di paura. Fino a quel momento aveva badato soltanto a se stessa. Sarebbe stata capace di disporre dell'esistenza di così tanta gente? Strinse più forte la mano di suo marito e si affiancò a lui orgogliosa. Quella mattina aveva scelto Learco, ma nel farlo aveva anche accettato l'idea di diventare regina. Non doveva più avere paura, non doveva tirarsi indietro. Infuse sicurezza nel proprio sguardo. Prima di iniziare a parlare, Learco le sorrise.

«Sono lieto che siate tutti qui con me in questo momento di gioia. Siamo passati attraverso dure prove in questi mesi, ma possiamo finalmente dire di aver vinto. La Gilda è scomparsa, la pace con la Terra del Fuoco è stata stipulata. Si apre una nuova era, è tempo di instaurare un nuovo regno. E abbiamo anche una nuova regina» disse con un sorriso. E Dubhe sentì con disagio tutti gli occhi puntati su di lei.

Poi Learco si fece di nuovo serio.

«In tanti hanno creduto che avrei perseguito l'obiettivo

di mio padre e che avrei condotto questo mondo a un'artificiosa unione. Non è un'idea nuova. Molti sono stati convinti in passato, e lo sono ancora oggi, che la pace del Mondo Emerso passi attraverso l'annullamento delle molteplici anime che lo popolano. La diversità porta alla divisione, l'esistenza di molti regni che si autogovernano conduce al caos. Meglio un unico re, che magari amministri col pugno di ferro e col terrore, e che riduca questo coro dissonante a un'unica voce. Quella del padrone.»

Un silenzio imbarazzato scese sull'uditorio.

«Io non credo che sia così. Siamo uomini, ninfe, gnomi. Viviamo nella notte eterna, o nasciamo e moriamo con l'odore della salsedine nelle narici. Io rispetto il desiderio di indipendenza dei costruttori delle città di roccia, apprezzo l'animo indomito degli uomini delle città-torri. Ed è per questo che non voglio ridurre il nostro dono più prezioso, la nostra diversità, a una sterile unità fittizia. C'è un grande re che ci ha mostrato la strada, e io voglio seguire il suo esempio.»

Learco tacque un istante, e Dubhe gli rivolse un sorriso.

«Che ogni popolo scelga il proprio sovrano e la propria forma di governo, che siano ripristinati i due Consigli. A chi dice che queste istituzioni hanno già fallito in passato, rispondo che occorre vigilanza perché permanga la pace. La guerra non è frutto del caso. La guerra nasce quando smettiamo di tenere alla pace, di tenerci *per davvero*. Io ho fiducia nel Mondo Emerso, ho fiducia nella sua gente. Credo che possiamo imparare dagli errori del passato, e che siamo pronti a badare a noi stessi. Per questo terrò per me solo i possedimenti dei miei avi, la Terra del Sole, e per questo oggi mi avete visto ricevere la corona dal mio popolo, da un Consiglio che il popolo stesso ha scelto ed eletto.»

Il silenzio si fece ammirato, denso, e Dubhe si sentì commossa.

«Forse il mio è un sogno» riprese Learco. «Forse quella maturità che vedo nella gente del Mondo Emerso è ancora lontana dal trovare compimento. Ma io sento che prima o poi si realizzerà. E se anche non arrivasse, ebbene, è qualcosa in cui vale la pena credere, è qualcosa per cui io voglio lottare. Questo sogno dev'essere la ragione che ci spinge a vivere e a morire.»

Riprese fiato.

«E ora festeggiate. Un uomo che ci ha salvati tutti, e le cui parole gli sopravviveranno per sempre, disse una volta che la vita è un ciclo, che c'è il tempo del dolore, e poi ci sarà quello della gioia, e poi ancora verrà la sofferenza, in un cerchio eterno che costituisce l'essenza di tutte le cose. Ebbene, ora è tempo di rallegrarsi, di godere di questi attimi di felicità, di custodirli, di tenerli vivi. Non dimentichiamoci della gioia di questo giorno. Sarà questo ricordo ad aiutarci quando sarà di nuovo tempo di combattere per la pace.»

Alzò un braccio in segno di saluto, e la folla sotto di lui proruppe in un applauso fragoroso.

Dubhe dimenticò l'etichetta, lasciò la mano di Learco e gli cinse i fianchi con un braccio, stringendosi a lui. Quanto sarebbe durata? Nessuno poteva saperlo. Ora quella gente guardava Learco con occhi adoranti, domani forse avrebbe di nuovo sentito l'oscuro richiamo della guerra. Del resto anche lei continuava a sognare la Bestia. Ma c'era una certezza. Avrebbero lottato. Non avrebbero permesso che il sogno di un mondo giusto venisse soffocato dalla sete di sangue.

Sentì Learco stringerle le spalle in un abbraccio, e allora seppe che ce l'avrebbero fatta. Non sarebbero bastati mille ostacoli a fermarli. Era pronta a diventare regina.

# Personaggi

**Aires:** ultima regina della Terra del Fuoco prima dell'avvento di Dohor.

**Aster:** detto anche il Tiranno, l'uomo che era quasi riuscito a conquistare tutto il Mondo Emerso e che venne ucciso da Nihal durante la Battaglia d'Inverno.

**Bambini della Morte:** secondo la Gilda degli Assassini, bambini che hanno ucciso per errore e che sono per questo destinati a servire Thenaar.

**Barahar:** città portuale della Terra del Mare.

**Battaglia d'Inverno:** grande battaglia durante la quale l'esercito delle Terre Libere, guidato da Nihal, riuscì a sconfiggere il Tiranno.

**Bestia:** modo con cui Dubhe chiama la maledizione di cui è stata vittima, e che ha risvegliato in lei un essere assetato di sangue.

**Casa:** covo segreto della Gilda, costruito nelle viscere della Terra della Notte.

**Consiglio delle Acque:** Consiglio che riunisce i regnanti e i rappresentati di maghi e strateghi della Terra del Mare e delle Marche dei Boschi e delle Paludi. Combatte contro Dohor.

**Dafne:** regina della Marca dei Boschi.

**Demar, Fenula, Tess e Jalo:** Assassini che scendono nel Mondo Sommerso per riportare San alla Casa.

**Dohor:** regnante della Terra del Sole; tramite guerre, intrighi e un'alleanza con la Gilda degli Assassini è riuscito ad avere sotto il proprio controllo più o meno diretto cinque delle Otto Terre del Mondo Emerso.

**Dubhe:** una giovane ladra che ha ricevuto l'addestramento degli Assassini della Gilda.

**Fammin:** creature combattenti create dal Tiranno grazie alla sua magia. Dopo la Battaglia d'Inverno si sono stabilite nella Terra dei Giorni.

**Folwar:** consigliere della Terra del Mare, maestro di Lonerin.

**Forra:** fratellastro di Sulana, feroce luogotenente di Dohor.

**Gilda degli Assassini:** una setta che crede nell'assassinio come forma di glorificazione di Thenaar, il dio sanguinario adorato dagli adepti.

**Gornar:** bambino ucciso per fatalità da Dubhe durante l'infanzia.

**Huyé**: popolo che vive nelle Terre Ignote.

**Ido:** gnomo, antico maestro di Nihal, a lungo Supremo Generale dell'Ordine dei Cavalieri di Drago, si è unito al Consiglio delle Acque per lottare contro Dohor.

**Laodamea:** capitale della Marca dei Boschi.

**Learco:** figlio di Dohor.

**Lonerin:** mago, allievo di Folwar, Consigliere della Terra del Mare, si è infiltrato nella Gilda per studiarne i piani e qui ha conosciuto Dubhe.

**Marva:** villaggio nella Marca delle Paludi.

**Molio:** mercante di antichità e chincaglierie di Salazar.

**Nihal:** Mezzelfo che sconfisse il Tiranno durante la Battaglia d'Inverno.

**Oarf:** drago di Nihal.

**Ondine:** antica amica di Sennar, contessa della contea di Sakana, nel Mondo Sommerso.

**Pat:** amica d'infanzia di Dubhe.

**Rekla:** Guardia dei Veleni nella Gilda degli Assassini.

**Renni:** amico d'infanzia di Dubhe, ora mercante di schiavi.

**Saar:** grande fiume che separa il Mondo Emerso dalle Terre Ignote.

**Sakana:** contea del Mondo Sommerso.

**Salazar:** capitale della Terra del Vento.

**San:** figlio di Tarik, nipote di Nihal.

**Sarnek:** Maestro di Dubhe, è fuggito dalla Gilda, presso la quale era nato e da cui era stato allevato.

**Seferdi:** capitale della Terra dei Giorni.

**Selva:** villaggio natale di Dubhe, nella Terra del Sole.

**Sennar:** mago, compagno di Nihal.

**Sherva:** Guardia della Gilda degli Assassini esperta nel combattimento corpo a corpo.

**Soana:** antico Consigliere della Terra del Vento, compagna di Ido.

**Sulana:** regina della Terra del Sole, moglie di Dohor.

**Talya:** moglie di Tarik.

**Tarik:** figlio di Nihal e Sennar.

**Terre Ignote:** i territori sconosciuti che si estendono al di là del Saar.

**Thal:** il più grande vulcano della Terra del Fuoco.

**Theana:** maga, compagna di studi di Lonerin.

**Thenaar:** dio adorato dalla Gilda degli Assassini e antica divinità elfica.

**Tori:** fornitore di veleni di Dubhe.

**Vesa:** drago di Ido.

**Volco:** attendente di Learco.

**Ydath:** ricco collezionista di Barahar.

**Yeshol:** Suprema Guardia della Gilda degli Assassini, la somma carica presso la setta.

# *RINGRAZIAMENTI*

*Questo libro si avvierà probabilmente a diventare il più amato tra quelli che ho scritto, o, al contrario, il più odiato. L'ho realizzato in un periodo strano, in bilico tra grandi esaltazioni e momenti bui. Ho dovuto lottare per finirlo, strappare a ogni giorno quelle due, tre ore nelle quali finalmente potermi dedicare alla mia storia. L'ho scritto ovunque: dal letto di casa mia ai numerosi treni che prendo quasi ogni fine settimana, fino all'aereo che mi portava, per la prima volta da sola, a un incontro di lavoro.*

*Questa trilogia è stata per certi versi un'avventura nuova e sconosciuta, il mio primo lavoro da scrittrice "professionista", e mi ha accompagnata in un momento importante della mia vita. Quando scrissi la prima parola della* Setta degli Assassini *non avevo un lavoro come astrofisica e vivevo ancora a casa dei miei; l'ultima parola di* Un nuovo regno *le mie dita l'hanno battuta sul balcone di casa mia, dove vivo con mio marito.*

*È stato un viaggio lungo e difficile, una nuova tappa del mio percorso, spero non l'ultima nella mia carriera di scrittrice, e se sono arrivata fino in fondo è perché ho avuto attorno a me tante persone che sono state la mia forza.*

*Vorrei ringraziare innanzitutto e ancora una volta i miei genitori, a cui questo libro è dedicato. Mi hanno insegnato molto in questi anni e mi hanno sempre incoraggiata, supportata, consolata. Il nostro rapporto è di sicuro cambiato da quando sono andata a vivere da sola, ma l'affetto che ci unisce è sempre lo stesso, se non più forte.*

*È poi la volta di Sandrone Dazieri, che ha dato il la a questa avventura di cui spero di non vedere mai la fine. Grazie per i consigli e gli spunti sempre preziosi, per le lunghe chiacchierate e per la pazienza con cui ha sopportato, soprattutto nell'ultimo periodo, gli sfoghi sulle mie ansie e preoccupazioni.*

*Un grazie anche a Fiammetta Giorgi e a Massimo Turchetta; sapere che credono in me, e che ci sono sempre, è davvero importante.*

*Grazie a Paolo Barbieri e ai suoi fantastici disegni. Ogni volta sono impaziente di vedere cosa ha saputo inventare per la copertina del nuovo libro, e ogni volta resto ammirata come la prima. È sempre bellissimo vedere rappresentati su carta i miei personaggi con tale precisione e con così tanto cuore.*

*Grazie ad Andrea Cotti e a Barbara di Micco, che hanno condiviso con me tutta l'avventura. Grazie per la pazienza e l'ottimo lavoro svolto: mi sono trovata davvero benissimo con voi. E adesso ci resta solo da consumare quel sospirato aperitivo di cui vagheggiavamo nei momenti più convulsi.*

*Grazie a Melissa e ai ragazzi di Lands & Dragons, il forum ufficiale dedicato ai miei libri; le loro osservazioni su quanto scrivo, le loro dimostrazioni di affetto e la loro simpatia mi hanno aiutata nei momenti più duri del lavoro. Grazie ai frequentatori del mio blog, che si sono dovuti sorbire una serie allucinante di disquisizioni sempre più deliranti sul mio lavoro e la mia vita. Grazie per la pazienza e l'arguzia delle loro osservazioni. Abbiamo tirato su anche delle belle discussioni da quelle parti, vero? Grazie infine a Laura Gargiulo, la webmaster del mio sito. Il suo è stato un fantastico regalo; la nostra avventura è solo all'inizio, ma sono sicura che faremo grandi cose insieme.*

*Grazie ai miei amici, che come al solito mi circondano di affetto. Ancora non riesco ad abituarmi all'idea di essere stata così fortunata da incontrarli. Se a volte mi sento una persona speciale è perché ci sono loro a volermi bene.*

*Grazie ai Muse per la loro musica; non è un caso che ogni libro inizi con una citazione tratta da un loro brano. Sono la colonna sonora del mio mondo interiore, e di conseguenza di questi libri. C'è una canzone per ciascuno dei personaggi, che mi ha ronzato in testa mentre scrivevo. Che possano non smettere mai di emozionarmi e ispirarmi.*

*E infine un grazie a Giuliano, finalmente mio marito. So che non è facile stare accanto a una persona come me, e per questo so di essere stata molto fortunata a incontrarlo. Di lui può dirsi ciò che Dubhe dice di Learco: senza di lui io non esisto.*

Licia Troisi

# Indice